——名家名译——

高植译托尔斯泰

ВОЙНА И МИР

战争与和平

II

[俄] 列夫·托尔斯泰 著

吉林出版集团股份有限公司

本书根据莫斯科国家艺术文学出版局 1937 年版本译出

第二卷

第一部

1

一八〇六年初，尼考拉·罗斯托夫休假回家。皆尼索夫也要回家到福罗涅示去，罗斯托夫劝他一起到莫斯科去并且住在他家里。皆尼索夫在终点的前一站遇到了一个同事，和他喝了三瓶啤酒，在快到莫斯科时，虽然道路坎坷不平，他却挨着罗斯托夫，躺在驿站雪橇的铺板上沉睡不醒，而罗斯托夫愈接近莫斯科，心情就愈是急切。

“快到了吗？快到了吗？唉，这些街道，小铺，面包招牌，街灯，车辆，多么讨厌！”当他们在城门口检查了休假证，进了莫斯科时，罗斯托夫这么想。

“皆尼索夫，我们到了！他睡着了。”他边说，边把自己的整个身子向前探去，好像他希望用这种姿势来增加雪橇的速度。

皆尼索夫没有作声。

“这里是十字路口的拐角，车夫萨哈尔常常停在这里；这就是萨哈尔，还是那匹马。这就是我们常来买姜饼的小铺子。快到了吗？哎！”

“去哪一家？”车夫问。

“就到这条街尽头的那幢大房子，你怎么没有看见！那是我们的家，”罗斯托夫说，“那就是我们的家！皆尼索夫！皆尼索夫！我们马上就要到了。”

皆尼索夫抬起头，咳了一声，什么也没有回答。

“德米特锐，”罗斯托夫向驾驶台上的听差说，“那就是我们家的灯火吗？”

“正是。您父亲的书房里的灯亮着。”

“他们还没有睡觉吗？啊？你是怎么想的？你千万不要忘记马上就把我的新衣服拿给我。”罗斯托夫说，同时摸摸刚长出来的唇髭。

“哎，快跑呀，”他向车夫大声说，“醒醒吧，发夏。”他向皆尼索夫说，皆尼索夫的头又垂了下来。

“哦，赶快跑，赏你三个卢布酒钱，快跑！”当雪橇离大门口只隔三家时，罗斯托夫大叫着。他似乎觉得，马不在跑动。最后雪橇从右边向大门驶去；罗斯托夫看见了头顶上熟识的、泥灰脱落的飞檐，台阶和人行道上的柱子。雪橇还没有停妥他便跳了下来，跑进门廊。屋子里依然冷清清，显得毫无生气，好像有谁走进来和它毫不相干似的。门廊里没有人。“我的上帝！大家都好吗？”罗斯托夫想，他呆呆地站了一会，立刻又顺门廊和熟识的、弯曲的楼梯向前跑去。门把柄依然如旧，伯爵夫人常常因为它不干净而发怒，门依然轻松地打开了。前厅里点着一支蜡烛。

老米哈益洛睡在大箱子上。出门的跟班卜罗考非，他的力气真大，可以把马车从后边抬起来，他正坐着编草鞋。他看了看打开的门，他原是那么睡意蒙眬，对一切都漠不关心，现在突然变得又惊又喜。

“哎哟，亲爱的！小伯爵！”他认出了小主人，大叫着，“这是怎么回事啊？我亲爱的？”于是卜罗考非激动得发抖，向客厅的门冲去，大概是要去通报，但显然又改变了主意，转过身来低头吻小主人的肩膀。

“都好吗？”罗斯托夫抽出一只手，问道。

“谢谢上帝！谢谢上帝！他们刚刚吃过晚饭！让我看看您吧，少爷！”

“一切都很好吗？”

“谢谢上帝，谢谢上帝！”

罗斯托夫完全忘记了皆尼索夫，他不愿叫人先去通报，扔掉皮袄，便踮起脚跟跑进黑暗的大厅。那些牌桌和用布套子套住的大烛台都原封未动；但已经有人看见了年轻的主人，他还没有来得及跑进客厅，便有一个人好像暴风一样从旁边的门里直冲出来，抱住他，吻他。第二个第三个人同样地从第二道第三道门里跑出来；又抱他，又吻他，又是叫喊，流下高兴的泪水。他分不清谁是爸爸，谁是娜塔莎，谁是彼恰。大家都同时叫喊、说话、吻他。只有他的母亲不在内——他想起来了。

“我是不知道……尼考卢施卡……我亲爱的！”

“这就是他……我们的……我亲爱的，考利亚……他变了样啦！蜡烛没了！沏茶呀！”

“吻吻我吧！”

“亲爱的……还有我呢。”

索尼亚、娜塔莎、彼恰、安娜·米哈洛芙娜、韦婂和老伯爵都一一同他拥抱；男女仆人挤满了房间，叫喊着，惊叹着。

彼恰抱着他的腿，叫着：“还有我呢！”

娜塔莎让他的头低下一点，吻遍了他的整个面孔，然后从他身边跳开，抓住他上衣的边，像只山羊那样在原地跳跃着，尖声地叫着。

大家那爱怜的眼睛里都闪耀着高兴的泪水，大家都想同他接吻。

索尼亚脸红得像块红布，也抓住他的胳膊，用她那幸福的目光注视着他的眼睛，期待着他的眼睛看她。索尼亚已经过了十六岁，她很美丽，特别是在这个幸福的、欣喜若狂的、活跃的时刻。她微笑着，目不转睛地、屏息凝神地望着他。他感激地瞧了瞧她；但他还在期待着、寻找着什么人。老伯爵夫人还没有出来。但是此刻听到门口的脚步声了。步子走得那么快，不可能是他母亲的脚步。

然而这却是母亲，她穿着他不在家的时候新做的、他没有看见过的衣服。大家放开他，于是他朝母亲走去。当他们走到一起时，她倒在他的怀里号啕大哭起来。她不能抬起头来，只把脸贴在他的上衣的冰冷的饰条上。皆尼索夫悄悄地走进房间，站在那里，一面望着他们，一面拭自己的眼睛。

“发西利·皆尼索夫，您儿子的朋友。”他向伯爵自我介绍地说，伯爵疑问地望着他。

“非常欢迎，我认识，我认识，”伯爵说，跟皆尼索夫又接吻又拥抱，“尼考卢施卡信上写过……娜塔莎、韦娅，这就是皆尼索夫。”

许多同样幸福的、高兴的面孔转向头发蓬乱的皆尼索夫，并且围住了他。

“亲爱的，皆尼索夫！”娜塔莎大叫，欣喜若狂地跑到他面前，又拥抱，又接吻。大家都被娜塔莎的举动弄得局促不安。皆尼索夫也脸红了，微微地笑了笑，抓起娜塔莎的手吻了一下。

皆尼索夫被领进了为他预备的房间，罗斯托夫全家的人都在起居室里聚集在尼考卢施卡的身边。

老伯爵夫人坐在他旁边，一直抓住他的手，不时地吻着；其余的人挤在他们周围，注意着他的每个动作，每句话，每个眼神，并且用欣喜的、爱怜的眼睛盯着他。他的兄弟姊妹们争吵着，互相争夺靠他最近的地方，并且争着替他端茶，拿手巾，取烟斗。

罗斯托夫因为他们对他所表示的亲近觉得很幸福；可是会面的最初时刻是那么幸福，以致他觉得现在的幸福太少了，他还期待着更多、更多、更多的幸福。

第二天早晨，远道回来的人一直睡到将近十点钟。

在外边房间里堆放着军刀、挎包、佩囊、打开的箱子和肮脏的靴子。两双有马刺的、擦干净的靴子刚刚放在墙边。仆人送来了脸盆架、刮胡子的热水和刷干净的衣服。房间里散发出烟草和男人的气味。

“喂，格锐施卡，给我烟斗！”发西卡·皆尼索夫的哑嗓子大叫着，“罗斯托夫，起来吧！”

罗斯托夫揉揉睁不开的眼睛，把毛发蓬乱的头从热乎乎的枕头上抬起来。

“怎么，晚了吗？”

“时间不早了，快十点钟了。”娜塔莎回答说。隔壁房间里传来了浆过的衣服的窸窣声、女孩们的低语声和笑声。在微微打开的门缝里闪过了缎带、黑发、一个个含笑的脸和一样蓝色的东西。这是娜塔莎、索尼亚和彼恰，他们来看看他们起来了没有。

“尼考林卡，起来！”又从门外传来娜塔莎的声音。

“马上就起来。”

这时彼恰在外边房间里看见一把军刀并把它抓起来，高兴得像小孩子看见哥哥从军那样，可是忘了让姊妹们看见未穿好衣服的男人是不合适的，就把门打开了。

“这是你的军刀吗？”他大声说。

姑娘们躲开了。皆尼索夫惊惶地把自己毛茸茸的腿藏进被里，望着他的伙伴求助。彼恰进门后，门又关上了。门外发出了笑声。

“尼考林卡，就穿着睡衣出来吧。”娜塔莎的声音说。

“这是你的军刀吗？”彼恰问，“或许这是您的吧？”他带着讨好的敬意问脸色黝黑的有胡子的皆尼索夫。

罗斯托夫连忙穿了鞋，穿上睡衣走了出去。娜塔莎穿了一只有马刺的靴子，正在穿另一只。当他走出房间的时候，索尼亚在打旋，刚想撒开裙摆蹲下来。她们俩都穿着同样的蓝色的新衣服，显得娇艳、红润、愉快。索尼亚跑开了，而娜塔莎抓住哥哥的手，拉他进了起居室，于是他们开始谈话。他们来不及互相询问成千上万的只有他们俩感兴趣的琐事。娜塔莎在他对自己说每一句话时都发笑，不是因为他们所说的话觉得可笑，而是因为她感到快活，她抑制不住用笑声表现出来的喜悦心情。

“啊，多么好，好极了！”她对一切都这么说。

罗斯托夫觉得，在大家相爱的温暖的感受中，半年来[①]第一次在他心中和脸上露出了那种孩子般的笑容，这笑容是他在离家之后从未有过的。

---

① 原文是一年半。按罗斯托夫是一八〇五年夏从军，一八〇六年初回家，应是半年。

“不，你听着，”她说，“你现在完全是大人了吗？我非常高兴，你是我的哥哥。”她摸了摸他的唇髭，“我想知道，你们男子是什么样的人。是和我们一样吗？是不是呢？”

“为什么索尼亚跑开了？”罗斯托夫问。

“是啊，这说来话长了！你同索尼亚怎么说话呢？称你呢，还是称您呢？①”

“要看情形如何。”罗斯托夫说。

“请你称她‘您’，我以后再向你讲这道理。”

“现在讲又会怎么样呢？”

“好吧，我现在告诉你。你知道，索尼亚是我的好朋友，那样好的朋友，我为她烙了我的臂膀。你看看这里。”她卷起细纱袖子，在又瘦又长的柔软的胳膊上、肩膀下面靠近腋下的地方（这地方连舞衣也能遮住）露出了一块红色的伤疤。

“这是我烙的，为的是向她证明我对她的爱。我不过是把一把尺在火里烧烫了，在这里贴了一下。”

在从前的书房里，罗斯托夫坐在扶手上放着小垫子的沙发上，望着娜塔莎那对灵活、热情的眼睛，他又回到了那种家庭的童年的世界，这世界，除了对他，对别人便没有任何意义，但它给了他一种最大的人生乐趣；而用尺烙胳膊表示爱，在他看来，不是无意义的：他明白这个，也不觉得惊奇。

“就是这些吗？没有别的吗？”他问。

“我们是那么要好，那么要好！用尺烙胳膊是件蠢事；但我们永远是朋友。她爱上了谁，便会永远爱下去；而我不懂得这种爱，再说知道了也马上会忘记的。”

“还有别的呢？”

---

① 称“你”是表示较为亲近和随便的关系；称“您”是较为客气的正式称呼。

“的确，她那么爱我和爱你。”娜塔莎忽然脸红了，“你记得，在你出门以前……她说你要忘记这一切的……她说：我要永远爱他，但我让他自由。真的，这是极好的，高尚的！对不对？是不是很高尚？是吗？”娜塔莎那么严肃地兴奋地问，以致看得出来，她现在所说的话，是她从前含着泪常说的。

罗斯托夫想了一下。

“我决不收回自己的话，”他说，“况且，索尼亚是那样妩媚，要放弃自己的幸福，那不是一个大傻瓜吗？”

“不，不，”娜塔莎大声说，“这件事我和她已经谈过了。我们知道你会这么说的。但这是不行的，因为你明白，假使你这么说——你认为自己受到诺言的约束，那么就好像是她故意这么说了。那么你还是不得不娶她。这根本不是那么回事。”

罗斯托夫看出，这一切是她们深思熟虑过的。索尼亚的美丽昨天晚上已经使他惊讶。今天，他瞥见她一眼，觉得她更加美丽了。她是个十六岁的迷人的姑娘，显然是热烈地爱着他（对于这一点他没有片刻的怀疑）。罗斯托夫想，为什么他现在不爱她，甚至不娶她呢？但……现在他还有那么多别的乐事和兴趣！“是的，她们把这事考虑得很周到，”他想，“我还是要做个自由的人。”

“那好极了，”他说，“我们以后再谈吧。啊，我多么替你高兴哟！”他补充说。“你怎么，对保理斯没有变心吗？”哥哥问。

“真是蠢话！”娜塔莎笑着大声说，“我既没想他，也没想什么人，也不想要认识什么人。”

“哎哟！那么你要干什么呢？”

“我吗？”娜塔莎问，幸福的笑容使她的面色明朗了，“你见过Duport〔迪波尔〕吗？”

“没有。”

“没有见过著名的舞蹈家迪波尔吗？所以你不明白。我就要做这样的人。”娜塔莎弯着手臂，拉起裙子，好像跳舞时一样，她向一边跑了几步，转了一圈，跳起来两脚拍了一下，并拢脚，然后踮着脚尖，走了几步。

“看我站着！看呀，”她说，但是她用脚尖站不住了，“这就是我所要做的！我决不出嫁，我要做一个舞蹈家。但是不要向人说。”

罗斯托夫那样高声愉快地大笑，以致皆尼索夫在房里感到羡慕，娜塔莎也忍不住，和他一同笑起来了。

“哦，好不好呢？”她还在说。

“好。你已经不想嫁保理斯了吗？”

娜塔莎脸色发红了。

“我谁也不想嫁。我看见了他，要亲自向他这么说。”

“哎呀！”罗斯托夫说。

“这都是废话，”娜塔莎继续说，“皆尼索夫好不好呢？”她问。

“他好。”

“好，再见吧，去穿衣服吧。皆尼索夫，他可怕吗？”

“为什么可怕？”尼考拉问，“不，发西卡是非凡的。”

“你叫他发西卡吗？……奇怪。他是很好吗？”

“很好。”

“好吧，赶快来吃早茶。我们在一起吃。”

娜塔莎站起来，好像女舞蹈家一样地用脚尖走出了房间，但她那样地微笑着，只有幸福的十四岁①的姑娘们才那样微笑的。在客厅里遇见了索尼亚时，罗斯托夫脸红了。他不知道怎样对待她。昨天晚上，在见面的最初的高兴的时候，他们互相接吻，但今天他们觉得不能够这样做了。他觉得，大家连母亲和姐妹们，都疑问地望着他，并且注意着他怎

① 原文“十五岁”，但一卷一部八章叙写娜塔莎十三岁，索尼亚十五岁，本章前面既说索尼亚是十六岁，则娜塔莎应是十四岁，因为时间只有半年。

样对待她。他吻她的手时，称她“您——索尼亚”。但是他们的目光交遇时，互相称“你”，并且温柔地互相接吻。她的目光请求他原谅她竟敢由娜塔莎的居间向他提起他的诺言，并且感谢他对她的爱情。他的目光感谢她给他自由，并且向她说，无论怎样，他决不会不爱她的，因为不爱她是不可能的。

“但那是多么奇怪啊，”韦娍趁大家静默的时候说，“索尼亚和尼考林卡现在互相称呼‘您’，好像陌生人一样了。”

韦娍的话是对的，和她的所有的话一样；但和她的大部分的话一样，这话使大家都觉得不舒服，不仅索尼亚、尼考拉和娜塔莎不自在，而且老伯爵夫人也脸红得好像小姑娘一样，她恐怕儿子对索尼亚的爱情会妨碍儿子的美满的姻缘。

皆尼索夫令罗斯托夫吃惊，穿了新军服，擦了发油，打了香水，在客厅里显得和他在打仗时一样的漂亮，他对于女子和绅士的殷勤是罗斯托夫料想不到的。

2

尼考拉·罗斯托夫从军中回到了莫斯科，被家里的人当作最好的儿子、英雄和一直看不够的尼考卢施卡；被亲戚当作可爱的、可喜的、有礼貌的青年；被朋友当作漂亮的骠骑兵中尉、娴熟的舞蹈家、莫斯科的最好的择配对象之一。

罗斯托夫家的交游遍及全莫斯科；老伯爵今年的钱是充足的，因为所有的田庄都再典押了，所以尼考卢施卡能够很愉快地度日，养了自己的赛跑的马，穿着最时新的、在莫斯科没有人穿过的马裤，最时髦的、头子极尖的、带着小银马刺的靴子。罗斯托夫回到家里，在短时期内适应了旧日生活环境之后，感觉到心情很愉快。他觉得，他已经长得很大并且成人了。经文考试失败时的失望，为了付车费向加夫锐拉借钱，以及索尼亚的偷吻——他想起这一切，好像想起他的无限遥远的童年一样。现在他做了骠骑兵中尉，穿着镶银边的上衣，佩挂兵士的圣·乔治勋章，和著名的、上了年纪的、受人尊敬的骑手们在一起训练他自己的赛跑的马了。他有一个相识的太太住在林荫大道，他晚间去看过她。他在阿尔哈罗夫家跳舞会里领导美最佳舞[①]，和卡明斯基元帅谈到战事，赴英国俱乐部[②]，和一个四十岁的上校称“你”，这人是皆尼索夫介绍给他的。

在莫斯科他对于皇帝的热情稍微冷淡了，因为他在这个时期没有看见皇帝。但他仍然常常说到皇帝，说到他对皇帝的爱，使人觉得，他并未说出一切，在他对于皇帝的情感里有些地方不是每个人可以了解的；但同时他也全心全意地怀着当时莫斯科一般人士对亚力山大·巴夫诺维支皇帝的崇拜心，当时莫斯科称皇帝为“天使的化身”。

在罗斯托夫回到军队之前，在莫斯科的这次短时逗留中，他没有接近索尼亚，却反而和她疏远。她很美丽、可爱，并且显然是热烈地爱他；但他现在是在青年时期，在这段时期似乎有许多事情要做，以致他没有工夫关心这样的事，并且年轻人怕受束缚——他重视自己的自由，这是他在许多别的事情上所需要的。这次在莫斯科的时候，当他想到了索尼亚，他便对自己说：“唉！将来还有、并且现在也有许多像她这样的女子，她们是在什么地方，我还不认识她们。在我需要的时候，我还有足够的时间想到爱情，但是现在我没有工夫。”此外，他还觉得在妇女团体中有侮辱他的男性尊严的地方。他赴跳舞会，赴妇女团体，他是假装这样做的，是违反自己的意志的。赛马，英国俱乐部，和皆尼索夫的痛饮，到某一个地方去——这是另一回事：这是勇敢的骠骑兵所应做的。

① 一种波兰双人舞。

② 毛注：这是莫斯科富人贵族的聚会处，直到一九一七年才终止。在政治上没有大的活动，不过是不满意朝廷的人发表意见的地方而已。

三月初，伊利亚·安德来伊支·罗斯托夫老伯爵忙着筹备在英国俱乐部欢迎巴格拉齐翁公爵的宴会。伯爵穿着宽服在大厅里来回走着，向俱乐部的账房和著名的庖长费克齐斯特吩咐着关于欢迎巴格拉齐翁公爵的宴会上的龙须菜、鲜胡瓜、杨梅、犊肉、鱼等事。从这个俱乐部成立时，伯爵便是会员和理事。俱乐部委托他筹备欢迎巴格拉齐翁的庆祝会，因为能够这样阔绰地、好客地筹备宴会的人很少，特别是因为，假使筹备宴会需要钱的时候，能够并且愿意掏腰包的人是更少。俱乐部的厨子和账房带着愉快的面孔听着伯爵的吩咐，因为他们知道，无论替谁办理数千卢布的宴会，都没有替他办理时那么有利可图。

“要注意，甲鱼汤里要有鸡冠儿，鸡冠儿，你记着！”

“那么冷菜是三道吗？”厨子问。

伯爵想了一下。

“不能再少了，三道……蛋黄酱一道。”他一面说，一面屈着一只手指。

“那么，要用大鲟鱼吗？”账房问。

“怎办呢，就是价钱贵也要用。啊，我的天，我几乎忘记了。我们的酒席一定还要一道别的开席的菜。啊，我的天！”他抓头了，“谁替我去拿花呢？米清卡！啊，米清卡！你骑马赶到莫斯科郊外的田庄去，”他向被他唤来的管家说，“你赶快到莫斯科郊外的田庄去，吩咐花匠马克谢姆卡立刻派家奴们做事。你说，把花房里的东西都搬到这里来，用毡子裹起来。要在星期五搬二百盆到这里来。”

他又发出了其他的各项吩咐，正要到伯爵夫人那里去休息，但他又想起了重要的事，便回转身，叫回厨子和账房，又开始吩咐。门外传来了男子轻微的脚步和马刺的声音，于是英俊的、面色红润的、有黑黑的小胡子的年轻伯爵走了进来，他显然是休息够了，并且在莫斯科的安逸生活中身子保养得很好。

“啊，我的孩子，我的头发昏了，”伯爵说，对儿子微笑着，好像有点儿难为情，“你来帮点儿忙就好啦！我们还要歌手。我们的乐队是有了，茨冈人[①]歌手要不要呢？你军队里的弟兄们喜欢这个。”

“真的，爸爸，我想巴格拉齐翁公爵准备射恩格拉本会战的时候，还没有您现在这样忙。”儿子微笑着说。

老伯爵装作要发怒的样子。

“好，你会说，你来试试！”于是老伯爵又转向厨子，厨子带着聪明的、恭敬的脸色，注意地亲切地望着父亲和儿子。

“年轻人成个什么样子了，啊，费克齐斯特？”他说，“笑我们老头儿了！”

“是的，大人，他们只要吃好的，但是筹备一切，安排宴席，都不是他们的事了。”

“不错，不错！”伯爵大声说，并且愉快地抓住儿子的双手，大声说道，“哦，怎么样，我抓住你了！你马上就坐双马雪橇，到别素号夫伯爵那里去，你说，伊利亚·安德来伊支伯爵派我来借鲜杨梅和鲜凤梨。这是别人那里弄不到的。他自己若不在家，你就进去，向公爵小姐们说，并且你就从那里到杂耍场去，车夫依巴特卡知道，你在那里找茨冈人依牛施卡，他就是那天在奥尔洛夫伯爵家跳舞的那个人，你记得，就是穿白色哥萨克衣服的，你把他带来，带到我这里来。”

“还要把他的茨冈姑娘带到这里来吗？”尼考拉笑着说。

“哦！哦……”

这时，安娜·米哈洛芙娜无声无息地走进来，脸上带着她一向所有的那种又能干又关心的，同时又是基督徒般温顺的神情。虽然每天安娜·米哈洛芙娜看到伯爵穿宽服，但每次他都在她面前发窘，并且为了衣服请她原谅。

“没有关系，伯爵，亲爱的，”她温顺地闭着眼说，“我要去看彼

① 茨冈人即是吉卜赛人。

挨尔·别素号夫伯爵，”她说，“小别素号夫到了，伯爵，我们现在要从他的花房里弄到一切。我也需要去看他。他把保理斯的信带给我了。谢谢上帝，保理斯现在做参谋了。”

因为安娜·米哈洛芙娜替他分担了一部分事务，伯爵很高兴，并且吩咐了为她预备小马车。

“您告诉别素号夫，要他来。我要替他定座。他会和妻子一起来吗？”他问。

安娜·米哈洛芙娜抬起眼睛，她的脸上显出了深愁。

“啊，我亲爱的，他很不幸，”她说，“假使我们所听的话是真的，这是可怕的。当我们为他的幸福高兴的时候，我们哪里会想得到！这个年轻的别素号夫，他是那么崇高的天使般的人物！是的，我由衷地可怜他，我要尽我的力量给他安慰。”

“是怎么回事？”罗斯托夫老小同声地问。

安娜·米哈洛芙娜深深地叹了口气。

“道洛号夫，玛丽亚·依发诺芙娜的儿子，”她神秘地低语说，“据说，完全败坏了她的名誉。彼挨尔照顾他，邀他住在彼得堡他的家里，现在……她到这里来了，那个无赖跟着她，”安娜·米哈洛芙娜说，希望表示她对彼挨尔同情，但在不自觉的语调和似笑非笑中流露了她对无赖——她这么称呼道洛号夫——的同情，“据说，彼挨尔为这件不幸的事伤心极了。”

“哎，但你还是向他说，要他到俱乐部来，会解闷的。这是一个盛大的宴会。”

第二天，三月三日，下午一时许，二百五十名英国俱乐部会员和五十名来宾等候贵宾，奥地利战役的英雄巴格拉齐翁公爵来赴宴。

最初，在接到奥斯特理兹会战的消息时，莫斯科方面迷惑了。那时，俄国人是那么惯于胜利，在接到失败消息时，有些人简直不相信，又有些人寻找某种异常的理由来解释那样奇怪的事件。在英国俱乐部里，聚集了所有的著名的、有可靠消息的、有威信的人，当消息在十二月中开始传来时，他们决不谈到战争和最近的失败，好像大家议定了对这件事保持缄默。领导谈话的人，如拉斯托卜卿伯爵、尤锐·乌拉齐米饶维支·道高儒考夫公爵、发卢耶夫、马尔考夫伯爵、维亚率姆斯基公爵都不在俱乐部里露面，却在他们家中，在他们亲密的小团体里；而随声附和的莫斯科人们（伊利亚·安德来伊支·罗斯托夫属于这一类的人）有个短时期，对于战事没有确定的意见，并且没有领导的人。莫斯科人们觉得有了什么不好的事，而谈论这些坏消息是困难的，因此最好是沉默。但过了一些时候，好像陪审员们走出会议室一样，在俱乐部发表意见的首领们又出现了，说的话又明白而确定了。他们找出了俄军失败这种难以置信的、闻所未闻的、不可能的事件的原因，于是一切都明白了，于是在莫斯科的每个角落里他们开始说着同样的话。这些原因是：奥国人的叛变，低劣的军粮，波兰人卜尔惹倍涉夫斯基和法国人兰惹隆的奸诈，库图索夫的无能和（偷偷地说的）皇帝的年轻与没有经验，他相信无能的、无足轻重的人们。但军队，俄国的军队，他们说，是不寻常的，并且作出了英勇的奇迹。士兵们，军官们，将军们——都是英雄。但英雄中的英雄是巴格拉齐翁公爵，他的荣誉是在于射恩格拉本战事和从奥斯特理兹的撤退，从那里只有他一个人把他的纵队整齐地撤出，并且一整天打退了力量超过自己一倍的敌人。巴格拉齐翁在莫斯科被选为英雄，还有一个原因，就是他和莫斯科方面没有关系，他是外人。他们在他身上表示了他们欢迎一个作战的、简单的、没有背景与阴谋的，却与意大利远征的回忆以及苏佛罗夫的名字有关系的俄国军人。此外，给他这种光荣，是表示不满意、不赞成库图索夫的最好方法。

“假使没有巴格拉齐翁，il faudrait l’inventer.〔就应该创造一个这样的人来。〕”诙谐家沈升模仿伏尔泰的话说。没有一个人说到库图索夫，有些人低声地责备他，说他是朝廷里的轻浮的人，是个老淫夫。

全莫斯科都重复道高儒考夫公爵的这句话：“做土坯，做土坯，要沾一身泥。”提起过去的胜利，安慰我们的失败，并且重复着拉斯托卜卿伯爵的话，对法国兵要用夸张的话刺激他们去打仗，对德国人要用逻辑的证明，使他们相信逃跑比前进更危险；但对俄国兵只需压制他们，要他们镇静！大家都在不断地谈论着我们士兵们和军官们在奥斯特理兹所表现的若干英勇事迹的新传说。有的救了军旗，有的一手杀死五个法国兵，有的独自装五门大炮的炮弹。不认识别尔格的人说到他，说他右手受了伤，左手拿着刀前进。关于保尔康斯基他们没有说到什么，只有很熟识的人们惋惜他死得这么早，留下了有孕的妻子和脾气古怪的父亲。

3

三月三日，英国俱乐部的每个房间都有谈话的嘈杂声，俱乐部的会员和宾客们，穿着军服和礼服，还有人头发打粉，身穿卡夫丹[①]，他们好像一群在春天乱飞的蜂子，到处走动着，或坐，或立，或聚，或散。头发打粉的，穿低口鞋、长筒袜和号衣的听差们，站在每道门前，聚精会神地窥视会员与宾客的每一动作，以便随时趋前侍候。在座大部分的人是年长的受人尊敬的人，都有宽大的自信的面孔，肥胖的手指，坚决的动作和声音。这一类的宾客和会员坐在一定的坐惯的地方，分成一定的惯常的小团体。在座一小部分的人是临时的宾客——多半是年轻人，其中有皆尼索夫、罗斯托夫和道洛号夫；道洛号夫现在又是塞妙诺夫团的军官了。在青年们的脸上，特别是军官们的脸上，有那种对于老人们的又傲慢又尊敬的表情，它似乎是向老辈说：“我们准备尊敬并且尊重你们，但是你们还得记住，将来是我们的！”

聂斯维次基是老会员，也在这里。彼挨尔奉妻子的命令留着长头发了，不戴眼镜了，穿了时髦的衣服，却带着忧悒丧气的神情在大厅里走

① 卡夫丹是一种农民长袍。

动。在这里和在别处一样，许多崇拜他的财富的人围绕着他，他带着傲视一切的习惯和心不在焉的轻视的态度对待他们。

按年龄，他应该属于年轻的一辈，按财富和关系，他属于年长的贵宾的那一伙，因此他在两方面走来走去。几个最重要的老人成了各团体的中心，甚至不相识的人也恭敬地走来听名人的谈话。几个较大的团体是在拉斯托卜卿伯爵、发卢耶夫和那锐施金的四周形成的。拉斯托卜卿说到俄军如何被逃跑的奥军所挤散，不得不用刺刀为他们自己在逃跑的人群中开辟道路。

发卢耶夫确信地说，乌发罗夫从彼得堡派来调查莫斯科方面对于奥斯特理兹战事的意见。

在第三个团体里，那锐施金说到奥国军事参议院的会议，在会议上苏佛罗夫好像雄鸡一样地大声叫着回答奥国将军们的蠢话。站在那里的沈升想说笑话，说库图索夫显然还不能从苏佛罗夫身上学会这种不难的本领——叫得像雄鸡一样；但老人们严厉地看了看这个说笑话的人，使他觉得，今天这里连说到库图索夫也是不相宜的。

伊利亚·安德来伊支·罗斯托夫伯爵穿着软靴，焦虑地、忙碌地在餐厅与客厅之间来往着，匆匆地、完全同样地招呼着他所全部认识的、重要的与不重要的人，有时他的眼睛寻找着他的体格匀称的、年轻的儿子，高兴地把目光落在他的身上，向他映眼。小罗斯托夫和道洛号夫站在窗前，他认识道洛号夫才不久，却很看重他的友谊。老伯爵走到他们面前，和道洛号夫握手。

“请到舍下来玩，你认识我的勇敢的孩子……一同在那里，一同做英雄事业……啊！发西利·依格那齐支……你好，老先生。”他转向走过身边的老人说，但是还不及寒暄完毕，大家都骚动了，一个跑进来的听差，带着惊惶的面色报告：“到了！”

响起了铃声，理事们赶上前去了。散在各房的宾客，好像锹上抖下来的黑麦，挤成一堆，停在大客厅里，在正厅的门前。

巴格拉齐翁在过道的门口出现了，没有戴帽子，没有挂佩刀，按照俱乐部的习惯，都交给司阍了。他没有戴羊皮帽，也没有鞭子搭在肩头，像罗斯托夫在奥斯特理兹会战的前夜所见的那样，却穿着瘦小的新军服，佩了俄国和外国勋章，左边胸前佩着圣·乔治星章。他显然是正在赴宴之前剪了头发，修了胡须，这反而损害了他的面貌。他脸上有一种单纯的节庆的神色，这连同他的坚决、英武的容貌，甚至使他脸上有了几分喜剧的表情。和他同来的别克列邵夫和费道尔·彼得罗维支·乌发罗夫停在接待室的门口，让他这个主要的客人走在他们前面。巴格拉齐翁局促了一下，不要他们向他敬礼；他们在门口耽搁了一下，但巴格拉齐翁终于走在前。他羞涩地、不自然地走在接待室的嵌木地板上，不知道把他的双手放在哪里是好；要他在火线上的田野里行走，如同他在射恩格拉本在库尔斯克团的前面那样地行走，他倒觉得更习惯、更容易些。理事们在正厅的第一道门前迎接他，向他说了几句话，说他们看到这样高贵的客人，是多么高兴，并且好像被他吸引了一样，不等他回答，便围了上去，领他进了大客厅。客厅的门口，由于会员与宾客拥挤，是无法通过的，他们互相拥挤，并且都力求从别人肩头上望见巴格拉齐翁，好像是看稀有的野兽一样。伊利亚·安德来伊支伯爵比大家更起劲，他笑着说："请让一让，亲爱的，请让一让，请让一让。"一面推开人群，领客人们进了客厅，让他们坐到当中的沙发上。要人们、最尊贵的会员们，围住了新来的客人们。伊利亚·安德来伊支伯爵又在人群中推开道路，走出客厅，过了一会儿又拿了一个大银盘子和另一个理事一同出现了，他把这个银盘子送到巴格拉齐翁公爵面前。盘子上放了一首印成的颂扬英雄的诗。巴格拉齐翁看见了盘子，惊惶地回顾了一下，好像是在求助。但所有的眼睛都要求他接受。巴格拉齐翁觉得自己是在他们的支配之下，坚决地用双手接了盘子，并且愤怒地谴责地望着送盘子给他的伯爵。有人殷勤地拿开巴格拉齐翁手中的盘子（好像不然他便会这样一直拿到晚上，这样端着走上餐桌）并要他注意这首诗。巴格拉齐翁好像是说："好，我来读。"把疲倦的眼睛注视着纸，带着精神专注的严肃的面色，开始阅读。作诗的人拿了这首诗，诵读起来了。巴格拉齐翁公爵低下头听着[①]。

你带光荣给亚力山大皇朝，
保护我们的皇帝安居皇宫，
你是个可怕的指挥，善良的人士，
国家的栋梁，战场上的英雄。
连侥幸的拿破勒翁[②]
凭经验认识了巴格拉齐翁，
不敢再扰乱伟大的俄国人……

但他还没有读完诗句，声音洪亮的管家便喊叫着："酒席准备好了！"门开了，餐厅里响亮地送出波兰曲的音调："发出了胜利的吼声，勇敢的俄国人欢腾。"于是伊利亚·安德来伊支愤怒地看了看还在读诗的作者，便向巴格拉齐翁鞠躬。大家站起来了，都觉得宴会比诗更重要，于是巴格拉齐翁又在别人之前走到餐桌前。巴格拉齐翁坐在首座上，在两个同名的亚力山大——别克列邵夫与那锐施金——之间，这么做的意义是暗示皇帝的名字。三百个人按照官衔与地位在餐厅里坐下了，愈重要的人愈靠近主要的客人。这就像哪里的地势愈低，哪里的水愈深一样地自然。

快要开席的时候，伊利亚·安德来伊支把他的儿子介绍给了公爵。巴格拉齐翁认出了他，说了几句不连贯的、不自如的话，正如同他这天说的所有话一样。当巴格拉齐翁公爵和他的儿子说话时，伊利亚·安德

① 毛注：这里的诗是用很坏的俄文作的。

② 乃拿破仑原文之音，因此句与下句押韵，故译如此。

来伊支伯爵高兴地、骄傲地打量着所有的人。

尼考拉·罗斯托夫、皆尼索夫和新相识的道洛号夫几乎是一同坐在桌子的当中。彼挨尔和聂斯维次基公爵并排坐在他们对面。伊利亚·安德来伊支伯爵和别的理事们，坐在巴格拉齐翁的对面，他招待公爵，把他自己作为莫斯科盛意的化身。

他的努力没有白费。他主办的酒席和挑选的瘦肉、菜肴都是精美的，但直到席终他才完全放心。他向司膳睐眼，低声吩咐侍从，并且有些兴奋地等着每一道他所知道的菜。一切都好极了。在上第二道菜大鲟鱼时（看到这个，伊利亚·安德来伊支因为高兴和羞涩而脸红了），听差们开始拔出瓶塞，斟香槟酒。在这道给人相当好感的菜之后，伊利亚·安德来伊支伯爵和别的理事们交换了目光。“还有许多干杯，这才刚开始！”他低声说，拿了杯子，站起来。大家沉默着，等着他要说的话。

“祝我主皇帝健康！”他大声呼叫，同时他的善良的眼睛被高兴与狂喜的泪水浸湿了。同时乐队奏出：“发出胜利的吼声。”大家都从位子上站起来，大呼“乌拉”，巴格拉齐翁也用他在射恩格拉本战场上同样的声音大呼“乌拉”，年轻的罗斯托夫的狂喜的声音在三百人的声音中叫得最高。他几乎要流泪了。“祝我主皇帝健康，”他大吼着，“乌拉！”他一口气干了杯，就把杯子抛到地上去了。许多人仿效他。高声的喊叫持续了很久。叫声停止时，侍从们捡起了破碎的玻璃杯，大家又开始坐下来，一面对于他们自己的叫声微笑着，一面交谈着。伊利亚·安德来伊支又站起来，看了看他的碟子旁的字条，提议干杯祝我们上次战争中的英雄彼得·依发诺维支·巴格拉齐翁身体健康，伯爵的蓝眼睛又被泪水浸湿了。三百个声音又大呼“乌拉”，而代替音乐的是唱歌班唱出巴佛尔·依发诺维支·库图索夫[①]的颂诗：

① 毛注：这是一个诗人，不是那位将军。

对俄国人的妨碍都是空，
勇敢是胜利的保证，
我们有巴格拉齐翁，
把一切敌人都踏在脚跟……

唱歌班刚唱完，便是接连不停的干杯，这使得伊利亚·安德来伊支伯爵越来越受感动，并且大家砸碎了更多的酒杯，呼声叫得更高了。他们干杯祝别克列邵夫、那锐施金、乌发罗夫、道高儒考夫、阿卜拉克生、发卢耶夫健康，祝理事们健康，祝主持人健康，祝全体会员健康，祝全体来宾健康，最后单独干杯祝宴会筹备人伊利亚·安德来伊支伯爵健康。在这次干杯时，伯爵掏出手帕，蒙了脸，大哭起来了。

4

彼挨尔坐在道洛号夫和尼考拉·罗斯托夫的对面。他像平常一样，贪馋地吃了很多，喝了很多。但那些和他熟识的人，看出他今天有了很大的变化。他在整个宴会的时间里沉默着，并且眯眼皱眉，环顾四周，或者眼睛呆滞不动，显出完全心不在焉的样子，用手指拭鼻梁。他的脸色沮丧而忧悒。他似乎没有看见、没有听到身边所发生的任何事情，却在想着一件痛苦而未能解决的问题。

这个未解决的、使他苦恼的问题——是他的表姐，在莫斯科的公爵小姐透露了道洛号夫和他的妻子的亲密关系，今天早晨他又接到一封匿名信，这信带着一切匿名信所共有的下流的嘲讽，说他戴着眼镜却看不见东西，说他的妻子和道洛号夫的关系只对他一个人才是秘密。彼挨尔绝对不相信公爵小姐的暗示和那封匿名信，但他现在怕看见坐在对面的道洛号夫。每次，当他的目光和道洛号夫的美丽傲慢的眼睛偶然相遇时，彼挨尔便觉得，他的心中升起了一种可怖的丑恶的东西，于是他赶快地转过了头。彼挨尔不觉地想起了他的妻子过去的一切和她同道洛号夫的关系，他知道得很清楚，假使这件事和他的妻子无关，则信中所说的兴许是真的，至少兴许似乎是真的。彼挨尔不禁想起了，战后复职的道洛号夫回到彼得堡并且去看他。道洛号夫利用他和彼挨尔酒肉朋友的关系，一直来到他的家里，彼挨尔留他住下，借钱给他。彼挨尔想起了，爱仑微笑着表示她不满意道洛号夫住在他们家里，道洛号夫厚颜无耻地向他称赞他妻子的美丽，以及他从那时直到他来到莫斯科，没有片刻离开他们。

“是的，他很漂亮，”彼挨尔想，“我知道他。他所特别乐意的事，就是侮辱我的名誉、嘲笑我，正因为我为他出力，照顾他，帮助他。我知道，我懂得，在他看来，这件事对他的欺骗增加了什么样的意味，假使这是真的。是的，假使这是真的；但我不相信，我没有权利相信，并且不能相信。”他想起道洛号夫在残忍无情时的面部表情，例如，他把警察和熊绑在一起抛入水中的时候，或者在他无故地向人挑斗的时候，或者在他用枪打死驿差的马的时候。当他望道洛号夫的时候，这种表情常常出现在道洛号夫的脸上。“是的，他是一个暴徒，”彼挨尔想，“杀人在他看来是不算一回事的，他一定觉得大家怕他，他一定欢喜这样。他一定以为我也怕他。”彼挨尔想，“确实我怕他，”在产生这些思想时，他又觉得，他的心中升起了一种可怕的、丑恶的东西。道洛号夫、皆尼索夫和罗斯托夫此刻坐在彼挨尔的对面，似乎很愉快。罗斯托夫愉快地和他的两个朋友——一个是雄壮的骠骑兵，一个是著名的莽汉和无赖——交谈，并偶尔嘲笑地望望彼挨尔，在这个宴会上，他的心事重重的、精神涣散的、体格魁梧的样子是令人吃惊的。罗斯托夫恶意地望着彼挨尔，第一，因为在他骠骑兵的目光中，彼挨尔是一个非军人的富翁，美人的丈夫，总之，像是一个老太婆；第二，因为彼挨尔在心事重重、精神涣散时没有认出罗斯托夫，没有回答他的敬礼。当他们开始干杯祝皇帝健康时，彼挨尔沉思着没有站起来，没有举杯。

“您怎么啦？”罗斯托夫向他大声地说，用狂喜而愤怒的眼睛望着他。“难道您没有听到：祝我主皇帝健康吗？”

彼挨尔叹了口气，顺从地站起来，干了杯，等到大家坐下时，他带着善良的笑容对着罗斯托夫。

“啊，我没有认出您。”他说。

但罗斯托夫没有工夫注意到这个，他在大呼“乌拉”。

“你为什么不睬他呢？”道洛号夫向罗斯托夫说。

“他那家伙，傻瓜。”罗斯托夫说。

“我们应该巴结美人们的丈夫。”皆尼索夫说。

彼挨尔没有听到他们在说什么，但是知道他们是说他。他脸红了，掉转了头。

“哦，现在祝美人们健康。”道洛号夫说，他带着严肃的表情，但在嘴边上带着笑容，拿着酒杯转向彼挨尔。

“祝美人们健康，彼得路沙，祝她们的情人们健康。”他说。

彼挨尔垂下了眼睛，喝了杯里的酒，没有望道洛号夫，也没有回答他。仆人分发库图索夫的颂诗，放了一张在彼挨尔面前，把他当作较为尊贵的来宾。他正要接过来，但是道洛号夫把身子从桌上探过来，从他手里夺了过去，开始阅读。彼挨尔瞥了瞥道洛号夫，他的眼睛又垂了下来：那可怕的、丑恶的、在整个宴会的时间里使他苦恼的东西，升了起来，支配了他。他把整个肥胖、高大的身躯从桌上探过去，大喊着：

“您怎敢拿！”

聂斯维次基和右边邻座的人，听到这个叫声，看出是对谁发的，都惊惶地连忙望着别素号夫。

“算了吧，算了吧，您在干什么？”许多人惊惶地低低地说。道洛号夫用明亮、愉快、严厉的眼睛望了望彼挨尔，并且带着那样的笑容，好像是说：“我就喜欢这样。”

“我不给。”他清晰地说。

彼挨尔脸色发白，嘴唇打战，夺回了这张纸。

“您……您……流氓……我要和您决斗。”他说，然后推开了椅子，在桌旁站起来了。

在彼挨尔做出这样的举动，说出这句话的俄顷之间，他觉得，这一昼夜使他苦恼的、关于妻子罪状的问题，是最后地、无疑地、肯定地解决了。他恨她，并且永远地和她破裂了。虽然皆尼索夫劝罗斯托夫莫干预这件事，罗斯托夫却同意了做道洛号夫的监场人，饭后同彼挨尔的监场人聂斯维次基谈判决斗的条件。彼挨尔回了家，而罗斯托夫、道洛号夫及皆尼索夫在俱乐部里听茨冈人和其他歌手唱歌，一直待到深夜。

“明天在索考尔尼基再见。”道洛号夫和罗斯托夫在俱乐部台阶上分手时说。

“你心里镇静吗？”罗斯托夫问。

道洛号夫站住了。

“你知道，我要用两句话向你说明决斗的全部秘密。假使你去决斗，你就写遗嘱，给父母写一封信，假使你想到你会被打死，你便是一个傻瓜，并且一定要失败；可是你去决斗，你带着尽可能迅速而准确地杀死对手的决心，那么一切都好了。像我们考斯特罗马的猎熊的人向我说的，他说：‘谁不怕熊呢。但你看见了一只熊，恐惧就没有了，但愿熊不要逃走了！’我也就是这样的。A demain, mon cher!〔明天见，亲爱的！〕”

第二天上午八时，彼挨尔和聂斯维次基来到索考尔尼基森林，看到道洛号夫、皆尼索夫和罗斯托夫已经到了。彼挨尔的神情好像是在专心地考虑着一些和目前事件毫无关系的事情。他的憔悴的脸发黄，他显然这天夜里没有睡。他精神涣散地环顾着，并且好像是由于眩目的太阳，眯着眼睛。他所考虑的两件事情完全吸引了他的注意：一件是他妻子的罪过，经过无眠的一夜，对于这个已经没有丝毫怀疑了，一件是道洛号夫的无罪，道洛号夫没有任何理由要尊重一个与他无关的人的荣誉。“也许我处在他的地位上，我会做同样的事情，”彼挨尔想，“甚至确实我会做同样的事情；那么为什么要有这个决斗，这个屠杀呢？或者我打死他，或者他打中我的头、我的肘、我的膝盖。从这里走开，逃跑，把我自己藏匿到什么地方去吧！”这念头来到了他的心里。但正当他产生这些念头的时候，他带着特别镇静的、心不在焉的、引起旁观者的尊敬的神情，问道：“快了吗？准备好了吗？”

当一切都准备完毕，剑都插在雪地里作为双方界限，手枪已经实弹的时候，聂斯维次基走到了彼挨尔面前。

“伯爵，”他用畏怯的声音说，“假使我在这个重要的时候，很重要的时候，我不向您说出全部的事实，我便是没有尽我的责任，辜负您选我做监场人时您对我的信任和尊敬了。我以为这件事没有充分的理由，不值得为这件事流血……您是不对的，您火气太大了……”

“啊，是的，非常愚蠢……”彼挨尔说。

“那么请您让我转达您的歉意，我相信我们的对手会愿意接受您的道歉，”聂斯维次基说（他好像别的参与这事的人一样，好像此类事件中所有的人一样，不相信事情已经到了真正决斗的时候），“伯爵，您知道，承认自己的错，较之把事情弄到不可收拾的地步，是远为高尚的。双方都不伤体面。让我去说……”

“不行，还有什么说的呢！”彼挨尔说，“反正一样……那么，准备好了吗？”他补充说，“您只要向我说，向哪里走，向哪里射击。”他说，不自然地温和地微笑着。

他拿起手枪，开始询问射击的方法，因为他从来不曾拿过枪，但他不愿承认这件事。“啊，对了，我知道，我不过是忘记了。”他说。

“说不上道歉，什么都谈不到。”道洛号夫向皆尼索夫说，皆尼索夫在那方面也作了和解的尝试，道洛号夫也走到了指定的地点。

决斗的地点选定在停雪橇的道路八十步以外的地方，在松林中一小块空地上，地面上遮盖着因为数日来的解冻而在融化的雪。对手们站在空地的边际，彼此相隔四十步。监场人们量着步子，在又湿又深的雪地上踏着，留下足迹，从他们所站的地方，走到聂斯维次基与皆尼索夫的两把剑插得相隔十步表示界限的地方。是化雪的天气，还有雾；在四十步以外便什么也看不见了。三分钟内一切都准备好了，但他们仍然拖延不动。大家都沉默着。

5

“哎，开始吧！”道洛号夫说。

“好。”彼挨尔说，仍然微笑着。

情形是可怕的。显然是，这件事开始得那么轻率，已经无法挽回了，这件事自动地进行着，已非人们的意志可以控制，并且一定要做下去的。皆尼索夫最先走到界限那里，宣布：

“因为对手们拒绝和解，那么就请开始吧！拿手枪，听到‘三’就动步。”

“一！……二！三！……”皆尼索夫愤怒地大叫之后，走到边上去了。

两人在踩出来的道路上走着，越走越近，在雾中彼此相认着。对手们走到界限那里，谁愿开枪，就有权利开枪。道洛号夫走得很慢，没有举起手枪，把明亮发光的蓝眼睛注视着对手的脸。他的嘴像平常一样，带着类似微笑的表情。

“我想要开枪，就能开枪了。”彼挨尔说。听到三，他快步地走上前，越出了道路，踏到完好的雪地上。彼挨尔拿着手枪，向前伸出右手，显然是怕用这支手枪打死自己。他小心地把左手放到后边，因为他想用它支持右手，但他知道这是不行的。彼挨尔走了六步，从路上走到雪地上，看了看脚下，又迅速地看了看道洛号夫，并且如他所学的，弯了手指，开了枪。彼挨尔决没有料到这样大的响声，他因为自己的射击颤抖了一下，然后又对自己的这种感觉微笑了一下，便站住了。因为雾气而特别浓厚的硝烟，在最初片刻，遮住了他的视线；但他所期待的另一枪声却没有发出。只听到道洛号夫的急速的脚步声，在烟气中出现了他的身影。他一手叉着左腰，一手抓着下垂的手枪。他的脸发白。罗斯托夫跑到他面前，向他说了什么。

“不……不，”道洛号夫从牙齿缝里说，“不，没有完。”又踉踉跄跄地、摇摆不定地走了几步，走到剑那里，倒在剑旁的雪地上。他的左手上有血，他在衣服上把左手擦了一下，便用左手支持着他自己。他的脸发白，皱着眉，打战了。

“请……”道洛号夫开始说，但他不能一下说出来，“请吧。”他费力地说。

彼挨尔不忍看到他的啜泣，向道洛号夫跑去，想要越过界限之间的那块空地，但是道洛号夫大叫：“回到界限那里去！”于是彼挨尔明白了是怎么回事，在自己的剑那里停住了。他们只相隔十步。道洛号夫把头垂到雪地上，贪婪地咬雪，又抬起头，纠正了姿势，缩起了腿坐着，寻找着稳定的重心。他吞进了一口冷雪，含在嘴里；他的嘴唇发抖，但仍然微笑着；他的眼睛在他鼓起最后气力时愤怒地费力地闪耀着。他举起手枪，开始瞄准。

“到边上去，用手枪掩护您自己。”聂斯维次基说。

“掩护您自己！”连皆尼索夫也不能克制，向对方大声说。

彼挨尔带着同情与懊悔的温和微笑，无能为力地伸开臂和腿，把他的宽胸脯正对道洛号夫站立着，悲伤地望着他。皆尼索夫、罗斯托夫和聂斯维次基眯了眼。同时他们听到了枪声和道洛号夫的怒吼。

“偏了！”道洛号夫叫着，脸向下无力地躺在雪地上。

彼挨尔抱了头，转过身，走进树林，走在很深的雪地上，并且大声地说着不可理解的话。

“蠢……蠢！死……谎……”他皱着眉重复着。

聂斯维次基叫他站住，送他回家去了。

罗斯托夫和皆尼索夫送走了受伤的道洛号夫。

道洛号夫沉默着，眼闭着，躺在雪橇上，人问他什么，他概不回答；但是进了莫斯科以后，他忽然清醒了，并且困难地抬起头来，拉住坐在身旁的罗斯托夫的手。道洛号夫脸上完全改变的和突然流露出的兴奋温柔的表情令罗斯托夫诧异了。

“怎样？你觉得怎样？”罗斯托夫问。

“不好受！但问题并不在这里。我的朋友，”道洛号夫用断续的声音说，“我们在哪里？我们在莫斯科，我知道。我没有关系，但我害死了她，害死了……这件事她受不了。她受不了……”

“谁呀？”罗斯托夫问。

“我的母亲。我的母亲，我的天使，我所崇拜的天使，母亲。”道洛号夫紧握着罗斯托夫的手，流泪了。

当他稍为镇静时，他向罗斯托夫说明，他和母亲住在一起，假使他母亲看见他要死，她是忍受不了的。他求罗斯托夫到他母亲那里去，使她有所准备。

罗斯托夫先去执行了这个任务，令他大大惊异的，是他知道了道洛号夫，这个暴徒莽夫道洛号夫，在莫斯科是和老母及驼背的姐姐住在一起的，而且竟是最温情的儿子和兄弟。

6

彼挨尔近来很少和妻子单独见面。在他们的彼得堡和莫斯科的家里经常是宾客满座。在决斗之后的夜晚，像他惯常的那样，他没有回卧室，却留在他父亲的大书房里，别素号夫伯爵就是在这里逝世的。

他躺在沙发上，想要睡觉，以便忘掉他所经历的一切事情，但是他办不到。他的心中，突然出现了那样的一阵情绪、思想和回忆，使他不但不能睡觉，而且不能坐着不动，并且不得不从沙发上跳起来，在房中快步地走来走去。他时而想象着她在新婚后的样子，她的袒露的肩膀和疲倦、热情的目光，但立刻又想象着她身旁道洛号夫的英俊、傲慢、坚决、嘲讽的，像在宴会上所看见的那副面孔，然后又是道洛号夫的那副苍白、发抖、痛苦的，像他转过身来跌倒在雪地上时的那副面孔。

“发生了什么呢？”他问自己，“我杀死了她的情人，是的，我杀死了自己妻子的情人。是的，是这么回事。为什么？我怎么会做出这样的事？”内在的声音回答：“因为你娶了她。”

“但是我的过错在哪里？”他问，“是在你娶了她，却不爱她；是在你欺骗了自己和她。”于是他清楚地想起在发西利公爵家晚饭后的那个时间，他那时说出了这句很难出口的话：“Je vous aime.〔我爱你。〕”“全是因为这个！我那时就觉得了，”他想，“我那时便觉得，这是不对的事，觉得我没有权利做这件事。就是这样发生的。”他想起了蜜月，并且为了这个回忆而脸红了。特别清楚而屈辱可羞的，是他想起了有一天，在婚后不久，在正午十二时前，他穿着绸宽服从卧室走进书房，并且在书房里碰见了总管家，他恭敬地鞠躬，看彼挨尔的脸，又看他的宽服，并且微笑了一下，好像是用这个笑容来表示他对主人的幸福所持的恭敬同情的态度。

“我有过多少次夸耀她，夸耀她的绝色，她的社交才能，”他想，“我夸耀过我的房子，她在这里招待全彼得堡的人，我夸耀她的难以接近的性格和美丽的容貌。这就是我所夸耀的地方！我那时想到，我并不了解她。在我想到她的性格时，我对自己说过多少次，我没有了解她，我没有了解她那种习以为常的镇静和满意，她没有任何爱好和欲望，那是我的错，而全部的答案就是这句可怕的话：她是一个堕落的女人。我向自己说了这句可怕的话，于是一切都明白了！”

“阿那托尔常来向她借钱，吻她裸露的肩膀。[①]她不给他钱，但是

① 毛注：托尔斯泰在初稿中写明了爱仑和她的兄弟有犯罪的关系，但后来他更改了，只留了一些暗示。

让他吻她自己。她的父亲，在说笑话的时候，常常唤起她的嫉妒；她却带着镇静的笑容说，她决不会愚蠢到嫉妒的地步。她常常这样说到我：'他想做什么，就让他做什么吧。'有一天我问她是否感觉到怀孕的征兆。她轻蔑地笑起来，并且说，她不是傻瓜，她不要小孩，说她决不替我生小孩。"

然后他想起她的思想的粗鲁和直率，她所特有的言语的鄙俗，虽然她是在最高级贵族社会中长大的。"我并不那么傻……你自己去试试看……Allez vous Promener.〔你走开吧。〕"她常常这么说。彼挨尔常常看到她在年老和年轻男女面前的成功，却不能够明白，为什么他不爱她。"是的，我从来没有爱过她，"彼挨尔向自己说，"我知道，她是堕落的女人，"他向自己重复说，"但是我不敢承认这个。"

"现在道洛号夫，他在那里坐在雪地上，并且勉强地微笑着，也许他要死了，用一种虚伪的英勇的口气回答我的忏悔！"

彼挨尔属于这一类的人，他们虽有所谓外在的性格的弱点，却不去找人把自己的忧愁告诉他。他独自忍受着自己的忧愁。

"一切都怪她，一切都怪她一个人，"他向自己说，"但这有什么关系呢？为什么我把自己同她联结在一起呢？为什么我向她说：Je vous aime〔我爱你〕呢？这是一句谎话，并且比谎话更坏，"他向自己说，"我有过错，应当忍受……什么？名誉的败坏，生活的不幸吗？唉，都不相干，"他想，"名誉的败坏也罢，荣誉也罢，一切都是有条件的，一切都不是由我决定的。"

"他们杀死路易十六，因为他们说他卑鄙，说他是一个罪犯，"彼挨尔心里想，"从他们的观点上来说，他们是对的，正如同那些为他殉难，并尊他为圣人的人也是对的。后来他们杀死罗伯斯庇尔，因为他是暴君。是谁对，是谁错？没有谁对，也没有谁错。但是活着的时候，你活吧；明天你会死的，正如同我在一小时前也会死的那样。我们的生命，和永恒比较起来，不过是一瞬，何必自寻烦恼呢？"

但是在他觉得自己因为这种考虑而心绪宁静时，他忽然想起了她，想起他极热烈地向她表示虚伪爱情的那些时候的她，于是他觉得血在向他心中涌去，他不得不又站起身来，走动着，或者击碎或者撕毁他随手碰到的东西。“为什么我向她说 Je vous aime〔我爱你〕呢？”他仍旧向自己重复着。把这个问题重复到十次时，他脑子里想起了莫利哀的话：“Mais que diable allait-ilfaire dans cette galère?〔但他究竟为什么自寻烦恼呢？〕”于是他笑他自己了。

夜间他唤来了听差，吩咐他收拾行李到彼得堡去。他不能和她住在一个屋子里。他不能设想，他现在应怎样和她说话。他决定了明天走，并且留一封信给她，向她说明他要永远和她分开的意思。

早晨，当听差送咖啡进房时，彼挨尔躺在褥榻上，手里拿一本打开的书睡着了。

他醒了，惊惶地顾盼了很久，不明白他是在什么地方。

“伯爵夫人派我来探问，大人是不是在家。”听差说。

但彼挨尔还不及决定怎样回话，伯爵夫人自己已经穿着白绸绣银花的宽服，带着未加修饰的头发（两条粗大的辫子在她美丽的头上绕了两圈en diadème〔好像冠冕一样〕），镇静地庄严地走进房；只在她的大理石般的、有些凸出的前额上有一条愤怒的皱纹。她带着不可动摇的镇静，没有当听差的面说话。她知道了决斗，并且是来说这件事的。她一直等到听差放下了咖啡走了出去。彼挨尔畏怯地从眼镜上边看她，就好像一只被群犬包围的兔子，缩着耳朵，在敌人面前继续躺着一样，他试图继续读书：但是他觉得，这是无意义的、不可能的，于是他又畏怯地看了看她。她没有坐下，带着轻视的笑容望着他，等候着听差走出去。

“这是怎么回事？您做了些什么？我问您！”她严厉地说。

“我？我怎么？”彼挨尔说。

“您现在成了勇士了！好，您回答，这个决斗是为了什么？您要用它证明什么？是什么？我问您。”

彼挨尔在沙发上沉重地翻转身，张开了嘴，但是不能回答。

“假使您不回答，我就向您说吧……”爱仑继续说，“您相信他们向您所说的一切。他们向您说……”爱仑笑了一下，“说道洛号夫是我的情人，”她用法语说，用她的粗鲁的坦率的言语说出“情人”这个字眼，和说任何别的字眼一样，“您就相信！但您用这个证明了什么？您用这个决斗证明了什么？证明了：您是一个傻瓜，que vous êtes un sot，这件事大家都知道了！这会有什么结果呢？结果是，我要成为全莫斯科的笑柄；结果是，大家都说，您喝醉了酒，神志昏迷的时候，向一个被您无故地嫉妒的人挑斗，”爱仑的声音越来越高，并且越来越兴奋了，“这个人在各方面都比您好……”

“嗯……嗯……”彼挨尔哼着，皱着眉，没有望她，一动也没有动。

“为什么您会相信，他是我的情人呢……为什么？因为我欢喜同他在一起吗？假使您更聪明、更可爱些，我就更欢喜和您在一起了。”

“不要同我说……我求您。”彼挨尔哑声地低语。

“为什么我不说呢！我能说，我敢说，有了像您这样的丈夫的妻子，很少不找情人（des amants）的，但是我没有做这样的事。”她说。

彼挨尔想要说什么，用惊奇的眼睛向她看了一下，又躺下了，她不明白他眼睛的表情。他这时感到肉体上的痛苦：他的胸口被压，他不能透气。他知道，他应该怎么做才能结束这个痛苦，但是他想要做的事是太可怕了。

“我们最好分开吧。”他吞吞吐吐地说。

“分开，也好，可是您要给我财产，”爱仑说，“分开，用这个来威胁我！”

彼挨尔从沙发上跳起来，摇摇晃晃地向她面前冲去。

“我要杀死你！”他大叫，用他自己还不曾知道的力量，从桌上抓起大理石板，向她走近一步，对她挥举起来。

爱仑的脸色显得可怕，她大叫一声，从他面前逃开了。他父亲的性格在他身上表现出来。彼挨尔感觉到愤怒的魔力和乐趣。他掷下石板，将它砸碎，并且伸出手臂，向爱仑面前扑去，用那样可怕的声音大叫"滚开"，全家的人都恐怖地听到了这个叫声。假使不是爱仑从房里跑出去了，上帝知道这时候彼挨尔会做出什么举动来。

一星期后，彼挨尔委托他的妻子管理他在大俄罗斯的全部田庄，这是他财产的大部分，他独自到彼得堡去了。

7

童山那里接到奥斯特理兹会战和安德来公爵阵亡的消息之后，已经两个月了，虽然有通过使馆的一切信件与一切的调查，却没有找到他的尸体，俘虏名单里也没有他。对于他的亲属最不好的地方，就是还有这种希望：他会被当地居民从战场上救起来，也许他独自躺在异国的什么地方，或者正在复元，或者即将死去，不能够寄出他自己的消息。老公爵从报上最先知道奥斯特理兹的失败消息，报上像平常一样，极简单而含糊地说到俄军在光荣的战事之后不得不撤退，而且撤退是十分有秩序。老公爵从这个官方消息中明白了我军被打败了。在带来奥斯特理兹失败消息的报纸之后一星期，来了一封库图索夫的信，向公爵报告他儿子的遭遇。

"您的儿子，我亲眼看见，"库图索夫信上说，"手执军旗，冲在团的前面，英勇地倒下，对得起他的父亲和他的祖国。我与全军都很抱憾，直到现在还不知道——他是不是还活着。我用这个希望安慰自己和您，希望您的儿子还活着，因为不然，他便要列在战场上所找到的军官当中，我已由军使获得了他们的名单。"

老公爵晚间很迟的时候独自在房中接到了这个消息，第二天，他还像平常一样，出门作早晨的散步；但他对于管家、园丁和建筑师都沉默着，虽然是有怒气，却没有向任何人说什么。

当玛丽亚公爵小姐在惯常的时间进他的房时，他站在车床旁车零件，但是和通常一样，没有回头看她。

“啊，玛丽亚公爵小姐！”忽然他不自然地说，并且扔掉了凿子。（轮子因为惯性还在旋转。玛丽亚公爵小姐很久之后还记得这个渐渐消失的轮盘声，这声音在她的记忆中和后来所发生的事混淆在一起了。）

玛丽亚公爵小姐走到他面前，看见他的脸，她的心情忽然沉重起来了。她的眼睛再也看不清楚了。从她父亲的脸上，从他的不悲伤、不颓丧、但愤怒而不自然地抽动着的脸上，她看出，有一种可怕的不幸要落到她的头上，并且会使她痛苦，这是生活中最大的不幸，她还不曾经历过，这是无法弥补的无法理解的不幸，是她所爱的人的死。

“爸爸！安德来吗？”公爵小姐说，她虽然不那么娇艳，不那么灵活，却由于悲哀和激动而显得极其妩媚，以致她父亲不能忍受她的目光，啜泣一声，转过身去。

“我得到了消息。他不在俘虏名单里，也不在阵亡人员里。库图索夫写信来的，”他尖声地大叫，好像是要用这叫声赶走公爵小姐，“他被打死了！”

公爵小姐没有跌倒，没有昏厥。她已经脸色发白，但是当她听到这话时，她的脸色变了，她那明亮美丽的眼睛里有什么东西在发光。似乎是一种喜悦，最崇高的喜悦，与人世的悲欢无关的喜悦，淹没了她心中的巨大的悲哀。她忘记了对父亲的一切恐惧，走到他面前，抓住他的手，把他向自己面前拉着，抱住他的瘠瘦的青筋暴起的颈子。

“爸爸，”她说，“不要背着我，我们一起哭吧。”

“浑蛋，下流坯！”老人大叫，把脸避开她，“毁了军队，毁了人们！为什么？去吧，去吧，去告诉莉萨。”

公爵小姐无力地在父亲旁边的椅子上坐下，哭泣起来。她回想起哥哥当时带着温柔而又傲慢的神情，同她和莉萨告别时的模样。她回想起他温柔而可笑地挂上圣像时的情景。“他信仰上帝了吗？他对自己不信仰上帝感到后悔了吗？他现在是在那里吗？是不是在那里，在永久安宁和幸福的净土上吗？”她想。

“爸爸，告诉我，是怎么回事？”她含着泪问道。

“去吧，去吧，他打仗打死了，死在俄国最优秀的人们和俄国的光荣被葬送的战场上了。去吧，玛丽亚公爵小姐。去告诉莉萨。我就来。”

当玛丽亚公爵小姐从父亲那里回来时，矮小的公爵夫人正在做针黹，她怀着孕妇所特有的那种内心幸福平静的神情，看了看玛丽亚公爵小姐。显然她的眼睛并没有在看玛丽亚公爵小姐，似乎是在朝身子里看——看她自己——看她自己身子里面正在发育的那种幸福的神秘的东西。

“玛丽，”她说，离开绣架向后仰靠着，“把你的手放到这里来。”她抓住公爵小姐的手放在自己的肚子上。

她的眼睛有所期待地微笑着，她那有毫毛的嘴唇噘着，小孩般的幸福地老是噘着。

玛丽亚公爵小姐在她面前跪下来，把脸藏在嫂嫂的衣褶里。

“这里，这里——听见吗？我觉得很奇怪。你知道，玛丽，我会很爱他的。”莉萨说，用明亮幸福的眼睛望着小姑。

玛丽亚公爵小姐不能抬头：她在流泪。

“你怎么了，玛莎？”

“没有什么……我觉得难过……为安德来难过。”她一面说，一面在嫂嫂的膝盖上擦着眼泪。

早晨玛丽亚公爵小姐几次三番要使她的嫂嫂有所准备，但每次要开口却先流泪了。流泪的原因是矮小的公爵夫人不知道的，但这却使她不安，虽然她是不大细心的人。她没有说什么，但是她不安地环顾着，寻找着什么。在午饭前老公爵走到她的房里，她一向怕他，他现在带着特别不安的愤怒的脸色，一句话没有说，又走出去了。她望了望玛丽亚公爵小姐，然后，带着孕妇们所特有的那种专心注意自己身体内部的眼睛表情，想了一下，便忽然流泪了。

“接到了安德来的什么消息吗？”她说。

“没有，你知道，消息还不能够来，但爸爸着急，我觉得可怕。”

“那么，没有什么吗？”

“没有什么。”玛丽亚公爵小姐说，用目光炯炯的眼睛坚决地望着嫂嫂。

她决意不向她说，并且劝父亲把这可怕的消息隐瞒到嫂嫂分娩以后，分娩期就在这几天之内了。玛丽亚公爵小姐和老公爵各用各的方法忍受了、隐藏了各人的悲伤。老公爵不怀希望了：他断定，安德来公爵是被打死了，虽然他派了一个官员到奥地利去调查儿子的踪迹，他却为他在莫斯科定了一个纪念碑，打算竖在他的花园里，并且他向大家说，他的儿子死了。他竭力不改变从前的生活方式，但他的体力衰退了。他走路减少，饮食减少，睡眠减少，身子一天比一天弱了。玛丽亚公爵小姐怀着希望。她好像是为活人一样地为哥哥祈祷，并且时时刻刻期待着他回家的消息。

8

“Ma bonne amie！〔我亲爱的！〕”三月十九日上午早饭后矮小的公爵夫人说，她的有毫毛的上唇，由于旧习惯向上噘着；但是因为自从接到可怕的消息那天以后，全家的人，不但在笑容中，而且在话声中，甚至步伐中，都带着悲哀，矮小的公爵夫人受了大家情绪的影响而不知道原因，所以她现在的笑容更加使人想到心中的悲哀。

“Ma bonne amie, je crains que le fruschtique（comme dit福卡——厨子）de ce matin ne m’aie pas fait du mal.〔我亲爱的，我恐怕是今天早晨的Frushtique,[①]像厨子福卡说的，使我不舒服。〕”

① 毛注：应为Frühstück, 早餐之意。

“你怎么啦，我心爱的？你脸发白了。啊，你脸很白。”玛丽亚公爵小姐惊惶地说，用沉重而柔软的步子跑到嫂嫂的面前。

“小姐，要不要找玛丽亚·保格大诺芙娜来呢？”在场的一个女仆说。（玛丽亚·保格大诺芙娜是附近县城里的产婆，在童山已经住了两星期。）

“好的，好的，”玛丽亚公爵小姐接上说，“也许，就是的。我就去。Courage, mon ange！〔不要怕，我的天使！〕”她吻了莉萨，想要走出房。

“啊，不是，不是！”在苍白之外，矮小的公爵夫人的脸上还显出了小孩般的对于不可避免的肉体痛苦的恐怖。

“Non, c’est l’estomac……dites que c’est l’estomac, dites, Marie, dites……〔不是，这是胃病，你就说是胃病，说，玛丽，说……〕”公爵夫人小孩般地、痛苦地、任性地，甚至有几分矫揉造作地一面流泪，一面扭着她的小手。

公爵小姐跑出房去找玛丽亚·保格大诺芙娜。

“Mon Dieu！Mon Dieu！Oh！〔我的上帝！我的上帝！哦！〕”她听到了她背后的这个话声。

产婆已经带着意味深长的镇静的脸色向她迎面走来，拭着她的一双又肥又白的小手。

“玛丽亚·保格大诺芙娜！好像是，开始了。”玛丽亚公爵小姐说，用惊惶的睁得大大的眼睛望着产婆。

“啊，谢谢上帝，公爵小姐，”玛丽亚·保格大诺芙娜说，却没有加快她的步伐，“你们，姑娘们，用不着知道这些事情。”

“医生怎么还没有从莫斯科来呢？”公爵小姐说。（依照莉萨和安德来公爵的愿望，他们事前曾派人到莫斯科去请产科医生，时刻盼望着他来到。）

“没有关系，公爵小姐，不要心焦，”玛丽亚·保格大诺芙娜说，

“没有医生也会很好的。”

五分钟后，公爵小姐在自己房里听到有人在抬沉重的东西。她窥探了一下，仆役们为了什么缘故把安德来公爵书房中的皮沙发抬到卧室里去。在抬沙发的人们的脸上有严肃的宁静的神情。

玛丽亚公爵小姐独自坐在她的房中，听着屋里的声音，有时在别人走过时，把门打开，注视着走廊上的动静。几个妇人轻轻地走进卧室，又走出来，她们回头看看公爵小姐，就转身走了。她不敢问，关了门，回到自己房中，有时坐在她的扶手椅子里，有时拿起祈祷书，有时跪在神龛前。使她不快而吃惊的，是她觉得，她的祈祷并没有使她的心情平静下来。忽然她的房门轻轻地开了，她的扎着头巾的老保姆卜拉斯考维亚·萨维施娜在房门口出现了，由于公爵的禁止，她几乎从来没有进过这间房。

“玛盛卡，我来陪你坐一会，”保姆说，“我把公爵的结婚蜡烛带来了，点在圣像的前面，我的天使。”她叹了口气说。

“哎，我多么高兴啊，保姆。”

“上帝慈悲啊，亲爱的。”

保姆把镶金花的蜡烛点在神龛前，带着在编织的袜子坐在门边，玛丽亚公爵小姐拿了书开始阅读。只是在听到脚步声或说话声时，她才惊恐地疑问地，而保姆镇静地相互望望。屋子的每个角落里，都充满着玛丽亚公爵小姐坐在自己房中所感觉到的那种情绪，并且支配着所有的人。由于这种迷信：知道产妇痛苦的人愈少，则产妇受苦愈少，所以大家都极力装作不知道；没有人谈到这件事，但所有的人除了在公爵家里一贯如此的庄重、恭敬和很有礼貌之外，都共同显出一种焦虑不安的心情，以及感觉到一种伟大的、神秘的、此时正在进行的事情。

在女仆的大房间里听不到笑声。在男仆的房里，所有的仆人都坐着，沉默着，随时准备着。在家奴的房里点了火把和蜡烛，都没有睡觉。老公爵踏着脚跟，在书房里走来走去，并且派了齐杭去向玛丽亚・保格大诺芙娜探问有什么情况。

“只说，公爵派我来问：‘有什么情况？’回来把她所讲的话告诉我。”

“去报告公爵，开始生产了。”玛丽亚・保格大诺芙娜说，富有含意地看了看派来探讯的人。

齐杭去报告了公爵。

“很好。”公爵说，随手关上了门，于是齐杭不再听到书房中半点儿声音了。等了一会，齐杭走进书房，好像是要剪蜡烛芯。看到公爵躺在沙发上，齐杭望望他，看见他的烦恼的脸，摇摇头，无言地走到他面前，吻了他的肩膀，没有剪蜡烛芯，也没有说他为什么进来，就走出去了。世界上最庄严的神秘继续在进行着。傍晚已过，夜晚来到。对于神秘的事的期待和心情的不安，没有减弱，却加强了。没有人睡觉。

是那样的一个三月之夜，好像冬季还未过去，又狂暴地激怒地刮起了风雪。他们派遣了一群备换的马到大路上，去迎接那位从莫斯科来的随时就会到达的德国医生，又派遣了一群骑马的人带了灯笼到道路转弯处去，以便领他通过凹坑和雪地里的水洼。

玛丽亚公爵小姐早已放下了书本，她沉默地坐着，用她的明亮的眼睛注视着保姆的起皱的、每一个细部她都熟悉的脸上，注视着她的头巾下边露出的白发绺和她颚下松弛的皮。

保姆萨维施娜手拿着在编织的袜子，低声地说着她自己也听不到的、自己也不了解的、她已经说过上百次的话，说已故的公爵夫人怎样在基锡涅夫生玛丽亚公爵小姐的，那时只有一个摩尔大维阿的农妇代替产婆。

“上帝慈悲，医生是决不需要的。”她说。

忽然一阵风吹在外窗已经卸下的一扇窗子上（遵照公爵的意思，百灵鸟一啼鸣，每个房间就下掉一层窗子），[①]吹开一个未闩好的窗闩，

① 毛注：为温暖计，俄国冬季窗子是双层的。但妨碍空气流通。故天气稍暖时，即除去一层窗子。

吹动了绸帘子，吹进了冷风和雪，吹熄了蜡烛。玛丽亚公爵小姐打了一颤；保姆放下了在编织的袜子，走到窗前，伸出头去抓吹开的窗子。冷风吹起她的巾角和露出来的白发绺。

“公爵小姐，亲爱的。有人从大路上来了！”她说，抓住窗子，却没有关上，“带着灯笼，大概是医生……”

“啊，我的上帝！谢谢上帝！”玛丽亚公爵小姐说，“我一定要去迎接他：他不懂俄国话。”

玛丽亚公爵小姐披上肩巾，跑去迎接来人。当她穿过前厅时，她在窗子里看见一辆马车和许多灯笼停在大门前。她走上楼梯。在栏杆的柱子上有一支蜡烛在风里流蜡。仆人菲利普，面色惊惶，手里另外拿着一支蜡烛，站在下面的楼梯口。再下边一点，在楼梯转弯的那边，可以听到穿暖靴走来的脚步声。玛丽亚公爵小姐觉得，有一个很熟悉的声音在说什么。

“谢谢上帝！”这个声音说，“父亲呢？”

“上床睡了。”管家皆密亚恩的声音在楼下回答。

后来这个声音又说了什么，皆密亚恩回答了什么，然后穿暖靴的加快地朝着楼梯上看不见的转弯处走去。

“这是安德来！”玛丽亚公爵小姐想，“不是，这是不可能的，这是太不寻常了。”她想，并且正当她这么想着的时候，在拿蜡烛的仆人所站的地方出现了安德来公爵的面孔和身躯，他穿着皮大衣，领上有雪。是的，这是他，但他又苍白又消瘦，他的脸上带着和以前不同的、非常柔和然而兴奋的表情。他走上楼梯，搂抱妹妹。

“您没有接到我的信吗？”他问，没有等待回答——回答是得不到的，因为公爵小姐说不出话了——就回转身，又和跟在他背后的产科医生（他们是在最后一站上遇到的）快步地走上楼梯，又搂抱妹妹。

“多么奇怪的命运啊！”他说，“亲爱的玛莎。”于是脱下了皮大衣和套靴，向公爵夫人的住房走去。

9

矮小的公爵夫人戴着白睡帽，靠在枕头上（她的痛苦刚刚过去）。她的一绺绺的黑发垂在她的发烧、发汗的腮上；上唇长了黑毫毛的、红润的、美丽的小嘴张开着，她高兴地微笑着。安德来公爵走进房间，站在她面前，在她所躺的沙发的脚头。她的小孩般的明亮的眼睛，惊惶地、兴奋地停在他身上，没有改变眼睛的表情。“我爱你们所有的人，我没有对任何人做过坏事，为什么我受痛苦呢？您帮助我吧。”她的表情这么说。她看见了丈夫，但她不明白他此刻出现在她面前的意义。安德来公爵绕过沙发，吻她的额头。

“我心爱的，”他说，这种称呼是他从来没有向她说过的。“上帝慈悲……”

她疑问地、小孩般地、谴责地望望他。

“我期待你的帮助，可是也没有得到，也没有得到你的任何帮助！”她的眼睛这么说。她没有诧异他的来到；她也没有明白，他已经回家了。他的来到，对于她的痛苦和痛苦的减轻，毫无关系。疼痛又开始了，于是玛丽亚·保格大诺芙娜劝安德来公爵到房外去。

产科医生进了房。安德来公爵走出去了，遇见玛丽亚公爵小姐，又走到她面前去了。他们低声谈话，但谈话常常停住。他们等待着、倾听着。

“Allez, mon ami. 〔去吧，亲爱的。〕”玛丽亚公爵小姐说。

安德来公爵又要去看自己的妻子，坐在隔壁的房间里，等候着。一个妇人带着惊惶的脸色，从卧房里走出来，看见了安德来公爵，便慌乱起来。他用手蒙了脸，这样地坐了好几分钟。在门那边发出了可怜的、无能为力的、痛苦的呻吟声。安德来公爵站起来，走到门前，打算开门。有谁抓住了门。

“不行，不行！”里边的人惊惶地说。

他开始在外面的房里走来走去。叫声停止了，又过了几秒钟。忽然一个可怕的叫声在隔壁的房里传出来了——这不是她的叫声，她不能这么喊叫的。安德来公爵跑到门前；叫声停止了，传出了婴儿的啼声。

“为什么带了一个小孩子在里面？”安德来公爵在第一秒钟这么想，“小孩吗？他是什么样的？……为什么那里有小孩？是小孩出世了吗？”

当他忽然明白了这啼声的可喜的意义时，眼泪憋住了他的呼吸，他把双臂支在窗台上，啜泣，流泪，好像小孩们哭的一样。门开了。医生卷了衬衫的袖子，没有穿上衣，脸色发白，下颚打战，走出房间。安德来公爵要向他说话，但是医生慌乱地看他一眼，一句话也没有说，从他身边走过去了。一个妇人跑出来了，看见了安德来公爵，便在门口迟疑着。他走进了妻子的房。她死了，还照五分钟前他看见她的时候那样地躺着，虽然眼睛不动，腮部苍白，但是在那个上唇长着毫毛的、美丽的、小孩般的脸上，还有同样的表情。

“我爱你们所有的人，没有对任何人做过坏事，你们对我做了什么呢？”她那有魅力的、可怜的、死人的脸庞说。在房角落里，玛丽亚·保格大诺芙娜的发抖的白手里，有什么微小的红色的东西呼噜了一声，啼叫了一声。

两小时后，安德来公爵轻步地走进父亲的房。老人已经知道了一切。他就站在门口，门一打开，老人便无言地用老迈的粗硬的手臂，像钳子一样，抱住儿子的颈子，并且哭得就像小孩一样。

三天之后替矮小的公爵夫人举行了入殓仪式；安德来公爵走到放棺材的台阶上和她接吻永诀。甚至在棺材里，虽然眼睛闭着，她的脸部还是那样的。“啊，你们对我做了什么呢？”她的脸部仍然这么说。安德来公爵觉得，他的心里若有所失，并且觉得，对于那个他不能补救、不能遗忘的罪过，他是要负责的。他流不出眼泪。老人也走上前吻她的如蜡的小手，这只手在她的胸口宁静地搭在另一只手上，他也觉得她的脸部在说：“唉，你们对我做了什么呢？是为了什么？”看到这张脸，老人愤怒地掉转了身。

又过了五天，他们替小公爵尼考拉·安德来伊支行了洗礼。当神甫用鹅毛在婴儿打皱的红色手掌和脚掌上涂油时，奶妈用下颏夹着褓襁。

充当教父的祖父战栗地抱着婴儿绕过锡的洗礼盆，生怕失手把婴儿掉下来；他把婴儿递给了教母玛丽亚公爵小姐。安德来公爵因为恐怕淹死婴儿而心慌，坐在另一个房间里，等候仪式完毕。当奶妈把婴儿带出的时候，他高兴地看了看婴儿，奶妈向他说，抛在洗礼盆中的蜡和婴儿头发没有沉下，却浮起来了，他赞同地点了点头。①

10

罗斯托夫参与道洛号夫和别素号夫决斗的事，由于老伯爵的努力而暗中了结了，并且罗斯托夫没有如他所料想的被贬为士兵，反被任命为莫斯科总督的副官。因此他不能随同全家的人到乡下去，为了新职务整个的夏天留在莫斯科。道洛号夫复元了，罗斯托夫在他复元的时候和他特别友好。道洛号夫住在自己的母亲那里养病，母亲是热切地疼爱他的。老妇人玛丽亚·依发诺芙娜，也因为他和费佳的友情而爱他，常常向他说到自己的儿子。

“是的，伯爵，在我们现在的这个腐化的社会里，他是太高尚了，心地太纯洁了，”她说，“没有人爱美德，大家都不能容忍。您说，伯爵，在别素号夫那方面是对的吗，是光荣的吗？费佳有高尚的精神，爱他，就是现在也决不说出对他不好的话。在彼得堡闹了许多笑话，和警察的恶作剧不是他们在一起干的吗？可是，为什么别素号夫没有关系，

① 毛注：俄国风俗，受洗时，由神甫剪小孩头发一撮连蜡投水，如蜡与发浮起，即是吉祥。

费佳却要负一切的责任呢？他受了多大损失啊！我们知道，他复职了，但他们怎能不让他复级呢？我想，像他这样的祖国的勇敢的子孙是不多的。现在怎么办呢——这个决斗！这些人有感觉、有荣誉吗！知道他是独子，要他决斗，那样对直地向他放枪！好吧，上帝可怜我们。为了什么呢？啊，在我们这个时候，谁没有阴谋呢？啊，假使他是那样地嫉妒，我是明白的，他应该早一点表示出来，可是这已经有一年了。啊，要他决斗，以为费佳因为欠他的钱就不打他！多么卑鄙！多么恶劣！我知道，你了解费佳，我亲爱的伯爵，相信我，这就是我真心喜欢你的原因。很少的人了解他。他是那样一个高贵的神圣的人！”

道洛号夫在复元期间，常常向罗斯托夫说些断然料想不到他会说出来的话。

“他们认为我是坏人，我知道，”他说，“让他们说吧。除了我所爱的人，我不关心任何人；但对于我所爱的人，我是那样爱他，我会为他舍命，但是其余的人，假使妨碍我，我便毁灭他们。我有一个我所敬重的亲爱的母亲，两三个朋友，其中有你，对于其余的人，我只是在他们有用或有害的时候才会注意。几乎所有的人都是有害的，尤其是女子。是的，我亲爱的，”他继续说，“我遇见过可爱的、善良的、高尚的男子；但是女子，都是出卖的动物——伯爵夫人们也罢，或者厨娘们也罢，反正一样——除此而外，我还没有遇到过别样的女子。我还没有遇到过我在妇女当中所寻求的那种天使的纯洁和虔诚。假使我找到了这种女子，我便可以为她舍命。但是这些！……”他做了轻视的手势，“你相信我，假使我还珍重我的生命，那只是因为我还希望遇到这种圣人，她会使我复生，涤清我，提高我。但你不了解这个。”

“不然，我很了解。”罗斯托夫回答，他受了他的新朋友的影响。

秋天罗斯托夫一家回到莫斯科来了。在冬初皆尼索夫也回来了，住在罗斯托夫家里。尼考拉·罗斯托夫在莫斯科所过的一八〇六年的初冬，是他和他全家最幸福最愉快的一个时期。尼考拉带了许多年轻人来到父母的家里。韦娫是二十岁的美女；索尼亚是十六岁的姑娘，像初开的花朵那么艳丽；娜塔莎半是少女，半是孩子，有时像孩子一样地有趣，有时像少女一样地娇媚。

这时候在罗斯托夫家有一种特别的爱情气氛，在有很年轻、很美丽的姑娘们的家庭里这是常有的事。每个青年来到罗斯托夫家，看到这些年轻的、容易感染的、为了什么缘故（也许是为了自己的幸福）而微笑着的、少女的面孔，看到这种兴奋的奔忙，听到年轻女性的那种不连贯的、但对大家亲切的、对一切有所准备的、充满希望的话声，听到这些不连贯的、有时是歌唱、有时是音乐的声音，便感觉到那种准备恋爱与期待幸福的情绪，就像罗斯托夫家青年男女们所感觉到的一样。

道洛号夫是罗斯托夫最先带来家的青年人之一，除了娜塔莎，全家的人都欢喜他。为了道洛号夫，她几乎同哥哥吵嘴。她坚持说他是坏人，说在他和彼挨尔·别素号夫的决斗中，彼挨尔是对的，道洛号夫是错的，说他是令人讨厌的，矫揉造作的。

“我用不着去了解什么！”娜塔莎坚决地、固执己见地大声说，“他心坏，没有感情。可是我欢喜你的皆尼索夫，他是浪子也罢，是什么也罢，但我仍然欢喜他，所以我了解。我不知道要向你怎么说；他的一切都是有打算的，但是我不欢喜这样。皆尼索夫……”

“啊，皆尼索夫是全然不同的。”尼考拉回答，使人觉得，就连皆尼索夫和道洛号夫比较起来也算不了什么。“应当明白，这个道洛号夫有多么好的心肠，应当看见他和他母亲在一起的时候，他的心肠有多好！”

“这个我还不知道，但是和他在一起，我觉得不舒服。你知道，他爱上了索尼亚吗？”

“多么蠢的话……”

“我确实相信，你就会明白的。”

娜塔莎的预言得到了证实。不喜欢结交妇女的道洛号夫开始常常来到他们家里，并且他为谁而来的问题，立刻这样地解答了（虽然没有人说到它），他是为索尼亚而来的。索尼亚虽然从来不敢说这个，她却知道，并且在道洛号夫每次出现时，她的脸红得像红缎子一样。

道洛号夫常常在罗斯托夫家吃饭，从来没有错过机会去看他们家的人所看的戏剧，并且常常到约盖勒家的青年跳舞会去，罗斯托夫家的人总是去参加的。他对索尼亚表示特别的注意，并且用那样的目光看她，不仅她看到这种目光就要脸红，而且老伯爵夫人和娜塔莎看到这种目光也要脸红。

显然，这个强壮奇怪的男子受了这个肤色黝黑的优美的女子对他所发生的不可抵抗的影响，这女子却爱着另一个人。

罗斯托夫发现了道洛号夫与索尼亚之间新的关系；但是他没有向自己断定这个新的关系是什么。“她们总是爱着什么人。”他这样地想到索尼亚和娜塔莎。但他对索尼亚和道洛号夫不像从前那样自然，他开始很少在家了。

在一八〇六年秋，大家又开始比上年更起劲地谈到对拿破仑的战争。政府下了命令，不但要在每千人中征十名新兵，并且还要征九名民团。到处都在诅咒保拿巴特，在莫斯科大家只谈到迫近的战争。对罗斯托夫家说来，对于战争的种种准备的关心，仅仅是尼考卢施卡决不同意留在莫斯科，他只等候皆尼索夫休假期满，就同他一道在圣诞节之后回到团里去。即将到来的离别不仅不妨碍他娱乐，而且还鼓励他娱乐。他把大部分时间用在家庭以外的地方，用在宴会上、晚会上和跳舞会上。

11

在圣诞节后第三天，尼考拉在家吃饭，这是他近来很少有的事。这是盛大的饯别宴，因为他和皆尼索夫要在主显节[1]后回团。大约有二十人吃饭，其中有道洛号夫和皆尼索夫。

罗斯托夫家里爱情的空气和恋爱的气氛从来不曾像在圣诞节这几天给人的感觉这样强烈。“抓住幸福的时机，使自己去爱，自己被爱！只有这个才是世界上真实的东西，其他都是不足道的。我们在这里只忙着这一件事。”这个气氛这么说。

尼考拉像平常一样，跑伤了两对马，来不及到一切他应该去的和邀请他去的地方去，正在吃饭之前回到家里。他一进门，便注意到、感觉到家中爱情气氛浓厚，但此外，他还注意到在场的几个人之间所有的异常的窘态。索尼亚、道洛号夫、老伯爵夫人，都特别兴奋，娜塔莎也有一点儿兴奋。尼考拉明白了，在吃饭之前索尼亚与道洛号夫之间一定发生了什么事情，他带着他所特有的同情心，在吃饭的时候，对他们俩都很温和、很谨慎。就在这个节期的第三天晚上，约盖勒（跳舞教师）家里要举行一个跳舞会，他在这个节期中为他的所有的男女学生举行了好几次跳舞会。

“尼考林卡，你到约盖勒家去吗？请你去吧，”娜塔莎向他说，“他特地请你去，发西利·德米特锐支（这是指皆尼索夫）也去。”

“听了伯爵小姐的命令，我有什么地方不去的！”皆尼索夫说，他在罗斯托夫家里戏谑地以娜塔莎的情人自居，“我准备跳pas de châle〔披肩舞〕。”

“假使我来得及。但是我答应了阿尔哈罗夫，他们有一个晚会。”尼考拉说。

“你呢？”他向道洛号夫说。但是他刚刚问了这话，他就注意到这是不该问的。

“是的，也许……”道洛号夫冷淡地愤怒地回答，看了看索尼亚，

① 俄历一月六日。

并且皱了皱眉，又用他在俱乐部宴会上看彼挨尔时的同样目光看了看尼考拉。

“有了什么事情。”尼考拉想，因为道洛号夫在饭后立刻便走了，于是他更加相信这个推测。他叫来了娜塔莎，问她是怎么回事。

“我正在找你，”娜塔莎跑到他面前说，“我说过的，可是你不肯相信，”她得意扬扬地说，“他向索尼亚求过婚了。”

虽然尼考拉近来不大关心索尼亚，但是当他听到这话时，他似乎觉得他的心里失掉了什么东西。道洛号夫对于没有嫁奁的孤女索尼亚是一个适当的、在某些方面是一个良好的配偶。从老伯爵夫人和社交界的观点看来，她是不能够拒绝他的。所以当他听到这话时，尼考拉的第一个心情是对索尼亚的愤怒。他准备要说：“好极了，不用说的，她应该忘记小孩子的诺言，接受他的求婚。”但他还来不及说出这话，娜塔莎已经说：

“你可以想想看！她拒绝了，完全拒绝了！”停了一会，她补充说，“她说，她爱另外一个人。”

尼考拉想：“是的，我的索尼亚只能这样做！”

“妈妈虽然请求了她许多次，她都拒绝了，我知道，假使她说了什么，她就不会变的……”

“妈妈居然要求过她！”尼考拉谴责地说。

“是的，”娜塔莎说，“你知道，尼考林卡，不要生气；但我知道，你不会娶她的。我知道，上帝知道为什么，我确实知道，你不会娶她的。”

“啊，你决不会明白这个的，”尼考拉说，“但我一定要同她说一说。这个索尼亚是多么妩媚哦！”他微笑着补充说。

“她是多么妩媚啊！我叫她来看你。”然后娜塔莎吻了哥哥，便跑开了。

一分钟后索尼亚进来了，显得惊惶、窘迫、歉疚。尼考拉走上前，吻了她的手。这是在他回家后他们第一次单独地谈话，说到他们的爱情。

“索斐，”起初他畏怯地说，后来渐渐勇敢起来，“假使您想要拒绝一个不仅是出色的、有益的配偶，而且是顶好的、高贵的人……他是我的朋友……”

索尼亚打断了他的话。

“我已经拒绝了。”她赶快地说。

“假使您是为了我而拒绝他，我恐怕我……”

索尼亚又打断了他。她用请求的惊恐的目光望着他。

“尼考拉，您不要向我说这话。”她说。

“不，我一定要说。也许在我这方面是suffisance〔自大〕，但最好还是说。假使您为我而拒绝，我应该向您说全部的真情。我爱您，我相信，我最爱您……”

“我觉得这已经够了。”索尼亚面色发红地说。

“不，我爱过一千次，我还要爱，不过我不曾对于任何人有过我对您这样的友谊、信任和爱情。并且我还年轻。可是妈妈不愿意这件事。总之，我没有答应什么。我请您考虑一下道洛号夫的请求。”他说，困难地说出朋友的姓。

“不要向我说这话。我不想要什么。我爱您，像爱哥哥一样，我要永远爱您，我不再需要别的了。”

“您是天使，我配不上您，但我只怕会令您失望。”

尼考拉又吻了一次她的手。

12

约盖勒的跳舞会，是莫斯科最愉快的跳舞会。母亲们望着她们的adolescentes〔少女们〕踏着新学会的舞步，这么说；跳得快要跌交的

adolescentes〔少女们〕和adolescents〔少男们〕自己这么说；带着惠然光临的态度到这里来的成年男女们这么说，并且认为这种跳舞会是最愉快的。这年，在这种跳舞会中促成了两次姻缘。两个美丽的高尔恰考娃公爵小姐找到了求婚者，并且结了婚，使得这种跳舞会更加出名。这种跳舞会的特色，是没有主人与主妇，而有按照跳舞规则弯下身子微微鞠躬的、像羽毛那样轻盈飞舞的、善良的约盖勒，他向所有的来宾收门票；还有一点是，只有那些像第一次穿长袍的十三四岁的姑娘们那样希望跳舞与娱乐的人才赴这种跳舞会。除了很少的例外，大家都是，或者似乎是很美丽的：他们都那样狂喜地微笑着，他们的眼睛都那样地发光。有时最好的女生们甚至跳pas de châle〔披肩舞〕，而其中最好的是娜塔莎，她是以优美著名的；但在这最后一次的跳舞会中，他们只跳苏格兰舞、英格兰舞，以及刚风行的美最佳舞。约盖勒借用了别素号夫家的大厅，据大家说，这次舞会很成功。有很多美丽的姑娘，罗斯托夫家的姑娘们是最美丽的。她们俩是特别快乐而高兴。这天晚上，索尼亚因为道洛号夫的求婚、自己的拒绝和对尼考拉的表白而感到得意，在屋里打转打旋，使得女仆无法梳好她的头发，现在她显然地流露着不能抑制的欢喜。

娜塔莎是同样地感到得意，因为她第一次穿长裙去参加真正的跳舞会，她是更加高兴。她们俩都穿白色的有粉红缎带的纱长裙。

娜塔莎一进舞场的时候，便发生爱情。她不是单对某一个人发生了爱情，而是对所有的人发生了爱情。在她看人的时候，她看见了谁，便爱上了谁。

“啨，多么好啊！”她不断地跑到索尼亚面前说。

尼考拉和皆尼索夫在大厅里走动着，亲切地、赏光地望着跳舞的人。

“她多么可爱，一定会成为美人的。”皆尼索夫说。

“谁？”

“娜塔莎伯爵小姐。”皆尼索夫回答。

“她跳得多好，多么优美！”沉默了一会，他又说。

“你说谁呢？”

“说你的妹妹。”皆尼索夫生气地说。

罗斯托夫微笑了一下。

“Mon cher comte; vous êtes l’un de mes meilleurs écoliers, il faut que vous dansiez,〔我亲爱的伯爵；你是我最好的学生当中的一个，你应该跳舞的，〕”矮小的约盖勒走到尼考拉面前说，“Voyez combien de jolies demoiselles.〔你看有多少美丽的小姐。〕”他用同样的请求向皆尼索夫说，他也曾做过他的学生。

“Non, mon cher, je ferai tapisserie,〔不，我亲爱的，我在旁边观看吧，〕”皆尼索夫说，“您不记得，我在您这儿功课学得多么坏吗？……”

“啊，不是！”约盖勒说，赶快地安慰着他说，“您只是不用心，但您有才能，是的，您有才能。”

音乐队奏起了新近流行的美最佳舞曲。尼考拉不能拒绝约盖勒，邀了索尼亚跳舞。皆尼索夫坐到老太婆们旁边，把臂肘支在佩刀上，用脚踏着拍子，一面看着跳舞的青年们，一面愉快地说着什么，引得老太婆们发笑。约盖勒最先和他的最得意的、最好的学生娜塔莎跳舞。约盖勒轻轻地、温柔地踏着穿低口鞋的脚，最先同羞涩的、小心地踏着步子的娜塔莎飞过了大厅。皆尼索夫一直凝神地看着她，并且带了那样的神情用刀打拍子，这神情明白地说，他不跳舞，只是因为不想跳舞，而不是因为不能跳舞。在舞节的当中，他把走过身边的罗斯托夫唤到面前来了。

“那完全不对，”他说，“这就是波兰的美最佳舞吗？但她跳得好极了。”

尼考拉知道皆尼索夫甚至在波兰也以善跳波兰的美最佳舞而著名，他跑到娜塔莎面前去了。

“去邀请皆尼索夫。他会跳！跳得好极了！”他说。

又轮到娜塔莎的时候，她站起来，迅速地踏着她的有蝴蝶结的低口鞋，畏怯地独自穿过大厅，跑到皆尼索夫所坐的角落里。她看见大家都向她望着，期待着。尼考拉看见皆尼索夫和娜塔莎带笑地争执着什么。皆尼索夫在拒绝，但高兴地微笑着。他跑到他们面前去了。

“请，发西利·德米特锐支，”娜塔莎说，“请去跳吧。”

“唉，别请我吧，伯爵小姐。”皆尼索夫说。

“哎，不要说了，发夏。”尼考拉说。

“他们好像是在劝我小猫儿发西卡。”皆尼索夫诙谐地说。

“我整个晚上唱歌给您听。”娜塔莎说。

“仙女对我什么事都做得出！”皆尼索夫说，然后解下了他的军刀。他从椅子后边走出来，紧握着女舞伴的手，仰着头，伸开一只腿，等着拍子。只有当他骑马和跳美最佳舞时才看不见他的矮小的身材，他显得那样英勇，正如他自己所设想的那样。等到了拍子，他胜利地诙谐地侧面看了看他的女舞伴，突然踏动一只脚，好像皮球一样，富有弹性地从地上跳起，然后带了他的女舞伴绕着圈子飞舞着。他用一只脚毫无声息地飞过客厅的一半，似乎没有看见站在面前的许多椅子，对直地向椅子冲去；但忽然，碰响马刺，撑开双腿，用脚跟站住脚，这样地站了一秒钟，便带了马刺的铿锵声，把双脚落在一处，迅速旋转，然后用左脚碰着右脚，又绕着圈子飞舞。娜塔莎料得到他所要做的动作，并且自己不知道是怎么样的，就跟随着他——听从着他。他有时使她忽而在他右手上打旋，忽而在他左手上打旋，有时他跪下一膝，使她在自己四周打旋，然后又跳起来，那样猛急地向前冲，好像他有意要一口气穿过所有的房间；有时又忽然停止，然后又跳出新的意外的舞步。当他敏捷地使他的女伴在她位子前打了一旋，并且碰响马刺，在她面前鞠躬时，娜塔莎连曲膝礼也没有向他行。她迷惑地微笑着注视他的眼睛，好像不认识他。

“这是怎么回事？”她问。

虽然约盖勒不承认这是真正的美最佳舞，但所有的人都称赞皆尼索夫的技艺，他不断地被邀请，于是老人们微笑着说到波兰，说到过去的好时代。皆尼索夫跳舞跳得脸红了，用手帕拭着脸，坐在娜塔莎旁边，在其余跳舞时间里，一直没有离开她。

13

跳舞会之后，罗斯托夫有两天没有在自己家里看见道洛号夫，也没有在他家里找到他；第三天他接到了他的便函。

“我由于您所知道的原因不愿再到您府上去，并且就要回军队里去了，因此今天晚上我邀请朋友们举行告别宴——到英国旅馆来吧。”

在十点钟前，罗斯托夫离开他和他家里人以及皆尼索夫在看戏的戏院，如约地到英国旅馆去了。他立刻被引进道洛号夫这天夜晚在旅馆中所订的最好的房间里。

有二十来人聚集在桌子四周，道洛号夫坐在桌子前两支蜡烛之间。桌上有金币和钞票，道洛号夫做庄。在他的求婚和索尼亚的拒绝之后，尼考拉便没有看见他，并且一想到他们将如何见面，他便觉得不安。

道洛号夫那明亮的冷静的目光，在罗斯托夫还在门口时就看见了他，好像等了他很久。

“我们好久不见了，”他说，“谢谢你的光临。我马上就要把牌发完，依牛施卡和歌舞团要来的。”

“我去找过你。”罗斯托夫红着脸说。

道洛号夫没有回答。

“你可以赌。”他说。

罗斯托夫这时想起有一次和道洛号夫所谈的奇怪的话。“只有傻瓜赌钱才靠运气。”道洛号夫那时说的。

“或者是你怕同我赌吗？”道洛号夫此刻说，好像是猜中了罗斯托夫的思想，并且微笑了一下。

在这个笑容里面，罗斯托夫看见了他在俱乐部宴会上以及在别的时候所有的那种心情，好像是道洛号夫厌倦了日常的生活，觉得必须用一种奇怪的、大都是残忍的行为来逃避它。

罗斯托夫觉得不舒服；他在心里寻找笑话来回答道洛号夫的话，却没有找到。但他还没有来得及这么做，道洛号夫已经对直地望着罗斯托夫的脸，缓慢地、一字一顿地对他说，以便让大家都听到他的话：

“你记得，我同你说过赌钱的事……想要凭运气赌钱的人是傻瓜。赌钱应该有把握，我要试试看的。”

“凭运气呢，还是要有把握呢？”罗斯托夫想。

“是的，你最好不赌，”他补充说，拍响了一副新打开的纸牌，又说，“下注，诸位！”

道洛号夫把钱向前移了一下，准备发牌。罗斯托夫坐在他旁边，起初没有赌。道洛号夫不时地看他一眼。

“你为什么不赌呢？”道洛号夫说。

很奇怪，尼考拉觉得不能不拿牌了，他下了一个小注子，开始赌牌。

“我身上没有带钱。”罗斯托夫说。

“我相信你！”

罗斯托夫放了五卢布在牌上输了，又下又输了。道洛号夫“杀了”，就是说，连赢了罗斯托夫十副。

“诸位，”发了一会儿牌，他说，“请把钱放在牌上，不然我会算错的。”

有一个赌的人说，他希望能够相信他。

“可以相信的，但我恐怕弄错；请把钱放在牌上吧，”道洛号夫回答，“你不要踌躇，我和你以后再算。”他向罗斯托夫补充说。

赌博继续着，茶房不停地分送香槟酒。

罗斯托夫所有的牌都输了，他输了八百卢布的账。他本来要在一张牌上写八百卢布，但是当茶房给他送香槟酒时，他改变了主意，又写了通常的数目，二十卢布。

“放手，”道洛号夫说，不过他似乎看也没有看罗斯托夫，“你快要赢回去了。我输给了别人，但是赢了你。也许是你怕我吗？”他又说。

罗斯托夫顺从了，仍旧写了八百的注子，把他从地上捡起的破角的红心七放在桌上。他后来记得很清楚。他在红心七上面用粉笔头写了清楚的端正的数目字八百，然后把它放在桌上。他喝干了一杯递给他的暖香槟，对道洛号夫的话微笑一下，望着道洛号夫拿着一副牌的手，提心吊胆地等候着翻红心七。这张红心七的输赢，对于罗斯托夫是关系很大的。在上个星期日，伊利亚·安德来伊支伯爵给了儿子两千卢布，虽然他从来不愿向儿子说到金钱的困难，却向他说，这是在五月之前最后的一笔钱了，因此他求儿子这一次要节省一点。尼考拉说，他觉得这钱太多了，并且保证说他在春季里不再要钱了。现在这笔钱只剩一千二百卢布了。所以红心七不仅有关一千六百卢布的输赢，而且是关系到是否食言的问题。他提心吊胆地望着道洛号夫的手，并且想：“哦，赶快把这张牌发给我吧，我就要拿帽子，坐车回家同皆尼索夫、娜塔莎、索尼亚吃晚饭了，我一定决不再拿牌了。”这时候，他的家庭生活，和彼恰的玩笑，和索尼亚的谈话，和娜塔莎的合唱，和父亲玩纸牌，甚至厨子街上家里的安适的床铺，都那么生动地、明确地、富有魅力地在他心中出现了，好像这一切都是老早以前的、业已丧失的、没有被他重视过的幸福。他不能设想，一种倒霉的机会会使七发在右边，不发在左边，会夺去他这全部新近了解的和新近体会的幸福，会使他遭受未曾经验的、尚不明确的重大的不幸。这是不可能的，但他仍然提心吊胆地等着道洛号夫的手的动作。这双宽厚的、红色的、在袖子下面露出毫毛的手把这副牌放下了，接过了送来的杯子和烟斗。

“那么你不怕和我赌吗？”道洛号夫又说，然后好像是要说一个愉快的故事一样，他放下了牌，靠到椅背上，开始带着笑容慢慢地说道：

“是的，诸位，有人向我说，在莫斯科散布了一种谣言，说我是骗子，因此我劝你们对我要更加当心。”

“喂，发牌吧！”罗斯托夫说。

“啊，莫斯科的流言！”道洛号夫说，然后微笑着拿起了牌。

“啊！”罗斯托夫把双手举到头发上，几乎叫起来了。他所需要的七是在顶上边，是这副牌里的第一张。他输得付不出钱了。

“你还是不要轻举妄动吧。”道路号夫说，瞥了罗斯托夫一眼，继续发着牌。

14

过了一个半钟头，大部分赌钱的人对于他们自己的赌博不感兴趣了。

全部的兴趣集中在罗斯托夫一个人身上。他输的已经不是一千六百卢布，而是一长列的数字，他计算过有一万，但现在，他模糊地推想，已经加到一万五千了。但事实上，这笔账已经超过两万。道洛号夫没有听也没有说故事；他注视罗斯托夫的双手的每一动作，偶尔地向他输的账上扫一眼。他决定继续赌博，直到这笔账达到四万三千时才歇。他确定了这个数目，因为四十三是他的年龄与索尼亚年龄的总和。罗斯托夫用双手托着头，坐在写了许多数字的、滴了酒的、堆着牌的桌子前。一个苦恼的印象一直在他头脑里：这双宽厚的、红色的、在袖子下面露出毫毛的手，这双他又爱又恨的手，把他控制住了。

“六百卢布，么，角，九……赢回来是不可能的！……在家里是多么愉快啊……纸牌，加倍或清账……这是不可能的！……他为什么对我这样做呢？……”罗斯托夫一面想着，一面回忆。有时他在牌上写了很大的注子，但道洛号夫拒绝和他赌这个数目，却自己定了一个数目。尼考拉依从了他，并且有时祷告上帝，像他在战场上、在恩斯河桥上祷告时一样；有时他猜想，那张牌，在桌下一堆弯曲的牌中落到他手里的第一张牌，会拯救他；有时他算计衣服上扁条的数目，打算把全部所输的钱放在点数相同的一张牌上，此刻他时而望望别的赌钱的人求援，时而望望道洛号夫那张冷淡的脸，并且极力想要看透他心里的事情。

“他当然知道，输的这笔钱对我意味着什么。他会不会希望我毁灭呢？要知道，他是我的朋友呀。我爱他……但这不是他的错；在他幸运的时候，他要做什么呢？这也不是我的错，”他向自己说，“我什么错事也没有做。难道我杀了谁，侮慢了谁，对谁存过恶意吗？为什么有这可怕的不幸呢？这是什么时候开始的？刚才不久，我来到桌子这里，心想赢一百个卢布去替妈妈在命名日买一瓶酒，然后就回家。我本是那么幸福，那么自由，那么愉快！我那时并不知道我是多么幸福！那是什么时候失去的，这个新的可怕的情形是什么时候开始的？这个改变有什么迹象？我同样地一直坐在这个地方，坐在这个桌子旁边，同样地选牌放牌，同样地望着这双宽厚的灵活的手。这是什么时候发生的，发生了什么？我健康、强壮，我依然如旧，仍然在同样的地方。不，这是不可能的！确实，一定不会出什么事的。”

他脸红了，全身发汗，虽然房里并不热。他的脸色又可怕又可怜，特别是因为他无可奈何地想要显得镇定。

输的数目达到了四万三千这个严重的总数。罗斯托夫准备了一张牌，折了牌角表示加倍或抵消刚刚记账的三千卢布，这时道洛号夫把这副牌拍一下，把牌推开，拿起粉笔，开始用清晰有劲的笔法，快快地写下罗斯托夫欠账的总数，写的时候碎裂着粉笔灰。

“吃饭了，是吃饭的时候了！茨冈人来了！”

果然，一群黑皮肤的男女茨冈人，从寒冷的外面走进来，用茨冈人的语言说着什么。尼考拉明白，一切都完了；但他用淡漠的声音说：

“怎么，不来了吗？我准备了一张顶好的小牌。”好像最使他感兴趣的是赌博本身的乐趣。

“一切都完了，我完了！”他想，“现在，子弹打进脑袋……只有这一条路了。”同时他用愉快的声音说：

“哎，再赌一张小牌吧。”

“好。”道洛号夫回答，已经算出了总账。“好！来二十一个卢布。”他说，指着那超过四万三千整数的二十一，于是拿起了牌，准备发。罗斯托夫顺从地扳开牌角，没有写他准备要写的六千，小心地写了二十一。

“这在我横竖一样，”他说，“我只想要知道，是你赢还是我赢那个十。”

道洛号夫开始认真地发牌。啊，罗斯托夫现在多么恨这双手，这双短指的、红色的、在袖子下边露出毫毛的、把他握在掌心里的这双手……十发给他了。

“你的账是四万三千，伯爵。”道洛号夫说，伸着腰从桌前站起。“坐得这么久，疲倦了。”他说。

“是的，我也倦了。”罗斯托夫说。

道洛号夫好像是提醒他，他是不该开玩笑的，打断他说：

“我什么时候收钱呢，伯爵？”

罗斯托夫脸红了，把道洛号夫叫进另外一间房里。

“我不能马上全数给你，你要拿期票。”他说。

“听着，罗斯托夫，”道洛号夫微笑着，看着尼考拉的眼睛，清楚地说，“你知道这句话：‘在爱情中幸运，在赌博中不幸。’你的表妹爱你。我知道。”

“啊！觉得自己是这样地在这个人的掌握中，是可怕的。”罗斯托夫想。罗斯托夫明白，这个输钱的消息对于父母是多么大的打击，他明白，避免了这一切是多么幸福，并且明白，道洛号夫知道他可以使他避免这个耻辱和苦恼，而现在却想要像猫捉老鼠那样地要弄他。

“你的表妹……”道洛号夫想要说，但尼考拉打断了他的话。

“我的表妹同这件事毫无关系，用不着说到她！”他愤怒地大声说。

“那么什么时候收钱呢？”道洛号夫问。

“明天。”罗斯托夫说过，便从房里走出去了。

15

说“明天”并维持有体面的话语是不难的；但是独自回家，看见妹妹、弟弟、母亲、父亲，自己认错，索取他在保证之后无权要求的钱——这是可怕的。

家里的人还没有睡。罗斯托夫家的幼辈，从戏院里回来了，吃了夜饭，坐在大钢琴前。尼考拉一进大厅，便笼罩在爱情的、富有诗意的气氛中，这种气氛在这年冬天充满了他们的家，并且现在，这种气氛在道洛号夫的求婚和约盖勒的跳舞会之后，好像暴风雨前的空气一样，在索尼亚和娜塔莎的四周更加浓厚了。索尼亚和娜塔莎穿着在戏院中所穿的蓝色的衣服，很美丽，并且都知道自己美丽，都幸福地微笑着站在大钢琴边。韦娅和沈升在客厅下将棋。老伯爵夫人等着儿子和丈夫，和住在她家的老贵族妇人玩“排心思”牌。皆尼索夫眼睛明亮，头发蓬乱，一条腿向后屈着，坐在大钢琴旁边，动着他的短手指，奏着和音，转动眼睛，用他的细小、沙哑但正确的声音唱他自己所作的诗《女妖》，他试着为这诗配乐。

女妖，你说，是什么劲，
引我重理抛弃的弦琴？
你在我心中燃起了什么热情，
是什么欢乐在我指间流迸？

他用热情的声调唱着，他的玛瑙般的黑眼睛注视着又惊惶又快乐的娜塔莎。

“好极了！好极了！”娜塔莎大叫着，“再唱两句。”她说，没有注意到尼考拉。

“他们一切照常。”尼考拉想，望着韦娅和母亲跟老妇人坐着的客厅。

“啊！尼考林卡来了！”娜塔莎跑到他面前去了。

“爸爸在家吗？”他问。

“我多么高兴啊，你来了！”娜塔莎说，没有回答他，“我们多么快活。发西利·德米特锐支还要为我留一天，你知道吗？”

“没有，爸爸还没有回来.”索尼亚说。

“考考，你来了，到我这里来，亲爱的！”伯爵夫人在客厅里的声音说。

尼考拉走到母亲面前，吻了她的手，然后无言地坐在她的桌边，开始望着她摆牌的手。大厅里仍然传来了笑声和劝娜塔莎唱歌的愉快的声音。

“啊，好，好，”皆尼索夫大声说，“现在用不着推辞，轮到您唱barcarolla〔船歌〕了，我求您。”

伯爵夫人瞥了瞥沉默的儿子。

“你有什么事？”母亲问尼考拉。

“啊，没有什么，”他说，好像他已经厌烦了这种老是同样的问题，“爸爸快回来了吗？”

“我想，快回来了。”

“他们一切照常。他们一点都不知道！我该怎么办呢？”尼考拉想，又走进有大钢琴的大厅里。

索尼亚坐在大钢琴前奏皆尼索夫特别爱好的船歌序曲。娜塔莎准备唱歌了。皆尼索夫用热情的眼睛望着她。

尼考拉开始在房间里来回走着。

“他们为什么要叫她唱歌？她怎么能唱歌？并没有可以开心的事情！”尼考拉想。

索尼亚弹了序曲的第一个和音。

“我的上帝，我是一个没落的没有名誉的人。我现在唯一要做的事，是把子弹打进脑袋，不是唱歌了，”他想，“走开吗？但是到哪里去呢？反正一样，让他们唱吧！”

尼考拉继续在房里徘徊着，愁闷地望着皆尼索夫和姑娘们，躲避着他们的目光。

“尼考林卡，您有什么事情？”索尼亚向他注视着的目光这么问。她立刻看出了，他有什么事情。

尼考拉避开了她。娜塔莎凭她的敏感也立刻注意到哥哥的情形。虽然她注意到他，但是她自己此时是那么愉快，离苦恼、忧愁、谴责是那么遥远，以致她有意欺骗她自己（这是年轻人常有的事）。“不行，我现在觉得很愉快，我不能因为同情别人的苦恼而给自己带来不快，”她这么感觉，并且向自己说，“不是，我一定弄错了，他一定是同我一样地快活。”

“哦，索尼亚。”她说，走到大厅的当中，她认为这里的音响最好。她抬起头，无力地垂下两臂，好像跳舞的人们所做的一样，用有力的姿势把脚跟踮起来向前走着，走到房间的当中停下来了。

“这就是我！”她似乎这么说，回答跟在她背后的皆尼索夫的热情目光。

“她在高兴什么？”尼考拉想，望着妹妹，“她怎么不觉得没趣，不觉得羞耻？”

娜塔莎唱出第一个音符，她音域宽广，唱起来胸脯挺起，眼睛露出严肃的表情。她在这时候没有想到任何人，没有想到任何事情，从带笑的嘴里唱出声音，这些声音是任何人可以用同样的时间间隔和同样的音程唱出来的，但是这些声音有一千次使您听了心里觉得不舒服，而在第一千零一次却使您感动得流泪了。

娜塔莎在这年冬天第一次开始认真地唱歌，特别是因为皆尼索夫非常欢喜她的唱歌。她现在不像小孩那样地唱歌了，在她的歌里已经没有了她从前所有的那种可笑的小孩的努力，但是据听过她唱歌的内行鉴赏家说，她唱得还不很好。“未经训练，但是嗓音极好，应当训练。”大家都这么说。但他们通常是在她的声音停了很久之后才说这话。当这个未经训练的声音带着不合规律的舒气和紧张的过门在唱时，甚至内行鉴赏家也不说什么，只欣赏着这个未受训练的声音，只希望再听听这个声音。她的声音里表现了她的处女的纯洁，她还不知道自己的才能，她的柔和的声音尚未锻炼，它们和她的唱歌艺术的缺陷那样地混在一起，以致看来要改变这个声音里的任何东西而不损害这个声音，是不可能的。

“这是怎么回事？”尼考拉听到了她的声音，睁大着眼睛想着。“她发生了什么事情？她今天唱得多好！”他想。忽然他觉得，全世界都聚精会神地期待着下一乐音与下一乐节，而且世界上的一切分成了三个拍子：“Oh, mio crudele affetto〔啊，我的残忍的爱情〕……一，二，三……一，二，三……一，二，三……一……Oh, mio crudele affetto〔啊，我的残忍的爱情〕……一，二，三……一。唉，我们这种无意义的生活！”尼考拉想，“这一切，不幸，金钱，道洛号夫，怨恨，名誉——这一切都没有意义……但这是真实的……哦！娜塔莎，哎，亲爱的！哎，我亲爱的……她要怎样唱这个si呢？唱了！谢谢上帝！”他自己没有注意到，他也在唱了，为了加强这个si, 唱了高音的第二度音程和第三度音程。“我的上帝！多么好！难道是我唱了吗？多么幸福啊！”他想。

啊！这个第三度音程颤抖得多么好，罗斯托夫心中某种最好的东西大受感动了。这种东西与世界上的一切无关，高过世界上的一切。输钱，道洛号夫，诺言，算得了什么！……全是无意义的！人可以杀人，偷窃，而他仍然是幸福的……

16

罗斯托夫已经好久不曾像今天这样感觉到音乐的乐趣了。但娜塔莎刚刚唱完了船歌，他又想起了现实。他没有说什么，走出去，下楼回到自己的房间里去了。过了一刻钟，愉快的满意的老伯爵从俱乐部回来了。尼考拉听到他坐车到家，便去迎接他。

“哎，快活吗？”伊利亚·安德来伊支说，高兴地骄傲地向儿子微笑。

尼考拉想要说“是的”，但是他不能够：他几乎要哭了。伯爵在点烟斗，没有注意到儿子的情形。

“哎，不可避免的！”尼考拉第一次又是最后一次这么想。忽然，好像他只是要求坐马车进城一样，用那种使他自己也觉得十分讨厌的、不经意的语调，向父亲说了：

“爸爸，我来找你有事情。我几乎忘记了。我需要点钱。”

“哦！”父亲说，他的心情是特别愉快，“我向你说过那是不够的。要多少？”

“很多。”尼考拉脸红着，带着愚蠢的、漫不经心的笑容说，这笑容是他后来很久还不能宽恕自己的。“我输了一点钱，就是说，很多，是非常多，四万三千。”

“什么？输给谁的？……胡说！”伯爵大声说，忽然像老人们中风那样地红了颈子和后项。

“我答应了明天付。”尼考拉说。

“啊！……”老伯爵说，摊开双手，软弱无力地在沙发上跌坐下来。

“没有办法！谁没有过这种事情呢！”儿子用随便的大胆的语气说，同时他在心里认为自己是坏蛋，是贱人，用自己整个的生命也不能够赎自己的罪过。他想要吻父亲的手，跪下来求他宽恕，但是他用漫不经心的，甚至粗暴的语气说，任何人都会发生这种事情的。

伊利亚·安德来伊支伯爵听到儿子这些话，垂下眼睛，并且寻找着什么，慌乱起来了。

“是的，是的，”他说，“困难，我怕，难以筹到……谁没有过！是的，谁没有过……”伯爵向儿子脸上瞥了一眼，从房里走出去了。尼考拉原来想会遭到拒绝，一点也没有料到是这样的。

“爸爸！爸……爸！”他跟在他背后叫着，哭泣着，“饶恕我！”他抓住父亲的手，把嘴唇贴上去，并且流泪了。

在父亲和儿子说话时，母亲和女儿也有了重要的谈话。兴奋的娜塔莎跑到母亲面前。

“妈妈！……妈妈！……他向我……”

“向你什么？”

“向我，向我求婚。妈妈！妈妈！”她叫着。

伯爵夫人不相信自己的耳朵。皆尼索夫求婚。向谁？向这个小女娃娜塔莎，她不久之前还玩木偶，现在还在读书。

“娜塔莎，够了，胡说！”她说，还希望这是笑话。

“怎么胡说！我向您说实情，”娜塔莎生气地说，“我来问您怎么办，您却说：‘胡说’……”

伯爵夫人耸耸肩膀。

“假使是真的，皆尼索夫先生向你求了婚，那么你向他说，他是傻瓜，这就完了。”

“不是，他不是傻瓜。”娜塔莎愤慨地严肃地说。

“那么你想要怎么样呢？你们现在在恋爱了。好，你爱上了他，那么你就嫁给他！”伯爵夫人又生气又带笑地说，“上帝保佑你！”

“不是，妈妈，我没有爱他，我以为我没有爱他。”

“那么就这样向他去说。”

“妈妈，您发火了吗？您不要发火，亲爱的，我有什么地方错了吗？”

“不是，那是怎么回事，我亲爱的？你愿意我去同他说吗？”伯爵夫人微笑着说。

“不，我自己去，您只要教我一下。这在您是不费事的，”她补充说，回答着她的笑容，“您要是看见了他怎样向我说这话，那就好了！其实我知道，他并不想要说这话，他是偶然说的。”

“但还是应该拒绝的。”

“不，不必。我是那么可怜他！他是那样的可爱。”

“嗯，那么接受他的求婚吧。是该结婚的时候了。”母亲生气地讽刺地说。

“不，妈妈，我多么可怜他。我不知道，我要怎么说。”

“好，不用你去说，我去说。”伯爵夫人说，因为别人竟敢把这个小小的娜塔莎当作大人而发火。

“不，完全用不着，我自己去说，您在门口听。”于是娜塔莎穿过客厅跑进大厅，皆尼索夫仍旧坐在大厅里大钢琴前的椅子上，用手蒙了脸。

他听到她的轻柔的脚步，跳起来了。

“娜塔莎，”他说，快步地走到她面前，“决定我的命运吧。它在您的手里！”

“发西利·德米特锐支[①]，我很同情您！……不，您是这么好……但那是不行的……这……我要永远这样爱您。”

皆尼索夫低头吻她的手，但她听到了奇怪的、她不了解的声音。她吻了他的黑色的蓬乱的鬈发的头。这时候听到了伯爵夫人的衣服发出的迅速的窸窣声。她走到他们面前来了。

“发西利·德米特锐支，我谢谢您给我们的光荣，”伯爵夫人用狼狈的、但皆尼索夫听来觉得严厉的声音说，“但是我的女儿太年轻了，我觉得，您是我儿子的朋友，您要先向我说。若是那样，您不致使我一定拒绝您了。”

“伯爵夫人！……”皆尼索夫眼睛下垂着，面带歉意地说，他还想

---

① 毛注：称教名和父名比称姓更亲切、更客气。

要说点什么，却口吃了。

娜塔莎不能够无动于衷地看见他那么可怜。她开始大声地哭泣了。

“伯爵夫人，我对不起您，”皆尼索夫继续用不连贯的声音说，“但您知道，我那样崇拜您的女儿和你们全家，我愿意把我的性命丢掉两次……”他望望伯爵夫人，看见了她严厉的脸……“好，再见，伯爵夫人。”他说。吻了她的手。没有回顾娜塔莎，便用迅速的坚决的步子从房里走出去了。

第二天，罗斯托夫送别了皆尼索夫，他在莫斯科一天也不想留了。他所有的莫斯科朋友在茨冈人那里欢送他，他记不得他们怎样把他送上雪橇，他怎样走过了前三站。

在皆尼索夫走了以后，罗斯托夫等候着老伯爵不能一时筹足的钱，在莫斯科不出门户地又住了两星期，大部分时间是待在姑娘们的房里。

索尼亚对他比从前更亲切、更忠心了。她似乎是想要向他说，他输钱倒是好事，因此她现在更加爱他了；但尼考拉现在认为自己是配不上她的。

他在姑娘们的本子上抄诗句和乐谱，直到最后把四万三千卢布全部寄完，收到了道洛号夫的收条，没有辞别任何朋友，在十一月[①]底起程追赶已经在波兰的团去了。

① 十一章开首提到圣诞节。此处十一月，疑系一月之误。

第二部

1

彼挨尔和妻子进行了谈判之后，便启程到彼得堡去了。在托尔饶克驿站上没有马，或者是站长不愿意供给马匹。彼挨尔不得不等候。他没有脱衣服，躺在圆桌前的皮沙发上，把穿着暖靴的大脚搁在圆桌上，沉思着。

“箱子要搬进来吗？要预备床吗？要茶吗？”他的听差问。

彼挨尔没有回答，因为他什么也没有听见，什么也没有看见。他在上一站就开始沉思了，并且继续想着同一个问题——那样重要的一个问题，以致他一点也没有注意到他身边所发生的事。他不但没注意他到彼得堡的早晚，或者这个驿站上有没有供他休息的地方，而且他觉得，和现在他心里的思想比较起来，他将在这个站上停留数小时，或停留一辈子，反正都是一样了。

站长夫妇，他的听差，一个卖托尔饶克花边的农妇，都走进房来想要效劳。彼挨尔没有改变跷起的两脚的位置，从眼镜上边望着他们，他不明白，他们需要什么，他也不明白，他们没有解决他所思索的那些问题，怎么还能生活下去。自从那天，他在决斗之后从索考尔尼基森林回到家里，并且过了第一个苦恼的睡不着觉的夜晚以后，这些同样的问题便一直盘踞在他心里；而此刻，在孤独的旅途中，它们特别强有力地吸引了他的注意。无论他开始想到什么，他总是回到了那些同样的问题上来。这些问题他既不能解决，又不能停止去思索。好像是那钉住他整个生命的主要螺旋钉在他的头脑中松脱了。这个螺旋钉不能再向前转，也不能拿下来，它钉不牢任何东西，总是在同地方转动着，而要它停止转动是不可能的。

站长走进来，开始卑躬屈膝地请求大人再等两个钟头，两个钟头以后，无论如何他要替大人预备好驿马。站长显然是说谎，只是想要获得旅客额外的钱。“这是好是坏呢？”彼挨尔问自己，“这对于我是好，对于别的旅客是不好，对于他自己这是不可避免的，因为他没有吃的；他说，有一个军官因此打他。那军官打他，因为他必须赶路。我对道洛号夫打枪，因为我觉得自己受了侮辱。人们杀死了路易十六，因为人们认为他是罪犯，一年以后，别人又杀死了那些杀他的人，也是为了某种缘故。什么是坏，什么是好？应该爱什么，恨什么？为什么生活？我是什么？什么是生，什么是死？什么力量在支配这一切？”[①]他问自己。对于这些问题当中的任何问题都没有回答，除了一个不合逻辑的、和这些问题全然无关的回答。这个回答是：“你要死了——一切都要完了。你死了，你就知道一切，或者不再发问了。”但死也是可怕的。

托尔饶克的女小贩用尖锐的叫声喊售她的物品，特别是一双羊皮靴鞋。“我有成百的卢布，无处去花，她却穿着破皮袄，站在这里畏怯地望着我，”彼挨尔想，“她为什么需要钱？钱果然能够增加她一点幸福和心地的安宁吗？世界上有什么东西能够使她和我不再受罪恶和死亡的支配吗？死亡，它将要结束一切，它在今天或者明天就会来到——比之永恒，就像是在顷刻之间了。”于是他又拧紧着那不能钉牢任何东西的螺旋钉，可是这螺旋钉仍然在同一的地方转动着。

他的仆人给了他一册裁了一半的书，Mme Souza〔苏萨夫人〕[②]的

---

① 毛注：这是一八六四年写的，这些问题在十四年后引起托氏自己的生活危机，使他写了《忏悔录》。

② 毛注：苏萨夫人（1761—1836）的小说《阿美丽与阿尔房斯》（*Emilie etA1phonse*）是在一七九九年写的。

书信体小说。他开始看到某—Emilie de Mansfield〔阿美丽·德·曼斯菲尔特〕的痛苦和为贞操的奋斗。“当她爱他的时候，”他想，“她为什么要反抗她的引诱者呢？上帝不能在她心中安排违反上帝意志的动机。我的从前的妻子不奋斗，也许她是对的。什么也没有找到，什么也没有发现，”彼挨尔又向自己说，“我们只能够知道这一点，就是我们什么都不知道。这是人类智慧的最高阶段。”

他觉得，他自己心中的一切和四周的一切都是混乱的、无意义的、可憎的。但在这种对于四周一切的憎恶中，彼挨尔找到了他自己的一种可望而不可即的愉快。

“我冒昧请求大人让一点儿地方给这位先生。”站长走进来说，他领来了另一个也因为马匹缺乏而耽搁下来的旅客。这个旅客是一个矮小的、肩骨宽阔的、黄脸的、有皱纹的老人，在他的明亮的、不纯然灰色的眼睛之上是悬垂的白眉。

彼挨尔把腿从桌上拿下来，站起身，躺到为他预备的床上，偶尔看一下进房的人，这人带着愁闷疲倦的神情，没有望彼挨尔，费力地由仆人帮着脱衣服。他的身上剩下一件破旧的、南京布面的羊皮袄，瘦得皮包骨的脚上穿着毡靴，这个旅客坐到沙发上，把他的头靠在椅子靠背上，看了看别索号夫，他的头在颞颥部位很大、很宽，头发剪得很短。他的目光中的严厉、智慧、敏锐的表情使彼挨尔吃惊了。他想要和这个旅客说话，但是当他准备和他说说道路问题时，那个旅客已经闭上了眼睛，合上布满皱纹的老年的手，有一只手指上戴着一个大铁戒指，戒指上面有一个骷髅头的形象。他动也不动地坐着，或者是在休息，或者，在彼挨尔看来，是在深沉地安静地思考。旅客的仆人是一个满脸皱纹的、也是黄脸的老人，没有胡子，没有长须，这显然不是因为剃刮过了，而是从来没有生长过。灵活的老仆人打开了食具盒子，布置了茶桌，搬来一个沸腾的茶炊。当一切都准备妥当时，这旅客睁开眼睛，靠近桌子，替自己倒了一杯茶，又替没有胡须的老人倒了一杯递给了他。彼挨尔开始觉得不安，觉得同这个旅客攀谈是必要的，甚至是不可避免的。

那仆人拿回一只空的、底向上的杯子[①]和一块未吃完的糖，问他还需要什么。

“不要什么。把书给我。”旅客说。

那仆人把书递给了他，旅客注意地阅读着，彼挨尔觉得这是一本宗教书。彼挨尔望着他。旅客忽然拿开了书，夹了个书签在书里，合了书，又闭上了眼睛，把手臂搭在椅子靠背上，照先前的姿势坐着。彼挨尔望着他，还没有来得及转过头去，老人已经睁开眼睛，用坚决严厉的目光直盯着彼挨尔的脸。

彼挨尔觉得自己发窘了，想要避开这个目光，但是那双明亮的老人的眼睛不可抵抗地吸引了他的注意。

2

“假若我没有认错人的话，那么我是在和别素号夫伯爵说话，我觉得很荣幸。”旅客从容地大声地说。

彼挨尔沉默着，疑问地从眼镜上边望着交谈者。

“我久仰了，阁下，”旅客继续说，“并且听到您所遭遇的不幸。”他似乎强调最后的字眼，好像他说，“是的，不幸，不管您叫它什么，我知道，您在莫斯科遭遇的事，是不幸。”他说，“阁下，我对您的事很是惋惜。”

彼挨尔脸红了，赶快从床上放下腿，向老人弯下身子，不自然地羞怯地微笑着。

“我不是由于好奇心向您提到这个，阁下，而是由于更重大的理

---

① 毛注：俄国农奴及农民通常覆杯表示不再需要。为了节省，茶内亦不放糖，仅在喝茶时口衔一块。

由。”他沉默着，目光一直盯着彼挨尔，并且在沙发上移动了一下，用这个动作请彼挨尔坐到他旁边去。彼挨尔不愿和这个老人谈话，但他不觉地依从了他，走上前，坐在他身边。

“阁下，您不幸，”他继续说，“您年轻。我老了，我愿尽我的力量帮助您。”

“啊，是的，”彼挨尔带着不自然的笑容说，“我很感激您……请问您是从哪里来的？”

旅客的脸色是不和善的，甚至是冷淡而严厉的，虽然如此，这个新相识的人的言语和面孔，却对彼挨尔发生了不可抵抗的吸引力。

“假使您因为什么缘故不愿同我说话，”老人说，“那么阁下，您就向我说。”他忽然发出了意外的像父亲那样慈爱的笑容。

“不不，一点也不，正相反，我很高兴和您认识。”彼挨尔说。他又看了一下新相识的人的手，靠近地看清了他的戒指。他看见了戒指上的骷髅头像——共济会[①]的标志。

“请问，”他说，“您是共济会员吗？”

“是的，我是共济会员，”旅客说，愈益深透地注视着彼挨尔的眼睛，“我自己并且代表他们向您伸出会友的手。”

“我恐怕，”彼挨尔微笑着说，他时而由于共济会员的热情而对该会抱有信任的态度，时而又对共济会员的信仰嘲笑一番，觉得这是平平常常的，“我恐怕，我非常不了解，该怎么说呢，我恐怕，我对于世界的看法和您的看法正相反，使我们不能够互相了解。”

“我知道您的看法，”共济会员说，“您所说的那种看法，您觉得是您的思索的收获，其实它是大部分人的看法，是骄傲、懒惰和无知的

---

① 共济会于一七六〇年在俄国创立。该会的宗旨是从英格兰和苏格兰传来的，但因为有改革政治的嫌疑，在叶卡切锐娜朝代被禁止。它在亚力山大一世朝代兴盛，但在尼考拉一世朝代又遭受严禁，这时任何秘密组织都不得活动。

必然结果。请阁下原谅我，假使我不知道这个，我便不同您说了。您的看法是一种可怜的谬误。”

“同样地，我可以假定您是在谬误之中。”彼挨尔微笑着说。

“我决不敢说我知道真理，”共济会员说，他语气的肯定和坚决愈益使彼挨尔惊讶了，“没有人能够独自得到真理：只有用一块一块的石头，由无数代的人，从我们的始祖亚当直到我们现在的人，共同参与，才能建立那座庙宇，这座庙宇应当是伟大上帝的适宜的居所。”共济会员说，然后闭上了眼睛。

“我应当向您说，我不相信，不……相信上帝。”彼挨尔抱歉地费力地说，觉得他必须说出真话。

共济会员注意地望了望彼挨尔，微笑了一下，好像一个百万富翁听到一个穷人向他说，而这个穷人，连五个可以使他幸福的卢布也没有的时候微笑的一样。

“是的，阁下，您不认识他，”共济会员说，“您不能够认识他。您不认识他，因此您不幸。”

“是的，是的，我不幸，”彼挨尔同意，“但是我要怎么办呢？”

“阁下，您不认识他，因此您很不幸。您不认识他，但他却在这里，他在我的心里，在我的话里，他在您的心里，甚至在您刚才所说的亵渎的话里！”共济会员用严厉的打战的声音说。

他沉默着，叹了口气，显然是在力求平静下来。

“假使没有他，”他低声说，“阁下，我和您就不会说到他了。我们说到什么，说到谁呢？您否认谁呢？”忽然他带着严峻的和得意的权威口气说，“假使没有他，谁创造他的？为什么您有这个概念，认为这样的一个不可理解的上帝是有的呢？为什么您和全世界都认为这个不可思议的上帝——这个万能的、永恒的、威灵无限的上帝——是有的呢？……”他停住了，并且沉默了很久。

彼挨尔不能并且不愿打破这沉默。

“他是有的，但了解他是困难的。”共济会员又说，没有望彼挨尔的脸，却望着前面，用他的一双因为内心的激动而不能保持宁静的年老的手翻着书页。“假使他是一个人，你怀疑了他的存在，我便可以把这个人带到你面前来，抓住他的手，指给你看。但我这样一个无足轻重的凡人，怎么能够把他的万能、他的永恒、他的恩惠给一个瞎子看，或者一个因为没看见他不了解他，也不看见、不了解自己的卑鄙与罪恶，因而闭上眼睛的人呢？”他停了一下。“你是谁？你是什么人？你幻想自己是聪明人，因为你能够说出这些亵渎的话，”他带着忧悒的轻视的嘲笑说，“小孩子玩弄造得巧妙的钟表机件，因为他不明白钟表的用途，所以他敢说他不相信造钟表的工匠，你比这样的小孩还要愚蠢，还要不懂事。认识他是困难的。许多世纪以来，从我们始祖亚当直到现在，我们为了这种认识而努力，但是距离我们的目的，还是无限的遥远；但在我们对他不了解时，我们只看到自己的弱点和他的伟大……”

彼挨尔带着不安的心情，用明亮的眼睛望着共济会员的脸，听他说，不问他，也不打断他的话，却真诚地相信这个陌生人对他所说的话。或者是他相信共济会员说的话中那聪明的理论，或者是他像个小孩子一样，相信共济会员的信念与热诚的声调，相信那有时使共济会员的话声几乎中断的颤抖，或者是他相信那双明亮的、老年的、抱着这种信念长大的眼睛，或者是他相信共济会员全身所显现的、和他自己的颓丧与失望比较起来特别使他惊讶的那种镇静、坚决和对自己使命的认识——总之，他真诚地想要相信，并且真的相信了，感觉到了心中那种宁静、焕然一新和回到生活中来的喜悦。

“他不是靠理智来理解，而是凭着生活来理解的。”共济会员说。

“我不明白.”彼挨尔说，恐惧地感觉到自己心中产生的怀疑。他怕交谈者的各项理由模糊不清和软弱无力，他怕自己不相信他。“我不明白，”他说，“为什么人类智慧不能理解您所说的知识。”

共济会员露出温雅的、慈父般的笑容。

“最高的智慧和真理就像是最纯洁的液体，我们希望把它吸收到自己心中，”他说，“我能够在肮脏的血脉里容纳这种纯洁的液体并来判断它的纯洁吗？只有借本身内部的清洗，我才能够使这种获得的液体保持一定程度的纯洁。”

“是的，是的，是这样的！”彼埃尔高兴地说。

“最高的智慧不是单独建立在理性上的，不是建立在那些人世的物理、历史、化学等科学上的，理性的知识是分成了这些部门的。最高的智慧只有一个。最高的智慧只有一种科学——整体的科学，这科学解释整个宇宙，以及人在宇宙中的地位。要自己获得这种科学，就必须清洗并革新自己内心的‘自我’，因此，在认识之前，必须信仰，并使自己趋于完善。为了达到这些目的，在我们心里透进了上帝的光，它叫做良心。”

“是的，是的。”彼埃尔表示同意。

“用你精神的眼睛看看你内心的自我，并且问问你自己，你是否满意你自己。你单单由智慧领导着，你获得了什么？你是什么？阁下，您年轻、富裕、聪明、有教养。您用这些给予您的优越条件做了什么呢？您满意您自己的生活吗？”

“不，我恨我的生活。”彼埃尔皱着眉说。

“你恨它，那么就改变它，清洗你自己，并且你将由于纯洁而获得智慧。阁下，您看看您的生活吧。您的生活是怎么过的呢？是在放荡的酒宴和淫乱中过的，从社会上获得一切，却没有东西给社会。您获得了财产。您怎么利用它的呢？您对于别人做了什么呢？您想到过您的成千成万的奴隶，您在物质上和精神上帮助过他们吗？没有。您利用他们的劳力，过放荡的生活。这就是您所做的。您选择了一种对于别人有益的职业吗？没有。您在闲逸中度过您的生活。后来您结婚了，阁下，负起了领导一个年轻妇女的责任，您又做了什么呢？阁下，您没有帮助她寻找真理的道路，却把她引入了欺骗和不幸的深渊。有人冒犯了您，您便开枪打他，您还说您不认识上帝，说您恨自己的生活。阁下，这里没有奇妙的地方！”

在这些话之后，共济会员似乎因为长篇大论而疲倦了，又把手臂靠到沙发的背上，闭上了眼睛。彼挨尔望着那个严厉的、面色不变的、老迈的、几乎没有生气的脸，并且无声地动了动嘴唇。他想要说：是的，过的是卑鄙、闲逸、淫乱的生活——但他不敢打破沉默。

共济会员沙哑地、老态龙钟地咳了一声，唤了一声仆人。

“马匹怎么样了？”他问，没有望彼挨尔。

“他们带来了替换的马，”仆人说，“您不休息了吗？”

“是的，叫他们套车。”

“难道他不说完一切，不应许帮助我，就走开，丢下我一个人吗？”彼挨尔想，垂下了头，站起来，开始在房中走动，偶尔望一望共济会员。“是的，我没有想到这个，我过了可鄙、腐化的生活，但我既不欢喜，也不想要过这种生活，”彼挨尔想，“但这个人知道真理，假使他愿意，他能够用真理启发我的。”彼挨尔想要而又不敢把这话向共济会员说。

这个旅客用习惯的老年人的双手收拾了他的东西，便开始扣他的羊皮袄。做完了这些事，他转向别素号夫，并且用恭敬的语调，淡漠地向他说：

“请问阁下，您现在到哪里去？”

“我？……我到彼得堡去，”彼挨尔用孩子般的、犹疑不决的声音说，“我谢谢您。我完全同意您。但您不要以为我是那么坏。我诚心诚意希望做那样的一个人，就像您想要我做的那样；但我从来没有获得任何人的帮助……但是，首先我自己要负一切的责任。帮助我吧，指教我吧，也许，我要……”彼挨尔不能再向下说了。他开始嗅鼻子了，并且把身子转过去了。

共济会员沉默了很久，显然在考虑什么。

“只有上帝给人帮助，”他说，“阁下，我们的教会所能给您的那种帮助，是会给您的。您到彼得堡去，把这个交给维拉尔斯基伯爵（他拿出本子，在一页四折的大纸上写了几句话），让我向您进一个忠告。您到了首都，把最初的时间用在隐居独处和自我批评上，不要再走生活的老路。现在我祝阁下旅途快乐，”他说，看见他的仆人走进了房，“一路顺风……”

彼挨尔从站长的簿子上知道了这个旅客是奥西卜·阿列克塞维支·巴斯皆夫[①]。巴斯皆夫在诺维考夫时代便是最有名的共济会员和马丁主义者[②]。在他走了之后，彼挨尔好久还没有躺下睡觉，也没有问到马，在驿站的房间里来回走着，回想着他的荒唐的过去，并且带着生活革新的狂喜之情，设想着自己的幸福的、无可指责的、良好的将来，他觉得这是很容易的。他似乎觉得，他过去是荒唐的，只是因为他偶尔忘记了做善良的人是多么好。在他心里，从前的怀疑一点儿痕迹也没有了。他坚决地相信，在美德的道路上，以互相扶助为目的而团结起来的人们的友爱是可能的；他觉得共济会便是这样的。

3

彼挨尔到了彼得堡，没有让任何人知道他的到来，也没有到任何地方去，他开始整天阅读托马·开姆彼斯的著作，这本书不知道是谁寄给他的。彼挨尔读这本书的时候，不断地体会着一件事；他体会着他直到现在还不曾知道的一种快乐，就是相信奥西卜·阿列克塞维支向他所启示的臻于至善之境的可能，以及人们之间积极的友爱的可能。在他到后一星期，彼挨尔在彼得堡交际场中仅仅相识的年轻的波兰伯爵维拉尔斯

① 毛注：Базпеев是托尔斯泰借用的历史人物Позпеев，相差两个字母。

② 毛注：诺维考夫（1744—1818）是一个从事教育的俄国共济会员。马丁主义者是一七八〇年成立的俄国共济会员的一个团体。

基，有一天晚上，带着道洛号夫的监场人去看他时所有的那种正式的庄重的样子，走进他的房间，随手关上了门，确信房间里除了彼挨尔没有别人，便向他说话：

“伯爵，我负着一个使命并且带着一项建议来看您，”他向他说，没有坐下，“我们会里一个地位很高的人申请准许您在定期之前入会，并且提议要我做您的保证人。我认为执行这个人的意志是神圣的义务。您愿不愿由我保证加入共济会呢？”

这个人的冷淡、严厉的声音使彼挨尔吃惊了，彼挨尔几乎总是在跳舞会里看见他在最出色的妇女当中带着殷勤的笑容。

“是的，我愿意。”彼挨尔说。

维拉尔斯基点了点头。

“还有一个问题，伯爵，”他说，“对这个问题，我请您不要作为一个未来的共济会员，却作为一个正直的人（galanth omme），十分诚实地回答我：您抛弃了自己从前的信仰，信仰上帝了吗？”

彼挨尔想了一下。

“是的……是的……我信仰上帝。”他说。

“既然如此……”维拉尔斯基开口说，但彼挨尔打断了他的话。

“是的，我信仰上帝。”他又说了一次。

“既然如此，我们可以去了，”维拉尔斯基说，“用我的马车吧。”

维拉尔斯基一路默默无言。彼挨尔问，他应当作什么，他应当如何回答；对于这些问题，维拉尔斯基只说，比他更有资格的弟兄们要试试他，而彼挨尔除了说实话，便不需要别的了。

他们进了会所的大屋子的门，走过了一道黑暗的楼梯，进了一个明亮的小外房。在这里，他们没有仆人的帮忙，脱了皮外套。他们从外房走进另一个房间。有一个服装奇怪的人在门口出现了。维拉尔斯基走到他面前，用法语向他低声说了几句，然后走到一个小衣橱那里，彼挨尔看见了橱里面有他从来没有看见过的衣服。维拉尔斯基从橱里取出了一条毛巾，把它蒙在彼挨尔的眼睛上，在脑后打了结，结子把他的头发扎得很痛。然后他把他的面孔向下一扳，吻了他一下，然后拉住他的手，引他向前走。彼挨尔因为头发扎在结里觉得疼痛，他因为疼痛而皱眉，又因为某种羞耻而微笑。他垂着手臂，皱着眉，微笑着，他的庞大的身躯，踏着摇摇摆摆的、畏怯的步子跟着维拉尔斯基移动着。[①]

维拉尔斯基领他走了大约十步，停住了。

“假使您毅然地决定了加入我们的会，”他说，“那么，无论您发生了什么事，您都应该勇敢地忍受。”（彼挨尔用点头作肯定的回答）“您听到敲门声的时候，您就放开眼睛，”维拉尔斯基补充说，“祝您勇敢，成功。”于是维拉尔斯基同彼挨尔握了手，便走出去了。

剩下他一个人，彼挨尔还是继续那样地微笑着。他耸了两次肩，把手举到手巾那里，好像是要把它摘掉，但他又放下了手。他觉得，他蒙住眼睛所过的那五分钟好像是一小时。他的手麻木了，脚站不住了；他觉得身子疲倦了。他感觉到各种各样的最复杂的情绪。他惧怕他所要遭遇的事情，更怕表现出他的恐惧。他很想知道要发生什么，有什么东西要向他启示；但他觉得最高兴的，是那个时间来到了，就是说，他终于踏上了革新和积极善良生活的途径，这是他在遇见奥西卜·阿列克塞维支之后所梦想的。

响起了沉重的敲门声。彼挨尔拿下了眼睛上的毛巾，向四周看了看。房间里是墨黑的，只在一个地方，在一个白的东西里边，点了一盏小灯。彼挨尔走近了些，看见这盏小灯是在黑桌上，桌上有一本打开的书。这是本《福音书》；那个有一盏小灯点在里边的白的东西，是一个

① 毛注：托氏所描写的仪式，是根据他在莫斯科卢密安采夫博物馆所看的书籍与手稿。一八六六年秋，他写信给他的妻子说：“喝过咖啡，我到卢密安采夫博物馆，坐到三点钟，阅读很有趣的共济会的手稿，我不能告诉你为什么这个阅读使我丧气，整天不能释然。使我痛心的是，所有的那些共济会员都是傻瓜。”托氏同情他们的目的，但认为他们的方法是无用的。

有窟窿和牙齿的头颅骨。彼挨尔读了《福音书》的第一句“太初有道，道与上帝同在”，绕过桌子，看见一个巨大的、盛满了东西的、打开着的箱子。这是一个有骨骼的棺材。他毫不诧异他所看见的东西。他希望开始过全新的生活，和从前完全不同的生活，他期待着一切不寻常的东西，比他所看见的东西更加不寻常的东西。头颅骨、棺材、《福音书》——他觉得，这都是他所期待的，他还期待更多的东西。他极力要使自己产生激动的情绪，他环顾着四周。“上帝，死亡，爱情，人类友爱”，他向自己说，把这些话和一些模糊的、然而是欣喜的概念联结在一起。门开了，有人走进来了。

在微弱的、但彼挨尔已经习惯了的光线里，走进来一个矮小的人。这人站住了，显然他是从亮处来到暗处的；然后，他踏着小心的步伐，向桌子那里移动着，把一双戴皮手套的小手放在桌子上。

这个矮小的人穿了白皮围裙，遮着他的胸部和大腿，他的颈子上戴了项圈之类的东西，在项圈里边凸出又高又白的绉领，环绕着他的从下边被照亮的长脸。

“您为什么到这里来的？”进来的人听到彼挨尔所发出的沙沙声，便向着他说，“您不相信光明的真理，并且没有看见光明，您为什么来到这里？您想要从我们这里获得什么？是智慧、美德、教育吗？”

在不相识的人把门打开走进房时，彼挨尔感觉到一种畏惧和崇敬的心情，好像他幼年时期在忏悔时所感觉的那样；他觉得自己是面对着一个对生活情况完全陌生，而对人类的友爱是很重视的人。彼挨尔带着一颗跳得影响呼吸的心，向前靠近指导员（共济会中为请求入会的人作准备的人叫做指导员），彼挨尔走近了些，认出这个指导员是一个熟人，是斯摩力亚尼诺夫，但是他想到进来的人是熟人，便觉得痛心，他觉得进来的人只是一个会员和善良的导师。彼挨尔好久不能说话，因此指导员不得不重述他的问题。

“是我……我……想要革新。”彼挨尔费劲地说。

“很好，”斯摩力亚尼诺夫说，立即又继续说，“您明白我们的神圣教会帮助您达到您的目的的方法吗？……”指导员镇静地迅速地说。

“我希望……领导……帮助……革新。”彼挨尔说，他的声音打颤，出言困难，这是由于兴奋，由于他不习惯用俄语说抽象的事物。

“您对于共济主义是什么看法呢？”

“我以为，共济主义是有善良目的的人们的fraternité〔博爱〕与平等。”彼挨尔一面说，一面因为他的话不合乎这时候的严肃气氛而觉得羞耻。“我以为……”

“很好。”指导员迅速地说，显然是十分满意这个回答。“您在宗教里寻找过达到您的目的的方法吗？”

“没有，我认为那个目的是不正确的，没有照着它去做。”彼挨尔说得那么轻，指导员没有听见，并且问他说了什么。“我从前是一个无神论者。”彼挨尔回答。

“您寻找真理，为了在生活中遵守它的规律；因此您寻找智慧和美德。是不是？”指导员稍停之后这么问。

“是的，是的。”彼挨尔承认。

指导员清了清喉咙，把戴手套的双手叠在胸前，然后开始说话。

“现在，我要向您宣布我们的教会的主要目的，”他说，“假使这个目的和您的目的相符，那么您就进我们的会，于您有益。我们的教会的第一个主要目的，和我们的教会所依据的，而且任何人的力量都不可能摧毁的基础，就是保存某种重要的神秘并把它留传后世……它是从最古的时候，甚至是从最初的一个人留传给我们的，也许人类的命运就决定于这个神秘。但是因为这种神秘是这样的性质，就是除非它本身有了长时间的、勤勉的清洗工作的准备，是没有人能够知道能够利用它的，所以不是任何人能够希望迅速地获得它的。因此我们有第二个目的，就是尽可能地准备我们的会员，用那些曾经努力寻求这种神秘的人传授给我们的那些方法，来改造他们的心，清洗他们，启发他们的智慧，并因此而使他们能够得到这种神秘。第三点，在清洗、改造我们的会员的时候，我们要努力改造全人类，在我们会员中为人类找出虔敬与美德的榜样，并因此我们要尽全部的力量反对那支配世界的罪恶。您把这考虑一下，我再到您这里来。”他说过之后，走出了房。

“反对那支配世界的罪恶……”彼挨尔重复着，并且想象着他将来在这一方面的活动。他想象着那些和他自己两星期前是一样的人们，于是他在心里向他们说着教训劝导的话。他想象到堕落的不幸的人们，他将要用语言与事实帮助他们；他想象到压迫者，他将拯救被他们压迫的人。在指导员所提出的三个目的之中，最后的一个——改造人类——特别投合彼挨尔的旨意。指导员所提到的那种重要的神秘，虽然引起他的好奇心，但在他看来并不是首要的；第二个目的，自身的清洗与革新，并不引起他的兴趣，因为这时候他快乐地觉得他自己已经完全革除了从前的罪恶，只准备做一切的善事了。

半小时后，指导员回来向请求入会的人说明七德，这相当所罗门神庙的七级，这是每个共济会员必须在自己心里培养的。七德是：（一）谨慎，保守教会的秘密，（二）服从上级的会员，（三）良善行为，（四）对人类的爱，（五）勇敢，（六）慷慨，（七）对死亡的爱。

“第七，”指导员说，“要极力常常想到死亡，使您自己觉得死亡不是可怕的敌人，而是朋友……它将把那在美德的努力中疲倦了的灵魂，从不幸的生活中解放出来，把它带到有酬报与安宁的地方。”

“是的，是应该这样的，”彼挨尔在指导员说了这些话之后走出去让他独自沉思时，这么想着。“这是应该这样的，但我还是那么软弱，我爱自己的生命，它的意义直到现在才渐渐向我展示。”但是彼挨尔一面用手指数着，一面想起其余五种美德，他觉得，他的心里已经有了：勇敢，慷慨，良善行为，对人类的爱，特别是服从，这在他看来并不是美德，而是幸福。（他现在是那样高兴，他去除了自己的专横，并且使他的意志服从那些知道无疑的真理的人。）第七种美德彼挨尔忘记了，并且怎样也想不起来了。

指导员第三次回来较快，并且问彼挨尔，他的意图是否还坚定，是否决定了使他自己接受一切向他所提的要求。

“我决心去做一切。”彼挨尔说。

“我还得向您说明，”指导员说，“我们的教会不只是用文字宣扬它的教义，并且还用别的方法，这些方法，对于真正寻求智慧与美德的人，较之仅用文字的说明，也许更起作用。这个会堂想必已经用它的为您所见的陈设，比用文字更加启发了您的心，假使您的心是诚实的；您也许在以后的入会仪式中会看到同样的启发。我们的教会模仿古代的社团，这些社团是用象形文字展示它们的教义的。”指导员说，“象形文字是某种不可感觉的东西的名称，这种东西具有和表象相类似的各种性质。”

彼挨尔很知道什么是象形文字，但他不敢说。他沉默地听指导员说，根据这一切，他觉得试验就要开始了。

“假使您坚决，我便要替您举行入会礼了，”指导员说，向彼挨尔走近了些，“为表示慷慨，我要求您把您的所有的贵重东西都给我。”

“但我身上没有东西。”彼挨尔说，以为是要求他交出他所有的一切。

“您身上所带的东西：表、钱、戒指……”

彼挨尔赶快取出了钱袋、表，好久不能够从他的肥胖手指上取下他的结婚戒指。这事做完后，指导员说：

“为表示服从，我请您脱衣服。”

彼挨尔照指导员的指示脱了燕尾服、背心和左脚的靴子。共济会员打开他右边胸脯上的衬衣，并且弯着腰，把他左腿上的裤筒提到膝盖的上边。彼挨尔还想要赶快脱掉右脚的靴子，卷起裤脚，免得这个不相识的人找麻烦，但共济会员向他说，无须如此——并且给了他一只趿鞋穿在他的左脚上。彼挨尔带着孩子般的羞涩、怀疑、自我嘲笑的笑容——这是出乎他的本意而在他的脸上出现的——垂着手，撑开腿，站在会友指导员的对面，等候他的新命令。

“最后，为表示诚实，我要求您向我说明您的主要的嗜好。”他说。

“我的嗜好！我有许多嗜好。”彼挨尔说。

“那最使您在美德的道路上动摇不定的嗜好。”共济会员说。

彼挨尔沉默着，寻找着回答的话。

“酒？贪食？闲逸？懒惰？暴躁？怨恨？女色？”他思索着他的过错，在心中衡量着它们，不知道哪一种占优势。

“女色。”彼挨尔用低低的几乎听不见的声音说。

共济会员在这个回答之后好久没有动，没有说话。最后他走到彼挨尔面前，拿起放在桌上的手巾，又蒙住了他的眼睛。

“我最后一次向您说：把您的全部注意力集中在您自己身上，约制您的情绪，不要在嗜好中寻找幸福，却要在您心中去找。幸福的泉源不在外面，却在我们的心里……”

彼挨尔已经在他心中感觉到这种使他精神爽快的幸福泉源，它使他的心灵中洋溢着幸福和感情。

4

不久之后，到黑暗的房间里来找彼挨尔的，不是先前的指导员了，而是保证人维拉尔斯基，彼挨尔听声音认出了是他。对那些关于他的意图是否坚决的新问题，彼挨尔回答说：

“是的，是的，我同意。”于是，带着鲜明的、孩子般的笑容，敞开着胖胸脯，摇摆地畏怯地踏着一只穿靴子、一只穿趿鞋的脚，随着维拉尔斯基抵在他的光胸脯上的剑向前走着。他从房内被领到走廊上，向后一转又向前一弯，最后被领到会堂的门前。维拉尔斯基咳嗽了一声，他们用共济会的敲槌声回答了他，于是门在他们前面打开了。有谁的低沉的声音（他的眼睛还是扎着的）向他提出了问题；他是谁、在何处何时出生等等。后来他还是扎着眼睛，又被领到别的地方去了。并且在他行走的时候，有人用比喻向他说到他的巡拜的辛苦，说到神圣的友爱，说到世界的永恒的创造者，说到勇气，他必须有勇气去忍受困苦与危险。在这个巡拜的时间里，彼挨尔注意到，随着槌子和剑所敲出的各种声音，他有时被称为“请求入会者”，有时被称为“受苦者”，有时被称为“要求入会者”。在他被领到某种物体前面的时候，他注意到，在他的领导人之间发生了迟疑与困惑。他听到，在他四周的人们之间发生了低声的争执，有一个人坚持要领他走过某一个地毯。然后，有人拿他的右手，放在某种东西的上边，并且命令他用左手拿着一副圆规放在左胸前，教他重述着别人所读的文字，宣读忠于教规的誓言。然后，熄灭了蜡灯，点着了火酒，这是彼挨尔从气味上闻出来的，有人说，他可以看见小光了。有人解了他的蒙眼布，于是彼挨尔在微弱的火酒灯光中，好像在梦中一样，看见了几个人，他们穿了和指导员一样的围裙，站在他对面，拿着剑对住他胸口。他们当中有一个穿了有血迹的白衬衣的人。看见了这个，彼挨尔把胸脯对着剑向前移动，希望这些剑刺进他的身子。但剑都缩回去了，立刻他的眼又被扎起来了。

“现在你看见了小光。”一个声音说。然后又点了蜡灯，有人说，他可以看见完全的光，于是又去掉他的蒙眼布，十多个人一阵说道：“sic transit gloria mundi.〔尘世荣华如此消逝。〕”

彼挨尔开始渐渐地恢复镇定，看看他所在的房间和房间里的人。在铺了黑布的长桌四周，坐了大约十二个人，都穿了像他先前所看见的那种衣服。有几个人是彼挨尔在彼得堡的交际场中认识的。

在主席座位上坐了一个不相识的年轻人，颈子上挂了一个特殊的十字架。在他的右边坐着意大利神甫，两年前彼挨尔在安娜·芭芙洛芙娜家看见过他。那里还有一个极重要的官员和一个从前在库拉根家做过教师的瑞士人。他们都严肃地沉默着，听着主席的话，主席手里拿着一个槌子。墙里面有星形的光；在桌子的一边有一个小地毯，它上面有各种图案，在另一边是祭坛之类的东西，它上面有《福音书》和头颅骨。在桌子四周有七个很大的好像教堂里所用的灯台。两个会友把彼挨尔领到祭坛前，把他的双脚摆开成一直角，命令他卧倒，说他一定要爬在庙门前。

“他应当先接受铲子。”一个会友低声说。

“啊！请不要做声。”另一个说。

彼挨尔没有服从，用慌张的近视的眼睛向四周看了一下，忽然他发生怀疑了。“我在哪里？我在做什么？他们不在笑我吗？我想起这个不觉得惭愧吗？”但这种怀疑只经过了一刹那的时间。彼挨尔看了看四周人们的严肃的面孔，想起他所经历的一切，于是明白了半途停顿是不行的。他对自己的怀疑感觉恐惧，力求恢复先前的虔敬心，向庙门跪下来了。果然，他有了比先前更强烈的虔敬心。他跪伏了一会，有人命他站起来，也替他穿上了和别人一样的白皮围裙，在他手里放了一把铲子和三双手套，然后会长向他说话。他向他说，他要努力不让任何东西染污围裙的洁白，它象征坚强与纯洁；然后，关于尚未说明的铲子，他向他说，他要用这把铲子铲除他心中的罪恶，宽厚地用它铲平别人的心。然后，关于第一双男手套，会长说，它们的意义是彼挨尔不能够知道的，但是一定要保管它们；关于第二双男手套，会长说，是要他在聚会的时候戴的；最后，关于第三双女手套，他说：

“亲爱的会友，这双女手套也是要给您的。把它送给您所最尊敬的女子。用这个礼品向那被您选作女会员的人证明您心地的纯洁。”沉默了片刻，他补充说：

“但要注意，亲爱的会友，不要把这双手套戴在不洁的手上。”

在会长向他说这最后的话时，彼挨尔觉得会长慌乱了一下。彼挨尔更慌乱了，像孩子们那样地脸红得要落泪，开始不安地环顾着，于是出现了令人不舒服的沉默。

这种沉默被一个会友打破了，他把彼挨尔领到地毯那里，开始照稿本向他读出地毯上边的一切图像的解释，日，月，一个槌子，一把测锤，一把铲子，一块粗石头，一块方石头，一根柱子，三扇窗子，等等的解释。然后有人向彼挨尔指定了他的座位，向他指示了会的各种暗号，向他说了口令，最后准许他坐下了。会长开始读规章。规章很长，彼挨尔由于欣喜、兴奋和惭愧，不能了解他所读的东西。他只听到最后的条文，这是他还记得的。

“在我们的庙宇中，我们不承认其他的差别，”会长宣读，“除了善恶之间的差别。不要造成足以破坏平等的任何差别。飞奔援助会友，无论他是谁；劝导迷途的；扶起跌倒的；对于会友不要怀存任何恶念或仇恨。要亲切，有礼貌。在人人的心中烧起德行的火焰。和你的邻人共享幸福，永远不要让嫉妒扰乱那纯洁的快乐。饶恕你的敌人，不要对他复仇，只可以对他做好事。这样地执行最高法则，你将重新找到你所失去的从前的尊严的痕迹。”

他念完了，站起来搂抱彼挨尔，并且吻他。

彼挨尔眼睛里含着欣喜的泪花，向四周看了一下，不知道怎样回答他四周熟人们的庆贺和恢复旧交的问候。他不承认有任何熟人；他只把所有的这些人看作会友，他急想要和他们一同工作。

会长敲了敲槌子，大家都坐到位子上去了，有一个人读了关于会员必须谦虚的训诫。

会长提议会员应尽最后的义务，于是一个叫做“捐款收集者”的大官开始走到会友们的面前。彼挨尔想要在捐册上捐出他所有的钱，但是他怕因此显得骄傲，于是只认捐了和别人同样多的钱。

聚会结束了。回到家里时，彼挨尔似乎觉得，他是从数十年的长途旅行中回来的，他完全改变了，并且完全脱离了从前的生活方式和习惯。

5

在入会的第二天，彼挨尔坐在家里，读着一本书，努力探究着一幅方图的意义，它一边象征上帝，另一边象征道德，第三边象征物质，第四边象征混合物。有时他丢开书本和方图，在他的想象中替自己拟定新的生活计划。昨天在会所里有人向他说，决斗的消息已经传到皇帝那里，彼挨尔最好是离开彼得堡。彼挨尔打算到他在南方的田庄上去，在那里照管他的农奴。他高兴地计划着这个新生活，这时发西利公爵忽然走进了他的房。

“我亲爱的，你在莫斯科做了什么？你为什么同辽利亚争吵呢？我亲爱的，你误会了，”发西利公爵走进房说，“我全知道，我可以确实向你说，爱仑没有对不起你的地方，正如同基督对犹太人一样。”

彼挨尔想要回答，但他打断了他的话。

“为什么你不直截了当地找我，就像找朋友一样呢？我全知道，我全明白，”他说，“你所做的，正是一个看重自己名誉的人所应当作的；也许太急切了，但我们不要讨论这件事。你要想一下，在全社会的目光中，甚至在朝廷的目光中，你将把她和我置于何种地位，”他压低了声音补充说，“她住在莫斯科，你住在这里。记住，我亲爱的，”他把彼挨尔的手向下拉着，“这只是一个误会；我希望，你自己也这么想的。我们立刻写信去，她会到这里来的，一切都会说明白的，不然，我要告诉你，你会感到痛苦的，我亲爱的。”

发西利公爵令人感动地看了看彼挨尔。

“我从可靠的方面知道了，皇太后对于这件事情很关心。你知道她对爱仑很垂爱的。”

彼挨尔几次要说话，但一方面发西利公爵不让他说，另一方面彼挨尔怕开始用断然的拒绝和反对的语气说话，他果断地决定要用这种语气回答他的岳父。此外，他还想起了共济会的规章：“要亲切有礼貌。”

他皱了皱眉，红了脸，站起来又坐下，费力地强使自己做他平生最困难的事——当面向人说出不愉快的话，说出别人料想不到的话，无论这个人是谁。他是那样地惯于服从发西利公爵的漫不经心的自以为是的语气，以致现在他觉得他不能反抗这个语气；但他觉得，他现在所说的话关系到他将来的命运：他将走上从前的老路，还是走共济会员们那样动人地给他指出的新路？他坚信他可以在这条新路上获得新生。

“我亲爱的，”发西利公爵玩笑地说，“向我说：‘是。’我就自己写信给她，我们就要宰小肥牛了。”但发西利公爵还没有说完他的笑话，彼挨尔脸上已经露出他父亲那样的暴怒，没有望交谈者的眼，低声说道：

“公爵，我并没有请您来，走吧，请走！”他跳起来，替他开了门。

“走吧，走！”他又说，他不相信他自己，却对发西利公爵脸上所表现的那种迷惑和恐惧的表情感到高兴。

“你怎么了？你害病了吗？”

“走开！”颤抖的声音又说了一次。于是发西利公爵没有听到任何说明，不得不走开了。

一星期后，彼挨尔辞别了新朋友共济会员们，留给了他们巨额的捐款，便到他自己的田庄上去了。他的新会友们交给他几封给基辅和奥德萨两地共济会员的信，并且答应写信给他，指导他从事新的活动。

6

彼挨尔和道洛号夫的事情暗下了结了，虽然当时皇帝对决斗处理得很严，但双方当事人和监场人都没有受罚。可是决斗的事，被彼挨尔夫妇的分离所证实，在社交界里传播开了。彼挨尔，在他是私生子时，大家都垂爱地庇护地看待他，在他是俄罗斯帝国最好的择配对象时，大家都关心他赞扬他，在他结婚以后，在大闺女们和母亲们对他无所期望时，他在社交界的声誉便大大低落了，尤其是因为他不善于并且不愿意讨得社交界的好感。现在大家认为这事情只怪他一个人，都说他是一个糊涂的嫉妒者，和他父亲一样，常常大发脾气。但在彼挨尔走了以后，爱仑回到彼得堡时，她所有的朋友不但都热诚地接待她，而且还因为她的不幸都带着恭敬的态度接待她。在谈话涉及她丈夫时，爱仑做出尊严的表情，这是她凭她特有的机敏而学会的，虽然她并不明白它的意义。这种表情是说，她决定毫无怨言地忍受她的不幸，而她的丈夫是上帝给她的折磨。发西利公爵更加公开地表示他的意见。在谈话涉及彼挨尔时，他便耸耸肩膀，并且指着额头，说：

"Un cerveau fêléje-je le disais toujours.〔有点精神错乱——我总是这么说的。〕"

"我老早就说过，"安娜·芭芙洛芙娜说到彼挨尔，"我那时候，在大家之前说过（她坚持自己的优先权），说他是一个疯狂的少年，被现代的堕落的思想弄坏了。别人都称赞他的时候，他刚从国外回来的时候，您记得，有一天在我家的晚会上，他装作马拉[①]的样子，我那时候便说过这话。结果怎样？我那时便不赞成这件婚事，早料到一切要发生的事情。"

安娜·芭芙洛芙娜在无事的日子，在自己家里照旧举行像从前一样的晚会，这种晚会只有她一个人有本领举行，在这些晚会里，第一，是聚集了"la crême de la véritable bonne société, la fine fleur de l'éssence intellectuelle de la société de Pétersbourg〔真正上流社会的菁华，彼得堡社交界优秀知识分子的花朵〕"，如同安娜·芭芙洛芙娜自己所说的。除社交界的精选的优秀分子之外，安娜·芭芙洛芙娜的晚会还有一个特色，就是在她的晚会里，安娜·芭芙洛芙娜每次都要向她的客人们介绍一个新的、有趣的人物，并且表明彼得堡宫廷正统主义者心情的政治温

① 马拉（1743—1793），法国雅各宾党的首领之一。

度表上的度数，没有任何别的地方，像在她的这些晚会里表现得那么清楚明白。

一八〇六年末，已经接到了所有的关于拿破仑在耶拿和奥扼尔斯泰特消灭普鲁士军队，以及关于普鲁士要塞大部分失陷的不幸的详细情报，我们的军队已经开入普鲁士，并且开始了我们和拿破仑的第二次战争，这时候，安娜·芭芙洛芙娜在自己家里举行晚会。La crême de la véritable bonne société〔真正上流社会的菁华〕包括迷人的、不幸的、被丈夫抛弃的爱仑；莫特马尔；刚从维也纳回来的迷人的依包理特公爵；两个外交官；姑母；一个在交际场中被人简单地称为un homme de beaucoup de mé rite〔很有德行的人〕的年轻人；一个新任命的女官和她的母亲；还有几个不甚著名的人。

在这次晚会里，安娜·芭芙洛芙娜给客人推荐的新人物是保理斯·德路别兹考，他充任专使，刚从普鲁士军中来到此地，并且做了一个很重要的人的副官。

政治温度表在这个晚会里对宾客显示的度数如下：欧洲的君主和将军们，为了引起我和我们大家的不快与苦恼，无论怎样极力姑息保拿巴特，我们对保拿巴特的态度是不会改变的。我们并不停止表示我们对于这个问题的坦率的意见，我们只能向普鲁士国王和别的君王们说："这于您更不利了。Tu l'as voulu, George Dandin.〔是你想要这样的，绕治·当丹[1]。〕"我们所能说的，没有别的了。

这就是政治温度表在安娜·芭芙洛芙娜的晚会上所显示的。保理斯是准备介绍给客人的人物，当他进客厅时，几乎所有的人都到了，安娜·芭芙洛芙娜所领导的谈话，是关于我国和奥地利的关系，以及我国和奥地利联盟的希望。

保理斯身材魁伟，面色红润，显得很有神采，穿了华丽的副官制

① 毛注：见莫里哀喜剧《绕治·当丹》。

服，自由自在地走进客厅，并且合乎礼貌地被领着去问候了姑母，然后加入了大团体。

安娜·芭芙洛芙娜把瘦小的手伸给他吻，把他介绍给几个他不认识的人，并且向他低声地说着每一个人的情况。

“Le prince Hippolyte Kouraguine-charmant jeune homme. M-r Kroug chargé d’affaires de Kopenhague-un esprit profond,〔依包理特·库拉根公爵——可爱的青年。克如格先生，从哥本哈根来的代办——一个高深的智士，〕”简单地说，“M-r Shittoff, un homme de beaucoup de mérite.〔锡托夫先生，一个很有德行的人。〕”这是指那个叫这个名字的人而说的。

保理斯在服役期间，由于安娜·米哈洛芙娜的设法、他自己的趣味，以及他所特有的谨慎性格，获得了军队中最有利的地位。他做了一个极重要的人的副官，在普鲁士担负了极重要的使命，并且充任专使从那里刚刚回来。他十分精通他在奥尔牟兹感到满意的、那不成文的规定。根据这个规定，一个准尉能够大大地高过一个将军；根据这个规定，为了在军界上的成功，所需要的不是努力，不是工作，不是勇敢，不是恒心，而是只需要善于结交那些可以给他酬报的人。并且他常常诧异，他自己成功迅速，而别人不能了解这个。由于这个发现，他全部的生活方式，他和旧友们的一切关系，他所有的未来计划，都完全改变了。他没有钱，但他把所有的钱都用来使他自己穿得比别人更好；他宁愿失去自己的许多享受，却不肯让自己乘坏马车，或者穿着旧军服出现在彼得堡的街道上；他只接近并设法认识那些比他地位高，并且因此能对他有用的人；他爱彼得堡，并且轻视莫斯科。关于罗斯托夫家以及关于他对娜塔莎的孩子般的爱情的回忆——是他觉得不愉快的，他自从到了军队以后，没有一次去看过罗斯托夫家的人。他认为进安娜·芭芙洛芙娜的客厅就是他在军界的重要的升迁，在这里他立刻明白了自己的任务，让安娜·芭芙洛芙娜利用他所具有的兴趣，他注意地观察着每一个人的面孔，并且估计着和他们每一个人接近的利益与可能。他坐在美丽的爱仑的旁边指定给他的座位上，听着大家的谈话。

“Vienne trouve les bases du traité proposé tellement hors d'atteinte, qu'on ne saurait y parvenir même par une continuité de succès les plus brillants, et elle mêt en doute les moyens qui pourraient nous les procurer. C'est la phrase authentique du cabinet de Vienne. 〔维也纳认为拟议中条约的各种基础是办不到的，就是一连串最光荣的胜利也不能得到它们，并且他们怀疑我们会得到它们的方法。[①]这是维也纳内阁实际所说的话。〕”丹麦的代办说。

“C'est le doute qui est flatteur! 〔怀疑是阿谀！〕”l'homme à l'esprit profond〔高深的智士〕微笑着说。

“Il faut distinguer entre le cabinet de Vienne et l'Empereur d'Autrichc, 〔我们必须对维也纳的内阁和奥国皇帝有所区别，〕”莫特马尔说，“L'Empereur d'Autriche n'a jamais pu penser à une chose pareille, ce n'est que le cabinet qui le dit. 〔奥国皇帝决不会想到这样的事，只是内阁说了这话。〕”

“Eh, mon cher vicomte,〔哎，我亲爱的子爵，〕”安娜·芭芙洛芙娜插言说，“L'Urope!〔欧洲！〕”（她因为某种缘故说L'Urope，好像这是她同法国人说话时她所能说出来的法语的特别微妙处。）“L'Urope ne sera jamais notre alliée sincère. 〔欧洲决不会做我们忠实的联盟者。〕”

然后安娜·芭芙洛芙娜将谈话转到普鲁士国王的勇敢与坚决的行动上，以便引导保理斯加入谈话。

保理斯注意地听着每个说话的人，等着轮到他说，但同时他不时地向

① 毛注：托氏在这里跑到实际事件的前面去了。俄普之间《巴顿斯坦条约》在一八〇七年四月才有的。

他旁边的美人爱仑看了几下，她也带着笑容向俊秀的年轻副官看了几次。

说到普鲁士的情况时，安娜·芭芙洛芙娜极其自然地要求保理斯向他们说到他的格罗高旅行，以及他所看见的普鲁士军队的情形。保理斯不慌不忙，用地道的法语，说了极多的有趣的关于军队和朝廷的详情，在他说话的全部时间里，他极力避免表示他自己对于他所说的各项事实的意见。在相当的时间里保理斯吸引了大家的注意，于是安娜·芭芙洛芙娜觉得她招待客人的新奇人物被全体客人满意地接受了。爱仑对于保理斯的谈话表示了最大的兴趣。她有几次向他问到旅途中的某些详情，好像她极其注意普鲁士军队的情况。他刚说完，她就带着惯有的笑容向他说：

"Il faut absolument que vous veniez me voir. 〔你一定要来看我。〕"她用那样的语调说，好像由于他不能知道的某些理由，这是十分必要的。

"Mardi entre les 8 et 9 heures. Vous me ferez grand plaisir. 〔星期二的八点到九点之间。你会使我非常高兴的。〕"

保理斯答应了实现她的愿望，并且想要同她谈话，这时安娜·芭芙洛芙娜把他叫走了，借口是姑母希望听他说话。

"您当然认识她的丈夫吧？"安娜·芭芙洛芙娜闭上了眼睛，用忧悒的姿势指着爱仑说，"啊，她是那么不幸的妩媚的妇女！不要在她面前提到他，请您不要说。这会使她太难受！"

7

当保理斯和安娜·芭芙洛英娜回到大团体那里时，依包理特公爵的话正吸引着大家的注意。

他在椅子上把身子向前探着说：

"Le Roi de Prusse! 〔普鲁士国王！〕"他说了这个，便笑起来了。大家都向他望着。

“Le Roi de Prusse? 〔普鲁士国王吗? 〕”依包理特问，又笑起来了，又镇静地严肃地向后坐到椅子里边。安娜·芭芙洛芙娜等了他一会，但是因为依包理特似乎坚决地不愿再说，她便开始说到不信上帝的保拿巴特怎样在波兹达姆偷走了腓得烈大帝的剑。

“C’est l’épée Frédéric le Grand, que je……〔这是腓得烈大帝的剑，这个我……〕”她开始说，但依包理特插话打断她：

“Le Roi de Prusse〔普鲁士国王〕……”大家刚刚向他注意时，他又道歉，不做声了。安娜·芭芙洛芙娜皱了皱眉。莫特马尔，依包理特的朋友，毅然决然地向他说：

“Voyons à qui en avez-vous avec votre Roi de Prusse? 〔哦，您的普鲁士国王怎么样呢? 〕”

依包理特笑起来了，好像是他对自己的笑声感到惭愧。.

“Non, ce n’est rien, je voulais dire seulement……〔没有，没有什么，我只想说……〕”（他想要重述他在维也纳所听到的一个笑话，他整个晚上都在准备说这个笑话。）“Je voulais dire seulement que nous avons tort de faire la guerre pour le roi de Prusse.〔我只想说，我们为普鲁士国王打仗是错误的。〕”[①]

保理斯谨慎地微笑了一下，他的笑容可以被人看做是对笑话的嘲笑或者称赞，这是要看各人对这个笑话的看法而定的。大家都笑了。

“Il est très mauvais, votre jeu de mot. très Spirituel, mais injuste,〔你这笑话很不好，它很俏皮，但是不公正，〕”安娜·芭芙洛芙娜用打皱的手指向他指点着说. “Nous ne faisons pas la guerre pour le roi de Prusse, mais pour les bon principes. Ah, le méchant, ce prince Hippolyte! 〔我们不

① 法语中“为普鲁士国王”是一句成语，意思是“无报酬”，“无益”，“无效果”。意译是“我们为了无益之事去打仗是错误的”。

是为了普鲁士国王打仗，而是为了正义。啊，这个依包理特公爵，他多么恶毒！〕”她说。

谈话整晚没有停，谈的主要是关于政治新闻。晚会将结束，当他们谈到皇帝所赐的奖赏时，谈话是特别生动。

“我们知道，上年NN得到了一个有画像的鼻烟壶，”l'homme à l'ésprit profond〔这个高深的智士〕说，“为什么SS不能得到同样的奖赏呢？”

“Je vous demande pardon, une tabatière avec le portrait de l'Empereur est une récompense, mais point une distinction,〔我请您原谅，一个有皇帝画像的鼻烟壶是一件赏品，但不是一种殊荣，〕”外交官说，“un cadeau plutôt.〔毋宁说是一件礼物。〕”

“Il y eu plutôt des antécédents, je vous citerai Schwarzenberg.〔有过一些先例的，我可以向您举出施发曾堡。〕”

“C'est impossible.〔这是不可能的。〕”另一个人回辩。

“打赌。Le grand cordon, c'est différent〔勋绶，这是另外一回事〕……”

当大家站起来要走时，整个晚上谈话很少的爱仑，又用亲善的富有含意的命令的语气要求保理斯在星期二去看她。

“这对于我是很必要的。”她带着笑容望着安娜·芭芙洛芙娜说，安娜·芭芙洛芙娜带着在她说到她的崇高的女恩人时所有的那种忧戚的笑容，支持了爱仑的愿望。

似乎由于保理斯在这个晚会中所说的关于普鲁士军队的几句话，爱仑忽然发觉了有和他见面的必要。她似乎是答应了他，当他在星期二来到时，她将向他说明这个必要。

保理斯星期二晚间进了爱仑的华丽的客厅，没有得到明白的解释，为什么他必须来到。这里有其他客人，伯爵夫人很少同他说话，直到他吻她的手告别时，她才带着一副奇怪的没有笑容的脸，突然低声地向他说：

“Venez demain diner……le soir. Il faut que vous veniez……Venez!

〔明天来……吃饭……晚上。你一定要来……来呀！〕”

在这次来彼得堡的时候，保理斯成了别素号娃伯爵夫人家里亲密的人。

8

战争爆发了，战场靠近俄国的边境。到处都在咒骂保拿巴特是人类公敌；乡村里在征集民团和新兵，并且从战争舞台上传来了互相矛盾的消息，它们时常是虚假的，因此，有各种不同的误解。

保尔康斯基老公爵、安德来公爵和玛丽亚公爵小姐的生活，从一八〇五年以来大大改变了。

老公爵在一八〇六年被任命为全俄民团的八个总司令之一。老公爵的老迈衰弱，在他认为他的儿子已被打死的时候，是特别明显，他虽然衰老，却认为不应该拒绝皇帝亲自任命的职务，并且这个重新开始的活动，鼓起了并增强了他的精神。他经常地出巡他所管辖的三个省；他在履行职责时精细到拘泥的程度，对待下属严厉到残忍的程度，他亲自过问最琐细的事情。玛丽亚公爵小姐已经不再跟她父亲学数学了，她只在早晨，当父亲在家时，带着奶妈和小尼考拉公爵（祖父这么叫他）到他的书房里去。吃奶的尼考拉公爵、奶妈以及保姆萨维施娜住在过世的公爵夫人的房里，玛丽亚公爵小姐每天把大部分时间花在育儿室，尽她的力量，担当起小侄儿的母亲的职责。部锐昂小姐似乎也热情地爱这个小孩，玛丽亚公爵小姐常常牺牲自己，把照料小天使（她这么叫她的侄儿）以及和他戏耍的乐趣让给她的女友。

在童山教堂祭坛的附近是矮小的公爵夫人坟墓上的小礼拜堂，在小礼拜堂里有一个从意大利运来的大理石纪念碑，碑上是一个张开翅膀准备升天的天使。天使有微微噘起的上唇，仿佛是要微笑，有一天安德来公爵和玛丽亚公爵小姐从小礼拜堂走出时，都认为很奇怪，这个天使的脸不禁使他们想起了亡妇的脸。但更奇怪而安德来公爵没有向妹妹说的，是雕刻家在天使的脸上偶然刻出的表情上，安德来公爵看到了同样的温和责备的言语，好像他那时候在亡妻脸上所看到的一样："啊，您为什么对我做了这件事？……"

在安德来公爵回家后不久，老公爵便和儿子分居了，给了他保古恰罗佛田庄，这是离童山四十里的大田庄。一部分是因为和童山相连的那些痛苦的回忆，一部分是因为安德来公爵觉得自己不能经常忍受父亲的坏脾气，一部分是因为他需要独居一处，于是安德来公爵便接受了保古恰罗佛田庄，在那里盖房子，并且把大部分时间用在那里。

安德来公爵在奥斯特理兹战役之后，毅然决定了永远不再服役；在战争开始、人人都要服兵役时，他为了躲避现役，在父亲的部下担任征集民团的职务。在一八〇五年的战役之后，老公爵和儿子似乎互相易地而处了。老公爵因为事务活动而兴奋，对目前的战事抱着最好的希望；反之，安德来公爵却没有参与战事，并且暗自懊悔没有参与战事，他只看到坏的方面。

一八〇七年二月二十六日，老公爵动身出巡去了。像通常那样，安德来公爵在父亲出门时，留在童山。小尼考卢施卡生病已经四天了。送老公爵的车夫从城里回来，带来了公文和书信给安德来公爵。

听差拿着信，没有在书房里找到年轻的公爵，便走到玛丽亚公爵小姐的住处；在那里也没有找到他。听差听说，公爵到育儿室里去了。

"请大人，彼得如沙带来了公文。"看护的一个女仆，向着安德来公爵说，他坐在儿童的小椅上，皱着眉头，用发抖的手从药瓶里把药水滴在有半杯水的杯子里。

"什么事？"他愤怒地说，不留心手抖了一下，从瓶里滴出了过多的药水在杯子里。他把杯里的药水倒在地上，又要了水。女仆给了他。

房里有一张幼儿的小床，两只箱子，两把椅子，一张桌子，一张幼儿小桌子，一张小椅子，安德来公爵就坐在这张小椅子上面。窗子上都挂了帘子，桌上点了一支蜡烛，有一册硬封面的乐谱遮挡着烛光，使它照不到小床上。

“我亲爱的，”玛丽亚公爵小姐站在床边向哥哥说，“最好等一下吧……迟一点……”

“啊，不要说了吧，你总是说蠢话，你总是要等待，等待成这个样子了。”安德来公爵愤怒地低声说，显然是要刺伤他妹妹的心。

“我亲爱的，真的，最好不要弄醒他，他睡着了。”公爵小姐用请求的声音说。

安德来公爵站起来，拿着杯子，踮着脚走到小床那里。

“或许真的不要弄醒他吗？”他犹豫不决地说。

“随便你吧——真的……我想……不过随便你怎么办吧。”玛丽亚公爵小姐显然因为自己意见的胜利而胆怯、怕羞了。她要哥哥注意那低声唤他的女仆。

他们俩看护发烧的小孩，已经有两夜没有睡觉了。在这几天之内，他们不相信家庭医生，等着已经派人到城里去请的医生，他们时而试用这种治疗法，时而试用那种治疗法。他们因为不眠而脸色憔悴了，并且十分焦急，他们互相推诿令人苦恼的责任，互相谴责，彼此争吵。

“彼得如沙带来了你爸爸的文件。”女仆低声说。

安德来公爵走出去了。

“怎么回事！”他发火地说。他听到了父亲传来的口头命令，接过了寄给他的信件和父亲的信，又回到育儿室去了。

“怎样了？”安德来公爵问。

“还是那样，看上帝的面子，等一下吧。卡尔勒·依发内支总是说，睡眠比一切都重要。”玛丽亚公爵小姐叹了口气，低声说。

安德来公爵走到小孩那里，摸试着他。他正在发烧。

“您同您的卡尔勒·依发内支，都滚开！”他拿了滴过药水的杯子，又走到床前去了。

“安德来，不行的！”玛丽亚公爵小姐说。

但他愤怒地同时痛苦地向她皱了皱眉，拿着杯子，对小孩弯下了腰。

“我要这样，”他说，“啊，我请你，给他吃吧。”

玛丽亚公爵小姐耸了耸肩，但是依从地接了杯子，叫来了保姆，开始喂药。小孩啼叫起来并且发出沙哑的声音。安德来公爵皱起了眉，抱了头，走出房间，坐在邻房的沙发上。

信还都在他手里。他机械地打开信，开始阅读。老公爵在蓝纸上用粗大长体的书法，有时用简写，写了下面的信：

“此时从专使方面获得极可喜的消息，如其不假。似乎别尼格生在爱劳对保拿巴特获得了全胜。[①]在彼得堡人人欢喜，慰劳品不断地往军队里送。虽然他是德国人——我却庆贺他。科尔切夫的司令官，某一汉德锐考夫，我不明白他在做什么：直到现在增加的人和军需还没有到。立刻骑马到他那里去说，假如一星期内不把一切办妥，我就要斩他的头。关于普鲁士—爱劳会战我又接到撇清卡寄来的信，他参加了这个会战——全是真的。在不该干涉的人不干涉的时候，就是德国人也能打败布奥拿巴特。据说，他逃跑时极其狼狈。注意，立刻骑马到科尔切夫去执行！”

安德来公爵叹了口气，拆开了另外一个信封。这是俾利平寄来的两页写得密密麻麻的信。他没有看，把信折了起来，又读父亲的信，末尾一句是：“立刻骑马到科尔切夫去执行！”

“不行，请您原谅，我现在要等小孩病好了才去。”他想，然后走到门边，向育儿室里窥视了一下。

玛丽亚公爵小姐仍旧站在小床边，轻轻地摇着小孩。

“但是他还写了什么不快的事呢？”安德来公爵回想着父亲信中的内容，“是的。正在我不服兵役时，我们对保拿巴特打了胜仗。是的，是的，他总是嘲讽我……哦，让他说吧……”于是他开始阅读俾利平的

---

① 毛注：这是一月末的普鲁士——爱劳会战，算不了胜利。

用法文写的信。他看着，连一半也没有看明白，他看信，只是为了不再想到他专心而痛苦地想得太久的那件事情，哪怕一分钟不想到它也是好的。

9

俾利平现在在总司令部里担任外交的职务，虽然他用法文写信，运用法国笑话和法国成语，但他却带着纯粹俄国式的大胆的自责和自嘲，描写了全部战役。俾利平在信上说，他的外交上的 discrétion〔谨慎〕使他苦恼，又说他很高兴，他有安德来公爵这样可靠的通信人，他能够向他倾吐他心里对军中所发生的事情的积愤。这封信写得很早，是在普鲁士—爱劳会战之前写的。

“在我们的奥斯特理兹的伟大的胜利之后，你知道，我亲爱的公爵，”俾利平在信上说，“我就从未离开过总司令部。确实，我对于战争感到兴趣，并且觉得很满意。我在这三个月内所看见的事情简直是难以置信的。

“我ab ovo〔从头〕说起。‘人类的公敌’，你知道，攻击普鲁士人。普鲁士人是我们的忠实同盟者，他们在三年之内只欺骗了我们三次。我们帮助他们。但结果是，‘人类的公敌’毫不注意我们漂亮的言论，并且没有让他们来得及结束已经开始的检阅，便无礼地野蛮地猛攻普鲁士人，在反掌之间把他们打得大败，并且他自己住进了波兹达姆宫。

“普鲁士国王写信给保拿巴特说，‘我很希望陛下在我宫中受到你所满意的招待，并且我已在环境所许可的范围里尽了一切的努力以求达到这个目的。但愿我能成功！’普鲁士将军们夸耀他们对法国人的礼貌，在初次招降时便投降了。

“格洛高的卫戍司令部有一万人，他问普鲁士国王，假使他被招降，他该怎么办……这都是实实在在的。

“总之，我们希望只用我们的打仗姿态来吓唬他们，但结果，是我们自己卷入了战争，并且是在我们自己的边境上，'同'普鲁士国王在一起'为普鲁士'国王打仗。我们万事齐备，只缺少一件小事，就是总司令。因为他们觉得，奥斯特理兹的胜利，假使不是总司令年轻，便更有决定性了，所以他们审查了八十岁的老将们，并且在卜罗骚罗夫斯基和卡明斯基之间选择了后者。这位元帅像苏佛罗夫那样，坐一辆有篷的木车子来到我们这里，并且受到人们欢声雷动的迎接。

"四日，彼得堡的第一个信使到了。信件送进元帅的房里去了，他喜欢亲自过问一切事情。他叫我帮同检信，把写给我们的信检出来。元帅看着我们做，并且等着寄给他的信件。我们找了，却没有他的信。元帅不耐烦了，亲自检信，发现了皇帝寄给T伯爵、B公爵和别人的信件。于是他发了一次很大的脾气。他对每个人、每件事发火，拿了这些信，拆开它们，看了皇帝给别人的那些信。

"'啊，他们这样地对待我！不信任我！啊，派人监视我！好吧，你们滚开！'

"于是他写了有名的当日命令给别尼格生将军。

"'我伤了，不能骑马，因此不能指挥军队了。您把您的溃败的军团带到了普尔土斯克！这个军团暴露在这里，没有燃料，没有粮秣，因此一定要想办法，又因为您昨天亲自向部克斯海夫顿伯爵说的，您一定要退到我国的边境，那么您今天就执行吧。'

"他写信给皇帝说，'由于我屡次骑马，我有了鞍伤，加之我以前的旅途劳顿，这便使我完全不能骑马指挥这样庞大的军队，因此我把这个指挥权交给了资历仅次于我的将军部克斯海夫顿伯爵，并且把我所有的参谋人员和隶属人员派到他那里去了，我向他建议，假使粮食不够，便向普鲁士内部撤退，因为据奥斯忒曼和塞德摩来兹基两个师长的报告，粮食只够维持一天，有些团连一点粮食也没有了，而农人所有的粮食都吃光了；我自己要留在奥斯特罗林卡的医院里，直到复元的时候。关于这一点，我要敬呈上听，假使军队在目前露营中再过半个月，则春

间便没有一个健康的兵了。’

“‘请准许这个老人解职还乡吧，他是那样的负辱蒙羞，他不能够完成派他来做的这件伟大光荣的事业。我要在这里的医院里等候您的恩准，免得我在军中担任书记而不是司令官的职务。我离开军队，对军队不会发生丝毫的影响，只不过像一个瞎子离开军队那样。在俄国有上千的像我这样的人。’

“元帅向皇帝发脾气，并且处罚我们全体；这不是很合逻辑的吗？

“这是第一幕。以后的事情，当然是更加有趣而好笑了。在元帅离开之后，我们觉得，我们是面对着敌人，并且一定要打仗了。部克斯海夫顿因为资历的关系，是总司令，但是别尼格生将军完全不是这个看法；尤其因为他和他的军团面对着敌人，他想利用这个机会，像德国人所说的，‘aus eigener Hand〔独立自主地〕’打一仗。他打了一仗。这就是普尔土斯克会战，它被人认作一次伟大的胜利，但在我看来，完全不是的。你知道，我们文官，有一种判定会战胜败的很坏的方法。在战后退却的，便是失败，这就是我们的说法。根据这个理由，是我们在普尔土斯克会战中失败了。总之，我们在战后退却了，但我们派了信使到彼得堡去报告胜利的消息，并且别尼格生将军没有把指挥权交给部克斯海夫顿，希望从彼得堡方面获得总司令的地位，作为他的胜利的酬报。在这个等待时期，我们开始了一些很有趣的特创性的军事调动。我们的目的并不是像应该的那样避开或攻击敌军，而只是逃避因为资历的关系应该做我们的长官的部克斯海夫顿将军。我们那么努力地追求这个目标，甚至在我们渡过无法涉水的河流时，我们烧掉桥梁，隔开我们的敌人，这敌人现在不是保拿巴特，而是部克斯海夫顿。由于使我们能够逃避他的那种巧妙调动的结果，部克斯海夫顿将军几乎遭受到优势敌军的攻击并且几乎被俘。部克斯海夫顿追赶我们，我们急忙逃跑。他刚要渡到我们这边岸上，我们又渡回那边岸上去了。最后我们的敌人部克斯海夫顿追上我们，并且攻击我们。两位将军都发火了。甚至于部克斯海夫顿方面发出了挑斗，别尼格生方面癫痫突然发作。但正在紧急关头，传达我们普尔土斯克胜利消息的信使，从彼得堡带回了我们的总司令的任命，于是我们的第一个敌人部克斯海夫顿被消灭了。我们可以想到第二个敌人保拿巴特了。但是正在这时候，我们面前出现了第三个敌人，这就是‘正教的军队’，他们大声疾呼地要求面包、肉品、饼干、草秸和别的东西！仓库空虚，道路不能通行。正教的军队开始抢劫了，并且抢劫得那么厉害，这与上次战役相比你是丝毫也不能想象的。一半的军队散了，成了一个个小团伙，蹂躏四乡，杀人放火。居民整个地破产，医院住满了病人，处处是饥荒。甚至总司令部也两度受到抢劫者的攻击，总司令不得不亲自要了一营兵赶走他们。在一次这种攻击中，他们把我的空箱子和我的宽服都抢走了。皇帝想要授权各师长枪毙抢劫者，但我害怕，这要使得一半的军队枪毙另一半的军队了。”

安德来公爵开头只是随便看看，但后来不觉地，他所看的东西越来越引起他的注意了（虽然他知道，应该相信俾利平到什么样的程度），看到这个地方，他揉皱了信，抛掉了。使他发怒的事情，不是他在信中所看的事情，而是那个对他陌生的地方的生活竟能激动了他。他闭上了眼睛，用手擦额头，好像是要赶掉他对于他所看的东西的兴趣，然后他倾听着育儿室里的动静。忽然他似乎听到，门那边有一种奇怪的声音。他觉得恐惧；他怕在他看信的时候，小孩发生了什么事情。他踮着脚走到育儿室的门口，把门推开。

在他进门的时候，他看见了保姆面色惊惶地藏匿着什么东西，不让他看见，而玛丽亚公爵小姐已经不在床前了。

“我亲爱的。”他似乎觉得，他听到了背后玛丽亚公爵小姐失望的低语声。就像人们在长时间的不眠和长久的紧张之后所常有的那样，他感觉到无缘无故的恐惧：他想到小孩死了。他所见所闻的一切，都似乎向他证实了他的恐惧。

“什么都完了。”他想，并且额上冒出了冷汗；他茫然若失地走到小床前，相信他会发现床是空的，保姆是在藏匿死了的孩子。他打开帐子，他的惊惶的、发花的眼睛好久没有找到小孩。最后他看见他了：面色红润的小孩，四肢伸开，横躺在床上，头在枕头下边，在梦中咂着嘴唇，并且均匀地呼吸着。

安德来公爵发现了小孩，就好像宝贝失而复得一样高兴起来。他弯下了腰，像妹妹教他的那样，用嘴唇试探小孩是否还在发烧。娇嫩的额头是潮湿的；他用手摸了摸头——连头发也湿了：小孩淌了很多的汗。他不但没有死，而且现在，显然是危机已经过去，正在复元了。安德来公爵想要把这个小小的、孱弱的人物抓起来，搂紧着，贴在自己的胸前；但他不敢这么做。他站在他面前，望着他的头、伸在被外的小手和小腿。他听到身旁的低语声，在床帐的下面出现了一个影子。他没有回顾，却仍然一面望着小孩的脸，一面听着他的均匀的呼吸。黑暗的影子是玛丽亚公爵小姐，她不声不响地走到床前，掀起帐子，在她的背后放了下来。安德来公爵没有回顾便知道是她，向她伸出了手。她握住了他的手。

“他发汗了。”安德来公爵说。

“我就是来告诉你这个的。”

小孩在睡眠中微微动了一下，微笑了一下，把额头在枕上擦了一下。

安德来公爵看了看妹妹。玛丽亚公爵小姐明亮的眼睛，在床帐的暗淡的光线里，因为眼睛里含着快乐的泪，比寻常更加明亮。玛丽亚公爵小姐向哥哥伸着头，吻了他，轻轻地碰了床帐。他们互相作了警戒的手势，仍旧站在床帐的暗淡的光线里，好像不愿离开这个使他们三个人和整个世界相隔绝的地方。安德来公爵，在帐纱上碰乱了头发，最先离开了小床。

“是的，现在留给我的，只有这一件事了。”他叹了口气说。

10

彼挨尔加入了共济会不久之后，带着一份亲自草拟的计划书，拟定了他在自己田庄上应该做的事情，便到基辅省去了，那里有他的大部分的农奴。

到了基辅，彼挨尔把所有的管事都召集到他的总账房里，向他们说明自己的意向和期望。他向他们说，他要立刻采用各种办法把他的农奴从奴隶制度下完全解放出来，在这之前，他的农奴不该有过分的工役负担，妇女们养育小孩期间不该被派去做苦工，农奴们应该得到帮助，处罚应是规劝的而不是肉刑的，在每个田庄上应设立病院、救济院和学校。有几个管事（其中有些不大识字的管事）惊惶地听了他的话，认为话中的意思是年轻的伯爵不满意他们的管理和中饱金钱；有的，在开头的一阵恐惧之后，便对彼挨尔的含糊发音，和他们没有听到过的新字眼感到兴趣；有的，只要听到主人说话声，便觉得满意；还有的，最聪明的，包括总管事在内，他们从这些话里明白了，为了达到他们自己的目的，他们应当怎样应付主人。

总管事对于彼挨尔的各种意向表示了很大的同情；但他提出，除这些改革之外，必须处理那些弄得很糟的一般的事务。

虽然彼挨尔·别素号夫伯爵有巨大的财产，但是自从彼挨尔获得这笔财产，并且据说每年获得五十万卢布的收入以来，他反而觉得，和从前过世的伯爵每年给他一万卢布的时候比较起来，他是拮据得多了。他大约地估计到如下的预算。为各田庄付给土地银行大约八万；莫斯科郊外田庄和莫斯科的房子的维持费，以及公爵小姐们的费用大约三万；用在津贴方面的大约一万五千，给慈善院的钱同样是一万五千；寄给伯爵夫人的赡养费是十五万；债务的利息大约七万；两年来已动工的一个教堂的建筑费每年大约一万；还有其余的，大约十万卢布，他自己不知道是怎样花掉了的，他几乎每年都要负债。此外，总管事每年写信报告火灾，或歉收，或工厂和作坊必须翻建。所以彼挨尔眼前的第一件事，就是处理实际问题，而在这方面他是最没有才干和兴趣的。

彼挨尔每天要和总管事商谈事务。但他觉得，这是无补于事的。他觉得，他的意见是和事务毫不相干的，和事务既没有联系，对事务也没有推进。一方面，总管事就最坏的地方来说明情况，向彼挨尔说明必须偿还债务、必须用农奴的劳力做新的工作，而这是彼挨尔不赞同的；另一方面，彼挨尔要求他们进行农奴解放工作，对于这件事，总管事提出了必须先付土地银行的债款，因此迅速做这项工作是不可能的。

总管事没有说，这件事是完全不可能的；但是他提议，要出卖了考斯特罗马省的森林，出卖了河流下游的土地以及克利姆的田庄以后，才能办这件事。但这一切的交易，在总管事的话里，牵涉着那样复杂的手续，诸如禁令的取消、呈请、许可，等等，以致彼挨尔没有了主张，只向他说：

“是的，是的，就这么办吧。”

彼挨尔没有那种使他能够亲自处理事务的实地的耐性，因此他不爱问事，只在管事的面前，极力装出他是问事的样子。管事在伯爵面前也极力装模作样，认为这些计划对于主人是极有用，而对于他自己却是很麻烦的。

彼挨尔在基辅碰见了一些熟人；不相识的人们赶快和他结交，并且热烈地欢迎新来的富人，本省最大的地主。对于彼挨尔的最大弱点——他在入会时所承认的那个弱点——来说，各种引诱还是那样强大，以致彼挨尔不能抗拒它们。彼挨尔整天、整周、整月的生活又像在彼得堡那样忧虑地、忙碌地消磨在晚会、宴会、午餐、跳舞会里，使他没有思索的时间。彼挨尔没有过他希望要过的新生活，仍旧过着他从前的那种生活，只是换了一个环境而已。

在共济会的三项使命之中，彼挨尔承认他没有实行的是这一项：它规定每个共济会员要做道德生活的模范；在七项德行之中，他完全缺少两样：善良行为和对死亡的爱。他这样地安慰他自己，认为他实行了另一项使命——人类的改造，认为他有了别的德行——对于别人的爱，尤其是他的慷慨。

一八〇七年春，彼挨尔决定了回彼得堡去。在回去的路上，他打算视察他所有的田庄，并且亲自考查一下他的命令执行到了什么程度，以及上帝托付给他而他所力求施与恩惠的农奴们的情况如何。

总管事虽然认为年轻的伯爵的一切念头几乎都是于自己、于他、于农奴无益的狂想，却作了若干让步。虽然他还认为解放农奴的工作是不可能的，却在各大田庄上照管建造学校、医院和救济院的大房子；为了主人的来到，他在各处筹备了欢迎会——不是豪华隆重的欢迎会，他知道彼挨尔不欢喜这样，而是那种宗教式的感谢的欢迎会，奉献神像以及面包与盐的欢迎会，照他对主人的了解，正是这种欢迎会才会感动伯爵，欺骗伯爵。

南方的春天，在维也纳式车子里舒适迅速的旅行，道路的幽静，都使彼挨尔高兴。那些田庄他都未曾到过，它们是一个比一个佳丽；各处的农奴都显得富裕，并且动人地感谢对他们所施的恩惠。处处有欢迎会，它们虽然使彼挨尔局促不安，却在他的心坎里唤起了欣喜的情绪。在这一个地方，农民向他献面包、献盐，以及彼得和保罗的圣像，并且要求他准许他们为了尊敬他的守护神彼得与保罗，[①]为了表示他们的爱以及对于他所施的恩惠的感激，用他们自己的钱在大教堂里建立一个新歌祷堂。在另一个地方，妇女们带着哺乳的婴儿欢迎他，感谢他把她们从繁重工作中解放出来。第三个田庄上，有一个被孩子们环绕着的挂十字架的神甫来欢迎他，由于伯爵的恩典，他在教这些孩子认字和教义。在所有的田庄上，彼挨尔亲眼看见了按照同一计划正在建筑的和已经建

① 毛注：俄国教会于同日纪念圣·彼得和圣·保罗。所以他们都是彼挨尔〔彼得〕的守护神。

成的医院、学校、救济院的砖墙房子，这些地方不久就要开办了。彼挨尔在每个地方看到管事的报告说，农奴的劳役比以前减少了，并且听到穿蓝色衣服的农奴代表的动人的感谢词。

但是彼挨尔不知道，在那个有人向他献盐、献面包并在建筑彼得与保罗歌祷堂的地方，是一个做买卖的村庄和圣·彼得日的集场[①]，歌祷堂是村上欢迎他的富农们早已开始建筑的，而这个村上十分之九的农民却是极其贫困的。他不知道，因为奉他的命令不再派喂奶的妇女做劳役，这些喂奶的妇女却在自家的田地上做更苦的工作。他不知道，这个挂十字架的、迎接他的神甫设置了苛捐杂税在压迫农奴，而环绕在神甫身旁的学生们是父母们含着泪让神甫带去以后再用很多的钱赎回的。[②]他不知道，砖房子由他的农奴们按照计划在建筑，这增加了农奴们的劳役，而劳役只是在纸面上减少了。他不知道，在总管事向他指出的遵照他的意志把田租减少三分之一的地方，农奴的劳役增加了一半。因此彼挨尔非常高兴在各田庄的旅行，并且完全恢复了他离开彼得堡时的那种慈善心肠，并且写了热情的信给他的导师会友，这是他对会长的称呼。

“这是多么容易啊，做这么多的善事，需要的努力并不多啊，”彼挨尔想，“我们为这些事所费的精神并不多啊！”

他为他们对他所表示的感激而高兴，但接受时，又觉得羞耻。这种感激使他想起了，他还能够为这些淳朴善良的人做多少事情。

总管事，是一个极其愚蠢而又奸诈的人，完全看透了聪明然而单纯的伯爵，并且像要弄傀儡一样地要弄他，他知道这些预先准备的欢迎会对于彼挨尔所发生的影响，更断然地向他证明，农奴解放是不可能的，尤其是不必要的，农奴们本来就是十分幸福的。

---

① 毛注：歌祷堂是农民常谈起的，可以吸引附近各村庄之人来赴集场，于当地农民也有益。

② 毛注：儿童在农民自垦田地上的工作，对于农民是宝贵的。

彼挨尔在内心赞同总管事的意见，就是说，他难以设想更幸福的农民了，并且上帝知道，在他们获得自由时，他们会发生什么事情；彼挨尔虽然很勉强，却还坚持着认为这是正当的事情。总管事保证尽力去执行伯爵的意志；他明明知道，伯爵不但绝不会检查：是否为了出卖了森林与田庄，为了从土地银行赎回它们，采用了种种的办法，并且大概伯爵也绝不会问到，也不会知道：新盖的房子是空闲在那儿的，并且农奴们仍旧以劳力与金钱的形式付出别家的农奴们所付的一切，即拿出他们所能拿出的一切。

11

带着最愉快的心情从南方旅行回来时，彼挨尔实现了他的夙愿：就是去访问他的朋友保尔康斯基，他已有两年没有看见他了。

保古恰罗佛是在风景并不佳丽的、地势平坦的地区，四周是田地和已伐的、未伐的枞林和桦林。地主的庄院是在沿大路的村庄的尽头，在新掘的水塘后边，塘里满是水，塘边还没有长出草；村庄坐落在幼林当中，林间有几株大松树。

庄院包括一个打谷场、附属房屋、马厩、一个浴室、一个厢房和一座还未完工的、半圆形正面的、大砖房子。在房子的四周是一片新辟的花园。围墙和大门都是坚固的、崭新的；在一个棚子下面有两架救火筒和一只绿漆的水槽；路径都是笔直的，桥都是结实的、有栏杆的。处处给人以整洁和有条有理的印象。他所遇见的家奴们，回答公爵住在哪里这个问题时，指了指塘边新盖的小屋子。安德来公爵的老听差安唐，扶彼挨尔下了车，说公爵在家，领他进了清洁的小前厅。

彼挨尔和他的朋友在彼得堡最后一次的见面，是在那样华丽的环境里，现在这个小而清洁的屋子的朴素令彼挨尔感到惊异了。他赶快地走进了还有松木气味的、尚未涂刷的小厅，还要再向前走，安唐却踮着脚跑上前敲门了。

“什么事？”传来了不快的、尖细的声音。

“有客人。”安唐回答。

“请他等一下。”于是听到了推动椅子的声音。

彼挨尔快步走到门前，面对面地碰见了走出房的、皱着眉的、变老了的安德来公爵。彼挨尔抱住了他，摘下了眼镜，吻他的腮，然后凑近地望着他。

“我料想不到，我很欢迎。”安德来公爵说。

彼挨尔没有说什么，他瞪着眼，惊异地望着他的朋友。安德来公爵所发生的变化使他诧异。安德来公爵的言语是亲切的，在嘴唇上和脸上带着笑容，但是他的目光没有神采，死气沉沉；安德来公爵虽然明明地想要那么办，却无法使他的眼中显出令人愉快的光芒。在彼挨尔还没有看惯的时候，使他惊讶并且感到疏远的，不是他的朋友消瘦了、苍白了、变老了，而是他的这种目光和他的额上的皱纹，表示他对于某一问题的长久的专心注意。

在久别重逢时，他们的谈话好久还不能够转到一定的话题上，像这样的情况是常有的；他们简短地问答着那些事情，而这些事情，他们自己知道，需要很长时间的。最后，谈话开始渐渐转入在先前零碎地提到的话题，在关于过去的生活、关于未来的计划、关于彼挨尔的旅行、关于他的事务、关于战争等的问题上。彼挨尔在安德来公爵的神色中所看出来的那种发呆与颓丧，现在在他听彼挨尔说话时所流露出的笑容中，显得更加明显了，尤其是在彼挨尔兴奋地、高兴地说到过去或者未来的时候。似乎安德来公爵想要但又不能够打断他所说的话。彼挨尔开始觉得，在安德来公爵面前说到自己的热情、幻想、对幸福与善良的希望，是不相宜的。他羞于说出他的新的共济主义的思想，这些思想，因为他最近的旅行，在他心里显得特别活跃。他克制着他自己，生怕自己显得单纯；同时，他忍不住地想要赶快向他的朋友表示，他现在完全是另外一个彼挨尔了，比在彼得堡时好得多了。

“我不能够向您说，我在这个时期经历了多少事情。我连自己也认不出自己了。”

“是的，从那个时候起，我们变了很多很多。”安德来公爵说。

“那么您呢？”彼挨尔问，“您的计划怎样？”

“计划吗？”安德来公爵讽刺地说，“我的计划吗？”他重复说，好像是诧异这种字眼的意义。“就是你看见的这样，我在盖屋子，我想来年完全搬来……”

彼挨尔沉默着，凝神地注视着安德来公爵变老了的脸。

“不是，我问，”彼挨尔说，但安德来公爵打断他的话。

“但是为什么说到我呢……向我说说，向我说说你的旅行，和你在自己田庄上所做的一切。”

彼挨尔开始叙述他在自己许多田庄上所做的事情，竭力掩饰他自己参加并正在做的那些改革工作。安德来公爵几次向彼挨尔提示了他所应说的话，好像彼挨尔所做的，是早已共知的往事。他不但听着不感兴趣，而且甚至好像是为彼挨尔所说的话感到惭愧。

彼挨尔在朋友面前觉得不安，甚至感到难受。他沉默起来了。

“正是这样，我亲爱的，”安德来公爵说，他显然在客人面前也觉得难受和拘束了，“我不是在这里过宿，我只是来看看的。我今天又要到妹妹那里去。我要把你介绍给她。不过你似乎认识她。”他说，显然是在应酬客人，他觉得他现在和客人毫无共同之处了。“我们饭后就去。现在你想要看看我的地方吗？”

他们出去了，一直走到吃饭的时候，谈着政治新闻和共同相识的朋友们，好像是彼此并不亲密的人一样。安德来公爵只在他说到他所盖的新庄园和房子时才有几分生气和兴趣，但是，就在这时，在建筑架上，当安德来公爵向彼挨尔说到房子将来布局时，他在谈话的当中忽然停止了。“可是这里一点儿有趣的地方也没有。我们去吃了饭就动身吧。”

在吃饭时，话题转到彼挨尔的婚姻上去了。

“我听到这件事的时候，我很诧异。”安德来公爵说。

彼挨尔脸红了，就像每次听人说到这事时他脸红的那样，他急速地说：

“我有朝一日再向您说，这一切是怎么发生的。但是您知道，这一切都结束了，并且永远结束了。”

“永远吗？”安德来公爵说，“没有东西是永远的。”

“但是您知道这一切是怎样结束的吗？您听到决斗的事了吗？”

“听到了，你也经历了这样的事。”

“有一件事，我要感谢上帝，就是，我没有打死这个人。”彼挨尔说。

“为什么呢？”安德来公爵说，“杀死恶狗也是件很好的事。”

“不，杀人是不好的，不对的……”

“为什么不对呢？”安德来公爵再问，“什么是对的，什么不对——这是人不能够判断的。人在任何事情上，都没有像在判断是非的时候那样总是有错，并且还要有错的。”

“对于别人有害的事就是不对。”彼挨尔说，高兴地觉得在他来到这里之后，安德来公爵是第一次兴奋起来，开始说话，并且想要说出那使他成为现在这样的一切。

“谁向你说的，什么事是对别人有害处的事？”他问。

“害处吗？害处吗？”彼挨尔说，“我们都知道，什么是对自己有害的事。”

“是的，我们知道，但是我自己所感到的那种损害，我对别人是做不出来的。”安德来公爵说，越来越兴奋，显然是希望向彼挨尔说出他对于事物的新的看法。他用法语说：“Je ne connais dans la vie que deux maux bien réels：c’est le remord et la maladie. Il n’est de bien que l’absence de ces maux.〔我只晓得生活中有两种很确实的祸害：就是懊悔和疾病。唯一的幸福就是没有这两种祸害。〕只要避免这两种祸害，为自己而生活：这是现在我的全部人生观。”

“但是对别人的爱呢？自我牺牲呢？”彼挨尔说，“不，我不能同意您的话！只是不做有害的事、不懊悔而活着吗？这是不够的。我这样地生活过，我为自己而生活，我毁坏了自己的生活。直到现在，当我在生活时，至少当我极力（由于谦虚，彼挨尔纠正了自己的话）要为别人而生活时，直到现在，我才明白了一切的人生幸福。不，我不同意您的话，而且您也并不相信您所说的话。”

安德来公爵无言地望着彼挨尔，并且嘲讽地微笑着。

“你就会看见我的妹妹玛丽亚公爵小姐的。你同她会合得来的，”他说，“也许，你觉得你自己是对的，”沉默了片刻，他继续说，“但是每个人都是按照他自己的方式而生活的：你为你自己生活过，你说你因此几乎毁坏了你自己的生活，直到你开始为别人而生活时，你才知道了幸福。但我所经历的正是相反。我为了荣誉生活过（其实什么是荣誉呢？那种同样的对别人的爱，为他们做点事情的愿望，要得到他们的称赞的愿望）。所以我为了别人生活过，并且不是几乎而是完全毁坏了自己的生活。自从我只为我自己而生活时，我变得更加心安了。”

“但是只为您自己而生活是什么意思呢？”彼挨尔问，显得兴奋起来了，“还有您的儿子、妹妹和父亲呢？”

“他们都算是我自己，不是别人，”安德来公爵说，“但别人，邻人们，如同你和玛丽亚公爵小姐所说的le prochain〔邻人〕，这是错误和祸害的主要的根源。Le prochain就是你的基辅的农奴们，你想要对他们做善事的。”

他用嘲笑的挑衅的目光看了看彼挨尔。他显然是在挑逗彼挨尔。

“您在说笑话，”彼挨尔说，越来越兴奋，“我希望做点好事情，并且做了一点（我做得很少、很差），这会有什么错误和害处呢？不幸的人们、我们的农奴和我们一样的人们，他们长大，并且将要死亡，对于上帝和真理，除仪式和无意义的祈祷之外，便没有别的理解，他们将要得到一种信仰，这种信仰给人以安慰，使他们信仰来生、报复、酬报、安慰，这会有什么害处呢？人们生病将死，在物质上能够那么容易地帮助他们的时候，他们得不到帮助，我给他们医生、医院、养老院，这有什么害处和错误呢？农夫和带小孩的农妇，日夜没有休息，我给他们休息和闲暇，难道这不是具体的、不是无疑的福利吗？”彼挨尔急促而发音含糊地说，“我做了这样的事，虽然做得不好，做得不多，但我为了这个还做了点事情，而您不但不能使我相信，我做得不好，而且也不能使我相信，您自己不是这么想。而主要的是，”彼挨尔继续说，“我知道，并且确实知道，做这种善事的乐趣，是唯一的确实的生活幸福。”

“是的，假使是这么说法，那么这又是一回事了，”安德来公爵说，“我盖房子，开辟花园，但你盖医院。这两种事情都能够消磨时光。什么是对，什么是善——不要让我们，还是让知道一切的人去判断吧。好，你想要讨论，”他补充说，“那就说吧。”

他们从桌旁走开，坐在当作露台的台阶上。

“好，让我们来讨论吧，”安德来公爵说，“你说到学校，”他继续说，弯着一个手指，“教育，等等，这就是，你想要使他，”他说，指着一个从他们身边走过的、脱帽的农奴，“脱离他的畜生的状况，使他有精神的需要，但是我觉得，唯一可能的幸福，就是畜生的幸福，而这正是你想要剥夺他的。我羡慕他，你却想要使他变成我这样，但是你没有给他像我这样的资产。你说到另外一件事：减轻他的工作。在我看来，体力的劳动对于他是那么必要，是他的那么重要的生存条件，正如同脑力的劳动对于你和我一样。你不能够不思考。我夜里两点多钟上床睡觉，各种各样的思想来到我的脑子里，我睡不着，我辗转反侧，直到早晨才能睡着，因为我在思考，不能不思考，正如同他不能不犁田、不割草一样；不然他便要进酒店；或者生病了。正如同我受不了他的可怕的体力的劳动，我做了一个星期就会死的，同样的他也受不了我的身体的懒惰，他会发胖，会死的。第三点——你说的是什么呢？”安德来公爵屈起了第三个手指。

“哦，是的，病院，医药。他患急病，他要死了，你为他放血，把他治好。他要做十年残废人，拖累所有的人。让他死掉，要简单痛快得多了。别的农民会生出来的，他们这种人是很多的。假若你舍不得损失一个多余的苦工——我是这样地看他的，你因为爱他，想要把他的病治好，那便不同了。但他并不需要这个。况且医药能把人治好，这简直是空想！”他愤怒地皱了皱眉，对彼挨尔背转了头说，“杀死他们，对啦！”

安德来公爵那么明白清楚地说出他的思想，显然，他已经不止一次想到这个，并且他好像一个久不说话的人那样乐意地、迅速地说着。他的见解愈悲观，他的目光愈有神采。

“啊，这是可怕的，可怕的！”彼挨尔说，“我不明白，一个人怎么能够怀着这样的思想过生活。不久之前，在莫斯科，在旅途中，我也有过这样的时候，但是那时候我是那么消沉，我好像不在生活，我觉得一切都可恨……尤其是恨我自己。那时候，我不吃饭，不洗脸……那么，您是怎么样呢？”

“为什么不洗脸呢，这是不清洁的，”安德来公爵说，“正相反，我们应该努力使我们的生活尽量地痛快。我活着，这不是我的过错，所以我应该把我这一生过得极好，不妨碍别的人。”

“但是使您怀着这种思想过生活的是什么呢？我们坐着不动，不做事情……”

“生活并不让人安宁。若是我不做事情，我就高兴了，但这里，一方面，当地的贵族对我赏光，选我做代表，[①]我极力避免了。他们不能明白，我没有那种必要的条件，没有这个职务所必需的那种惯常的、好意的、忙忙碌碌的俗气。后来是这里的这个房子，这是必须盖起来的，为了有一角之地让自己可以安静下来。现在是民团。”

① 毛注：贵族代表为一区之贵族及地主之正式代表人。

“为什么您不在军队里服役呢？”

“在奥斯特理兹之后！”安德来公爵愁闷地说，“不，我很感谢你，我向自己发过誓，我决不在作战的俄军中服役。即使保拿巴特驻扎在这里，在斯摩棱斯克，威胁着童山，我也不，就是在那时候，我也不在俄军中服役。好，我向你说过这样的话，”安德来公爵继续说，恢复了镇静，“现在，民团，父亲是第三区的总司令，我的唯一避免军役的办法，就是在他下面做事。”

“那么您是在服役吗？”

“我在服役。”

他沉默了一会。

“那么您为什么要服役呢？”

“是为了这个。我父亲是他那时代最卓越的人物之一。但是他老了，他虽然不一定是残忍，但他的性格太好动了。因为他惯于施展无限的权力，他是可怕的，现在皇帝给了他做民团总司令的这种权力。假使两星期前，我要迟到了两个钟头，他便要在尤黑诺夫绞死书记员了。”安德来公爵微笑地说，“所以我服役，因为除了我没有人能够影响我的父亲，我有时使他避免了那些事后要使他苦恼的行为。”

“啊，您明白了！”

“是的，mais ce n’est pas comme vous l’entendez,〔但这并不像你所了解的那样，〕”安德来公爵继续说，“我一点也不曾希望，现在也不希望对于这个偷民团的靴子的坏蛋书记员做善事；我甚至很愿意看见他被绞死，但我替我父亲难过，这又是为我自己的。”

安德来公爵越来越兴奋了。当他极力向彼挨尔证明，在他的行为中，从来没有对别人做善事的愿望的时候，他的眼睛火热地发光。

“啊，你还想要解放你的农奴，”他继续说，“这是很好的，但这对于你（我觉得你没有鞭打过任何人，也没有送过人到西伯利亚去），尤其是对于你的农奴，并没有好处。假使殴打他们，鞭打他们，送他们到西伯利亚去，我想，他们的情形并不因此更坏。在西伯利亚他们能够过同样的畜生的生活，他们身上的伤痕会好的，他们会和从前一样的幸福。但这是那样的地主们所需要的，他们道德沦丧，使自己懊悔，压制自己的懊悔，并且因为他们能够公正地或不公正地处罚别人而变得残酷。我就可怜这样的人，我愿意为这样的人解放农奴。也许你没有看到，但是我看到了，有些好人，是在无限权力的传统中受教养的，在他们变得愈益暴躁的年代里，他们变得残忍、野蛮，他们知道这个，但是他们不能克制他们自己，并且变得越来越不幸。”

安德来公爵说得那么激动，以致彼挨尔不觉地想到，这些思想是他的父亲在安德来公爵心中引起来的。他没有回答他。

“我所痛心的就是这个——人类尊严，良心的安宁，纯洁，不是农奴们的脊背和额头；脊背和额头，无论你怎么打，无论你怎么剃[①]，还是同样的脊背和额头。”

“不对，不对，一千个不对！我绝不同意。”彼挨尔说。

12

傍晚安德来公爵和彼挨尔坐上篷车，到童山去。安德来公爵不时地瞧瞧彼挨尔，偶尔说几句，打破沉默，表示他的心情很好。

他指着田地，向他说到自己农事的改革。

彼挨尔愁闷地沉默着，回答得极为简单，并且显得是沉浸在自己的思想中。

彼挨尔以为安德来公爵是不幸的，以为他是错误的，以为他不知道真正的光明，觉得他，彼挨尔，应该来帮助他，开导他，唤醒他。但是

① 毛注：地主可以流放农奴到西伯利亚去，去时，农奴的头发须剃去一边，假如逃跑，可以很容易地被捉回来。

彼挨尔刚刚想到要怎么说，要说什么，他便预感到，安德来公爵要用一句话、一个理由来打消他的说教中的一切，于是他怕开口，怕使他的最心爱的神圣的东西受到可能的嘲笑。

“不，为什么您以为，”彼挨尔忽然开口了，低着头，做出牛要触角的样子，“为什么您以为是那样的呢？您不应该有那种想法的。”

“我有什么想法呢？”安德来公爵诧异地问。

“关于生活，关于人类的使命的想法。这是不可能的。我也常常这么想，并且我得救了，您知道是什么吗？是共济主义。不，您不要笑。共济主义——不是一个宗教仪式的教派，像我从前所想的那样；共济主义是人性的那些最好最永久方面的唯一的最好的表现。”于是他开始照他所理解的向安德来公爵说明共济主义。

他说，共济主义是摆脱了政治与教会束缚的基督教教义；是平等、友善与爱的教义。

“只有我们的神圣的会才有人生的真义，其余一切都是梦，”彼挨尔说，“您要明白，我亲爱的，在这个联盟会之外，一切都充满了欺骗与虚伪，并且我同意您的话，就是对于一个有智慧的善良的人，除了像您这样只极力不要妨碍别人，过完一生，便没有别的了。但是您要接受我们的基本信条，加入我们的会，把您自己交给我们，让我们领导您，您便会像我所感觉到的一样，立刻感觉到，自己是这个伟大的不可见的链条的一部分，它的开端隐藏在天上。”彼挨尔说。

安德来公爵无言地望着前面，听着彼挨尔说。有几次他因为车轮的声音没有听清，向彼挨尔问了他没有听到的地方。由于安德来公爵眼睛里燃烧着的特别光芒，由于他的沉默，彼挨尔知道，他的话没有白说，安德来公爵不会打断他，也不会笑他的话的。

他们到了一条漫溢的河前，他们必须用渡船渡过去。当车、马都上了船之后，他们也上了渡船。

安德来公爵把手臂凭在船栏上，沉默地望着在夕阳中闪耀的漫溢的河水。

“那么您对于这个怎么想呢？”彼挨尔问，“您为什么不作声？”

“我怎么想吗？我在听你说。这都是很好的，”安德来公爵说，“但是你说：加入我们的会，我们要向你指出人生的目的、人类的使命和管理世界的法规。可是我们是谁呢？人们吗？为什么您知道这一切？为什么我一个人看不见您所看见的东西呢？您在地上看到善与真的王国，但是我却看不见它。”

彼挨尔打断了他的话。

“您相信来生吗？”他问。

“来生吗？”安德来公爵重复说，但是彼挨尔没有给他回话的时间，并且重复一遍用以反对他，尤其是因为他知道安德来公爵从前无神的信念。

“您说，您不能够在地上看到善与真的王国。我也没有看见，并且假使要把我们的生活看作一切的终结，是看不见它的。在地上，就是在这个地上（彼挨尔指了指田野），没有真理——一切是欺骗与祸害；但在宇宙中，在整个的宇宙中有真理的王国，我们现在是地上的孩童，永远是整个宇宙的孩童。我不是在自己心中感觉到，我是这个巨大、和谐的整体的一部分吗？我不是觉得，在这不可胜数的芸芸众生之中，我是一环，是低级生物和高级生物之间的一级，而神，您愿说是最高的权力也行，就是表现在他们当中的吗？假使我看见，清楚地看见从植物到人类的这个阶梯，那么，我为什么要假定，这个阶梯在我这里中断，而不再向前伸、向前去呢？我觉得，我不但不会消灭，因为宇宙间万物不灭，而且我要永远存在，并且是一向存在。我觉得，在我之外，在我之上，有许多神灵，在这个世界上有真理。”

“是的，这是赫德[①]的学说，”安德来公爵说，“但亲爱的，不是

① 毛注：J. G. Von Herder（1744—1803）德国著作家、哲学家。

这个在说服我，而是生与死在说服我。说服我们的，是我们看见的我们所亲爱的人，这人和我们自己的生命结合在一起，我们对不起这个人，并且希望纠正自己（安德来公爵的声音打颤了，把头转过去了），却忽然这个人受苦，受难，不复存在……为什么？不能够没有回答！并且我相信，回答是有的……就是这个在说服我，就是这个说服了我。”安德来公爵说。

“正是，正是，”彼挨尔说，“这不就是我所说的吗？”

“不是。我只说，使人相信来生是必要的，不是理论，而是这个，当你和一个人手牵手地走进生活时，忽然这个人在那里消失了，到没有的地方去了，而你停留在这个深渊边上，向那里面看。于是我也看了一下……”①

“那么，这就对了！您知道，有个那里，有个某人吗？那里就是来生。某人就是上帝。”

安德来公爵没有回答。车和马早已上了对岸，已经套好了，太阳已经在地平线上隐没了一半，暮霜像星样地凝结在渡口的水泽上，但彼挨尔和安德来仍旧站在渡船上说话，令听差、车夫和渡船夫都惊异了。

“假使是有上帝，有来生，那么便有真理，有德行；并且人类的最大的幸福就是努力得到它们。我们一定要生活，一定要爱，一定要相信，”彼挨尔说，“我们不但是今天生活在这块土地上，而且过去也生活在，并且还要永远生活在那里，在整体之中。”他指了指天空。

安德来公爵把手臂凭倚在渡船栏杆上站立着，听着彼挨尔说话，眼睛一直望着太阳在泛滥的蓝色河水上的红色反光。彼挨尔沉默着。有了绝对的寂静。渡船早就停泊了，只有河流的水波在船底上打出微弱的浪

① 毛注：安德来公爵的经验和思想正是托尔斯泰在他哥哥死后他自己的经验和思想。参看他写给诗人费特的信，在《托氏生活：前五十年》二一四至二一五页有这封信的引文。

声。安德来公爵似乎觉得，波浪的汩汩声在附和彼挨尔的话说：“这是真的，相信这个吧！”

安德来公爵叹了口气，用明亮的、小孩般的、温柔的目光，看了看彼挨尔的发红的、得意扬扬的但对最要好的朋友感到羞怯的面孔。

“是的，但愿如此！”他说，“可是，我们要上车去了。”安德来公爵补充说，于是他跨下渡船，看了看彼挨尔向他所指的天空，在奥斯特理兹战役之后，他第一次看见了那个崇高的、永恒的、他躺在奥斯特理兹田野上所看见的天空；并且他心里的沉睡了很久的、最好的东西，忽然在他的心灵中醒来，这使他感到又高兴又年轻了。这种情绪，在安德来公爵一回到习惯的生活环境时，便立刻没有了，但是他知道，他不会加以发扬的这种情绪是在他的心里。和彼挨尔的见面，是安德来公爵生活上的新纪元，从这个时候起，虽然他的生活依然如旧，但是他的内心却焕然一新。

13

当安德来公爵和彼挨尔来到童山住宅的前面门口时，天快要黑了。在他们刚要到达的时候，安德来公爵微笑着，要彼挨尔注意后面台阶上所发生的骚动。一个弯腰的、背着布囊的老妇人和一个矮小的、穿黑衣服的、长头发的男人，看见来到的车子，拔腿就向回跑。两个妇人跟他们跑出去，一共四个人，一面回头看着车子，一面惊惶地跑到后面的台阶上去了。

“他们是玛盛[①]的上帝的人，”安德来公爵说，“我们来了，他们以为我的父亲来了。就是这一件事，她不服从父亲：父亲吩咐把这些巡拜者赶走，她却接待他们。”

① 玛盛是玛丽亚的爱称。

“但是这些上帝的人是什么人？”彼挨尔问。

安德来公爵没有来得及回答他。仆人们出来迎接他们，于是他问老公爵在哪里，是否快要回来了。

老公爵还在城里，他就要回来了。

安德来公爵领彼挨尔到了他自己的住处，这是他父亲的家里经常替他准备着的；他自己到育儿室去了。

“我们去看看我的妹妹，”安德来公爵回到彼挨尔这里时说，“我还没有看见她，她现在藏起来了，和她的上帝的人坐在一起。她活该，要发窘的，你就会看到她的上帝的人。C’est curieux, ma parole.〔这实在是很奇怪的。〕”[①]

“Qu’est ce que c’est que〔什么是〕上帝的人？”彼挨尔问。

“你就会明白的。”

当他们进去看她时，玛丽亚公爵小姐确实发窘并且脸上发红了。在她的舒适房间里，有些小灯点在圣像龛前，在茶炊后边的沙发上，有一个长鼻子、长头发、穿修士服的年轻人和她并排坐着。旁边的椅子上坐着一个皮肤起皱的、清瘦的老妇人，在她的孩子般的脸上现出温顺的表情。

“André, pourquoi ne pas m’avoir prévenu?〔安德来，为什么不事先通知我？〕”她温和地责备说，她像母鸡站在小鸡前一样站在她的巡拜者们的面前。

“Charmée de vous voir. Je suis très contente de vous voir.〔我很乐意看见您。我看见您很高兴。〕”在彼挨尔吻她的手时，她向他说。玛丽亚公爵小姐从小就认识他，现在他和安德来的友谊，他和妻子的不幸，尤其是他那善良淳朴的脸，使她对他产生了好感。她用美丽明亮的眼睛望着他，似乎在说：“我很欢喜您，但请您不要嘲笑我的朋友。”

---

① 毛注：玛丽亚和上帝的人的关系是托氏根据家庭传说和他幼年的亲身观察而写的。

在互相寒暄一番之后，他们坐下了。

“啊，依发奴示卡也在这里。”安德来公爵微笑着说，一边朝年轻的巡拜者点点头。

“安德来！”玛丽亚公爵小姐恳求地说。

“Il faut que vous sachiez que c’est une femme.〔你要知道，这是一个女人。〕”安德来对彼挨尔说。

“André, au nom de Dieu!〔安德来，看在上帝的面上！〕”玛丽亚公爵小姐重复了一遍。

显然，安德来公爵对于巡拜者们的嘲笑和玛丽亚公爵小姐对于他们白费气力的袒护，是他们之间经常采取的固定不变的态度。

“Mais, ma bonne amie,〔但是，我的亲爱的，〕”安德来公爵说，“Vous devriez au contraire m’être reconnaissante de ce que j’explique à Pierre votre intimité avec ce jeune homme.〔相反，你应该感谢我，我向彼挨尔说了你和这个年轻人的亲密关系。〕”

“Vraiment?〔真的吗？〕”彼挨尔说，好奇地、严肃地（玛丽亚公爵小姐因此特别感激他）从眼镜上边望着依发奴示卡的脸，而他知道谈话是关于他的，用狡猾的目光望着大家。

玛丽亚公爵小姐为她的朋友而显出的局促不安，是完全不必要的。她们一点也不怕羞。老妇人垂下了眼睛，但侧视着进来的人，她把茶杯底向上放在茶托上，把嚼过的糖块放在旁边，镇静地、不动地坐在扶手椅里，希望别人再给她一杯茶。依发奴示卡拿着茶托喝了点茶，皱着眉，用狡猾的、女性的眼睛望着年轻的男人们。

“你到过哪里呢？基辅吗？”安德来公爵问老妇人。

“是的，大人，”老妇人饶舌地回答，“在圣诞节我有荣幸在圣像龛前领受了神圣的、天上的圣餐。我现在，大人，是从科利亚逊来的，那里显现了伟大的神恩。”

“什么，是依发奴示卡和你一起去的吗？”

“我一个人去的，施主，”依发奴示卡极力压低声音说，“我直到尤黑诺夫才碰见佩拉盖尤示卡……”

佩拉盖尤示卡打断了她的同伴的话；她显然想要说出她所看见的东西。

“在科利亚逊，大人，伟大的神恩显现了。”

“什么？新的圣骨吗？”安德来公爵问。

“算了吧，安德来，”玛丽亚公爵小姐说，“不要说了，佩拉盖尤示卡。”

“不……你怎么啦，小姐，为什么不说呢？我喜欢他。他厚道，是上帝的选民，他是我的施主，给了我十个卢布，我记得。我在基辅的时候，傻先知基柔沙向我说（他是一个真正的圣人，冬夏都赤脚走路），为什么你不到你的地方去，到科利亚逊去，显灵的神像、上帝的圣母在那里显现了。听了这话，我便告别了巡拜者们，走了……”

大家沉默着，只有老妇人吸着气，用不高不低的声音说着。

“我到了那里，大人，有人向我说：伟大的神恩显现了，圣油从圣母的腮上流下来了……”

“好了，好了，以后再说吧。”玛丽亚公爵小姐红着脸说。

“让我问她，”彼挨尔说，“你亲自看见的吗？”他问。

“当然，大人，我亲自看见的。脸上有那样的光，好像天上的光，圣油从圣母腮上不住地滴下来，不住地滴下来……”

“要知道，这是欺骗哦！”彼挨尔注意地听了老妇人的话，单纯地说。

“啊，大人，你说什么？”佩拉盖尤示卡恐怖地说，向着玛丽亚公爵小姐求援。

“他们骗人。”他重复说。

“主耶稣基督啊！”女巡拜者画着十字说，“啊，不要说了，大人。有一个将军不相信，他说：‘修道士们骗人。’他说过这话，眼就瞎了。他梦见了基辅洞窟修道院里的圣母来向他说：‘你要相信我，我就治好你。’所以他开始要求：带我到她那里去吧。这是我向你说的真正的事实，我亲自看见的。他们把他这个瞎子一直带到她那里，他到她面前，趴下了说：‘把我治好吧！’他说：‘我要把沙皇给我的东西给你。’我亲自看见的，大人，一颗星章放进圣像里去了。你看怎样？他的眼复明了。你那样说，是罪过。上帝要惩罚你的。”她训诫地向彼挨尔说。

“星章怎么会进到圣像里去呢？”彼挨尔问。

“他们把圣母升为将军了吗？”安德来公爵微笑着说。

佩拉盖尤示卡顿然脸色发白，把双手拍了一下。

“大人，大人，你的罪过，哦！你有儿子的！”她说，脸色忽然从苍白变为深红了。

“大人，你说了什么话！上帝饶恕你！”她画了十字，“主啊，饶恕他吧。哎哟，这是怎么回事？”她向玛丽亚公爵小姐说。她站起来，几乎要哭，她开始整理她的行囊。显然，她又恐惧，又惭愧，因为她在能够说出这样话的人家接受了恩施，同时她可惜，她现在必须放弃这家的恩施。

“您何必这样呢？”玛丽亚公爵小姐说，“您到我这里来干什么的？”

“唉，我不过是说笑话，佩拉盖尤示卡，”彼挨尔说，“Princesse, ma parole, je n'ai pas voulu l'offenser,〔公爵小姐，我说真话，我并不想要得罪她，〕我只是那么说说的。你不要以为有什么意思，我是说笑话，”他羞怯地微笑着说，想要弥补自己的过错，“这全是我的错，但他只是说笑话的。”

佩拉盖尤示卡不相信地停住了，但是彼挨尔脸上有了那么诚意忏悔的表情；并且安德来公爵那么温顺地时而望望佩拉盖尤示卡，时而望望彼挨尔，以致她渐渐地心安了。[①]

---

① 毛注：此种女巡拜者常数月数年甚至终生参拜各处圣地，行乞四方，在俄国甚为普遍，其中亦有残废及神经失常之人。他们常得信士们——如玛丽亚公爵小姐——的布施。

14

女巡拜者心安了，她又被引起了参加谈话，她许久地说到阿姆非洛嘿神甫，说他过着那么神圣的生活，以致他的手上发出了香气，又说到她所相识的几个修道士，在她最近到基辅去巡拜时，给了她墓穴的钥匙，说她随身带了干粮，在墓穴里和圣徒们过了两天。“我向这一个圣骨祈祷、致敬，又走到另一个圣骨跟前。我睡了一会，我又去吻圣骨；啊，是那样的寂静，那样的幸福，叫人不想再走出来，到上帝的世界里来了。”

彼挨尔注意地严肃地听着她说。安德来公爵走出了房。在他之后，玛丽亚公爵小姐留下了上帝的人喝茶，便把彼挨尔领到客厅里去了。

“您很厚道。”她向他说。

“啊，我实在不想得罪她，我很了解并且非常尊重这种情绪。”

玛丽亚公爵小姐无言地望着他，并且温雅地微笑了一下。

“您知道我早就认识您，我爱您就同爱我的弟兄一样，”她说，“您觉得安德来身体怎么样？”她赶快地问，不让他有时间回答她的亲切的话，“他使我很不放心。他的身体在冬天好些，但是上年春天，伤又复发了，医生说，他应该出门去医治。在精神方面我也很替他担心。他没有我们妇女这样的性格，我们可以受苦，用眼泪排遣自己的苦恼。他却在自己心里忍受着苦恼。今天他愉快高兴了，但这是您的来到对他发生了影响，他很少有这样的情形。您要能劝他到国外去，那就好了！他需要活动，这种平平静静的生活是对他不好的。别人没有注意到，但是我知道。”

十点钟前，仆役们听到老公爵的车子来到的铃声，都跑到台阶上去了。安德来公爵和彼挨尔也到台阶上去了。

“这是谁？”下车时，看见了彼挨尔，老公爵问。

“噢！我很欢迎！吻我吧！”认出了刚才没有认出的青年是谁，他说。

老公爵心情很好，对彼挨尔很亲切。

在夜饭之前，安德来公爵回到父亲书房时，看到老公爵和彼挨尔在热烈地争论着。彼挨尔论证着，将来有一个时候，不会再有战争。老公爵戏弄地，但并不发怒地和他辩驳。

“把血从血管里放出来，把水放进去，那时候就没有战争了。老太婆的胡说八道，老婆子的胡说八道。”他说，但仍然亲切地拍拍彼挨尔的肩膀，然后走到桌前。安德来公爵在那里整理老公爵从城里带来的文件，显然不想加入谈话。老公爵走到他面前，开始说到事务。

“贵族代表，一个姓罗斯托夫的伯爵，没有弄到一半的人来。他来到城里，想要吃顿饭——我给他吃了一顿好饭……看看这个……好，孩子，”尼考拉·安德来维支老公爵拍拍彼挨尔的肩膀，向儿子说，“你的朋友是好汉，我喜欢他！他鼓起了我的精神。别人说聪明话，我不想听，但他胡说八道，却鼓起我这个老头儿的精神。去吧，去吧，”他说，“我也许要来，陪你们吃夜饭。我再来辩论。你同我的笨姑娘玛丽亚公爵小姐要好吧。”他在门里边大声地向彼挨尔说。

彼挨尔直到现在，在他来到童山时，才看重他和安德来公爵的友谊的力量与魔力。这种魔力与其说是表现在他和他本人的关系上，毋宁说是表现在他和他的家族同家里人的关系上。彼挨尔和严厉的老公爵、温柔羞怯的玛丽亚公爵小姐，虽然他几乎不认识他们，却是一见如故。他们都已经喜欢他了。不但玛丽亚公爵小姐用最明亮的目光望着他，他对女巡拜者的温和态度已经感动了她；而且一岁的尼考拉小公爵——祖父这么称呼他——也向彼挨尔微笑了一下，并且要他抱。当他和老公爵说话时，米哈伊·依发诺维支和部锐昂小姐都带着高兴的笑容望着他。

老公爵出来吃夜饭，这显然是为了彼挨尔。他在童山做客的这两天，老公爵对他极其亲切，并且要他再来。

在彼挨尔走后，全家的人聚在一起的时候，他们开始谈论他，在新客人走了之后一向是这样的，而他们都只说他好的地方，这却是少有的。

15

在这次休假之后回团时，罗斯托夫第一次感觉到并且认识到他同皆尼索夫、同全团的关系是多么亲密。

当罗斯托夫快要到团时，他感觉到他快要到厨子街的房屋时所感觉到的那种情绪。当他看见本团的第一个衣服未扣的骠骑兵时，当他认出红发的皆明戚也夫时，当他看见栗色马匹的缰绳时，当拉夫如施卡高兴地向主人大声喊叫“伯爵来了”时，当头发蓬起的、在床上睡觉的皆尼索夫从地室里跑出来搂抱他时，当军官们来迎接他时——罗斯托夫感觉到他的母亲、父亲、妹妹们抱他时的那种情绪，并且欢乐的泪水憋住了他的喉咙，妨碍了他说话。团里也是家，是永久不变的亲爱而又宝贵的家，就像父母的家一样。

罗斯托夫向团长报了到，奉到了指令回原先的骑兵连，担任了值班和采办粮秣的工作，关心起团里的一切细微的零星琐事，觉得自己失去了行动的自由，并且限制在一个狭小的、永远不变的框子里，这时他感觉到同样的安心，感觉到同样的精神上的援助，并且同样地感觉到，他在这里是适得其所，很随便的，就像他在父母的家里所感觉到的一样。这里没有普通社会里那一切的混乱，在普通社会里他觉得自己不得其所，并且在有所选择时会发生错误；这里没有索尼亚，他用不着考虑，应该或不应该向她表明心愿了。在这里他没有到哪里去或者不到哪里去的可能；这里一天二十四小时不能够有那么多不同的用法；这里没有那样的无数的人，他们当中没有一个人和他或是较为接近，或是较为疏远；这里没有他和父亲的那种不清不楚、不明不白的金钱关系；没有那可怕的输钱给道洛号夫的回忆！这里，在团里，一切是明白而简单的。整个的世界分成了两个不相等的部分：一部分是我们的巴夫洛格拉德的骑兵团，另一部分是其余的一切。其余的一切和他没有任何关系。在团里一切是确定的：谁是中尉，谁是骑兵上尉，谁好，谁坏，尤其是——

谁是同事。随军商人相信他的赊账，军饷一年发三次；没有考虑要选择的事情，只要不做巴夫洛格拉德团认为不好的事；派到任务时，做那明白的、清楚的、确定的、奉命做的事：便一切都会很好了。

罗斯托夫回到军队生活的这些确定的情况里，感觉到高兴和安心，好像一个疲倦的人在躺下来休息时所感觉到的一样。这次战役中的军队生活，使罗斯托夫更加觉得高兴，因为他在输钱给道洛号夫之后（对于这个行为，虽有他家庭的多方安慰，他却不能饶恕他自己），他下了决心，不再像从前那样服役，而为了弥补他的过失，他要好好服役，要做一个十分出色的同事和军官，就是说，要做一个好人，这在普通社会里似乎是那么困难，在军队里却是那么可能的。

罗斯托夫自从输钱之后，决定在五年之内向父母偿还这笔债务。他一年收到一万，现在他决定只拿两千，其余的留给父母用来还债。

我们的军队，在屡次的退却、前进以及在普尔土斯克、在普鲁士—爱劳的会战之后，集中在巴呑示泰恩附近。他们等候皇帝的驾到和新战争的开始。

巴夫洛格拉德团——属于一八〇五年出征的那部分军队——在俄国补充，没有赶上这次战役的最初战事。他们既未参加普尔土斯克战事，也未参加普鲁士—爱劳战事，在战争的后半期加入了作战的部队，属于卜拉托夫支队。

卜拉托夫支队离开大军独立作战。巴夫洛格拉德的一部分骑兵有几次和敌人开火，擒获了俘虏，并且有一次甚至夺得了乌地诺元帅的许多车辆。四月中，巴夫洛格拉德骠骑兵在一个全部破坏的、荒凉的德国村庄附近一连驻扎了几个星期，一直没有离开。

是解冻的时候，泥泞，寒冷，河里在解冰，道路不能通行；人马有好几天没有领到粮草了。因为运输队不能到达，所以兵士们分散在荒凉无人的各乡村寻找番薯，但是这也是很少的。

什么都吃光了，所有的居民都逃走了；那些留下来的人比乞丐还不如，从他们那里搜索不到任何东西了，就连没有慈悲心肠的兵士们也常常不但不拿他们的东西，而且把自己最后的东西分给他们。

巴夫洛格拉德团在战斗中只有两个人受伤，但是由于饥饿和疾病而死亡了将近一半的人。住在医院中一定会死的，所以发热害病的和因为食物恶劣而浮肿的兵士们，宁愿值勤，在前线上几乎拖不动脚步，也不愿进医院。开春后，兵士们开始发现了一种刚刚出土的植物，好像龙须菜，不知因为什么缘故他们叫它“玛示卡的甜根”，并且分散在草地和田野上寻找这种玛示卡的甜根（它很苦），用刀掘出来吃，虽然有命令禁止吃这种有毒的植物。春间在兵士当中发生了一种新的疾病，手、脚和脸部发肿，它的原因医生认为是吃了这种根。但是虽然有过禁令，皆尼索夫骑兵连的兵士们主要是吃这种玛示卡的甜根，因为他们领了最后一次的每人只有半磅的饼干已经有两星期了，而最近发下的番薯都冻坏了，发芽了。

马匹也用屋顶上的草喂了两个星期，都瘦得很难看，仍旧长着冬季的紊乱成团的毛。

虽然这样地艰苦，兵士们和军官们的生活却完全照常那样；现在，虽然面色苍白浮肿，衣服破碎，骠骑兵们却照旧排队点名，去拾野菜，刷马匹，擦军械，拖下屋顶的草秸代替马秣，到大锅前吃东西，他们饥饿地从那里站起来，嘲笑他们的劣食和饥饿。在职务闲暇时，兵士们照旧燃起篝火，在篝火前烤着袒露的身体、吸烟，选出发芽的腐烂的番薯来烘烤，说说听听关于波巧姆金和苏佛罗夫出征的故事，或者关于狡猾的阿辽沙和神甫的雇工米考卡的传说。

军官们照旧两三个人合住一个无顶的、破烂的房子。年老的设法搜集草秸、番薯和全体兵士的食料，年轻的就像平常一样，有的玩牌（钱很多，但是食物缺乏），有的玩天真的游戏——钉投环和砸木柱。他们很少说到战事的大势，一方面因为他们不知道任何确实的情形，一方面因为他们模糊地觉得，战事的一般情况是不好的。

罗斯托夫仍旧和皆尼索夫住在一起。他们的友好关系，在他们的休假之后，更加亲密了。皆尼索夫从不说到罗斯托夫的家庭，但由于指挥官对属下军官所表示的亲切的友情，罗斯托夫觉得，年长的骠骑兵对娜塔莎的不成功的爱情，和这种友谊的加强，是有关系的。皆尼索夫显然尽量要使罗斯托夫少受危险，对他关心，在战事之后特别高兴地庆贺他安然无恙。有一次出差，罗斯托夫在他去寻找粮食的荒凉破落的乡村里，发现了一个人家，那是一个老波兰人、他的女儿和一个吃奶的婴儿。他们衣不蔽体，腹中饥饿，走不动路，又没有出门的工具。罗斯托夫把他们带到自己的营里，留在自己的住处，供养了他们几个星期，直到老人复元。罗斯托夫的一个同事，谈到女人，开始嘲笑罗斯托夫，说他最狡猾，说他若是把同事们介绍给他所拯救的美丽的波兰女子，那并不是坏事。罗斯托夫把这笑话当作侮辱，并且发火了，向这个军官说了那么不愉快的话，以致皆尼索夫费了大劲才阻止了两人的决斗。军官走了，皆尼索夫不知道罗斯托夫和波兰妇人的关系，开始责备他发脾气，这时候，罗斯托夫向他说：

“随便你怎么说吧……我对她就像姊妹一样，我不能向你说，那教我多么痛心……因为……因为……”

皆尼索夫拍拍他的肩膀，开始在房里迅速地走动着，没有望罗斯托夫，这是他在心情兴奋时所常做的。

“你们罗斯托夫一家人是多么傻啊！”他说，罗斯托夫看见了皆尼索夫眼睛里的泪水。

16

四月中，军队听到皇帝驾临的消息，活跃起来了。罗斯托夫没有能够参加皇帝在巴吞示泰恩所举行的检阅：巴夫洛格拉德的骠骑兵担任前卫，在巴吞示泰恩前面很远的地方。

他们在露营。皆尼索夫和罗斯托夫住在兵士们为他们掘成的、用树枝和草土做顶的地室里。地室是按照当时流行的、如下的方法做成的：掘一个沟，宽一阿尔申半，深二阿尔申[①]，长三阿尔申半。在沟的一端掘一道台阶，这就是入口和门廊。沟的本身就是房间，在这里，幸运的军官，例如骑兵连长，在里边的尽头，对着台阶，有木板横在桩上，作为桌子。靠沟的两边掘去一阿尔申宽的土，这便是两张床和沙发。屋顶盖得可以让人站在地室当中，若是靠近桌子，人还可以坐在床上。因为连里的兵都爱他，所以生活奢华的皆尼索夫在屋顶的三角墙上还有一块板，在这块板上有一块粘在一起的碎玻璃作为窗子。当天气很冷时，他们便在弯曲的铁板上放着从兵士的篝火里拿来的柴火，摆在台阶上（皆尼索夫把地室的这一部分叫做客室），使得地室那么暖和，以致军官们只穿一件衬衣坐在地室里，在皆尼索夫和罗斯托夫这里总是有许多军官。

四月间罗斯托夫值班。他熬了一夜，在早晨七点多钟回住处时，他吩咐了人去取火，换掉了雨水淋透的衣服，祷告了上帝，喝了茶，烤暖了身子，便整理他自己的角落里和桌上的东西，然后，被风吹过的面孔发热了，他只穿一件衬衫，把双手托在脑后，仰着身子躺着。他愉快地想着，因为他最近的侦察工作，他日内就要升官。他等候着出门去了的皆尼索夫，想要和皆尼索夫谈话。

他听到了地室后边皆尼索夫的发抖的叫声，显然是在发火了。罗斯托夫凑近窗子去看他向谁在咆哮，看见了骑兵上士托卜清考。

“我向你下过命令，不要让他们吃这种根，什么玛示卡的根！”皆尼索夫大叫着，“我亲自看见拉萨尔秋克从田里带来的。”

“我下过命令，大人，但是他们不听。”上士回答。

罗斯托夫又躺到床上去了，满意地想着：“让他现在去自找麻烦、

① 俄长度单位，一阿尔申约合〇.七一一二米。

去忙碌吧，我的事情做完了，我躺下来——好极了！”他隔墙听到，除上士之外，还有拉夫如施卡在说话，他是皆尼索夫的狡猾的大胆的侍从兵。拉夫如施卡说到他出去寻找粮食的时候，看见了一些运输车、饼干和牛。

又听到了地室外边皆尼索夫的渐渐消失的叫声和说话声，“上马！第二排！”

“他们到哪里去呢？”罗斯托夫想。

五分钟后，皆尼索夫走进了地室，连沾着泥的靴子也没有脱就爬上床，愤怒地点着烟斗，翻乱了他所有的东西，拿了鞭子和军刀，又要走出地室。罗斯托夫问他，到哪里去？他愤怒地含糊不清地回答说，他有事。

“让上帝和伟大的皇帝以后审判我！”皆尼索夫出门时说。罗斯托夫听到，在地室外边有几匹马的蹄子在泥淖中踏响着。罗斯托夫不愿打听皆尼索夫是到哪里去。他在自己的角落里烘暖了身子，睡觉了，直到傍晚他才走出地室。皆尼索夫还没有回来。傍晚天气开朗了；在附近的地室旁边有两个军官和一个见习军官在玩钉投环，带着笑声把萝卜抛在泥泞的软土里。罗斯托夫参加到他们中间。正在游戏的时候，军官们看见了向他们这里赶来的一批运输车：十五个骠骑兵骑着瘦马跟在后边。由骠骑兵护送的车辆赶到了马桩绳那里，一群骠骑兵环绕着他们。

“唉，皆尼索夫总是焦心，”罗斯托夫说，“看，粮食来了！”

“真的呀！”军官们说，“兵士们高兴了！”

皆尼索夫和两个步兵军官一道，比骠骑兵稍后一点回来了，他和他们在说什么。罗斯托夫去迎接他们。

“我警告你，上尉。”一个瘦瘦的、矮矮的显然是在发怒的军官说。

“我告诉过您，我决不会放弃的。”皆尼索夫回答。

“上尉，您要负责，这是暴动——抢走自己军队的运输车！我们的人两天没有吃东西了。”

“我们的人两个星期没有吃东西了。”皆尼索夫回答。

“这是抢劫，您要负责，阁下！”步兵军官提高嗓音重复说。

“您为什么找我麻烦？啊？”皆尼索夫大吼着，突然发火了，“我来负责，不要您负责，在您没有挨打的时候，不要在这里哼叫。走开！”他向军官们大吼。

“好吧！”矮军官大声说，他不畏怯，也没有走开，“抢劫，所以我向您……”

“滚蛋，快点滚，不然就要挨揍了！”皆尼索夫掉转了马头，对着军官。

“好，好。”军官威胁地说，掉转了马，在鞍子上颠簸着，缓驰而去。

“篱笆上的狗，篱笆上的活狗。”皆尼索夫在他后边叫着，这是骑兵对于骑马的步兵的最大侮辱。说了之后他便走到罗斯托夫面前大笑。

“我用武力夺来了步兵的运输车！”他说，“难道我要让大家饿死吗？”

带到骠骑兵这里的运输车是派给某一步兵团的，但是听拉夫如施卡说，这个运输队没有人护送，皆尼索夫便带领骠骑兵去把它夺来了。饼干随便地分给了士兵们，他们甚至分给了其他的骑兵连。

第二天，团长把皆尼索夫找去，把叉开的手指遮住眼睛，向他说：“我对这件事是这样看的，我不知道，也不想过问；但我劝您骑马到司令部去，在军需处了结这件事情，并且假如可能，就给他们一张收条，说收到若干粮食；不然的话，他们要向步兵团索取收条，便要发生问题，结果就会很糟。”

皆尼索夫从团长那里直接到司令部去了，诚意地想要执行他的劝告。晚间他带着那样的情况回到了自己的地室，罗斯托夫从来不曾看见他的朋友有过这样的情况。皆尼索夫不能说话，却喘着气。当罗斯托夫问他发生了什么事情时，他只用沙哑的无力的声音说出一些语无伦次的骂人和威胁的话。

罗斯托夫被皆尼索夫的情形吓坏了，提议他脱掉衣服，喝点水，并且派了人去找医生。

“要审判我抢劫——哦！再拿水来——让他们审判吧，但我要，永远要打那些浑蛋，我要告诉皇帝。拿冰来……”他接连地说。

来看病的军医说，一定要放血。从皆尼索夫的毛茸茸的手臂上放出了一深碟子黑血，直到那时，他才能够说出他所发生的一切。

“我到了那里，”皆尼索夫说，“我说：‘喂，你们这里的长官在哪里？’他们给我指了一下说：‘请等一下。’我说，‘我有公事，我走了三十俚来的，我没有工夫等，通报一下吧。’好，贼头出来了，他也想教训我，说：‘这是抢劫！’我说：‘抢劫，这不是拿粮食去给他的兵士们吃的人做的，这是那个把粮食放进自己口袋的人做的！’他说：‘请不要说话，行吗？’我说：‘好的。’他又说：‘写个收条给军需官，但您的事情要向司令部呈报的。’我到了军需官那里。我进去了——在桌子旁边……谁？不，你想！……谁教我们挨饿的？”皆尼索夫大叫，用他的大拳头捶桌子，捶得那样猛烈，几乎把桌子捶倒了，杯子在桌上跳起来了。“是切李亚宁！‘怎么，你要饿死我们吗？！’啪，我在他的脸上打了一下，打得好极了……‘嘀……你这个家伙。’我开始打他了。因此我非常开心，我可以告诉你。”皆尼索夫大叫，高兴而又愤怒地从黑唇髭下边露出他的白牙齿，“假使不是他们拉开了我，我便把他揍死了。”

“但是你为什么要叫呢，镇静一点吧，”罗斯托夫说，“看，血又在流了。等一下，一定要重新包扎起来。”

他们把皆尼索夫重新包扎起来，放在床上让他睡觉了。第二天他醒来时，神色又愉快又镇静了。

但是在中午，团部副官带着严肃的、愁闷的面孔走进了皆尼索夫和罗斯托夫合住的地室，惋惜地把团长给皆尼索夫少校[1]的正式公文拿给他们看，公文里有关于昨天事件的若干问题。副官说，事情要引起极坏

① 134页上步兵军官称他为上尉。

的变化，说军事审判委员会已经确定了，说目前对于军队的抢劫和违纪是要严肃处理的，这件事的结果若是降级，便是侥幸了。

这件事照受害者方面的陈述是这样的，皆尼索夫少校，在截夺运输车之后，喝醉了酒，到军需主任那里去，无缘无故地说他是贼，以打威胁他，并且在他被领出去时，他冲进办公室，殴打了两个官员，并且把一个人的胳膊扭脱节了。

皆尼索夫听到罗斯托夫所提的新问题，便带着笑声说，他觉得还有什么别人牵涉在里面，但是这一切都是废话，都是不足道的事，他决不害怕任何审判，假使这些坏蛋敢惹他，他便要回敬他们，教他们一生不忘。

皆尼索夫轻蔑地说到全部的事情；但罗斯托夫太了解他了，不用仔细观察，便知道他心里面害怕审判（他对别人瞒着这个），并且为这事苦恼，显然，这件事一定会有不好的后果。每天都有咨询的公文和审判的传票，皆尼索夫奉命要在五月一日把骑兵连交给他下面最高级的军官指挥，并到师部里去说明他在军需处的暴行。在这前一天，卜拉托夫带了两团哥萨克兵和两连骠骑兵去侦察敌人。皆尼索夫像平常一样，走在哨兵线的前面，夸耀他的勇敢。法国射击兵放出的枪弹，有一粒打在他大腿上部的肌肉上。也许在别的时候，皆尼索夫带着那样的轻伤，不会离开团的，但现在他利用这个机会，拒绝到师部里去出庭，并且进了医院。

17

六月里发生了弗利德兰的会战，巴夫洛格拉德的骠骑兵没有参加。在这个会战之后便宣布了停战。罗斯托夫痛苦地感觉到与朋友的分别。自从皆尼索夫走了以后，便没有任何关于他的消息。他挂念他的案子和伤势，趁着停战的机会，告了假到医院去看他。

医院是在普鲁士的一个小镇上，这里遭受到俄国和法国军队的两次破坏。正因为这是夏天，田野上是那么好看，这个小镇显出了特别凄惨的景象——破烂的屋顶和围墙，龌龊的街道，衣衫褴褛的居民和在街头漫游的醉兵与病号。

医院是在一个砖房子里，有些窗格和玻璃破碎了。院子里还有破围墙的残余。几个扎着绷带的、面色苍白浮肿的兵，在院子里的阳光下走着、坐着。

罗斯托夫一进门就闻到了尸体腐烂和医院的气味。在楼梯上他遇见了一个口衔雪茄的俄国军医。在医生的后边跟着一个俄国医务助手。

"我不能够把自己分开，"医生说，"我要晚上到马卡尔·阿列克塞维支那里去。我要到那里去的。"

助手又问了他几个问题。

"哎！你尽力去做！那不是反正一样吗？"医生看见了正上楼的罗斯托夫。

"您要什么，阁下？"医生说，"您要什么？子弹没有打到您，您想要得伤寒症吗？阁下，这里是瘟疫室。"

"为什么？"罗斯托夫问。

"伤寒症，阁下。无论谁进来了，都要死。只有我们两个人，我同马凯夫还留在这里（他指了指助手）。我们医生已经在这里死了五个人了。新的人进来，一个星期就完了，"医生显然满意地说，"我们请了德国医生，但是我们的同盟者们不愿这样。"

罗斯托夫说明了一下，他想要会见住在医院里的骠骑兵少校皆尼索夫。

"我不知道，不知道，阁下。您想想看吧，我一个人要管三个医院。四百多个病人！还好，普鲁士的女善士们每月给我们两磅咖啡和一点纱布，不然我们就完了。"他笑起来了，"四百了，阁下；他们还送新的人来。是四百人吗？啊？"他向助手说。

助手显出疲乏的样子。他显然厌烦地等候着多话的医生赶快走。

"皆尼索夫少校，"罗斯托夫说，"他在莫利吞受伤的。"

“好像是死了。啊？马凯夫？”医生含糊地问助手。

可是助手没有证实医生的话。

“他是高个子、红头发吗？”医生问。

罗斯托夫形容了皆尼索夫的外貌。

“有的，有这个人，”医生似乎高兴地说，“他大概死了，但我还是来查一下，我有名单。在你那里吗？马凯夫？”

“名单在马卡尔·阿列克塞维支那里，”助手说，“但是请您到军官病房里去，您到那里就知道了。”他向着罗斯托夫补充说。

“哎，阁下，最好不去！”医生说，“不然，我怕您自己也要留下来了。”

但罗斯托夫向医生告了别，要求助手陪他去。

“可是不要怪我！”医生在楼梯下边大声说。

罗斯托夫和助手走到了走廊里，在这个黑暗的走廊里，医院的气味是那么强烈，以致罗斯托夫不得不捏住鼻子停下来，鼓起了勇气再走。右边的门开了，走出了一个扶拐杖的、又瘦又黄的、赤脚的、只穿一件内衣的人。他倚在门旁，他的明亮的羡慕的眼睛望着走过的人。罗斯托夫向门里瞥了瞥，看见病员和伤员都睡在地板上，用草秸和大衣铺在下面。

“我可以进去看看吗？”罗斯托夫问。

“要看什么？”助手问。

但是正因为助手显然不让他进去，罗斯托夫走进了兵士的病房。他在走廊上已经闻惯的气味，在这里是更厉害了。这里的气味有点不同；它极其强烈，令人觉得气味正是从这里发出来的。

在一个阳光透过大窗子照耀得很亮的长长的房间里，病员和伤员睡成两排，头向着墙，在当中留了一条走道。他们大部分是在昏迷状态中，没有注意进来的人。那些意识清楚的人都坐起来，或者抬起又瘦又黄的脸，他们都带着同样的表情，表示希望帮助，表示谴责，表示羡慕别人的健康，都目不转睛地望着罗斯托夫。罗斯托夫走到房间的当中，从打开的门里看了看两边隔壁的房间，在两边也看见了同样的情形。他站住了，无言地环顾着。他没有料到，他会看见这样的情形。正在他前面，几乎在过道的当中，在光地板上躺着一个病人，大概是哥萨克兵，因为他的头发是剃成那种样子。这个哥萨克兵仰面躺着，伸开了粗大的手臂和腿。他的脸色发紫，眼睛也完全发呆了，所以只看见眼白，在他的还是红色的光腿和手臂上，脉管暴起来像绳子一样。他用后脑在撞地板，沙哑地说着什么，并且重复着这话。罗斯托夫倾听了他所说的话，听出了他所重复的话。这话是：喝——喝——喝！罗斯托夫回顾了一下，看看是否有人能够把这个病人抬回原来的地方，给他水喝。

“谁照顾这里的病人？”他问助手。

这时从隔壁房间里走出来了一个军需兵，医院的侍役，他正步地走着，在罗斯托夫面前站得笔直。

“请安，大人！”这个兵大声说，向罗斯托夫瞪着眼睛，显然以为他是医院的长官。

“让他躺好，给他点水喝。”罗斯托夫指着哥萨克兵说。

“就是，大人。”这个兵满意地说，更用劲地瞪着眼睛，挺直身子，但是没有动步。

“不行，这里是一点办法也没有的。”罗斯托夫想，垂下了眼睛，他想要出去，但他觉得右边有向他注视的富有含意的目光，于是他回顾了一下。几乎是在角落上，有一个年老的兵坐在大衣上，他的黄色的、枯瘦的、严厉的脸好像只剩骨头架子一样，灰胡须没有剃，他执拗地望着罗斯托夫。老兵旁边的一个人，指着罗斯托夫，向他低声说着什么。罗斯托夫明白了，老兵要向他请求什么。他走近了一点，看见老兵只有一条盘曲的腿，另一条腿到膝盖上边都没有了。老人的另一边，离他稍远一点，有一个年轻的兵不动地躺着，他的脸向上仰着，他的扁鼻子的、有雀斑的脸上是像蜡那样的苍白，他的眼睛向上翻着。罗斯托夫看了看扁鼻子的兵，一阵冷气掠过了他的脊背。

“这个人好像是……”他向助手说。

“我们已经请求过多少次了，大人，”老兵说，他的下颏打战，“早上就死了。我们也是人，不是狗……”

“我马上就找人，把他抬走，抬走，”助手连忙地说，“请走吧，大人。”

“我们走吧，我们走吧。”罗斯托夫连忙地说，垂下眼睛，缩着身子，力求不被察觉地穿过那一排向他注视的、谴责的、嫉妒的眼睛，从房间里走出去了。

18

助手领罗斯托夫穿过走廊，进了军官病房，这个病房分三个房间，房门都敞开着。在这些房间里有床，伤的和病的军官们都坐在或者躺在床上。有几个人穿着医院的长衫在房中走动着。罗斯托夫在军官病房中遇见的第一个人，是一个矮小、枯瘦、断了一只手臂的人。这人戴着睡帽，穿着医院的长衫，衔着烟斗，在第一个房间里走动着。罗斯托夫望着他，极力回想着曾经在什么地方看见过他。

“上帝要我们在这里会面的，”那个矮小的人说，“屠升，屠升，您可记得，在射恩格拉本让你坐车的？他们截掉了我一只手，这里……”他说，微笑着指着衣服的空袖子。“找发西利·德米特锐支·皆尼索夫吗？——同房的！”知道了罗斯托夫要找谁，他说，“在这里，在这里。”于是屠升领他进了另一间房，从那个房间里传出来几个人的笑声。

“他们怎能够住在这里还笑呢？”罗斯托夫想，闻到他在兵士病房里所闻到的那股死尸气味，还仿佛看到他四周的那些向他注视着的、在两旁跟随着他的嫉妒的目光以及那个翻着白眼的年轻兵士的脸。

虽然是快到正午十二点钟了，皆尼索夫还用被蒙了头，睡在床上。

"啊，罗斯托夫！好吗？好吗？"他仍旧用他在团里的那样的声音大叫；但是罗斯托夫悲伤地注意到，除这种惯常的随便和活泼之外，还有一种新的、恶劣的、隐秘的情绪流露在皆尼索夫的面部表情、音调和言语里。

虽然他受伤已经六周，他的伤势虽然轻微，却还未痊愈。他的脸上有全体住院的人所有的那种苍白的浮肿。但不是这个使罗斯托夫吃惊；使他吃惊的，是皆尼索夫似乎对他不高兴，并且对他笑得不自然。皆尼索夫不向他问到团，也不问到一般的情况。当罗斯托夫说到这些时，皆尼索夫没有听。

罗斯托夫甚至察觉到，皆尼索夫听他提起团和医院之外的那种自由生活时，便显得不愉快。他似乎极力想要忘记从前的生活，只关心他和军需官的那桩案子。罗斯托夫问到这件事怎么样，他立刻从枕头下边拿出委员会给他的公文和他的回文的底稿。他开始读他的文稿，他兴奋起来了，并且特别要罗斯托夫注意他在这个文稿中向他的敌人所说的讽刺话。皆尼索夫的同院的人，围着罗斯托夫——这个刚从自由世界中来的人，在皆尼索夫开始读他的文稿时，便开始渐渐散去了。从他们的面色上，罗斯托夫明白了，所有这些先生已经不止一次听过他的这个听厌了的故事。只有邻床的人，一个肥胖的矛枪骑兵，愁闷地皱了皱眉，抽着烟斗，坐在病床上；断了一只手臂的、矮小的屠升不赞同地摇着头，继续听着。在诵读当中，矛枪骑兵打断了皆尼索夫的话。

"在我看来，"他向罗斯托夫说，"应当直接请求皇帝开恩。现在，听说，要颁发很多的奖赏，这件事一定会得到饶恕的……"

"要我请求皇帝！"皆尼索夫说，他想要用声音表现从前的精力和热情，但他的声音却表现了徒然的愤怒。"为什么？假使我是强盗，我会请求开恩，但我是因为揭发了真正的强盗们而要受审判的。让他们审判吧，我谁也不怕，我为沙皇、为祖国的正直服务，我没有盗窃过！把我降级，并且……你听着，我就是这样直言不讳地写给他们的：'假使我是一个盗窃公款的人……’”

“写得当然很好，”屠升说，“但是问题不在这里，发西利·德米特锐支，”他也转向罗斯托夫说，“应该顺从的，但发西利·德米特锐支不愿这么做。您知道，审计官向您说，您的事情很糟。”

“唉，让它糟吧。”皆尼索夫说。

“审计官替您写了请愿书，”屠升继续说，“您应当签了字，由这位先生带去投。他一定（他指了指罗斯托夫）和司令部里有关系。您不会找到更好的机会了。”

“但是我说过，我不做卑鄙的事。”皆尼索夫插言道，又继续念他的文稿。

罗斯托夫不敢劝皆尼索夫，虽然他本能地觉得，屠升和别的军官们所提议的办法是最可靠的办法，虽然他觉得，假使他能够替皆尼索夫帮忙，他是很高兴的，他知道皆尼索夫的坚决意志和直爽的暴躁脾气。

皆尼索夫的措辞尖刻的文稿念了一个多小时，诵读完毕时，罗斯托夫没有说话，他怀着最悲伤的心情，和重新聚在他身边的皆尼索夫同院的人们在一起，一面谈着他所知道的事，一面听着别人的谈话，过完这天的剩余时间。皆尼索夫整个晚上，愁闷无言。

晚上很迟的时候，罗斯托夫准备回去了，他问皆尼索夫有没有什么委托的事。

“有的，等一下，”皆尼索夫说，回头看了看军官们，于是从枕下取出文稿，走到放着墨水瓶的窗子那里，坐下来写字。

“显然鞭子是打不破斧头的。”他说，离开窗子，递给罗斯托夫一只大信封。这是审计官所写的给皇帝的请愿书，在这里面皆尼索夫没有提到军需处的过错，只请求宽恕。

“呈上去，似乎是……”他没有说完，露出了一个痛苦的做作的笑容。

19

罗斯托夫回到团里，向长官报告了皆尼索夫案件的情况，便带着给皇帝的信到提尔西特去了。

六月十三日，法俄两国的皇帝在提尔西特会面。保理斯·德路别兹考请求他所侍随的某要人把他派在留守提尔西特的侍从里。

“Je voudrais voir le grand homme.〔我想看看那个伟人。〕”说到拿破仑时，他说，他一直到现在，和所有的人一样，仍称他保拿巴特。

“Vous parlez de Buonaparte?〔你说的是布奥拿巴特吗？〕”将军微笑着向他说。

保理斯疑问地望了望将军，立刻明白了，他是在试试能否对我开玩笑。

“Mon prince, je parle de l’empereur Napoléon.〔公爵，我说的是拿破仑皇帝。〕”他回答。

将军带着笑容拍了拍他的肩膀。

“你前程远大。”他说，于是把他带在身边。

在皇帝们相会的那一天，保理斯是在聂门河上的少数人之内。他看见了有姓名起首字母的木筏，拿破仑在对岸，从法国卫兵队前走过；他看见了亚力山大皇帝的沉思的面孔，皇帝沉默地坐在聂门河岸的旅店里，等候拿破仑莅临；他看见了两个皇帝上船，拿破仑先走上木筏，快步地走上前去迎接亚力山大，向他伸手，于是两个皇帝走进了帐篷。保理斯自从进入上层社会以来，便养成了一种习惯，就是留心观察他四周所发生的事情，并且把它们记录下来。在提尔西特会晤的时候，他探问了那些跟拿破仑一同来的人的名字，问到他们所穿的军服，并且留心地倾听要人们所说的话。正在皇帝们走进帐篷时，他看了看表，当亚力山大从帐篷里走出时，他也没有忘记再看一下。会晤经过了一小时又五十三分。他在这天晚上把这件事和别的事一同记录下来，他以为这些事都具有历史的意义。因为皇帝的侍从很少，所以在重视职务上的成就的人看来，当皇帝们会晤时，能够留在提尔西特是一件很重要的事，保理斯能在提尔西特，他觉得，从此以后，他的地位便十分巩固了。不但他们认识了他，并且看中了他，习惯了他。有两次他向皇帝本人执行任务，所以皇帝认识了他的面孔，并且所有的近臣不但不像从前那样，认为他是新手，对他疏远，而且假使看不见他，便要诧异。

保理斯和另外一个副官——波兰的冉林斯基伯爵——住在一起。冉林斯基是在巴黎受教育的波兰人，有钱，热诚地爱法国人，当他们住在提尔西特时，几乎每天都有法国禁卫军和总司令部的军官们到冉林斯基和保理斯的地方来吃午饭和早饭。

六月二十四日晚，保理斯同屋的冉林斯基伯爵，请他的法国朋友们吃晚饭。这个晚餐上的嘉宾是拿破仑的一个副官，还有几个法国禁卫军军官，一个法国旧贵族家庭的少年，拿破仑的侍从。就在这天，罗斯托夫趁着天黑，免得被人认出，穿了便服，来到提尔西特，走进冉林斯基和保理斯的住处。

罗斯托夫是从军队里来的，他和全体的军队一样，在他对拿破仑和法军的态度上，还没有发生总司令部和保理斯所发生的那种由敌变友的转变。军中所有的人，对拿破仑和法国人，仍旧怀着先前的仇恨、轻视和恐惧的混合情绪。不久之前，罗斯托夫和卜拉托夫团的哥萨克兵军官谈话时还和他争论过，假使拿破仑被俘了，就不要把他当作皇帝看待，却要当作犯人看待。不久之前，在路上遇见了一个受伤的法国上校，罗斯托夫曾经发火，向他说明，在合法的皇帝和罪犯保拿巴特之间是不能够有和平的。因此，保理斯住处的法国军官们使罗斯托夫觉得奇怪，他们还穿着军服，在侧翼哨兵线上他对这种军服的观点是完全不同的。他一看见了从门里伸出头来的法国军官，他在看见敌人时一向所有的那种战争的仇恨情绪就立刻控制了他。他停在门口，用俄语探问保理斯·德路别兹考是否住在这里。保理斯听到门口生人的声音，便走出来迎接他。在他最初认出罗斯托夫时，他的脸上显出了厌烦的神色。

“啊，是你，我很高兴，很高兴看见你。”他却这么说，微笑着，向他面前走去。但是罗斯托夫注意到了他最初的神态。

“我似乎来得不是时候，”他说，“我本是不来的，但是我有任务。”他冷淡地说。

“不，我只是诧异，你怎么从团里来了。”他向一个在叫他的声音说，“Dans un moment je suis à vous.〔我马上就来效劳。〕”

“我知道，我来得不是时候。”罗斯托夫重复说。

懊恼的表情已经在保理斯脸上消失了；显然，他思索了并且决定了他应该怎么办，他特别镇静地抓住罗斯托夫的双手，领他走进了隔壁的房间。保理斯的眼睛镇定地坚决地看着罗斯托夫，好像被什么东西遮蔽着，好像是他的眼睛上戴了一种眼罩——习俗的蓝色眼镜。在罗斯托夫看来是这样的。

“啊，请你不要说了，你会来得不是时候吗？”保理斯说。

保理斯领他进了摆着晚餐的房间，替他介绍了客人们，说了他的名字，并且说明他不是文官，而是骠骑兵军官，他的老友。“冉林斯基伯爵，le Comte N.N.〔NN伯爵，〕le Capitaine S.S.〔SS上尉。〕”他叫着客人们的名字。罗斯托夫皱着眉望着法国人，勉强地鞠躬，并且沉默着。

显然，冉林斯基不高兴在自己的团体里招待这个新来的俄国人，没有向罗斯托夫说话。保理斯似乎没有注意到新来的人使别人感到拘束，带着他迎接罗斯托夫时，所有的那种同样愉快的镇静的神态和被什么东西遮蔽着的目光，极力要使谈话活泼起来。法国人当中的一个，带着法国人的惯有的礼节，对着固执地沉默着的罗斯托夫，向他说，他大概是为了要看见皇帝才来到提尔西特的。

“不是，我有任务。”罗斯托夫简短地回答。

罗斯托夫一注意到保理斯脸上的不满意的神情，便立即发脾气，并且像发脾气的人一向所有的情形一样，他觉得，大家都恶意地望着他，他妨碍了所有的人。确实，他妨碍了所有的人。只有他一个人没有参加大家重新开始的谈话。“为什么他坐在这里？”客人们对他注视的目光这么说。他站起身来，走到保理斯面前。

“可是我妨碍你了，”他低声向他说，“有一件事情，我们去谈一下吧，谈了我就走。”

“并不碍事，一点也不，”保理斯说，“假使你疲倦了，到我房里去，躺着休息一会。”

“真的……”

他们走进了保理斯睡觉的小房间。罗斯托夫没有坐下来，立刻愤怒地——好像保理斯对他犯有什么过错似的——开始向他说了皆尼索夫的事情，问他愿不愿并且能不能托他的将军替皆尼索夫向皇帝求情，并转递呈文。只剩下他们两个人的时候，罗斯托夫第一次感觉到，他看到保理斯的眼睛是不舒服的。保理斯腿架着腿，用左手抹弄着右手的细指，听着罗斯托夫说话，好像一个将军在听属下的报告一样，时而望望旁边，时而把同样的被遮蔽的目光对直地望着罗斯托夫的眼睛。罗斯托夫每次看到这种情况都觉得不自在，于是他垂下了眼睛。

“我听说过这种事情，我知道，皇帝对于这样的事情处理是很严格的。我想，这事不必弄到陛下那里。我看，最好是直接请求军团长……总之，我想……”

“那么，你什么都不愿做，你就说吧！”罗斯托夫没有望保理斯的眼睛，几乎叫起来了。

保理斯微笑了一下。

“相反，我要尽力去做，不过我觉得……”

这时在门口响起了冉林斯基唤保理斯的声音。

“好吧，你去，去，去……”罗斯托夫说，拒绝吃晚餐，独自留在小房间里，他在房里来回地走了很久，听着隔壁房间里愉快的用法语的谈话声。

20

罗斯托夫来到提尔西特的那一天，对于替皆尼索夫说情的事，是最不适宜的。他自己不能去见值日的将军，因为他穿着便衣，并且没有长官的允许就来到提尔西特，而保理斯即使愿意，也不能在罗斯托夫来到的次日做这件事。六月二十七日这一天，签订了和约的序文。皇帝们交换了勋章：亚力山大接受了法国荣誉团勋章，拿破仑接受了圣·安德来一级勋章，并且决定了在这天法国禁卫军的一个营里，设宴招待卜来阿不拉任斯克的一个营。皇帝们都要参加这个宴会。

罗斯托夫和保理斯在一起觉得那么不自在、不舒服，因此当保理斯在饭后顺便来看他的时候，他装作睡着了，并且在第二天清晨就走出了屋子，极力避免和他见面。尼考拉穿了便衣，戴了圆礼帽，在城里闲逛，看看法国人和他们的服装，看看街道和俄国、法国皇帝们所住的屋子。在广场上他看见了摆好的桌子和准备好的宴会，在街上他看见了横悬的条布和俄国国旗、法国国旗，以及巨大的姓名起首字母A和N。在房屋的窗子里也有旗子和起首字母。

“保理斯不肯帮助我，我也不愿去找他了。这个问题已经决定了，”罗斯托夫想，“我们之间的一切都结束了，但是我不替皆尼索夫做我能做到的一切，尤其是不把呈文递给了皇帝，我便不离开这里。给皇帝！……他在这里！”罗斯托夫想，不觉地又走到亚力山大所住的屋子前。

屋前有许多坐骑，侍从们聚在一起，显然是随时准备着皇帝出门。

“我可以在任何时候看见他，”罗斯托夫想，“但愿我能够把信直接交给他，向他说明一切……他们会因为我穿便衣逮捕我吗？不会的！他会明白谁是谁非。他明白一切，知道一切。谁能比他更公正、更宽宏大量呢？就是他们因为我在这里，把我逮捕，这有什么关系呢？”他想，望着一个军官走进皇帝所住的屋子。“瞧吧，他们进去了——唉！

全是胡思乱想！我要进去，并且亲自把呈文递给皇帝。德路别兹考把我弄到这个地步，对他是更加没有好处的。”忽然罗斯托夫抱着他自己也料想不到的决心，摸了摸口袋里的呈文，一直向皇帝所住的屋子走去。

“不，现在我决不放过机会，要像在奥斯特理兹会战以后那样。”他想，每一秒钟都希望遇见皇帝，并且想到这个，便觉得血就向他的心里涌。“我要跪在他脚下求他。他要把我扶起，听我说，还感谢我。”罗斯托夫幻想着皇帝要向他说的话：“在我能做善事的时候，我快乐，但纠正不平是最大的快乐。”他走过好奇地向他注视的许多人面前，走上皇帝所住的屋子的台阶。

从台阶上有宽大的楼梯直通楼上，他看见了右边有一个关闭的门。在楼梯下边有一道门通下层。

“您找谁？”有人问。

“递信，给陛下的请愿书。”尼考拉用颤抖的声音说。

“请愿书——给值班的军官，请走这边（有人向他指示了通下边的门），可是他们不会收的。”

听到了这个淡漠的话声，罗斯托夫对于他所做的事觉得吃惊了；随时可以遇见皇帝的这种念头，对他是那么具有诱惑性，但正因此是那么可怕，以致他准备跑走了；但那个接待他的侍从为他打开了值班军官的房门，于是罗斯托夫进去了。

一个矮矮的、胖胖的、三十岁左右的人，穿着白裤子、深筒软靴和一件显然是刚穿上的细布衬衫，站在那个房间里；一个听差在他后边扣着丝绣的、新的、漂亮的吊裤带，它因为什么缘故引起了罗斯托夫注意。这个人和隔壁房间里的人在说话。

“Bien faite et la beauté du diable.〔她有好看的身材，青春的年华。〕”这个人说，他看见了罗斯托夫，便停止说话，并且皱了皱眉。

“您有什么事？请愿书吗？”

“Qu’est ce que c’est?〔怎么回事？〕”有人在隔壁房间里问。

“Encore un petitionnaire.〔又是一个请愿的。〕”那吊裤带的人回答。

“向他说，晚一点再来。他马上就要出来了，我们应该去了。”

“晚一点，晚一点，明天。此刻太迟了……”

罗斯托夫转过身，要走出门，但是那吊裤带的人拉住了他。

“谁派您来的？您是谁？”

“皆尼索夫少校派来的。”罗斯托夫回答。

“您是谁？军官吗？”

“中尉，罗斯托夫伯爵。”

“好大胆子！交司令官呈上来。您去吧，去吧……”

于是他开始穿上听差递给他的军服。

罗斯托夫又走进门廊，并且看见台阶上已经有许多穿了全副军人礼服的军官和将军，他必须从他们面前走过。

罗斯托夫一边诅咒自己的大胆，一边因为想到他可以随时遇见皇帝并且会在他面前受侮辱被逮捕而提心吊胆，他充分认识到自己行为的不当，并且为这件事懊悔着，他垂下眼睛，挤着走出屋子，屋前围绕着一群漂亮的侍从，这时有一个熟识的声音唤了他一下，有一个人的手拉住了他。

“阁下，您穿了便衣在这里做什么？”一个低沉的声音问他。

这人是一个骑兵的将军，在这次战争中获得皇帝的特别恩宠，曾经做过罗斯托夫在服役的那一师的师长。

罗斯托夫开始惊惶地为自己解释，但是看见了将军好意的、诙谐的脸，便和他走到一边，用兴奋的声音向他说了全部的事件，请求将军为了他也认识的皆尼索夫去说情。将军听了罗斯托夫的话，严肃地摇摇头。

“我可怜那个好汉，把信给我吧。”

罗斯托夫刚刚交出呈文，说了皆尼索夫的全部的案子，楼梯上就传来了有靴刺的迅速的脚步声，于是这个将军离开了他，向台阶上走去。

皇帝的侍从官们跑下了楼梯，向马匹那里走去。马夫爱聂，就是到过奥斯特理兹的那个人，牵来了御马，接着在楼梯上响起了轻微的脚步声，罗斯托夫立刻便听出了这个脚步声。罗斯托夫忘记了被人认出的危险，和几个好奇的居民走到台阶前面，于是他在两年之后，又看见了他所崇拜的同样的仪表，同样的面孔，同样的目光，同样的步态，同样的伟大与温良的结合……那种对皇帝的兴奋和热爱又像从前那样，强烈地在罗斯托夫心中复活了。皇帝穿了卜来阿不拉任斯克团的制服、白色鹿皮裤、高筒软靴，挂了罗斯托夫不认识的星章（这是法国荣誉团勋章），腋下夹着帽子，一面戴着手套，一面走上台阶。他站住了，环顾着，他的目光使他四周的一切都明亮起来了。他向将军们当中的人说了几句话。他还认出了罗斯托夫的老师长，向他微笑了一下，把他叫到自己面前。

所有的侍从官都后退了，罗斯托夫看见这个将军向皇帝说了很久的话。

皇帝向他说了几句话，向前走了一步，以便上马。一群侍从官和街头群众——罗斯托夫也在内——又向皇帝靠近了。皇帝站在马前，手扶马鞍，向着骑兵将军大声地说话，显然希望大家都听到他的话。

“我不能够，将军，我不能够，因为法律比我更有力量。”皇帝说过，便抬脚上镫了。

将军恭敬地低下了头。皇帝上了马，在街上奔驰而去。罗斯托夫高兴得发狂，随着群众跟着他跑。

21

在皇帝所去的广场上，卜来阿不拉任斯克的一个营在右边，戴熊皮帽的法国禁卫军的一个营在左边——两个营面对面站着。

当皇帝骑马来到举枪敬礼的两营兵士的这一头时，另一群骑马的人跑到两营兵士的那一头，罗斯托夫认出了，在他们前面的是拿破仑。这绝不会是别的人。他骑马奔驰而来，戴着小帽子，挂着圣·安德来绶带；在白背心外边穿着敞开的蓝军服，骑了一匹极好的纯种的阿拉伯灰马，坐在绛色绣金的鞍褥上。到了亚力山大面前，他揭起帽子，从这个动作上罗斯托夫的骑兵眼睛不能不注意到，拿破仑在马上的姿势很糟，并且坐得不稳。各营呼喊乌拉和Vive l'Empereur〔皇帝万岁〕。拿破仑向亚力山大说了什么。两个皇帝下了马，互相握手。拿破仑的脸上露出令人讨厌的做作的笑容。亚力山大带着亲切的表情向他说着什么。

虽然有法国宪兵的马匹踏着蹄子阻挡群众，罗斯托夫却目不转睛地注意着亚力山大皇帝和保拿巴特的每一动作。使他觉得意外惊讶的，是亚力山大把自己当作和保拿巴特平等的人，而保拿巴特十分自如地以平等的身份对待俄国的沙皇，好像和皇帝在一起对于他是很自然、很习惯的。

亚力山大和拿破仑带着一长列侍从走到卜来阿不拉任斯克营的右翼，正对着站在那里的群众。群众是料想不到会离皇帝们那么近，站在前列的罗斯托夫生怕被人认了出来。

"Sire, je vous demande la permission de donner la Légion d'honneur au plus brave de vos soldats.〔陛下，我请你允许我将荣誉团勋章给你的最勇敢的兵。〕"有个人用尖细的嗓音一字一句地说。

这是矮小的保拿巴特对直地仰视着亚力山大的眼睛说的。亚力山大注意地听着他向他所说的话，点了点头，愉快地微笑了一下。

"A celui qui s'est le plus vaillamment conduit dans cette dernière guerre.〔给那个在上次战争里作战最勇敢的人。〕"拿破仑补充说，说出每一个音节，带着令罗斯托夫感到愤慨的那种镇静和确信的神情，看着在他面前挺直身子的俄兵的行列，他们都举枪敬礼，眼睛不动地望着本国皇帝的脸。

"Votre majesté me permettra-t-elle de demander l'avis du colonel?〔陛下准许我探问上校的意见吗？〕"亚力山大说，向营长考斯洛夫斯基公爵面前很快地走了几步。

保拿巴特这时候开始从白白的小手上脱下手套，扯破了一只手套，把它抛掉了。一个副官赶快从后边走到前面，把它拾了起来。

“给谁？”亚力山大皇帝用俄语低声地问考斯洛夫斯基。

“陛下吩咐给谁就给谁。”

皇帝不满意地皱了皱眉，环顾了一下，说：

“但是我们一定要给他回话的。”

考斯洛夫斯基带着坚决的神情环顾了各个行列，连罗斯托夫也没漏掉。

“不会是我吧？”罗斯托夫想。

“拉萨来夫！”上校皱了皱眉，发出命令；于是行列中第一个兵，拉萨来夫，敏捷地走出来了。

“你走到哪里去？就站在这里！”许多人向拉萨来夫低低地说，他不知道他要走到哪里去。拉萨来夫向上校惊惶地侧视了一下，便站住了，他的脸上颤抖了一下，这是被叫到行列前面去的兵士们所常有的。

拿破仑把头微微向后转了一下，把他的肥胖的小小的手伸到后边，似乎想拿什么。他的侍从里的人，在同一秒钟里便猜到了他要什么，他们忙起来了，低语着，互相传递着一件东西，于是一个侍从，就是罗斯托夫昨晚在保理斯那里看见的那个人，跑上前，恭敬地伸出手，弯下身子，连一秒钟也没有让这只手等待，便放了一个红绶带的勋章在这只手里。拿破仑看也不看，捏了两个手指，勋章便夹在两指之间了。拿破仑走到拉萨来夫面前，他却瞪着眼，继续固执地只看着本国皇帝的脸。拿破仑回头看了看亚力山大皇帝，借此表示，他现在所做的事，是为了他的同盟者而做的。小小的白白的手拿着勋章，碰到兵士拉萨来夫的衣扣。好像拿破仑知道，只需他的手，拿破仑的手，惠然地碰到兵士的胸口，这个兵便永远幸福，得到奖赏，比世界上所有的人都高出一等。拿破仑刚把十字勋章放在拉萨来夫的胸前，便放了手，转身面向亚力山大，好像他知道，这个十字勋章一定会粘到拉萨来夫的胸上。十字勋章果然粘上了。

俄国的和法国的效劳者的手，立刻接住了十字勋章，把它挂在军服上。拉萨来夫愁闷地瞥了瞥那个有白手的、对他做了什么事情的矮子，继续不动地行着举枪礼，又对直地望着亚力山大的眼睛，好像是问亚力山大：他还应该站着呢，还是让他现在走开呢，还是要他做点别的事呢？但是他没有得到命令，他在这种动也不动的姿势中停留了很久。

皇帝们上了马走了。卜来阿不拉任斯克的兵士们散队了，和法国的禁卫军兵士们混杂在一起，坐在为他们预备的桌子前。

拉萨来夫坐在荣誉座上，俄国和法国的军官们抱他、贺他、和他握手。成群的军官和民众们跑来，只是要看看拉萨来夫。俄语、法语的话声和笑声在广场上的桌子周围响起。两个得意的、快乐的军官，面孔发红，从罗斯托夫面前走过去了。

“老兄，你觉得酒席怎么样？都是银碟子，”有一个说，“你看见了拉萨来夫吗？”

“看见了。”

“据说，明天卜来阿不拉任斯克团要请他们。”[①]

“啊，拉萨来夫多么幸福啊！一千二百法郎的终身津贴。”

“看呀，这样的帽子，弟兄们！”一个卜来阿不拉任斯克的兵，戴着法兵毛茸茸的帽子大叫。

“非常好，好极了！”

“你听到回应的口令吗？”禁卫军军官向另一人说，“前天是Napoléon, France, bravoure;〔拿破仑，法兰西，勇敢；〕昨天是Alexandre, Russie, grandeur;〔亚力山大，俄罗斯，伟大；〕一天是我们的皇帝发口令，一天是拿破仑发。明天皇帝要送圣·乔治勋章给法国禁卫军的最勇敢的兵，不送不行的。一定要作同样的回礼。”

① 毛注：托氏所写很近史实，但关于普鲁士国王受辱一点则未提及。他也没有写出俄军方面未能同样地回请法军，因为没有银碟子，俄皇虽愿出重价，也买不着。

保理斯和他的同事冉林斯基也来看卜来阿不拉任斯克团的宴会。保理斯回去时，看见罗斯托夫站在屋子的角上。

“罗斯托夫？你好，我们没有碰见你。”他向他说，并且不能克制自己不问他发生了什么事；罗斯托夫的脸是那么异常地愁闷而不安。

“没有什么，没有什么。”罗斯托夫回答。

“你要来吗？”

“是的，我来。”

罗斯托夫在屋角站了很久，远远地望着宴会。他的脑子里出现了苦恼的情绪，他无法使它终止。他心中起了可怕的怀疑。时而他想起皆尼索夫、他的改变了的表情、他的屈服，想起整个的医院、断下的手脚、那种污秽与疾病。他那么逼真地觉得，他现在闻到了医院中死尸的气味，因而他环顾着，以便明白，从哪里发出了这种气味。时而他想起那个得意扬扬的拿破仑和他的白白的小小的手，他现在是皇帝了，他受到亚力山大皇帝的欢喜和尊敬。为什么会有那些被截掉手脚和被打死的人呢？时而他想起受赏的拉萨来夫和受罚的未被饶恕的皆尼索夫。他发觉自己有了那些奇怪的思想，他觉得害怕了。

卜来阿不拉任斯克兵士们的菜的香味和他的饥饿，使他摆脱了这种恐惧心情。他觉得在动身之前应当吃点什么。他走进他早上看见的那家饭店。在饭店里他看见了那么多的人，那么多同他一样地穿着便衣来到这里的军官们，他好不容易才吃到饭。两个本师的军官和他在一起。他们的谈话自然而然地转到和平上面去了。军官们，罗斯托夫的同事，和大部分的军人一样，不满意弗利德兰战役之后所签订的和约。他们说，若能再坚持一下，拿破仑便要失败了，他的军队既没有了粮食，又没有了弹药。尼考拉默默地吃着，并且痛饮着。他独自喝了两瓶酒。他内心所产生的情绪没有消失，仍旧使他苦恼。他怕对他自己的思想屈服，又不能摆脱这些思想。有一个军官说，看见法国人是痛心的事，听到这话，罗斯托夫忽然带着毫无理由的怒气，开始大叫，因此使军官们很诧异。

“您怎能够批评最好的事情！”他大叫起来，他的脸部忽然充血了，“您怎能够批评皇帝的行为？我们有什么权利发议论？我们不能够了解皇帝的目的和行为！”

“但是我没有一个字说到皇帝。”军官替自己辩护着，不能够了解他发怒的原因，只好认为罗斯托夫是喝醉了。

但罗斯托夫没有听他说话。

“我们不是外交官员，我们是军人，不是别的，”他继续说，“命令要我们死——我们就得死。假使是处罚我们，那就是——我们有罪；我们不该批评。皇帝陛下愿意承认保拿巴特是皇帝，并且和他订立同盟——这就是说，应该如此。假使我们对一切都批评，议论，那么，就没有东西是神圣的了。这么一来，我们要说，没有上帝，没有一切了！”尼考拉拍着桌子大叫着，在他的交谈者看来，这是极不切题的，但是按他的思维方法来说，这是合乎逻辑的。

“我们的事情是尽自己的责任，是打仗，不是思想，就是这话。”他结束了讲话。

“喝酒吧。”一个不愿争吵的军官说。

“好，喝酒吧，”尼考拉接上去说，“哎！再来一瓶！”他大叫着。

第三部

1

一八〇八年亚力山大皇帝到厄尔孚特去和拿破仑皇帝重新会面，在彼得堡的上层社会里，有许多人说到这个隆重会晤的伟大意义。

一八〇九年，被称为世界上的两个巨头的拿破仑和亚力山大之间的亲密竟达到了那样的程度：当拿破仑在这一年向奥国宣战时，俄国的一个军团开到国外去和从前的敌人拿破仑合作，反对从前的同盟者奥国皇帝；在最上层社会里说到拿破仑和亚力山大皇帝的姊妹之一联姻的可能。但是，在外交政策问题之外，这时俄国社会的注意是特别关切地集中在政府各部门所进行的内政改革上。

同时，人们的生活——人们现实的生活，带着他们对于健康、疾病、劳作、休息等主要的兴趣，带着他们对于思想、科学、诗歌、音乐、爱情、友谊、仇恨、热情等兴趣——却过得和素常一样，和俄国对拿破仑·保拿巴特的政治亲密或仇恨和一切可能的改革毫不相干。

安德来公爵在乡间从不离开地一连过了两年。彼挨尔在他的田庄上所举办的那些事业，没有得到任何结果，他不断地丢下这件事又做那件事——这些事情，安德来公爵却都做到了，他没有向任何人说出，也没有明显的困难。

他高度地具备了彼挨尔所缺少的那种实事求是的耐心，这种耐心没有使他感到麻烦和费劲，就把事情推动了。

在他的一个田庄上，三百个农奴变成了自由的农民（这是俄国最早的例子之一），在别的一些田庄上用免役税代替了强制劳动。在保古恰罗佛，他用自己的钱请了个受过训练的产婆帮助产妇们，用薪金聘了一个神甫教导农奴和家奴的孩子们读书识字。

安德来公爵一半的时间在童山陪他父亲和他儿子，儿子还由保姆们照料；另一半的时间在保古恰罗佛的僧院，他父亲这么称他的村子。虽然他向彼挨尔表示过，他对于一切外界世事漠不关心，实际上却关心地注意它们，收到许多书籍，并且他自己也诧异地发觉到：在刚从彼得堡、从生活的旋涡里出来的人们，来看他或者他的父亲时，这些人所知道的国外和国内政治方面的事情，还远不如安居不动地住在乡间的他本人。

除田庄上的事务和阅读各种各样的书籍之外，安德来公爵这时还对于我军最近两次不幸的战争在作批评的研究，在草拟关于修改我国军事条例和法规的意见书。

一八〇九年春，安德来公爵去看他儿子的锐阿桑田庄，他是他儿子的监护人。

他坐在篷车里，身子被春天的太阳晒得发暖，望着初生的草，初出的桦树叶和飘浮在明亮蓝空中的初春的白云朵。他没有想到任何事情，却愉快地茫然地望着两边。

他们渡过了河，一年前他曾经在这里同彼挨尔谈过话。他们走过泥泞的村庄、打谷场、冬麦的绿畴，经过桥旁有积雪的下坡，经过被水冲走泥土的上坡，经过有残株的、有几处长着发绿的矮树的田地，走进了道路所穿过的桦树林里。树林里几乎是很热了，没有一点儿风。桦树长出绿色的、粘汁的叶子，一动也不动，绿色的新草和淡紫色的花朵从上年的落叶下边钻出来，并且将它们掀起。散布在桦树间的小枞树，由于它的难看的常绿的颜色，还显出了令人不愉快的冬天色调。马进了树林就喷鼻子，并且更加出汗了。

听差彼得向车夫说了什么，车夫同意地回答着。但显然彼得觉得车夫的同情还不够，他在驾驶台上向主人回过头来。

“大人，多么爽快啊！”他恭敬地微笑着说。

“什么？”

“爽快，大人。”

“他在说什么？”安德来公爵想，“是的，大概是关于春天，”他想着，看着两边，“真的，一切都已经发青了……多么早啊！桦树、野樱桃树、赤杨已经发芽了……但我还没有看见橡树。哦，橡树在这里！”

路旁有一棵橡树。它大概比树林里的桦树老九倍，大九倍，高一倍。这是一棵巨大的、两人才能合抱的橡树，有些树枝显然折断了很久，破裂的树皮上带着一些老伤痕。它像一个老迈的、粗暴的、傲慢的怪物，站在带笑的桦树之间，伸开着巨大的、丑陋的、不对称的、有瘤的手臂和手指。只有这棵橡树，它不愿受春天的蛊惑，不愿看见春天和太阳。

“春天，爱情，幸福！”似乎这棵橡树在说，“您还不讨厌那老是不变的、愚蠢的、无意义的欺骗吗？老是一样的，全是欺骗！没有春天，没有太阳，没有幸福！看吧，那里的被摧残的、总是一样的、死气沉沉的枞树，看吧，我伸出我的折断的、破碎的手指，从它们长出的地方——从后边，从旁边——伸出来；因为它们长出来了——所以我也站着，我不相信您的希望和欺骗。”

安德来公爵经过树林时，向这棵橡树回顾了好几次，好像是对它期待着什么。在橡树下边也有花草，但它仍然皱着眉，不动地、丑陋地、固执地站在它们当中。

“是的，它是对的，这棵橡树是一千次对，”安德来公爵想，“让别的年轻的人们重新受到这个欺骗，但我们认识生活——我们的生活完结了！”一整串新的、与这棵橡树有关的、绝望的、但悲哀而又愉快的思想，在安德来公爵的心中出现了。在这次旅行的时候，他似乎重新考虑了他的全部生活，并且得到了和从前一样的又是安慰的又是绝望的结论，就是他无须开始做任何事情，他应该过完他自己的一生，不做坏事，不忧虑，也不抱有任何希望。

2

为了锐阿桑田庄上监护的问题，安德来公爵必须去会本县的贵族代表。这人是伊利亚·安德来伊支·罗斯托夫伯爵，安德来公爵在五月中去看他。

已是春季里热的时候了。森林全披上了绿装，路上灰尘很大，并且天气热得叫人走过水塘边便想洗澡。

安德来公爵，一面不愉快地、挂心地想到他应该向贵族代表问些什么关于事务上的话，一面在车上顺着花园的路径向奥特拉德诺的罗斯托夫家的房子驶去。在右首树木后边，他听到了女人的、愉快的叫声，看见了在他车前横跑过去的一群姑娘。在顶前面最靠近的一个黑发的、很瘦的、异常瘦的、黑眼的姑娘向车子跑来，她身穿黄色印花棉布衣服，头扎白头巾，在头巾下边露出松下来的发绺。这个姑娘喊叫了一声，但是认出了是生客，便没有看他，带着笑声跑回去了。

安德来公爵忽然因为什么觉得心里难过。天气是那么好，太阳是那么明亮，周围的一切是那么愉快；但那个瘦瘦的漂亮的姑娘不知道、也不想要知道有他这个人，她对于她个人的——大概是愚笨的然而愉快的、幸福的生活，感到满意和高兴。“她为什么那么高兴呢？她在想什么呢？不是关于军事条例，不是关于锐阿桑农奴免役税的处理。她在想什么呢？她为什么这么快乐呢？”安德来公爵不觉地、好奇地问他自己。

伊利亚·安德来伊支伯爵在一八〇九年住在奥特拉德诺，完全和从前一样，即是用狩猎、演戏、宴会、演奏招待几乎全省的人。他欢迎安德来公爵，正如同他欢迎任何新的客人一样，并且几乎是强迫地留他过夜。

在这无聊的一天中，招待安德来公爵的，有年老的男女主人和客人中最尊贵的人，因为快要来到的命名日，老伯爵的家里住满了客人，在这一天中，安德来·保尔康斯基有好几次窥见幼辈当中因为什么缘故发出笑声的开心的娜塔莎，他每次都问他自己："她在想什么呢？她为什么那么高兴？"

晚间，剩下他一个人在陌生地方，他好久还睡不着觉。他看书，后来熄掉蜡烛，但是又把它点着了。里面的窗子关闭着，房间里很热。他讨厌这个愚蠢的老人（他这么称呼罗斯托夫），他留住了他，向他断言，城里必要的文件还没有到，他恼恨自己留了下来。

安德来公爵起来了，走到窗前去开窗子。他一打开窗子，月光就射进了房里，好像它是早就在窗外守候着的。他打开了窗子。夜是清凉、寂静、明亮的。正在窗子前面，有一排剪顶的树，一边是黑暗的，一边是银色的明亮的。在树下是某种多汁的、潮湿的、枝叶繁茂的植物，它的叶子和茎干有些地方是银色的。在黑暗的树那边稍远的地方，是一个有露水闪光的屋顶，右边是一株枝叶茂盛的大树，它的枝干是明亮发白的，在它上面，在晶莹的、几乎无星的、春季的天空中，是一轮几乎团圞的明月。安德来公爵把胳膊支在窗台上，他的眼睛注视着天空。

安德来公爵的房间是在当中的一层；在上面的房间里住了人，也没有睡。他听到上边女子的话声。

"只再唱一次。"上边女子的声音说，安德来公爵立刻辨出了这个声音。

"你要什么时候才睡呢？"另一个声音回答。

"我不要睡，我不能睡，要我怎么办！来，最后一次……"

两个女子的声音唱了一个乐节，这是一个歌的结尾。

"啊，多么美妙！好，现在睡了吧，完了。"

"你睡，我不能够睡。"头一个人的声音在窗子旁边回答。她显然把头完全伸在窗外，因为可以听到她的衣服声，甚至她的呼吸声。一切都安静了，像石头一样了，就像月亮、月光和影子那样。安德来公爵不敢动弹，怕暴露了他无心的在场。

“索尼亚！索尼亚！”又听到头一个人的声音说，“哦，怎么能够睡觉！你看，多么美妙啊！看，多么美妙啊！起来吧，索尼亚，”她几乎带着眼泪地说，“要知道，这样美妙的夜色是从来没有过，从来没有过的。”

索尼亚勉强地回答。

“啊，你看，多么好的月亮！……啊，多么美妙！你到这里来。心爱的，亲爱的，到这里来。哦，你看见吗？在这里，这样蹲下来，就是这样，抱住自己的膝盖——抱紧，尽量地抱紧——要用力一跳就飞上天了。就这样！”

“当心啊，你会跌下去的。”

传来了争执声和索尼亚的不满意的声音：“已经一点多钟了。”

“啊，你只会破坏我的一切。好吧，去睡吧，去睡吧。”

一切又都平静下来，但是安德来公爵知道她仍然坐在那里。他听到时而出现的轻轻的响声，时而发出的叹气声。

“啊，我的上帝！我的上帝！这是怎么回事！”她忽然叫起来。“睡就睡吧！”她砰的一声关上了窗了。

“看来，她还没有察觉我在这里！”安德来公爵在听她说话时这么想，他不知为了什么又希望她提到他，又怕她提到他。“又是她！好像是故意的！”他想。那些和他的全部生活相矛盾的青年时代的想法和希望，忽然在他心中发生了那么意外的混乱，使他觉得说不清楚自己的心情，就立刻入睡了。

3

第二天早晨，安德来公爵只和伯爵一个人告别，不等到妇女们出来，就动身回家了。

安德来公爵坐车回家，又走进了那个桦树林时，已是六月初了，在这个树林里，那棵古老多节的橡树曾经那样奇怪地深深地使他惊讶。铃声在树林里比在一个半月前更哑了；各种树都长得枝叶茂盛、浓荫蔽日；散布在林里的小枞树抽出毛茸茸的嫩芽，发出娇嫩的绿色，不但没有破坏整个树林的美，而且和整个树林的格调配合得十分和谐。

整天都很炎热，暴风雨正在酝酿着，但是只有小块的乌云洒下了雨点，落在灰土飞扬的道路上和多汁的树叶上。树林的左边被乌云的阴影遮盖着，显得异常幽暗；右边是潮湿的，明亮的，在阳光下闪耀着，被风吹得微微摆动着。一切都欣欣向荣，夜莺在啼啭，时远时近地响起回声。

“是的，在这里，那棵橡树就在这个树林里，我同情过它，”安德来公爵想，“但是它在哪里？”安德来公爵又想，望着道路的左边，欣赏着一棵橡树，他不知道也没有认出来，这就是他所寻找的那棵橡树。老橡树完全变了样子，撑开了帐幕般的多汁的暗绿色的枝叶，在夕阳的余晖下轻轻摆动着，昂然地矗立着。既没有生节瘤的手指，也没有瘢痕，又没有老年的不满与苦闷——什么都看不见了。从粗糙的、百年的树皮里，长出了一片片没有枝干的多汁的幼嫩的叶子，使人不能相信这棵老树会长出这样的树叶。

“不错，就是那棵橡树。”安德来公爵想，他突然产生了一种不知从何而来的春天独有的快乐和清新的感觉。同时，他忽然想起了生活中一切最好的时光。奥斯特理兹和高高的天空，死去的妻子的谴责的面孔，在渡船上的彼挨尔，因为夜色的美而感到兴奋的姑娘，那个夜晚和月亮——这一切他都忽然想起来了。

“不，生活并不在三十一岁结束，”安德来公爵忽然最后地、断然地作出结论，“单是我知道我心中所有的一切是不够的，一定要大家都知道这个：彼挨尔和那个想要飞上天的姑娘也在内，一定要大家都知道我，要我的生活不只是为了我自己，要他们的生活不是和我的生活那么毫不相干，要我的生活在大家的身上反映出来，要他们和我在一起生活！”

旅途归来时，安德来公爵决定了在秋天到彼得堡去，并且想出了这个决定的各种理由。一系列合理的、很有逻辑性的理由，时时准备着为他效劳，说明为什么他一定要到彼得堡去，甚至要服役。他现在甚至不明白，他怎么会一度怀疑在生活中必须从事积极的活动，正如同一个月之前，他不明白，他怎么会想到要离开乡村。在他看来，这是很明显的，假使他不把生活经验用在实际工作上，他不在生活中重新从事积极的活动，则他的全部生活经验都是毫无用处、毫无意义了。他甚至不明白，从前怎么会在同样薄弱的理论基础上显然觉得：假使那时，在他受到生活上的教训之后，他再相信他能于人有益，相信幸福与爱情的可能，便是贬损他自己。现在理性提示了完全相反的理由。在这次的旅行之后，安德来公爵开始觉得在乡村无聊，从前的事务不再使他发生兴趣，并且独自坐在书房中时，他常常站起来，走到镜子面前，许久地望着自己的面孔。然后他转过身来，望着过世的莉萨的画像，她梳着à la grecque〔希腊式的〕蓬松的鬈发，在金框子里亲切地、愉快地望着他。她已经不向丈夫说从前的那些可怕的话了，她简单地、愉快地、好奇地望着他。安德来公爵把手反抄在背后，在房里走了很久，忽而皱眉，忽而微笑，思索着那些没有道理的、不可用言语表达的、好像犯罪般秘密的念头，它们和彼挨尔、和荣誉、和窗前的姑娘、和橡树、和妇女的美丽、和爱情有关，并且改变了他全部的生活。在这种时候，要有谁进去看他，他便显得特别冷淡、严厉、坚决，尤其是，令人不快地表现他的逻辑性。

“我亲爱的，”玛丽亚公爵小姐在这种时候进来时，便要说，“尼考卢施卡今天不能散步了：天气很冷。”

“假使天气暖和，”在这种时候，安德来公爵便特别冷淡地回答他的妹妹，“他就穿一件衬衫出去，但是因为天气冷，应当替他穿上暖一点的衣服，衣服是为了御寒才发明出来的。就是因为寒冷才要这样，不是要在小孩需要新鲜空气时，把他留在家里。”他说得很合情合理，似乎是因为那种秘密的、不合逻辑的、在他心中发生的内在的情绪而指责什么人。

玛丽亚公爵小姐，在这种时候便会想到，这种脑力工作会使男子们变得冷淡。

4

安德来公爵在一八〇九年八月到了彼得堡。这时候年轻的斯撒然斯基[①]的名望达到了绝顶，他在改革运动方面的活动也最起劲。就在八月里，皇帝乘车出行时，坠车伤了腿，在彼得高夫住了三周，每天只和斯撒然斯基一个人见面。在这个时期，不但准备了两个那么有名的、轰动社会的命令[②]——要废除朝廷的品级，要考试八品官和政府顾问[③]，而且还有整部的国家宪法，这个宪法要改变俄国政府——自枢密院至乡区政府——现有的司法、行政及财政制度。现在，亚力山大皇帝即位时所有的那些含糊不清的、自由主义的幻想都实现了，具体化了，这是他借助于他的赞助人恰尔托锐示斯基、诺佛西操夫、考丘别和斯特罗加诺夫而力求实现的，他自己说笑话时称他们为comité du salut publique〔社会救济委员会〕。

现在，斯撒然斯基在内政上，阿拉克捷夫[④]在军事上代替了所有的

① 毛注：M. M·斯撒然斯基伯爵（1772—1839），是俄国改良主义的政治家，拿破仑曾经称他为俄国的唯一的头脑清楚的人。

② 毛注：除了朝廷的纯然形式的改变和纳贿获得奖状外，毫无效果。

③ 毛注：这是文官十四品中第六品和第五品，相等于陆军中的中校和上校。

④ 毛注：A·阿拉克捷夫伯爵（1769—1834）在一八〇三年后是炮兵总监，他在炮兵方面的改组，对一八一二年俄军的胜利颇有贡献。一八〇八年做陆军部长。他所创办的军事殖民很扰民，结果完全失败了。托尔斯泰不满意他，在书中各处表示出来。

人。安德来公爵到了不久，即以御前侍从的身份，在朝廷里和朝会上出现了。皇帝遇见他两次，却一句话也不愿向他说。安德来公爵以前一向就觉得，皇帝讨厌他，皇帝讨厌他的脸和他整个的人。在皇帝对他的冷淡疏远的目光中，安德来公爵发现了他这个假定比以前更有充分的证明。朝臣们向安德来公爵说明，皇帝对他的疏淡，是因为陛下不满意保尔康斯基在一八〇五年以后没有服兵役。

“我自己知道，我们不能够控制自己的爱好与憎恶，”安德来公爵想，“因此用不着想到把我的关于军事条例的意见书当面呈给皇帝了，但事实自会明白的。”他向一位老元帅，他父亲的朋友，提到他的意见书。这位老元帅和他约定了见面的时间，亲切地接待了他，并且答应启奏皇帝。几天之后，安德来公爵接到通知，要他去见陆军大臣阿拉克捷夫伯爵。

在约定的那一天上午九时，安德来公爵到了阿拉克捷夫伯爵的接待室。

安德来公爵不认识阿拉克捷夫本人，从来没有看见过他，但他所知道的关于他的一切，并不引起他对于这个人的敬意。

“他是陆军大臣，是皇帝陛下所信任的人；我们用不着过问他个人的品行；他奉令审查我的意见书，因此只有他一个人能够处理它。”安德来公爵想，他和许多重要的以及不重要的人一同在阿拉克捷夫伯爵的接待室等候着。

安德来公爵在他服务的时期——大部分时间是做副官——看见过许多要人的接待室，这些接待室的各种性质是他很明白的。阿拉克捷夫伯爵的接待室有一种十分特别的性质。在阿拉克捷夫伯爵的接待室中，等着轮流接见的不重要的人们的脸上，显出了羞惭和卑屈的神色；大官们的脸上只显出了同样的难为情的感觉，它被个人的毫不介意和对于自己、对于自己地位、对于所等待的人的嘲笑掩饰起来了。有的人沉思地来回走动，有的人低语着发出笑声，安德来公爵听到西拉·安德来伊支[①]这个sobriquet〔诨名〕，和这句话：“叔叔要责罚的。”这都是指阿拉克捷夫伯爵而言的。一个将军（要人），显然因为等得太久而生气了，轮换地架着腿坐着，轻视地对自己微笑着。

但是门一开，所有的面孔上就立刻显出一种恐惧的神情。安德来公爵请值班的副官再替他通报一次，但副官嘲笑地看了看他，并且说，就会按时轮到他的。在副官把几个人领进又领出大臣房间之后，一个军官被引进了那道可怕的门，他的卑屈惊惶的神情令安德来公爵惊讶了。接见这个军官的时间很久。忽然从门里面传出了不愉快的吼声，于是那面色发白的军官，嘴唇发抖，走了出来，抱着自己的头，穿过了接待室。

在这之后，安德来公爵被领到门前，值班副官低声说：“右边，向着窗子那里。”

安德来公爵走进简单整洁的房间，看见了桌旁的一个四十岁的人，高高的个，长长的头，头发剪短了，脸上皱纹深深的，在褐绿的愚钝的眼睛上边蹙着眉毛，红鼻子凸出着。阿拉克捷夫没有望他，把头向他转过来。

“您要求什么？”阿拉克捷夫问。

“我不……不请求什么，大人。”安德来公爵低声说。

阿拉克捷夫的眼睛向他转过来。

“坐下，”阿拉克捷夫说，“保尔康斯基公爵吗？”

“我不请求什么，但蒙皇帝陛下把我所呈的意见书交给了大人……”

“您知道，我亲爱的，我看过您的意见书了。”阿拉克捷夫插言说，他只和善地说了前面几个字，便又不望着他的脸，说话的口气越来越显得埋怨，越来越显得轻视他了，“您提出新的军法吗？法律很多，没有人执行旧的法律。现在大家都写法律，写比做容易。”

① 西拉·安德来伊支的意思是权力或力量，这是说话人对阿拉克捷夫的性格的看法。

“我奉皇帝陛下的意思来大人这里探听，您对于我所呈的意见书打算怎么处理。”安德来公爵恭敬地说。

“对于您的意见书我已经有了批语，并且送到委员会里去了。我不赞同。”阿拉克捷夫说，站起来，从写字桌里取一张纸，“看吧。”他递给了安德来公爵。

纸上的字是横写的，没有大写字母，拼写不正确，也没有标点符号。“轻率地写成因为这是模仿法国军事法规拟定的，并且不需要违背现有军法。”

“意见书交给了什么委员会呢？”安德来公爵问。

“交给了军事法规委员会，我推荐了您阁下做委员。但是没有薪俸。”

安德来公爵微笑了一下。

“我并不想做。”

“无薪的委员，”阿拉克捷夫再说，“我很荣幸。哎！去叫！还有谁？”他一面向安德来公爵鞠躬，一面大声地说。

5

安德来公爵等候着发表他做委员会的委员，拜访了他的旧友们，特别是那些他知道有力量的并且能够帮他忙的人。现在他在彼得堡，感觉到类似他在战争的前夜所感觉到的那种情绪：一种令人不安的好奇心使他苦恼，最高的阶层不可抵抗地吸引着他，有关千百万人民的命运的未来，就是由这个阶层来决定的。由于年长者的愤怒，由于局外人的好奇，由于局内人的谨慎，由于大家的忙碌与焦虑，由于无数的委员会——他每天知道有新的委员会成立——他觉得，现在一八〇九年，在彼得堡这里，正在准备一个大规模的国内的战争，它的总司令是他不认识的、神秘的、他觉得是天才的人物——斯撇然斯基。

他所模糊地知道的这种改革运动，以及主要的发起人斯撇然斯基，开始那么热切地引起他的兴趣，以致军事法规问题在他心中立刻处于次要的地位了。

安德来公爵处在最有利的地位上，他受到当时彼得堡社会各方面最上层团体的欢迎。改革派热烈地欢迎他，拉拢他，第一，因为他有聪明与博学的名誉，第二，因为他由于解放农奴而获得自由主义者的声名。不满意的旧派非难改革，只把他当作他父亲的儿子，希望获得他的同情。妇女团体、社交界，热烈地欢迎他，因为他是一个有财产、有地位的配偶，并且几乎是一个新人，具有一道关于他的臆测的死亡和妻子悲惨的结局的传奇光轮。此外，所有从前认识他的人，对于他的一般的意见是这样的，说他在这五年之中大大变好了，变温和了，变老成了，说他没有了从前的矫揉、骄傲和嘲讽，却有了随年龄而来的镇静。他们谈到他，对他发生兴趣，都希望看见他。

会见阿拉克捷夫伯爵的次日晚间，安德来公爵在考丘别伯爵家。他向伯爵说到他和西拉·安德来伊支的会面（考丘别带着安德来公爵在陆军大臣的接待室里，所注意到的那种同样的不确定的嘲讽的口气，称呼阿拉克捷夫的诨名）。

"我亲爱的，甚至在这件事情上您也少不了米哈伊·米哈洛维支。C'est le grand faiseur.〔他事事过问。〕我要向他说。他答应了晚上来……"

"斯撇然斯基和军事法规有什么关系呢？"安德来公爵问。

考丘别微笑了一下，摇了摇头，好像诧异保尔康斯基的单纯。

"我前天同他说到您，"考丘别继续说，"说到您的自由农民……"

"是的，公爵，是您解放了您的农奴吗？"叶卡切锐娜朝代的一位老人轻蔑地转向保尔康斯基说。

"小田庄没有收入。"保尔康斯基回答，极力对他掩饰自己的行为，免得徒然地触怒那个老人。

“Vous craignez d’être en retard. 〔您怕落后。〕”老人望着考丘别说。

“有一件事情我不明白，”老人继续说，“假使给了他们自由，谁来耕地呢？规定法律容易，但管理就难了。正和现在一样，我问您，伯爵，大家都要经过考试的时候，谁来做各部局的长官呢？”

“那些考试及格的人，我想。”考丘别回答，腿架着腿，环顾着。

“有一位卜锐亚尼支尼考夫在我这里服务，他是极好的人，金子般的人，他六十岁光景了，也要去考试吗？”

“是的，这是困难的，因为教育太不普及，但……”考丘别伯爵话没有说完。

他站起身来，抓住安德来公爵的手，去迎接一个进门的、高个的、秃顶的、金发的人，他有四十岁光景，前额又大又光，长脸异常苍白。进来的人穿着蓝色礼服，颈子上挂着一个十字架，左边胸前有一枚星章。这人是斯撇然斯基。安德来公爵立刻认出了他，并且心里颤动了一下，这是在人生的重要关头所常有的。这是尊敬，是羡慕还是期望——他不知道。斯撇然斯基的全身有一种特别的风度，因此可以一下子认出来。在安德来公爵待过的团体里，他没有看见过笨拙粗鲁的人有那样的镇静和自信的表情，他没有看见过任何人在半闭的很湿润的眼睛里有那种坚决而同时又温和的目光，没有看见过毫无意义的笑容中的那种坚决的表情，没有听见过那种尖细、平滑、低柔的声音，尤其是，他没有看见过面部的那种柔和的白色，特别是那双很宽的但异常肥胖、柔软、白皙的手。这种白皙和柔和，安德来公爵只在久住病院的兵士们的脸上看见过。这是国务秘书斯撇然斯基，皇帝的报告人，是皇帝在厄尔孚特的随员，在那里他同拿破仑见过面，谈过许多次话。

斯撇然斯基不像人们在走到许多人聚集的地方时那样，不由得把眼睛从这个人的脸上移到那个人的脸上，也不急于说话。他说话很轻，只望着听他说话的人的脸，相信别人会听他说的。

安德来公爵特别留心地注意到斯撇然斯基的每句话和每个动作。人们常常是这样的，尤其是那些严格地评论身边的人的人们，安德来公爵遇上生人，特别是遇上他所闻名的像斯撇然斯基这一类的人时，总希望在这个人的身上发现完美的人品。

斯撇然斯基向考丘别说，他很抱歉，他不能到得更早，因为在皇宫中被耽搁了。他不说，皇帝耽搁了他。安德来公爵注意到了这种礼节上的矫饰。当考丘别向他介绍安德来公爵时，斯撇然斯基带着同样的笑容，迟缓地把目光移到保尔康斯基身上，并且开始沉默地望着他。

“我很高兴认识您，我和别人一样久仰大名。”他说。

考丘别说了几句关于阿拉克捷夫接见保尔康斯基的事。斯撇然斯基更明显地微笑了一下。

“军事法规委员会的主席是我的好朋友——马格尼兹基先生，”他说，清晰地说出每一音节、每一个字，“假使您愿意，我可以介绍您和他见面（他讲完这句话停了一下）。我希望，您会发觉他同情并且愿意赞助一切合理的事情。”

在斯撇然斯基的四周立刻形成了一个小圈子，那个说到自己的下属卜锐亚尼支尼考夫的老人，也向斯撇然斯基提出一个问题。

安德来公爵没有加入谈话，注意着斯撇然斯基的每一个动作，这个人不久之前还是一个无足轻重的神学校学生，而现在，在他的手里——那双又白又胖的手里——掌握着俄罗斯的命运，保尔康斯基这么想。斯撇然斯基回答老人时的那种异常的、轻视的镇静态度，使安德来公爵诧异了。他似乎是从不可测的高度上在向他说谦虚的话。当老人说话声音太高时，斯撇然斯基微笑了一下，说他不能评判皇帝所欢喜的事情的利弊。

在大家当中谈了一会，斯撇然斯基便站起来，走到安德来公爵面前，把他带到房间的另一端去了。显然是，他认为注意保尔康斯基是必要的。

“公爵，那位可敬的老人把我引入激动的谈话的时候，我没有机会和您谈话。”他说，略带轻蔑地微笑着，好像是用这个微笑暗示：他和安德来公爵都明白，刚才和他谈话的那些人都是无足轻重的。这种态度讨好了安德来公爵。"我早就知道您：第一，是由于您对于您的农奴们所做的事情，这是我们的第一个例子，对这样做最好是有更多的仿效者；第二，因为您也是一位这样的御前侍从，他们并不因为朝廷品级的新法规而觉得自己受委屈，这个法规引起了那么多的议论和批评。"

"是的，"安德来公爵说，"我的父亲不愿意我享受这种权利，我是从低的品级开始服务的。"

"尊大人是上个世纪的前辈，显然是在我们这些同时代的人之上，他们那样地指责这个只是恢复当然公正的办法。"

"但我以为，这种指责也是有理由的，"安德来公爵说，极力抗拒着他开始感觉到的斯撇然斯基的势力。他不愿意事事都同意他，他想要反对。安德来公爵，寻常说话又轻松又好，现在和斯撇然斯基说话，觉得难以达意了。他太用心注意这个名人的性格了。

"也许是为了个人的野心。"斯撇然斯基慢慢地说出他的话。

"一部分是为了国家。"安德来公爵说。

"您是什么意思？"斯撇然斯基垂下了眼睛，慢慢地说。

"我是孟德斯鸠的崇拜者，"安德来公爵说，"他的这种思想：le principe des monarchies est l'honneur, me parait incontestable. Certains droits et privilèges de la noblesse me paraissent être des moyens de soutenir ce sentiment.〔君主国的原则是荣誉，我觉得是无可非难的。贵族的若干权利和特权，我觉得，是维持这种情感的方法。〕"

笑容在斯撇然斯基的白脸上消失了，因此他的面相好看多了。大概他觉得安德来公爵的想法是有趣的。

"Si vous envisagez la question sous ce point de vue.〔假使你从这个观点上看这个问题。〕"他开言了，显然困难地说着法语，比说俄语更慢了，但是十分镇静。他说，荣誉，l'honneur是不能够用那些对公务有害的特权来维持的；他说，荣誉，l'honneur或者是防止可耻的行为的消极概念，或者是为了获得表示荣誉的褒扬与奖赏而有的某种竞赛的原动力。

他的理论简单、扼要、明白。

维持这种荣誉的制度，竞赛的原动力，是一种类似拿破仑大皇帝的Légion d'honneur〔荣誉团〕勋章的制度，对于公务的成就是无害的，却是有助的，但这不是一种阶级的或朝廷的特权。

“我不争辩，但朝廷特权达到了同样的目的，这也是不能否认的，”安德来公爵说，“每个朝臣都认为他自己必须无愧于自己的职位。”

“但您不愿享受特权，公爵。”斯撇然斯基说，用笑容表示，他愿意有礼貌地结束那令他的交谈者觉得不舒服的争论。“假使您赏光在星期三驾临舍下，”他补充说，“我便先同马格尼兹基谈一下，再向您说那也许令您感兴趣的事情，并且，我还很想和您细谈一下。”他闭上了眼，à la française〔像法国人一样〕鞠了躬，没有道别，走出了客厅，力求不要被人注意。

6

留在彼得堡的初期，安德来公爵觉得，他在孤独生活中所形成的全部思想，被彼得堡方面令他注意的那些琐屑的事情完全遮盖了。

晚间回家时，他常常在记事册里写下四五个必要的访问和在约定钟点里的rendez-vous〔会面〕。生活的机器，日间的布置——要处处赶上时间，耗去了他大部分的精力。他没有做任何事情，甚至也没有思索任何事情，并且没有时间思索，他只是说话，有成效地说出他从前在乡村里有时间想过的事情。

他有时不满地发觉到，他在一日之间，在各团体中，重复了同样的话。他是那样地成天忙碌，弄得他没有工夫注意到，他没有考虑任何事情。

斯撇然斯基星期三在家里单独地接见保尔康斯基，和第一次同他在考丘别家会面时一样，和他真诚地谈了很久，给了安德来公爵深刻的印象。

安德来公爵认为大多数的人是可以鄙视的、无足轻重的人；他是那么想要在别人身上发现他自己努力追求的那种人品完善的活的典范，以致他轻易地相信，他在斯撇然斯基身上发现了那种十分有智慧有美德的人的典范。假使斯撇然斯基是和安德来公爵从同一社会阶级里出身的，有同样的教育和道德传统，则安德来便会立刻发现他的软弱的、常人的、非英雄的方面，但现在这种令他觉得奇怪的、合逻辑的思想习惯，因为他没有充分了解他，更加引起他对他的敬意。此外，或者因为他赏识安德来公爵的才干，或者因为他觉得必须把他争取在自己这方面，斯撇然斯基在安德来公爵的面前卖弄了他的公正的镇静的理智，并且用那种巧妙的阿谀奉承了安德来公爵，这阿谀连带着自负，包括着一种默认：认为只有他的交谈者和他自己，能够了解其余一切人的愚笨和他们自己思想的合理与高深。

在星期三晚上他们长时间的谈话中，斯撇然斯基一再地说：“我们注意到超出根深蒂固的习惯的一般水准的一切事情……”或者带着笑容说：“但我们希望，狼吃饱了，羊又不丢……”或者：“他们不能够了解这个……”并且总是带着那样的表情，好像是说：“我们：您同我，都很明白，他们是什么，我们是谁。”

这回和斯撇然斯基的第一次长谈，只在安德来公爵心中加强了他第一次看见斯撇然斯基时所有的感觉。他把他看作一个有理智的、思想清楚的、大智大慧的人，他凭能力和毅力获得了权力，并且只为了俄国的福利而运用权力。斯撇然斯基在安德来公爵的目光中正是他自己希望要做的那种人——理性地解释一切生命现象，只承认理性的事情是重要的，能够对一切的事都应用理性的标准。在斯撇然斯基的说明中，一切显得那么简单、明白，以致安德来公爵不觉地事事都同意他了。假使他反驳争辩，那只是因为他故意想要显得自己是独立的，不完全顺从斯撇然斯基的意见。一切都对，一切都好，但是只有一件事使安德来公爵惶惑：这就是斯撇然斯基的冷静的、没有神气的、不让人看透他的灵魂的目光以及他的白皙细柔的手，安德来公爵不觉地、像人们通常望有权的人的手那样望着他的手。没有神气的目光和细柔的手，不知什么缘故使安德来公爵生气了。还有使安德来公爵觉得不愉快的，就是他注意到斯撇然斯基对于人们的过分轻视和他用来支持自己意见的各种论证的方法。除了比喻，他利用各种可能的思想方法，并且安德来公爵觉得，他从这种立场到另一种立场转变得太大胆了。有时他站在实际活动家的立场上，批评空想主义者，有时他站在讽刺家的立场上，讥讽地嘲笑反对者，有时他站在严格的逻辑的立场上，有时他忽然升到玄学的领域里（这最后的论证方法，他运用的次数特别多）。他常把问题提到玄学的高度，涉及空间、时间、思想的定义，从那里得出他所需要的反证，然后又回到原来争论的立场上。

总之，斯撇然斯基的思想上的、使安德来公爵吃惊的主要特点，是他无可怀疑地、不可动摇地相信理性的力量和权威。显然，斯撇然斯基从来不会产生那种在安德来公爵看来是很寻常的思想，即人总不能表现出他所想到的一切；并且他从来没有想到过他所思索的一切，他所相信的一切，是否毫无意义。正是斯撇然斯基的这种特别的思想习惯，最吸引安德来公爵的注意。

安德来公爵在他和斯撇然斯基结识的初期，对斯撇然斯基怀着热烈的羡慕之情，好像他一度对于拿破仑所怀有的一样。斯撇然斯基是神甫的儿子，许多愚蠢的人也许因为他是教士儿子和神甫儿子而轻视他，事实上许多人是如此的，这件事使安德来公爵特别注意自己对于斯撇然斯基的感情，并且不觉地在他自己心中加强他对斯撇然斯基的好感。

保尔康斯基在他家所度过的第一个晚上，斯撇然斯基谈起过法规编纂委员会，便嘲讽地向安德来公爵说，法规委员会存在了一百五十年，耗费了无数的金钱，除了罗生坎卜夫在比较立法的各条上贴了标签，什么事也没有做。

“这就是政府花了无数的金钱所得的一切！”他说，“我们想要把新的司法权给枢密院，但我们没有法律。因此，公爵，像您这样的人现在不服务，真是不对。”

安德来公爵说，为了这个工作，必须有法律的知识，而这是他所没有的。

“但这是谁也没有的，那么您想要什么呢？那是一个circulus viciosus〔出不去的绝路〕，一定要从里面打开一条出路的。”

一星期后，安德来公爵做了军法编纂委员会的委员，并且，他完全没有料到，他做了法规编纂委员会中分组的主席。由于斯撇然斯基的要求，他担任编纂中的民法的第一部，他借助于《Code Napoléon》〔《拿破仑法典》〕和Justinian〔攸斯蒂尼安〕法理，从事编纂人权的部分。

7

大约两年前，一八〇七年，在他视察了田庄回到彼得堡以后，彼挨尔不觉地做了彼得堡共济会的领袖。他主持会里的聚餐会和丧仪会，招收了新会员，为各支会的团结和获得原本的会章而忙碌着。他用自己的钱建修庙宇，并尽他的力量，收集捐款，对于这个，大部分的会员是吝啬的、不按时交的。他几乎是独自用钱维持该会在彼得堡所建的贫民院。

同时他的生活依然如旧，他仍有那些嗜好和消遣。他爱盛餐、痛饮，虽然认为这是不道德的、堕落的，他却不能拒绝他所参与的单身汉团体的享乐。

在他混乱的活动和消遣中过了一年之后，彼挨尔开始觉得，他愈是力求坚固地守住他脚下的共济会地基，它在他的脚下离得愈远。同时他觉得，他脚下的地基愈向下沉，他愈是不觉地受它的拘束。当他入共济会时，他觉得自己好像一个人确信一只脚是踩在沼泽的平面上。放上了一只脚，他沉下去了。为了充分相信他脚下的地基的坚牢，他放上了另一只脚，并且沉得更深了，陷在里面了，不觉地在淹没膝盖的沼泽里行走着。

奥西卜·阿列克塞维支不在彼得堡（他最近摆脱了彼得堡会所的事务，深居简出地住在莫斯科）。所有的会友们，都是彼埃尔在日常生活中所认识的人，要他只把他们看作共济会里的会友，而不看作B公爵，或者依凡·发西利也维支·D，不看作他在日常生活中所认识的大都是软弱的无足轻重的人，是很难的。在共济会的胸帷和徽章之下，他看见了他们在生活中所力求的军服和十字勋章。常常，彼埃尔在收集捐款时，计算着收款簿上的二三十卢布，彼埃尔便想起了共济会的誓言，每个会友都许诺把他所有的一切给予别人，而这二三十卢布大都是十来个会友所还的欠账，他们当中有一半人是和他一样的富有；于是在他心中发生了许多是他极力要避免的怀疑。

他把他所认识的会友们分为四类。他认为第一类是那些不在会务上，也不在人事上作积极的活动，但只研究神秘的教会科学的会友，他们研究的问题是上帝的三重名义，或三种物质元素：硫黄、水银、盐或所罗门神庙中方形与各种图形的意义。彼埃尔尊重这一类的会友，老会友们大都属于连一类，彼埃尔觉得奥西卜·阿列克塞维支本人也在内，但是彼埃尔和他们的兴趣不一致。他的心不在共济会的神秘方面。

在第二类中彼埃尔算进了他自己，以及和他类似的会友们，都在追求、动摇，在共济主义中还没有找到直接的、可以了解的途径，但希望找到它。

在第三类中，他算进了最大多数的会友们，他们不了解共济主义的内容，只知道外表的形式和仪式，他们注重严格遵守这种外表形式，不关心它的内容与意义。维拉尔斯基甚至总会的会长都是这类人。

最后，归入第四类中的也有许多会友，特别是新近入会的人。据彼埃尔的观察，他们是不信仰任何东西、不希望任何东西的人，他们加入共济会，只是为了结交会里面很多的年轻的、有钱的、因为关系和地位而有势力的会友。

彼埃尔开始觉得他自己不满意自己的活动。他有时觉得，共济主义，至少是他在这里所认识的共济主义，只是建立在外表上的。他不想怀疑共济主义，但他疑惑俄国的共济主义是走上了错误的道路，背离了它原来的宗旨。因此他为了学习教会的高深教义，在年底到国外去了。

一八〇九年夏间，彼挨尔回到了彼得堡。俄国共济会员，由于他们和国外的通信，知道了别素号夫在国外获得了许多高级地位的人的信任，深通许多神秘，升到了高级地位，并随身带回了许多对于俄国共济会有益的东西。彼得堡的共济会员们都来看他，巴结他，并且都觉得，他隐藏着并准备着什么东西。

召集了第二级支会的隆重的集会，彼挨尔答应了在这个集会里向他们报告会里最高领袖们托他转达给彼得堡会友们的事情。这个集会是满座的。在通常的仪式之后，彼挨尔站起来，开始演说。

“亲爱的会友们，”他开始说，脸红着，口吃着，手拿着写好的演说稿，“在会所的幽静的地方奉行我们的神秘是不够的——我们必须行动……行动。我们在打瞌睡了，但我们必须行动。”彼挨尔拿起稿本开始宣读。

“为了传播纯洁的真理，取得美德的胜利，”他读着，“我们必须清除人们的成见，宣传合乎时代精神的原理，负起教养幼辈的责任，和最聪明的人们密切地结合在一起，勇敢地同时谨慎地克服迷信、无信仰、愚蠢，训练那些忠于我们的，为了一致的目标而团结的，有权力、有力量的人。

“为了达到这个目的，必须使美德的力量超过邪恶，必须努力，使正直的人，甚至在这个世界里，也能因为他的美德而获得永久的报酬。但在这些伟大的企图中，最妨碍我们的是——目前各种政治制度。在这种情形中，应该怎么办呢？欢迎革命呢？推翻一切呢？以武力驱除武力呢？……不是，我们离这个还很远。任何暴力的改革都该反对，因为在人们像他们现在这样的时候，它完全不能去除邪恶，因为智慧不需要暴力。

“本会的全部计划的基础应该是：训练那些坚决的、有德行的、因为信仰一致而结合在一起的人，这信仰就是：在各处用各种力量压制罪恶与愚蠢，保护才能与美德，从灰尘中扶起有价值的人们，使他们加入我们的会。直到那时候，我们的教会才有权力把袒护混乱的人们的手不知不觉地捆绑起来，并且要把他们毫不察觉地控制在手里。总之，我们必须建立一种普遍有力的政府，它的范围达到全世界，却不破坏公民的义务，除这种政府之外，一切其他的政府可以继续通常的职务，做一切的事情，但除了那妨害我们教会的伟大目的的事情，这目的就是，使美德战胜邪恶。这个目的就是基督教本身的目的。它教人要有智慧，要善良，并且为了他们自己的利益而遵循最善良最智慧的人们的榜样和劝导。

“在一切都沉浸在黑暗中的时候，当然单是宣扬教义便够了：真理的新颖给它特别的力量，但现在我们需要更有力量的方法。现在，被自己的感觉所支配的人，应该在美德中找到感觉上的快乐。热情是不能根除的；但是我们一定要努力使热情向着高尚的目标去发展，因此必须每个人能够在美德的范围内满足自己的热情，我们的教会必须给人达到这个目标的方法。

“我们不久便要在每个国家里有相当数目的有品德的人，他们当中每一个人又训练两个别的人，并且他们紧密地联合在一起——那时，我们的教会便能做一切的事情，它已经秘密地为了人类的福利做了许多事情。”

这篇演说不但在会里面产生了深刻的印象，而且还引起了大家的激动。大部分的会友，看到这个演说中启发主义[①]的危险计划，便对于他的演说表示冷淡，这使彼挨尔感到惊异。会长发言反对彼挨尔。彼挨尔愈益起劲地发表他的见解。这样激烈的会议是好久没有过的。他们分成了几派，有的谴责彼挨尔，批评他的启发主义；有的支持他。在这个集

① 毛注：系指一个德国的秘密教会，是Adam Weishaupt于一七七六年所创立，为半政治半宗教性的。

会里，第一次令彼挨尔诧异的，是人类见解的无限的差异，这使得任何真理在两个人的目光中不会是一样的。甚至那些似乎站在他这一方面的会员，也是按照他们自己的意思，带着他所不能同意的局限和变动来看待他的。因为彼挨尔的最大要求，就是要把他自己的思想，完全像他自己所了解的那样地传达给别人。

在集会结束时，会长恶意地、讽刺地要彼挨尔注意他的激动，并且说，不单单是对于美德的爱，还有争斗的嗜好，在指导他作争论。彼挨尔没有回答他，只简短地问到，是否接受他的提议。他们告诉他说了不接受，于是彼挨尔不等待通常的仪式结束，便离开会所回家去了。

8

彼挨尔又有了他所那么惧怕的那种苦闷。他在会所里发表了演说以后，在家里的沙发上躺了三天，不接见任何人，也不出门到任何地方去。[①]

在这时候他接到妻子的一封信，她要求他和她会面，信上说到她为他而有的悲伤，说她愿意向他献出自己整个的生命。

在信末她通知他说，她日内就要从国外到达彼得堡。

在接到这封信之后，一个是他最看不起的共济会员硬闯进来看他，把谈话引到彼挨尔的婚姻关系上，以会友的劝告态度，向他表示了意见，说他对于妻子的严厉是不对的，说彼挨尔不宽恕悔罪者，是违背了共济会的根本的原则。

同时他的岳母，发西利公爵的妻子派人来找他，要求他去看她，去谈一件极重要的事，即使是几分钟也好。彼挨尔知道了他们对他要了阴谋，他们想要他和妻子重聚，并且在他那时所处的那种心情里，他甚至不觉得这是不愉快的。他觉得反正一样。彼挨尔觉得生活中没有任何事

① 毛注：托氏自己曾经作过几次讲演，结果都没有成就。

情是意义重大的，在那时支配着他的苦闷心情的影响之下，他既不重视他自己的自由，也不重视他要处罚妻子的决心。

“没有人是对的，没有人是错的，所以她也不错。”他想。假使彼挨尔没有立刻同意和妻子重聚，这只是因为他心情苦闷，他不能够有什么行动。假使他的妻子来到他这里，他现在不会赶走她的。和彼挨尔现在所从事的事比较起来，他和妻子同住不同住反正不是一样吗？

彼挨尔对妻子和岳母都没有回答，有一天晚上很迟的时候，准备去旅行，到莫斯科去看奥西卜·阿列克塞维支。这里是彼挨尔在他的日记中所写的。

“莫斯科，十一月十七日。

“刚从恩人那里回来，我连忙写下我所体会的一切。奥西卜·阿列克塞维支生活贫困，害了三年痛苦的膀胱病。从来没 有人听到他的呻吟，或怨言。从早晨到深夜，除了他吃最简单的食物外，他都在研究科学。他亲切地接待我，要我坐在他躺着的床上；我向他作着东方与耶路撒冷武士的暗号，他同样地回答我，并且温和地微笑地问到我在普鲁士与苏格兰支会[①]里所知道的和所得到的东西。我尽我所能向他说了一切，向他说到我在彼得堡支会里所提的原则，说到我所受到的恶劣的待遇，说到我与会友们之间的关系破裂。奥西卜·阿列克塞维支沉默着思索了好久，便向我说了他对这一切的看法，这立刻向我照明了我的过去的一切和我所要走的未来的全部路线。他使我惊异的，是问我是否记得本会的三重目的：（一）保存并研究教义；（二）为了接受教义而有的自我清洗与改造；（三）通过努力争取这种清洗而改造人类。在这三者之中哪一个是最主要的，是第一个目的吗？当然是自我的改造与清洗。我们只能对着这个目标永远地努力而不受一切环境的支配。但同时，就是这个目标要求我们尽最大的努力，并且因此，当我们被骄傲引入迷

① 毛注：苏格兰支会不在苏格兰而是德国支会的名称。

途，失去了这个目标时，我们或者力求我们因为自己不纯洁而不配去接受的教义，或者力求人类的改造，而我们自己却是卑劣与堕落的榜样。启发主义不是纯粹的学说，正因为它受到社会活动的引诱，并且充满了骄傲的情绪。奥西卜·阿列克塞维支根据这个理由，批评了我的演说和我全部的活动。我在心坎里同意他。在我们的谈话涉及我的家事时，他向我说：'真正共济会员的主要责任，如同我向您说过的，是自我的改造。但我们常常以为，去除了我们生活中的一切困难，我们可以更快地达到这个目的；但正相反，阁下，'他向我说，'只有在人世的事情上，我们可以达到这三个主要的目的：（一）自我认识，因为人只能够通过比较而认识自己；（二）自我改造，只有争斗才能得到它；（三）得到主要的美德——对死亡的爱。只有生活的变化无常能够向我们表示它的空虚，能够加强我们生来的对于死亡的爱或对于重获新生的爱。'这些话尤其值得注意，因为奥西卜·阿列克塞维支，虽然身体上的痛苦很大，虽然他爱死，却从不厌倦生活。对于死，他虽然有全部纯洁和高尚的内心人格，却并不觉得他自己已经有了充分的准备。然后恩主向我充分说明了创世的大四方形的意义，并且指出三与七是一切的基础。他劝我不要断绝和彼得堡的会友们的往来，并且我在会里只负第二级的责任，要极力使会友们避免骄傲的诱惑，领他们走上真正的自我认识和自我改造的道路。此外，关于我自己，他劝我首先要注意我自己，并且为了这个目的他给了我一个稿本，就是我现在所写的这个稿本，我要写下此后我的一切行为。"

"彼得堡，十一月二十三日。

"我又和妻子同住了。岳母带着眼泪来到我这里，说爱仑在这里，又说她求我听她说话，说她是无罪的，说她因为我的遗弃而不幸，还说了许多别的。我知道，假使我一旦让自己看见了她，我便不能够再拒绝她的要求了。我在怀疑之中，不知道要去求谁的帮助和意见。假使恩人在此，他便会告诉我了。我回到自己的房间里，重读奥西卜·阿列克塞维支的许多信，想起了我同他的谈话，从这一切之中我找出了这个结论，就是我不该拒绝恳求者，应当向任何人伸出援助的手，尤其是对于一个和我有这样密切关系的人，并且我应该忍受自己的不幸。假使我为了善行而宽恕她，那么就让我和她的重聚只有一种精神的目标。我这样决定了，并且就这样写信告诉了奥西卜·阿列克塞维支。我向妻子说，我请她忘记过去的一切，请她宽恕我对她可能做过的任何错事，并且我没有要宽恕她的地方。我向她说这话，觉得很高兴。不要让她知道，我重新看见她是多么痛苦。我住在大房子里的上面房间里，并且体验到生活更新的幸福。”

9

这时候和素常一样，最上层社会在朝廷里和大舞会中聚会时，分成了几个小团体，各有各的特点。其中最大的是法国的团体，拿破仑联盟派的——路密安采夫伯爵和考兰库尔①的团体。爱仑和丈夫刚刚在彼得堡住定之后，就在这个团体里占了最重要的地位。法国大使馆的人员、很多属于这一派的、以智慧与礼貌著名的人，常来拜访她。

在皇帝们举行有名的会议时，爱仑是在厄尔孚特②，她从那里带回了她和欧洲所有的拿破仑派的名人的关系。在厄尔孚特她有了辉煌的成就。拿破仑本人，在戏院里看见了她，说到她：C'est un superbe animal.〔这是一个极漂亮的家伙。〕她以美丽雅致抬高了自己的身价，这并不使彼挨尔惊异，因为近年来她比从前更加美丽了。但使他惊异的是，

① 毛注：考兰库尔侯爵A. A·路易（1772—1827），法国将军和外交家，一八〇七年为驻俄大使。

② 毛注：地在普鲁士，一八〇八年秋，俄皇、普皇及拿破仑在此聚会。

两年来他的妻子获得了d'une femme charmante, aussi spirituelle que belle〔妩媚的妇人，又聪明又美丽〕的名声。著名的prince de Ligne〔利恩亲王〕[①]写给她许多封八页的信。俾利平保留着他的mots〔警语〕，要在别素号夫伯爵夫人面前第一次说出它们。在别素号夫伯爵夫人的客厅里受招待，被人看作智慧的证书；青年们在赴爱仑的晚会之前阅读群书，以便在她的客厅里说点什么；大使馆的秘书们，甚至大使们，向她吐露外交秘事，所以爱仑是某一种的力量。彼挨尔知道她很愚蠢，他有时带着迷惑和恐惧的奇怪心情，赴她的晚会和宴会，在这里所谈的是政治、诗歌、哲学。在这些晚会里，他所感觉的情绪，类似一个总是预料着他的骗术就会被人看破的魔术家所感觉到的那种情绪。但或者因为主持这样的客厅正需要愚蠢，或者因为被欺骗的人满意这种欺骗，骗术没有被拆穿，并且d'une femme charmante et spirituelle〔一个妩媚聪明的妇人〕的名声那么不可动摇地确定在叶仑娜·发西莉叶芙娜·别素号娃的身上，以致她能说出最俗气最愚蠢的话，而大家仍然称赞她的每一句话，在她的话里面寻找深奥的意义，而这却是她自己没有想到的。

彼挨尔正是一个显赫的、社交界的妇人所需要的那种丈夫。他是那样一个心神涣散的怪人，grand seigneur〔大绅士式的〕丈夫，他不妨碍任何人，不但不破坏客厅中高尚风格的一般印象，而且用他自己来对照妻子的优雅和机智，做了于她有利的衬托。彼挨尔在这两年之间，由于他不断地专心注意抽象的东西，由衷地轻视其余的一切，在他妻子的、他所不感兴趣的团体里，具备了那种漠不关心、满不在乎、对大家有好感的态度，但他的做法不是做作的，因此引起了别人不自觉的敬意。他进妻子的客厅，好像进戏院一样，和大家都相识，对大家是同样地高兴，对大家又是同样地淡漠。他有时参加他感觉兴趣的谈话，并且这时候，并不考虑到这里有没有les messieurs de l'ambassade〔大使馆的人

① 毛注：C. J·利恩亲王（1735—1814）生于布鲁塞尔，为军人，著作家，外交家。

员〕，喃喃地说出自己的意见，这些意见有时候完全不合乎当时的气氛。但对于de la femme la plus distinguée de Pétersbnrg〔彼得堡最出色的妇人〕的奇怪丈夫的意见，已经是那样地确定，没有人au serieux〔认真地〕注意他的怪论了。

在每天来到爱仑家的许多青年人之中，在职务上已经大有成就的保理斯·德路别兹考，在爱仑从厄尔孚特回来之后，成了别素号夫家最亲密的人。爱仑称呼他mon page〔我的侍童〕，对待他像对孩子一样。她对他的笑容，正和她对大家的笑容一样，但有时彼挨尔看到这种笑容觉得不愉快。保理斯对彼挨尔表现出特别的、尊严的、愁戚的恭敬。这种恭敬的方式也使彼挨尔不安。彼挨尔在三年之前，因为妻子带给他的羞辱，是那样地非常痛苦，因而现在他使自己避免了可能的类似的羞辱，第一个方法是他不做妻子的真正丈夫，第二个方法是他不许自己怀疑。

"不，现在她成了bas bleu〔女文士〕，她永远地摆脱了从前的迷惑了，"他向自己说，"bas bleu〔女文士〕会有情感上的迷惑，这是从来没有的，"他向自己重复着不知道从哪里学来的、他所无疑地相信的这个格言。但是，说来奇怪，保理斯在他妻子客厅中的露面（他几乎总是在这里）对于彼挨尔的身体产生影响：它束缚他的四肢，取消了他的举动上的自由和随便。

"多么奇怪的憎恶啊，"彼挨尔想，"然而从前我甚至很喜欢他。"

在社交界的眼光里，彼挨尔是大绅士，是出色的妻子的有点儿瞎眼的可笑的丈夫，聪明的怪人，不做任何事情，但也不妨害任何人，是非凡的善良的人。在这全部的时间里，彼挨尔的心中有了一种复杂的痛苦的心灵的发展，它向他展示着许多东西，并且引起他的许多精神上的怀疑与喜悦。

10

他继续写日记，这里是他这时候在日记中所写的：

“十一月二十四日。

“八时起身，读了经文，然后去办公（彼挨尔听恩人的劝告，在一个委员会中服务），回家午餐，独自吃饭（伯爵夫人有很多我不欢喜的客人），吃得喝得有节制，饭后为会友们抄曲子。晚间去见伯爵夫人，谈到关于Б的可笑的故事，直到大家都已经高声发笑时，我才想起这是不该做的。

“带着幸福的宁静的心情上床睡觉。伟大的主，帮助我沿着你的道路走吧，（一）用宁静与审慎克服怒火，（二）用自制与厌憎克服情欲，（三）避开俗务但并不抛弃自己的（a）政府职务，（b）家庭的责任，（c）朋友关系，（d）经济事务。”

“十一月二十七日。

“晚起，醒着在床上躺了很久，身子懒洋洋的。我的上帝，帮助我，加强我的力量，让我能沿着你的道路走吧，读了经文，但无应有的心得。会友乌路梭夫来，我们谈到尘世的俗事。他说到皇帝的新计划。我本要开始评论，但想起了自己的规律和我们恩人的话，他说：真正的共济会员，在需要他任职时，应该是政府中热心的人员，在他未被召用时，应该是宁静的旁观者。我的舌头是我的敌人。会友ГВ和O来访，有了关于招收新会友的预备谈话。他们让我担任指导员的职务。觉得我自己薄弱，不配。后来谈话转到神庙的七柱与阶级、七科学、七德、七恶、圣灵七赐的解释。会友O很健谈。晚间举行了入会礼。会所的新修饰，颇增观瞻的壮丽。保理斯·德路别兹考被批准入会了。我提出了他，并且我是指导员。我和他在黑暗的神庙中的全部时间里，一种奇怪情绪激动了我。我发现了我对他的仇恨情绪，我白白地努力克制它。因此我要真正希望拯救他免于邪恶，领他达到真理之路，但关于他的恶劣想法一直留在我头脑里。我想，他入会的目的只是希望接近我们会里的人，并获得他们的好感。他几次问到N和S是否在我们的会里（这个我不能够回答他），按照我的观察，他不会对于我们神圣教会怀着敬意，并且他是太忙，很满足于外表的人，因而不能希望精神的改善，除了这些理由，我没有理由怀疑他；但我觉得他不诚恳，在我和他面对面站在黑暗的神庙中的全部时间里，我觉得，他对我的话轻蔑地微笑，我确实想要把我手中所拿的对住他的剑刺进他袒露的胸口。我不善于说话，并且不能把我的怀疑坦白地告诉我的会友们和会长。宇宙的伟大建造者，帮助我寻找那走出谎言迷宫的真正道路吧！”

在这个后边，日记里有三页空白，空白之后又写了下面的：

“和会友B进行了单独的启导性的长谈，他劝我和会友A保持亲密的关系。虽然我不配，可是给我的启示却很多。阿道那伊是世界创造者的名字。爱罗伊姆是万物主宰的名字。第三个名字，不可名状的名字，是万有的意义。和会友B的谈话，使我力量加强，使我精神振作，并且使我坚决地走上善行的道路。在他面前没有怀疑的余地。我明了了可怜的尘世科学学说和我们神圣的包罗一切的教义间的差别。人文科学分割了一切去了解它，毁坏了一切去观察它。在本会的神圣科学里，万有是一，万有是在它的总和与生命中被认识的。三元——三种物质元素——硫黄、水银和盐。硫黄有油性和燃性；它与盐相合，用它的燃性在盐中引起一种要求，并借此而吸取水银，抓住它，留住它，和它共同产生各种物体。水银是流动的、飞散的、精神的物质——基督，圣灵，他。”

“十二月三日。

“醒得很迟，读了经文，但无心得。然后出去，在大厅中走来走去。想要思索，但未能如此，我的想象中映出了一件四年前的事情。道洛号夫先生在我们的决斗之后，在莫斯科和我相会，向我说，他希望我此刻享受充分的心灵安静，虽然我的妻子不在身边。我那时没有回答他。我现在想起了那次会面的详细情形，并且在我内心中向他说了最恶意的话，作了措辞尖刻的回答。直到我发觉我自己在发火时，我才冷静了，抛弃了这个想法；但没有充分地忏悔。后来保理斯·德路别兹考来，并开始谈到各种奇事；我从他一来到的时候起就不满意他的来访，向他说了一点不快的话。他反驳。我发火了，向他说了许多不快的，甚至粗野的话。他沉默了，我住口的时候，已经太迟了。我的上帝，我简直不知道怎样对待他了。这个原因是我的自大。我认为自己高于他，因此我比他更坏，因为他宽恕我的粗野，但我相反，对他怀着轻视。我的上帝，让我在他面前更加看到自己的卑鄙，并使我的行为对于他也有益吧。饭后睡觉，在我睡着了时，清楚地听到有一个声音在我左耳上说：'你的日子。'

"我梦见了我在黑暗中行走，立刻被一群狗包围了，但是我毫不畏惧；忽然一只小狗用牙齿咬住我的左腿，不让过去。我开始用双手掐它。我刚刚打退了它，另一只更大的狗又开始咬我。我把它举了起来，我举得愈高，它变得愈大愈重。忽然会友A来了，抓住我的手臂，把我带到一座屋子前，我们必须走过一条狭窄的板才得进去。我踏上了板，板弯曲了，落下来了，我于是开始爬围墙，我的手仅仅可以够到它。费了很大的劲之后，我才把自己的身子拖上去，我的腿在一边，我的上身在另一边。我回头看了一下，看见会友A站在围墙上，向我指指大路和花园，园中有一座巨大的漂亮的房子。我醒了。主啊，伟大的宇宙建造者啊！帮助我打退这条狗——我的各种情欲吧，特别是其中最后的一种，它聚合了前面各种情欲的力量；帮助我进入美德的神庙吧，我在梦中看见了它的形象。"

"十二月七日。

"我梦见奥西卜·阿列克塞维支坐在我的家里，我很高兴，并且想招待他。好像我同别人不停地说话，忽然想起来，这不会使他满意，于是我想靠近他，搂抱他。但我刚刚靠近了他，我就看见他的脸变了，变年轻了，他向我低声地说了本会教义里的东西，低得我不能听见。后来，我们都从房里走出来，好像发生了什么奇怪的事情。我们坐在，或躺在地上。他向我说了什么。我好像想要向他说出我的感觉，并且我没有听他说话，开始向我自己想象着我的内在的人的情况和上帝赐给我的恩惠。泪水在我的眼睛里出现了，我很高兴，他注意到了这个。但他恼怒地看了看我，并且跳起来，中断了他的谈话。我羞惭了，我问，他所说的话是否与我有关系；但他没有回答，对我表示亲热的样子，后来忽然我们都在我的卧室里，这里有一张双人床。他躺在床边上，我好像极其想要抚爱他，也躺下来了。他好像问我：'说老实话，您的最大的诱惑是什么？您知道它吗？我想，您已经知道它了。'我被这个问题弄得发窘，回答说，懒惰是我最大的诱惑。他不相信地摇摇头。我更窘了，回答他说，我虽然遵从他的劝告，和妻子同住，但并不像是丈夫和妻子那样。他听到这话，回答说，我不该使妻子失去我的温存，他使我觉得，这是我的义务。但我回答说，我不好意思这么做，于是忽然一切都没有了。于是我醒了，在自己的想象中发现了经文的句子：'生命是人的光。光在黑暗中发亮。黑暗不知道它。'奥西卜·阿列克塞维支的脸是年轻的、明亮的。这天我收到恩人的心，他在信中说到婚姻的义务。"

"十二月九日。

"我做梦了，我心跳着从梦中醒来。我梦见，好像我在莫斯科，在自己家里，在大起居室里，奥西卜·阿列克塞维支从客厅里走出来。好像我立刻就看出来，他已经完成了复生的过程，我跑上前迎接他。我好像吻了他，吻了他的手，他说：'你注意到没有我的脸还是那样吗？'我望了望他，继续把他抱在怀里，好像看见，他的脸是年轻的，但他头上没有头发，容貌全然不同了。好像我向他说：'即使我偶然和您相遇，我也会认出您。'同时我想：'我说的是真话吗？'于是我忽然看见，他躺着好像死尸一样，后来他渐渐恢复了原状，拿着一本用画图纸写的大书，同我走进了大书房。似乎我说：'这是我写的。'他点头回答我。我打开了书，在这本书的每一页上都有优美的图画。并且我仿佛知道，这些图画是表现灵魂和它的情人的爱情传奇。在各页之上，似乎我看见一个穿了透明的衣服、有着透明的身体、向云里飞着的少女的美丽的像。并且仿佛我知道这个女子正是‘歌中之歌’[①]的像。看着这些图画时，我仿佛觉得自己做错了，但我不能够离开它们。主啊，帮助我！我的上帝，假使是你要抛弃我，那么就实现你的意志吧；但是假使这原因是我自己，就指教我：我要怎么办吧。你若完全抛弃了我，我就要因为自己堕落而毁灭了。”

11

罗斯托夫家的经济情况，在他们住在乡间的两年之中，没有改善。

虽然尼考拉·罗斯托夫毅然地保持着自己的决心，继续在一个偏远的团里简朴地服务，花费较少的钱，而奥特拉德诺的生活情形，特别是米清卡的事务管理，却弄得债务无限制地逐年增加。显然老伯爵所想到的唯一的办法是做官，于是他到彼得堡找事去了；并且同时，照他说，最后一次让小姑娘们开心一下。

罗斯托夫一家来到彼得堡不久之后，别尔格便向韦婡求婚，他的求婚获得了同意。

虽然罗斯托夫家在莫斯科属于上层社会——他们自己并不知道这个，也没有想到他们属于何种社会——在彼得堡他们的交游是混杂的、不一定的。在彼得堡他们是外省人，罗斯托夫家在莫斯科不问他们属于何种社会，一律招待吃过饭的那些人，在这里都看不起罗斯托夫家。

罗斯托夫家在彼得堡仍旧像在莫斯科那样好客地生活着，在他家的晚餐上聚会了各种各样的人物：奥特拉德诺的邻人，无钱的老地主和女儿们，女官撇隆斯卡雅，彼挨尔·别素号夫和县邮政局长的在彼得堡做

① 即是《圣经·旧约》中的《雅歌》。

事的儿子。男子中很快地成为罗斯托夫家在彼得堡的常客的有保理斯，有被老伯爵在街上遇见了拖来家的彼挨尔，有别尔格，他整天在罗斯托夫家，并且向伯爵的大小姐韦娅表示着只有想要求婚的年轻人才能够表示出来的那种注意。

别尔格并未白白地向人显示出他在奥斯特理兹会战中受伤的右手，并且用左手拿着毫不需要的剑。他那么固执地并且那么认真地向大家说这件事，以致大家都相信他这个行为的适当和有功，于是他因为奥斯特理兹会战获得了两枚奖章。

在芬兰战争中，他也立了功。他拾起了那个打死总司令身边一个副官的榴弹碎片，把这个碎片带到了长官面前。正如同他在奥斯特理兹会战之后那样，他那么长时间地反复地告诉大家那件事，使得大家也都相信了这件事是应该做的，于是别尔格因为芬兰战争又获得了两枚奖章，[①]在一八〇九年，他是禁卫军上尉，有了勋章，在彼得堡担任一种特别有好处的职务。

虽然有几个怀疑者听人说到别尔格的功勋时便微笑，但是不能不同意别尔格是精细的、英勇的军官，得到长官的好感，是一个有道德的青年，在事业上有辉煌的前途，甚至在社会上有稳固的地位。

别尔格四年前在莫斯科一家戏院的正厅里，遇到一位同事德国人，他向这个德国人指着韦娅·罗斯托娃用德语说："Das soll mein Weib werden.〔那个姑娘要做我的妻子。〕"并且从那时候起便下了决心要娶她。现在，在彼得堡，考虑了罗斯托夫家和他自己的处境，他认为时机到了，于是开始向她求婚。

别尔格的求婚最初引起了疑惑，这对他是不体面的事。最初显得奇怪的就是，门第低微的利窝尼亚的绅士的儿子，竟向罗斯托娃伯爵小姐求婚；但别尔格的性格的主要特点，是那么单纯的、好心的利己主义，

① 毛注：一八〇八年，俄国与瑞典战争，获得芬兰。

使得罗斯托夫家不觉地想到，这会是一件好事，因为他自己那么坚定地相信这是一件好事，甚至是一件很好的事。此外，罗斯托夫家的家境很衰落，这是求婚人不会不知道的，主要是韦婠二十四岁了，她什么地方都去，虽然她无疑是美丽的、聪明的，却直到现在还没有人向她求婚。于是家里表示同意了。

“您知道，”别尔格向他的同事说，他称他的这个同事为朋友，只是因为他知道，人人都有朋友，“您知道，我把这一切都考虑过了，假使我没有考虑过这一切，而这件事又有什么地方不合适的话，我是不结婚的。但是现在正相反，我爸爸和妈妈现在生活有保障了，我为他们准备了奥斯采区[①]的地租，我在彼得堡可以靠我的薪水过活，加上她的陪嫁和我精细的管理，我们的日子可以过得很好。我不是为金钱而结婚，我认为这是不高尚的，但应该是，妻子有妻子的钱，丈夫有丈夫的钱。我有官职，她有亲戚关系和少数的钱。在我们这时代，这是有点用处的，是不是呢？尤其是，她是美丽可敬的姑娘，并且爱我……”

别尔格脸红了，微笑了一下。

“我也爱她，因为她的性格是审慎的——很好的。她的妹妹，虽然是一家人，却完全不同，性格不可爱，又没有那样的智慧，并且那样的……您知道吗？……不可爱……但我的未婚妻……您要到我们家来……”别尔格继续说，他想要说“吃饭”，但是改变了主意，说了“喝茶”，于是迅速地卷起舌头，吐出一个个小小的圆圆的烟圈，这充分体现了他的幸福的幻想。

父母对别尔格的求婚犹豫了一阵之后，家里出现了在这种情况下通常所有的那种庆贺与欢喜，但欢喜不是出自内心的，而是表面的。

从家里人对这件婚事的感觉中，可以看出羞耻和不安。似乎他们因

① 毛注：即波罗的海各省。在十九世纪，俄国政府以地租，即土地用益权，作为服务的酬劳。

为他们不大爱韦娅，而现在又乐意让她离开他们，便觉得惭愧。最不安的是老伯爵。他大概不会说出什么是他不安的原因，但这原因是他的钱财的问题。他简直不知道他有多少东西，他负了多少债，他能够给韦娅什么陪嫁。在儿女们出生的时候，他给每人划分了三百农奴的田庄做陪嫁；但是有一份田庄已经出卖了，另外的一份已经抵押出去，并且逾期那么久，以致不能不卖，因此陪嫁田庄是不可能的。而钱也没有。

别尔格订婚已经一个多月，婚期只差一个星期了，伯爵还没有决定陪嫁的问题，也没有对妻子说过这事。伯爵有时想把锐阿桑的田庄给韦娅，有时想出卖森林，有时想用期票押款。在结婚前几天，别尔格一清早走进伯爵的书房，带着愉快的笑容恭敬地要求未来的岳父告诉他，要给韦娅什么陪嫁。伯爵听到这个早已预料到的问题时是那么仓皇失措，以致他不假思索地说出了头脑中最先想到的话。

“我喜欢，你这么关心，我喜欢，你会满意的……”

他拍了拍别尔格的肩膀，站起来想停止谈话。但别尔格愉快地微笑着解释说，假使他无法确实知道要给韦娅什么，不能预先至少获得一部分陪嫁，便不得不解除婚约了。

“因为，您想想看，伯爵，假使我现在结婚，没有一定的钱财维持我的妻子的开支，我就很不体面了……”

谈话是这样结束的，伯爵想要表示大度并免得再提出新的要求，说给他八万卢布的期票。别尔格温柔地微笑了一下，吻了伯爵的肩膀，说他很感激，但是他若得不到三万现款，便无法安排他的新生活了。

“至少是两万，伯爵，”他补充说，“那么期票只要六万了。”

“是的，是的，好吧，”伯爵连忙说，“不过要原谅我，亲爱的，我给你两万，另外期票还是八万。好了，吻我吧。”

12

娜塔莎十六岁了，[①]这是一八〇九年，就是四年前她和保理斯接吻之后同他屈指计算过的那年。从那时起，她就一直没有看见过保理斯。在索尼亚和母亲面前，当谈话涉及保理斯时，她十分随便，好像是说到已经决定的事一样，她说从前的一切是儿戏，那是不值得说的，而且早已忘记了。但在她内心的最秘密的深处，这个问题使她觉得苦恼：她对保理斯的誓约是玩笑呢，还是严肃的有约束性的许诺？

自从保理斯在一八〇五年离开莫斯科加入军队之后，他就没有看见过罗斯托夫家的人。他到莫斯科去过几次，经过奥特拉德诺的附近，但没有一次到罗斯托夫家里去过。

娜塔莎有时想到，他不愿意去看她，这种推测，被老辈们说到他时的愁闷语气证实了。

“这个年头，都不记得老朋友了。”伯爵夫人在提起保理斯的时候这么说。

安娜·米哈洛芙娜近来也很少到罗斯托夫家去了，举止也特别尊严了，并且总是狂喜地感激地说到她的儿子的才干和他所做的光荣事业。当罗斯托夫一家来到彼得堡的时候，保理斯来拜访他们。

他兴奋地来看他们。关于娜塔莎的回忆是保理斯最有诗意的回忆。但同时他带来了坚决的意图，要让她和她的父母明白地觉得，他和娜塔莎之间的幼年时期的关系，对于她和他，都不能够有约束性。由于他和别素号娃伯爵夫人的亲密关系，他在社会上有了显赫的地位，由于一个要人的庇护，并得到他的充分的信任，他在职务上有了辉煌的成就，并且他正在作各种的计划，要娶一个在彼得堡最有钱的闺女，这些计划也

---

① 一卷一部八章中的娜塔莎是十三岁（一八〇五年），现在（一八〇九年）应是十七岁了。

许很容易实现的。当保理斯走进罗斯托夫家的客厅时，娜塔莎在她自己的房里。她听说他来了，便红着脸，带着十分亲切的笑容，几乎跑进了客厅。

保理斯还记得四年前他所认识的那个穿短衣的、在刘海下边有一双明亮的黑眼睛的、会不顾一切地发出幼稚笑声的娜塔莎，因此，当完全与过去不同的娜塔莎走进来时，他困惑了，他的脸上显得又惊又喜。他脸上的这种表情使娜塔莎高兴了。

“啊，你还认识你的顽皮的小朋友吗？”伯爵夫人说。

保理斯吻了娜塔莎的手，说她的变化使他吃惊了。

“您长得多漂亮啊！”

“当然啰！”娜塔莎的笑眼回答。

“爸爸老些了吧？”她问。

娜塔莎坐下来，没有加入保理斯和伯爵夫人的谈话，沉默地极其仔细地注视着儿童时代的爱人。他感觉到那种固执的亲爱的目光的重压，偶尔望望她。

保理斯的军服、马刺、领带、发装，这一切都是最时髦的，并且是comme il faut〔很体面的〕。这娜塔莎立刻就注意到了。他稍微侧着身坐在伯爵夫人旁边的椅子上，用右手理了理左手上极其清洁的、非常合手的手套，嘴唇特别优美地抿合着，说到彼得堡上层社会的娱乐，并且带着轻微的嘲讽，提到从前莫斯科的时日和莫斯科的熟人。娜塔莎觉得，在他提到最上层的贵族时，他并不是偶然地说到他所参加的大使馆舞会，说到NN和SS的邀请。

娜塔莎自始至终无言地坐着，皱着眉望着他。这种目光越来越使保理斯不安了，发窘了。他回顾娜塔莎的次数加多了，说话中断了。他坐了不过十分钟，就站起身告辞了。仍旧是那双好奇的、挑逗的、有些嘲笑的眼睛望着他。在第一次的拜访之后，保理斯向自己说，娜塔莎在他看来是和从前一样地动人，但他不应该向这种情感屈服，因为娶她这个几乎没有陪嫁的女孩子，便是断送他的事业，但是恢复从前的关系而没有结婚的目的，是不荣誉的行为。保理斯下了决心避免和娜塔莎见面，但是，虽然有了这个决心，几天之后他又去了，并且开始常常去了，整天在罗斯托夫家里了。他似乎觉得，他必须向娜塔莎说明，向她说，从前的一切都应该忘掉，无论如何……她不能够做他的妻子，因为他没有家产，而且她家里决不会让她嫁给他的。但是他没有能够这么做，并且觉得作这样的说明是很为难的。他一天一天地愈益为难了。照母亲和索尼亚的看法，娜塔莎似乎仍旧爱保理斯。她向他唱他所爱听的歌曲，给他看她的手册，要他在上面写字，不许他提起过去，使他觉得现在是多么美好；他每天迷迷糊糊地出门，没有说出他所想要说的话，他自己也不知道，他做了什么，他为什么要来，以及这会有什么结局。保理斯不再去看爱仑了，每天接到她的责备的便函，然而他仍旧整天在罗斯托夫家。

13

一天晚上，老伯爵夫人戴着睡帽，穿着短宽服，没有戴假发，只有一撮可怜的头发露在细白布帽子下边，她唉声叹气，跪拜在地毯上做晚祷，这时，她的门响了一下，娜塔莎穿着便鞋，光着脚，也穿了短宽服，头上绕着卷发纸跑进来了。伯爵夫人回头看了一下，皱了皱眉。她就要做完最后的祷告：“难道这个榻要做我的尸床吗？”她的祈祷的心情消失了。娜塔莎脸红着，兴奋着，看见母亲在祈祷，便忽然停止了跑步，蹲下来，不觉地伸出舌头，责备着她自己。她看到母亲继续在祈祷，踮着脚跑到床前，迅速地用小脚儿蹭着小脚儿脱下便鞋，跳到榻上，这正是伯爵夫人怕成为她的尸床的那个榻。这个榻是高高的羽毛垫子的床，有五只一个比一个小的枕头。娜塔莎跳上去，陷在羽毛垫子里，向墙滚着，然后躺平了，把身子向被褥里钻着，把膝盖弯到下颏，踢着脚，几乎听不见地微笑着，时而蒙着头，时而窥视着母亲。伯爵夫人做完祈祷，面色严厉地走到床前；但是看见了娜塔莎蒙了头，便仁慈地无力地微笑了一下。

“哦，哦，哦。”母亲说。

“妈妈，可以谈话吗？行吗？”娜塔莎说，“哦，在喉咙上吻一次，再吻一次就够了。”她抱住母亲的颈子，吻了她的下颏。在她对母亲的行为上，娜塔莎显出了外表的举止粗鲁，但她是那么机敏、灵巧，虽然她用手搂抱母亲，她总能够做得使母亲不觉得难受，不觉得不愉快，也不觉得不舒服。

“哎，今天晚上要谈什么呢？”母亲靠在枕头上，一直等到娜塔莎从她身边滚过两次，伸出胳膊，做出严肃表情，在被褥下边躺在她身边时，这么问。

在伯爵从俱乐部回家之前，娜塔莎的这些夜晚的晤谈，是母亲和女儿的一种最大的乐事。

“今天晚上要谈什么？我要你告诉……”

娜塔莎用手捂了母亲的嘴。

“关于保理斯……我知道，”她严肃地说，“我就是为这事来的。不要说了，我知道。不，告诉我吧！”她放下了手，“告诉我吧，妈妈。他好吗？”

“娜塔莎，你十六岁了，我在你这个年纪时已经结婚了。你说保理斯好。他很好，我爱他，像爱儿子一样。但你希望什么呢？……你在想什么呢？你使他完全着迷了，我知道这个……”

说这话时，伯爵夫人回头看了看女儿。娜塔莎躺着，对直地不动地望着前面雕在床角上的红木狮身人面像，因而伯爵夫人只能看见女儿的侧面。这个面孔由于它异常严肃凝神的表情引起了伯爵夫人的惊异。

娜塔莎在听，在思索。

“那么，还有呢？”她说。

“你简直使他着迷了，为什么呢？你对他希望什么呢？你知道，你不能够嫁给他的。”

“为什么？”娜塔莎说，没有改变她的姿势。

“因为他年轻，因为他穷，因为他是亲戚……因为你自己不爱他。”

“您怎么知道的？”

“我知道。这是不对的，我亲爱的。”

“但假使我想要……”娜塔莎说。

“不要说蠢话了。”伯爵夫人说。

“可是假使我想要……”

“娜塔莎，我认真地……”

娜塔莎没有让她说完，把伯爵夫人的大手拉到自己的面前，吻它的背面，然后又吻手掌，然后又翻转过来吻手指的第一节的关节，然后又吻关节之间的地方，然后又吻关节，低声说着：“正月，二月，三月，四月，五月。”

“说吧，妈妈，您为什么不作声？说呀，”她回头望着她的母亲说，母亲的温柔的目光望着女儿，似乎在这个沉思中她忘记了一切她所要说的话。

“这是不合适的，我的心肝。并不是大家都会了解你们从小的关系，看到他和你这样的接近，就会在来到我们家的别的年轻人的心目中于你不利的，尤其是，这使他白费了心思。他也许已经找到了一个合适的有钱的配偶，但现在他发疯了。”

“他疯了？”娜塔莎重复说。

“我要向你说说我自己的事。我有一个表兄……”

“我晓得，基锐尔·马特未支，但他是老头子了。”

“他并不一向就是老头子。但是我要这么办，娜塔莎，我要去同保理斯说，他不应该这样常常来……”

“假使他愿意，为什么他不应该？”

“因为我知道，这是不会有什么结果的。”

“您怎么会知道？不要，妈妈，您不要向他说。多么无聊！”娜塔莎用那样的语气说，就好像一个人的财产就要被人夺去一样，“唉，我不结婚了，假使他觉得乐意，我觉得乐意，就让他来吧。”娜塔莎微笑着望了望母亲。

“不结婚了，但就是这样。”她重复说。

“什么样，我亲爱的？”

“就是这样。哦，我是不需要和他结婚的。但是……就是这样。”

“就是这样，这样。”伯爵夫人重复说，身子颤动着，发出仁慈的、意外的、老年人的笑声。

“不要笑了，停止吧，”娜塔莎大声说，“您把床都震动了。您非常像我，也是一个爱笑的人……等一下……”她抓住伯爵夫人的双手，吻了小指的关节——六月，[①]又继续在另一只手上吻了七月，八月。“妈妈，他很爱我吗？您看怎样呢？有人这样爱过您吗？他很好，很好，很好！但是不完全合我的趣味——他的兴趣单调，好像饭厅的钟一样……您不明白吗？……单调，您晓得，他是灰色的、浅色的……”

“你在说什么废话！”伯爵夫人说。

娜塔莎继续说：

“难道您不明白吗？尼考林卡便会明白……别素号夫——他是蓝的，深蓝的和红的，他是四角形的。”[②]

“你也和他卖弄风情。”伯爵夫人带着笑声说。

“不，他是共济会员，我晓得了。他是非凡的、深蓝的、红的，怎么向您说呢……”

---

① 毛注：她吻错了，在关节上吻的，应该是七月。这是握手成拳，不算拇指，一手代表一至七月，另一手代表八至十二月，各关节代表大月，关节之间代表小月。

② 毛注：生理学家知道某种声音对人有颜色或形状的暗示。娜塔莎的这些颜色的概念也许是他们的身体特性所引起的，在通神学说中，身周光晕的颜色是随人格和气质而定的。

“伯爵夫人。”门外传来了伯爵的声音，“你没睡吗？”娜塔莎跳起来，把便鞋抓在手里，赤脚跑回自己的房里去了。

她好久睡不着觉。她老是想到，没有任何人能够了解她所了解的一切和她心里的一切。

“索尼亚呢？”她想，望着睡觉的、身子蜷缩着的小猫和她的大发辫。“不，她哪里会？她是有德行的。她爱尼考林卡，不再想要知道别的了。妈妈，她也不明白。这是不可思议的，我是多么聪明，多么……她是可爱的。”她继续想着，用第三人称称她自己，并且设想着，有一个很聪明、最聪明、最好的男人这样地说到她……“她具备了一切，具备了一切，”这个男子继续说，“她异常聪明、可爱，并且她漂亮，异常漂亮、伶俐——她游泳、骑马都很出色，并且嗓子好，可以说，是惊人的嗓子！”她哼着开如俾尼的歌剧中她所心爱的一个乐节，冲到床上，因为高兴地想到她立刻就要睡觉而发出笑声，叫了杜妮亚莎熄蜡烛，杜妮亚莎还没有走出房，她已经进入另一个更幸福的梦景世界里去了，那里一切都和现实中的一切同样地轻盈而美丽，甚至是更好，因为它是全然不同的。

第二天伯爵夫人把保理斯找来，和他谈了话，于是从那天起，他就不再到罗斯托夫家来了。

14

十二月三十一日，一八一〇年元旦的前夜，叶卡切锐娜朝代的一位要人家里举行舞会和le réveillon〔夜餐〕。外交团体和皇帝都要到会的。

在英国码头上，这个要人的有名的宅邸里闪耀着无数的灯火。在铺着红布的、灯火辉煌的大门口站着警察和宪兵，而且还有警察局长和几十个警官。许多马车驶开了，许多新到的马车、穿红号衣的听差和戴花翎帽子的听差又驶来了。从马车里走出了穿军服的、佩星章和勋绶的男人们；妇女们穿着绸缎与银鼠皮大衣，小心地踏上砰然拉下的脚踏板，急速而又无声地在大门口的红布上走过。

几乎每次在新车子来到时，人群里就发出低语声，并且都脱掉帽子。

“皇帝吗？……不是，大臣……亲王……大使……你没有看见花翎吗？……”人群里有人这么说。人群里的一个人，穿得比其余的人都好，似乎认识所有的人，叫出当时最显要的人的名字。

已经有三分之一的客人来到跳舞会了，而要赴这个跳舞会的罗斯托夫家的人还在忙着准备服装。

罗斯托夫家里对于这个跳舞会有过许多讨论和准备；有过许多恐惧，怕接不到请帖，怕衣服准备不好，怕一切不能办得合适。

玛丽亚·依格娜姬也芙娜·撇隆斯卡雅要和罗斯托夫家的人一同到跳舞会去，她是伯爵夫人的朋友和亲戚，前朝的一个又瘦又黄的女官，在彼得堡上层社会里领导外省的罗斯托夫家的人。

罗斯托夫家的人要在晚间十点钟到塔夫锐达花园去找女官，这时已经是十时欠五分了，小姐们还没有穿好衣服。

娜塔莎要去赴她平生第一次的大跳舞会。她这天早晨八点钟就起身，整天都在狂热的兴奋和活动中。她的全部精力，从早晨起就集中在一点上，就是他们全体，她，妈妈，索尼亚，都要穿得不能再好。索尼亚和伯爵夫人都十分信任她。伯爵夫人要穿绛红天鹅绒的衣服，她们俩在粉红色绸套裙上穿白色细纱布衣，胸襟上戴蔷薇花，头发要梳成à la grecque〔希腊式〕。

一切必要的事都做好了：脚、手、颈、耳，已经特别仔细地照跳舞会所需要的那样洗过了，搽过香水和香粉了；挑花的丝袜和白缎子的有彩带结的鞋已经穿上了，发装几乎完成了。索尼亚的衣服快要穿好了，伯爵夫人也要穿好了；但替大家帮忙的娜塔莎却落后了。她还坐在镜子前面，瘦肩膀上披着短宽服。索尼亚已经穿好衣服，站在房当中，用针别紧着最后一条在针下擦响的缎带，把小手指都顶痛了。

“不是那样的，不是那样的，索尼亚！”娜塔莎说，一边转过头去，用双手抓住头发，替她梳头的女仆来不及放手，“彩带结得不好，到这里来。”

索尼亚蹲下了。娜塔莎把缎带改了样式，别上了。

“我说，小姐，这样是不行的。”女仆握着娜塔莎的头发说。

“啊，我的上帝，等一下！这就对了，索尼亚。”

“你们快完了吗？”伯爵夫人的声音说，“马上就是十点了。

“就好了，就好了……您准备好了吗，妈妈？”

“只要用针别上帽子了。”

“让我来吧，”娜塔莎大声说，“您不会弄！”

“但已经十点钟了。”

决定是十点半钟到跳舞会的，但娜塔莎还要穿衣服，他们还要到塔夫锐达花园去。

发装完毕后，娜塔莎穿着从下边露出舞鞋的短裙，披着母亲的短宽服，跑到索尼亚面前，看了她一下，然后跑到母亲面前去了。她转动着母亲的头，用针别了帽子，刚刚吻到了她的白发，她又跑到替她在缩短裙子底边的女仆们面前去了。

耽搁的原因是娜塔莎的裙子，它太长了，两个女仆在缩短裙边，匆忙地咬去线头。第三个用嘴唇和牙齿衔着针，从伯爵夫人 面前向索尼亚面前跑着，第四个高举着手拿着薄纱衣。

“马富路莎，快一点，亲爱的！”

“把顶针从那里拿给我，小姐。”

“快了吧，行了吧？”伯爵走到门口说，“这是香水。撇隆斯卡雅等得已经很久了。”

“弄好了，小姐，”女仆说，用两个手指举起缩短了的纱衣，在吹掉什么，抖掉什么，用这个动作表示她知道她手中纱衣的轻盈和干净。

娜塔莎开始穿衣服。

“马上，马上就好了，不要进来，爸爸，”她大声地在遮着脸部的纱裙下边向开门的父亲说。

索尼亚砰然一声关上了门。过了一会儿，她们让伯爵进来了。他穿着蓝色大礼服、长筒袜、低口鞋，搽了香水和发油。

“嗬，爸爸，你多么好看，漂亮极了！”娜塔莎说，她站在房当中，理着薄纱衣的皱襞。

“请您，小姐，请您……”女仆说，她跪着，把衣服向下拉着，用舌头把针从嘴的这一边向另一边移动着。

“随你怎么说！”索尼亚看了看娜塔莎的衣服，失望地叫了一声，“随你怎么说，还是太长了！”

娜塔莎走开，照壁镜去了。衣服是太长了。

“哎呀，小姐，一点也不长。”马富路莎说，跟着小姐在地板上爬着。

“哦，太长了，那么，我来缩一下，一分钟就缩好了。”态度坚决的杜妮亚莎说，从胸前的布巾上拔出一根针，又跪在地板上着手做起来。

这时候伯爵夫人穿了天鹅绒衣服，戴了帽子，难为情地轻轻地走进来。

“嗯！我的美女！”伯爵大声说，“比你们都好看！……”

他想要抱她，但她红着脸避开了，免得弄皱了衣服。

“妈妈，帽子还要偏一点，”娜塔莎说，“我来替你重新别一下，”于是她冲上前去，但是在缩短衣边的女仆们来不及松手，衣边的一块纱被撕了下来。

“哎哟哟！这是怎么回事？凭上帝，这不是我的错……”

“不要紧，我来撩一下，不会看得出的。”杜妮亚莎说。

“美女，我的女皇！”从门外走进来的保姆说，“啊，索纽施卡！美女们啊！……”

十时一刻他们终于上车出发了。但还得要到塔夫锐达花园去。

撇隆斯卡雅已经准备好了，虽然她年老而丑陋，但她也做了罗斯托夫家的同样的事情，虽然没有那么慌忙（这在她已是惯事了），却也同样地在自己的身上搽了香水，洗干净了，敷了香粉，同样小心地洗到耳朵后边，甚至当她穿了黄衣服佩了女官的徽章走进客厅时，年老的女仆也和罗斯托夫家一样，热烈地称赞女主人的衣服。

撇隆斯卡雅称赞了罗斯托夫家的人的服装。罗斯托夫家的人夸奖了她的趣味和装饰，于是她很当心头饰和衣服，在十一点钟上车出发了。

15

娜塔莎从这天早晨起，没有一分钟的闲暇，一次也没有想到她所要遇到的事情。

在潮湿、寒冷的空气里，在颠簸的、狭窄的、半暗的马车中，她第一次历历在目地想象着在跳舞会中，在灯火辉煌的客厅里等待着她的东西——音乐、花朵、跳舞、皇帝、彼得堡所有的出色的青年。等待着她的事情是那么美好，使她甚至不相信这是真会有的，这和马车中的寒冷、窄狭、黑暗的印象是那么不相称。直到她走过大门口的红布，走进前厅，脱下皮大氅，在母亲前面，在花朵之间，和索尼亚并排地走上灯火辉煌的楼梯时，她才明白了那里等待着她的一切。直到这时候，她才想起了她应该在跳舞会中有什么样的举止，并且极力采取那种庄严的态度，她认为这是在跳舞会中的姑娘们不可缺少的。但是幸而，她觉得她的眼睛发花了：她看不清任何东西，她的脉搏每分钟跳一百次，血开始向她心里涌。她不能够采取那种会使她显得可笑的态度，她向前走着，几乎兴奋得发慌，并且用尽她的力量极力掩饰着这种心情。这就是那种最适合她的态度。在他们之前之后，都有客人走进去，他们同样地低声交谈，同样地穿了舞服。楼梯上的镜子映照出穿白色、蓝色、粉红色衣服的，在袒露的肩膀和颈项上戴钻石和珍珠的妇女们。

娜塔莎看着镜子，分不出她自己的和别人的映影。大家穿戴都很华丽，汇成了一个长长的行列。进第一个大厅入口时，不高不低的话声，脚步声，问候声——使娜塔莎的耳朵震聋，灯火与光彩更使她的眼睛发眩。男女主人已经在门口站了一小时半，向来宾们说同样的话：charmé de vous voir,〔很高兴看见您，〕也这样接待了罗斯托夫家的人和撇隆斯卡雅。

两位姑娘都穿了白衣服，各人的黑发上有同样的蔷薇，同样地行屈膝礼，但女主人的目光不觉地在清瘦的娜塔莎身上停留得时间更长。女主人望了望她，对她一个人，除了普通的微笑之外还特别微笑了一下。女主人望着她，也许想起了她自己不复返的少女黄金时代，以及自己的第一次的跳舞会。男主人也目送着娜塔莎，问伯爵哪一个是他的女儿。

"Charmante！〔迷人啊！〕"他吻了吻自己的指尖说。

客人们站在大厅里，拥挤在门口，等着皇帝。伯爵夫人站在这群人的前面的行列里。娜塔莎听到并且感觉到有几个人问到她，并且望着她。她明白，那些向她注意的人都满意她，并且这种观察，使她相当地心安了。

"有的和我们一样，有的不如我们。"她想。

撇隆斯卡雅向伯爵夫人指认着跳舞会中最有名的人。

"这是荷兰大使，您知道，白头发的。"撇隆斯卡雅说，她指着一个满头是银灰色的鬈发的老人，许多妇女围着他，他说了什么话使她们在笑。"她来了，彼得堡的皇后，别素号娃伯爵夫人。"她指着刚刚进来的爱仑说。

"多么漂亮！不亚于玛丽亚·安桃诺芙娜[①]；您看，年轻的和年老的男人们对她多么殷勤。又漂亮，又聪明……据说，亲王……为她发狂

① 毛注：玛丽亚·安桃诺芙娜·那锐氏基娜是宫廷中最著名的美人，亚力山大一世的情妇。

了。还有这两个，虽然不漂亮，却有更多的人追求。”她指了指穿过大厅的一位太太和她的长得很丑的女儿。

“她是百万家财的大闺女，”撒隆斯卡雅说，“求婚的人都来了。”

“这是别素号娃的弟弟阿那托尔·库拉根。”她说，指着一位漂亮的骑兵禁卫军官，他从她们身边走过，高抬着头，从妇女们头上望着什么地方。“多么漂亮！不是吗？据说他们要替他娶这个有钱的姑娘。您的老表德路别兹考，对她也很殷勤。据 说，她有几百万。啊，那就是法国大使。”她说到考兰库尔，回答了伯爵夫人的问题：那个人是谁。“您看，他有点儿像皇帝。法国人毕竟是可爱的，是很可爱的。在社交上没有更可爱的人了。啊，她也来了！啊，我们的玛丽亚·安桃诺芙娜比所有的人都好看！她穿得多么朴素啊。漂亮极了！”

“这个戴眼镜的胖子是世界闻名的共济会员，”撒隆斯卡雅指着别素号夫说，“把他和他的妻子放在一起，他简直是一个小丑！”

彼挨尔摇摆着肥胖的身躯，在人群中挤着向前走，向左右两边那样随便地、善意地点着头，好像他是在市场的人群中走着一样。他在人群中向前挤着，显然是在寻找什么人。

娜塔莎高兴地望着彼挨尔的熟识的脸，即是撒隆斯卡雅所说的小丑似的脸，她知道彼挨尔是在人群中找她们，特别是她。彼挨尔应许了她到跳舞会来替她介绍舞伴。

但是还没有走到她们面前，彼挨尔在一个不高的、很好看的、穿白制服的、黑皮肤的人身边停下来了，这人站在窗边，和一个有星章与勋绶的高个子在谈话。娜塔莎立刻认出了那个穿白制服的不高的年轻人，他是安德来·保尔康斯基，她觉得他变得更年轻、更可爱、更漂亮了。

“这里还有个熟人，保尔康斯基，您知道吗，妈妈？”娜塔莎指着安德来公爵说，“记得吗，他在奥特拉德诺我们家里宿过一夜的。”

“您认识他吗？”撒隆斯卡雅说，“我讨厌他。Il fait à présent la

pluie et le beau temps.〔他现在操纵晴雨。〕[①]他骄傲得没有止境！他像他的父亲。和斯撇然斯基缠在一起，写些什么计划。您看，他怎样对待妇女们！她们和他说话，他走开了，”她指着他说，“假使他对待我，像对待这些太太一样，我就要责备他了。”

16

忽然大家骚动起来了，人群开始说话了，他们拥上前，又挤回来，在让路的两边行列之间，在开始演奏的音乐声中，皇帝走进来了。男女主人跟在他后边。皇帝急速地走着，一边向左右两边鞠躬，好像极力要赶快结束这开头的欢迎。乐队奏起了因为歌词而当时著名的《波兰舞曲》。歌词开始是：“亚力山大，叶丽萨斐塔，你们使我们欢腾……”皇帝向着客厅走去，人群向各个门口拥挤；有几个人面色兴奋地、急忙地走到那里又走回来了。人群又从客厅的各个门里一拥而出，皇帝和主人谈着话，在客厅里出现了。一个年轻人带着张皇失措的样子向妇女们冲来，请她们让开。几个妇女，脸上的表情显出完全忘记了一切的社交礼节，向前拥挤，挤坏了她们的服装。男子们开始走到妇女们面前，组成波兰舞的一对对舞伴。

大家都让开了，皇帝微笑着，却没有合着音乐的拍子，搀着女主人的手，从客厅的门里走出来了。跟在他们后边的是男主人和玛丽亚·安桃诺芙娜·那锐氏基娜，然后是大使们，大臣们，各位将军，撇隆斯卡雅不停地叫着他们名字。一半以上的妇女们已经有了舞伴，在跳或准备跳波兰舞了。

娜塔莎觉得，她、母亲和索尼亚是剩下的少数妇女们当中的，她们被拥挤得靠着墙，没有被邀请去跳波兰舞。她垂着细瘦的手站立着，她

---

① 毛注：这是一个法国成语，意思是很得势。

那稍稍隆起的胸脯有规律地起伏着，她屏住呼吸，用她那明亮、惊惶的眼睛注视着自己的前面，她显出对于最 大的喜乐与最大的悲哀都有所准备的神情。她既不注意皇帝，也不注意撇隆斯卡雅所点头示意的要人们——她只有一个想法：“难道没有人到我这里来吗？难道我不能最先跳舞吗？难道所有这些男人都没发现我吗？他们现在好像没有看见我，或者即使他们望我，他们也是带着这样的表情，好像是说：‘啊！我找的不是她，所以用不着望她。’不，这是不行的！”她想，“他们应该知道我多么想跳舞，我跳得多么好，他们同我跳舞会多么愉快。”

演奏了很长时间的《波兰舞曲》，好像回忆一样，在娜塔莎的耳朵里悲鸣着。撇隆斯卡雅离开了她们。伯爵在大厅的另一端。只剩下伯爵夫人、索尼亚和她站在这陌生的人群中，好像置身在森林里一样，谁也不注意她们，谁也不需要她们。安德来公爵和一个女子从她们身边走过去了，显然没有认出她们。美男子阿那托尔微笑着向他所带领的女伴说着什么，他的目光好像望墙壁一样地望了望娜塔莎的脸。保理斯从她们身边走过两次。每次都转身走开了。别尔格夫妇没有跳舞，走到她们面前来了。

娜塔莎觉得，在这里的舞会上，一家人互相亲热是丢脸的事，好像这一家人除了在舞会上便没有别的地方可以谈话了。韦婼对她说起自己的绿衣服，可她既没有听韦婼说，也没有望着她。

终于皇帝在他最后的女舞伴面前站住了（他和三个妇女跳了舞），音乐停止了；一个焦急的副官跑到罗斯托夫家的人面前，请她们再让开一点，尽管她们已经靠在墙边了；接着乐队奏起了清晰的、正确的、动人的、有节奏的华尔兹舞曲。皇帝带着笑容向大厅里望了一下。过了一分钟——还没有人开始跳舞。司仪副官走到别素号娃伯爵夫人面前，邀请她。她微笑地举起手，没有望他，把手放在副官的肩上。司仪副官是个跳舞能手，他紧搂着他的舞伴的腰，自信、从容、平稳地和她开始在圈子的边上跳滑步，然后在大厅的角落抓住她的左手，把她转过来，由于音乐节奏越来越快，只听到副官的急速的灵活的两腿发出有节奏的鞋刺声，每隔三个拍子，在旋转时，他的舞伴的天鹅绒衣服便飘起来，好像闪光一样。娜塔莎望着他们，几乎要哭了，因为跳第一圈华尔兹舞的不是她。

安德来公爵穿着骑兵上校的白军服、高筒袜、低口鞋，显得活泼愉快，站在圈子里面的行列里，离罗斯托夫家的人不远。非尔号夫男爵对他说起预定在明天举行的国务会议的第一次会议。安德来公爵是一个斯撇然斯基亲近的、参与法规委员会的工作的人，能够说出明天会议的可靠消息，关于这个，正有各种流言在散布。但他没有听非尔号夫对他所说的话，时而望望皇帝，时而望望准备跳舞却没有决心走进圈子里去的人们。

安德来公爵注意着那些在皇帝面前怯场的男人，以及那些因为希望被邀请而焦急的女人。

彼挨尔走到安德来公爵面前，抓住他的手。

“您总是在跳舞。我的protégée〔被保护人〕，年轻的罗斯托娃来了，您请她跳吧。”他说。

“在哪里？”保尔康斯基问，“对不起，”他向男爵说，“这些话我们留在别的地方再说完吧，在舞会上应该跳舞。”他按照彼挨尔给他指出的方向走上前去。娜塔莎那张失望的、焦急的脸映入了安德来公爵的眼睑里。他认出了她，猜中了她的心情，明白了她是初次露面，想起她在窗子上所说的话，于是他带着愉快的脸色朝罗斯托娃伯爵夫人面前走去。

“让我向您介绍我的女儿。”伯爵夫人红着脸说。.

“我已经荣幸地认识了，假使伯爵小姐记得我。”安德来公爵恭敬地低低地鞠着躬说，和撇隆斯卡雅说他粗鲁恰恰完全相反，他走到娜塔莎面前，还未说完邀请跳舞的话，就伸出手去搂抱她的腰。他提议跳华姿舞。娜塔莎对于失望和狂喜都有所准备的焦急的面色，忽然明朗起来，露出了快乐、感激、小孩般的笑容。

“我等你好久了。”这个惊惶的、快乐的女孩子，当她把手放到安德来公爵的肩上时，似乎是用她那含泪的眼睛里所流露出来的笑容这么说。他们是走进圈子里面去的第二对。

安德来公爵是当时舞会中跳得最好的人之一。娜塔莎也跳得好极了。她那穿缎子舞鞋的小脚，迅速、轻巧、灵活地跳动着，她的脸上现出了幸福的喜色。

她的光脖子和手臂又瘦又不好看。和爱仑的肩膀比起来，她的肩膀是瘦的，胸脯是不明显的，手臂是细的；但在爱仑身上，由于受到过上千人的目光的注视，仿佛涂上了一层油彩，而娜塔莎好像是一个第一次袒肩露臂的姑娘，假使不是他们使她相信，这是绝对必要的，她便要觉得这是很可羞的了。

安德来公爵欢喜跳舞，他希望尽快避免别人同他进行政治性的、理智的谈话，希望尽快突破那种因为皇帝的驾临而形成的令他厌烦的拘束，所以他去跳舞，并且选择了娜塔莎，因为彼挨尔向他指出了她，因为她是他眼中所看到的第一个美女；但他刚刚揽住那个纤细灵活的腰身，她便和他那么靠近地扭起身子，对他那么亲密地微笑了一下，她的魅力之酒使他陶醉了。当他换了一口气，放下她，停下步子，开始望别的跳舞的人时，他觉得自己活泼年轻了。

17

在安德来公爵之后，保理斯走到娜塔莎面前来邀她跳舞，那个很会跳舞的副官也来了，还有几个年轻人也来了，于是娜塔莎把她多余的舞伴转让给索尼亚，她很快乐，红着脸，不停地跳了一整夜。她没有注意也没有看到在这个舞会上大家所注意的事情。她既没注意皇帝和法国大使谈了很长时间的话，也没发现他对某夫人说话特别表示好感，某某亲王和某某做了什么，说了什么，爱仑有了巨大的成功并且荣获某某的特别赏识；而且她甚至没有看见皇帝，只是因为皇帝走了以后舞会更加热闹了，她才发现皇帝已经走了。

夜餐前，安德来公爵是愉快的四对舞中的一员，又和娜塔莎跳舞。他向她提起他们在奥特拉德诺的路上第一次的会面，提起她在月夜中睡不着觉，以及他无意地听到她说的话。听到安德来的回忆，娜塔莎脸红了，她竭力替自己辩白，仿佛由于她的话无意中被安德来公爵听见而感到害羞。

安德来公爵和所有的在社交界中长大的人一样，欢喜在交际场中遇见那种没有一般社交习气的人。娜塔莎——带着惊异、喜悦、羞涩的神色，法语说得也不好——便是这样的人。他特别亲切、小心地对待她，和她说话。安德来公爵坐在她身旁，和她说着最普通最琐碎的事情，赞赏她眼睛里喜悦的光芒和她的笑容，这笑容和所说的话无关，而是她内心的快乐的表现。当有人邀请她，她微笑地站起，在大厅中跳舞时，安德来公爵特别赞赏她的羞涩的美态。在跳四对舞时，娜塔莎跳完了一个舞节，又喘着气走到自己的位子那里。新的舞伴又邀请她了。她已经疲倦了，在喘气了，并且显然想要拒绝，但立刻又愉快地把手放在舞伴的肩上，向安德来公爵微笑了一下。

“我是很高兴休息的，和您坐在一起，我疲倦了；但您知道，他们邀请我，我觉得高兴，我快乐，我爱所有的人，我和您懂得这一切。”这个笑容还说了许多别的意思。当舞伴放下她时，娜塔莎跑过大厅，要替下一个舞节选两个女子。

“假使她先到她表姐面前，后到别的女子面前，她便会做我的妻子。”安德来公爵望着她，完全意料不到地自语着。她先到了她的表姐面前。

“头脑里有时会有多么荒诞的念头哦！”安德来公爵想，“但这是一定的，这位姑娘是这么可爱、这么特异，她在这里待不到一个月就要出嫁了……她在这里是罕有的。”他想，这时，娜塔莎坐到他旁边，理着滑脱到胸襟上的蔷薇。

在四对舞结束时，穿蓝礼服的老伯爵走到跳舞者的面前。他邀请了安德来公爵到他的家里去，问女儿是否觉得愉快。娜塔莎没有回答，只微笑了一下，这笑容责备地说：“怎么能够问出这样的话？”

“平生从来没有这样愉快过！”她说。这时安德来公爵注意到，她的细臂迅速地举起来，要抱她的父亲，并且立刻又放下来了。娜塔莎是那么幸福，她平生从来没有这么幸福过……她是在那样的高度幸福中，在这样的时候，一个人变得十分善良仁慈，不相信会发生邪恶、不幸和悲哀的事情。

彼挨尔在这个跳舞会中，第一次感觉到他因为妻子在上流社会中所处的地位而受到的屈辱。他愁闷并且心不在焉。一道很深的皱纹横在他的额上，他站在窗前，从眼镜上边注视着，却没有看见任何人。

娜塔莎去用夜餐时，走过他的身边。

彼挨尔的愁闷不乐的脸色引起她的惊异。她在他面前停住了。她想要帮助他，把她自己多余的幸福转让给他。

“多么愉快啊，伯爵，”她说，“是不是呢？”

彼挨尔心不在焉地微笑了一下，显然不明白她向他所说的话。

“是的，我很高兴。”他说。

“他们怎能够有什么不满意的地方吗？”娜塔莎想，“特别是像别素号夫这样好的人。”

在娜塔莎的目光中，所有在跳舞会里的人都是同样的仁慈的、可爱的、极好的、互相亲爱的人：没有一个人会损害别的人，因此所有的人都是幸福的。

18

第二天，安德来公爵想起了昨天夜晚的跳舞会，但没有在这上面想得很久。“是的，是很盛大的跳舞会。还有……是的，罗斯托娃是很可爱的。她有些新鲜的、特有的、不是彼得堡妇女所有的、使她出众的地方。”这就是他关于昨晚的跳舞会所想的一切。他喝过了茶，坐下来工作了。

但由于疲倦或者没有睡，安德来公爵不想工作，并且什么事也不能做。他老是批评自己的工作，这是他所常有的事；因而在他听到有人来到时，他高兴了。

来人是俾兹基，他在各委员会服务过，出入彼得堡的所有的交际场所，是新思想和斯撇然斯基的热烈的崇拜者，是彼得堡最热心的新闻传播人，他属于这一类人，他们选择派别就像按照样式选择衣服一样，因此，他们似乎便成了派别的最狂热的首创者。他一脱帽子就急切地跑进安德来公爵的房间，立刻说起话来。他刚刚知道这天早晨由皇帝召开的国务会议的开会详情，于是高兴地说了起来。皇帝的演说是非同寻常的。这个演说是只有立宪的君主才会作的。“皇帝坦率地说，国务会议和枢密院是国家的机构；他说，政府不该建立在横暴上，而要建立在巩固的基础上。皇帝说，财政应当改革，收支应当公布。”俾兹基说，强调着某些字眼，富有含意地睁着眼睛。

“是的，今天的会议划了一个时代，我们历史上最伟大的时代。”他总结说。

安德来公爵听着有关国务会议开幕的叙述。他曾那么焦急地期待着它的召开，认为它如此重要，但是现在，当这件事已经实现的时候，他却感到奇怪，因为它不但一点也不使他感动，而且还使他感到无所谓。他听着俾兹基热情的叙述，感到暗自好笑。他心中产生了最简单的想法：“皇帝在会议上所说的话与我和俾兹基何干？与我们何干？这一切会使我更幸福、更好吗？”

这个简单的想法，忽然破坏了安德来公爵先前对于当前改革的全部兴趣。这天安德来公爵要到斯撇然斯基邀请他的时候所说的en petit comité 〔小团体里〕去吃饭。在他所如此仰慕的人的家庭友爱团体中的这种宴会，原先使安德来公爵很感兴趣，尤其是因为他直到现在还没有看到斯撇然斯基家庭生活的情况；但是现在他不想去了。

然而在约定的吃饭时间，安德来公爵还是来到了塔夫锐达花园旁的斯撇然斯基私邸。在显得异常清洁（好像修道院那么清洁）的小屋子里的嵌木地板的饭厅中，来得稍晚的安德来公爵看到，斯撇然斯基的至交们的这个petit comité 〔小团体〕在五点钟便已经聚齐了。这里没有女客，除了斯撇然斯基的小女儿（她的长脸很像父亲）和她的女教师。其他客人是热尔未、马格尼兹基和斯托累平。还在前厅里安德来公爵便听见了洪亮的声音和响亮的清晰的笑声，这笑声好像戏台上的笑声一样。有一个人，好像是斯撇然斯基，清晰地发出哈——哈——哈——的笑声。安德来公爵从来没听见过斯撇然斯基的笑声，而这个政治家的响亮的尖锐的声音使他觉得奇怪。

安德来公爵进了饭厅。大家都站在两窗之间摆着小食的小桌前。斯撇然斯基穿着灰色礼服，佩着星章，穿戴着显然是他在有名的国务会议的集会上所穿的白背心和高高的白围巾，面色愉快地站在桌旁。客人们围住他。马格尼兹基向米哈伊·米哈洛维支·斯撇然斯基说着趣事，斯撇然斯基听着，在马格尼兹基说话之前就笑了起来。在安德来公爵进房间时，马格尼兹基的话又被笑声淹没了。斯托累平低沉地哄笑着，他正嚼着一块夹乳酪的面包；热尔未低声地嘻嘻发笑，斯撇然斯基则发出洪亮清晰的笑声。

斯撇然斯基一边笑着，一边向安德来公爵伸出他那洁白柔软的手。

“很高兴看见您，公爵，”他说，“一会儿……”他向马格尼兹基说，打断了他的话，“我们今天有个约定，这是娱乐的聚餐，公事一字不谈。”他又转向讲故事的人，笑了起来。

安德来公爵惊异地、失望地、忧悒地听着他的笑声，望着发笑的斯撇然斯基。安德来公爵似乎觉得，这不是斯撇然斯基，而是别人。安德来公爵心目中的斯撇然斯基的从前一切神秘的迷人的地方，忽然变为明显而不迷人了。

在吃饭时谈话片刻不停，谈话的内容好像是许多可笑的轶事所组成的。马格尼兹基还没有说完他的故事，便已经有别的人表示了他准备要说更可笑的话了。大部分的轶事即使不是关于官场本身，也是关于做官的人的。似乎在这个团体里，那些人的无足重轻已是那样地被完全确定了，因而对于他们的唯一态度，只有好意的嘲笑。斯撇然斯基说，在今天早晨的会议里，有人问一个耳聋的官员的意见，这个官员回答说，他是同样的意见。热尔未说了一件审查的案子的全部经过。由于全体参与其事的人的愚蠢，这案子是值得注意的。斯托累平口吃地加入谈话，开始热烈地说到从前的事务里的弊病，颇有要使谈话转为严肃的趋势。马格尼兹基开始取笑斯托累平的热烈。热尔未说了一个笑话，于是谈话又恢复了先前愉快的气氛。

显然，斯撇然斯基在工作之后需要休息，并且欢喜在友爱的团体中作娱乐，他的所有的客人都知道他的愿望，极力使他开心，并使他们自己也开心。但安德来公爵觉得这种开心是难受的、不愉快的。斯撇然斯基的洪亮的声音令他觉得不愉快，他那不停的笑声的假音调，因为什么缘故，使安德来公爵生气了。安德来公爵没有笑，怕自己使这个团体扫兴。但没有人注意到他和大家的情绪的不一致。大家都似乎是很愉快的。

他几次想要加入谈话，但每次他的话好像被扔在水里的木头一样被撇在一边；而他又不能和他们在一起说笑话。

在他们所说的话里，没有任何不好或不得体的地方，所有的话都是微妙的，并且也许是可笑的；然而所缺少的，正是愉快的意味，他们简直不知道有这种东西。

饭后，斯撇然斯基的女儿和她的女教师站起来了。斯撇然斯基用他的白手抚摩了他的女儿，吻了她。安德来公爵觉得，这种姿势是不自然的。

男子们按照英国方式留在桌旁喝葡萄酒。在关于拿破仑的西班牙战事的谈话当中，大家都意见一致地赞同，安德来公爵却反对他们。斯撇然斯基微笑了一下，显然要使谈话离开现在的话题，他说了一个趣事，与谈话毫无关系。大家都沉默了片刻。

斯撇然斯基在桌边坐了一会，塞了酒瓶，说："现在好酒是不胫而走的。"他把酒瓶递给了仆人，站起来了。大家都站起来了，仍旧大声地谈着，一边走进客厅。斯撇然斯基接到信使送来的两封信。他接了信，走进书房。他一走出去，大家的欢乐便停止了，客人们开始谨慎地低声地彼此交谈。

"哎，现在是背诵！"斯撇然斯基走出书房时说，"惊人的本领！"他向安德来公爵说。马格尼兹基立刻摆出姿势，开始背诵用法文写的诙谐诗，这是他为几个有名的彼得堡的人所作的，他几次被鼓掌声所打断。安德来公爵在诵诗结束时，走到斯撇然斯基面前，向他道别。

"您这么早到哪里去？"斯撇然斯基问。

"我约好了赴一个晚会……"

他们沉默了。安德来公爵靠近地望着他那双呆板无光的、无法看透的眼睛，并且他觉得可笑的，就是他竟会对斯撇然斯基，以及对他自己的与他有关的一切活动有所期待，他竟会重视斯撇然斯基所做的事情。那种冷淡的、不愉快的笑声，在安德来公爵离开斯撇然斯基那里以后，还久久回响在他耳边。

回到家里，安德来公爵开始回想四个月来的彼得堡生活，好像这是一种崭新的东西。他想起他的忙碌、巴结和他的军事法规计划的经过，这个计划已被审查，并且对于这个计划他们竭力置之不理，只是因为另一计划，一个很坏的计划，已被拟定送给皇帝去了；他想起委员会的聚会，别尔格也是那里的委员之一；他想起，在这些会议上，对所有与委员会集会的形式、与程序有关的地方，竟讨论得那么仔细而长久，而有关于事务的本质地方，却讨论得那么简略。他想起自己的立法工作，想起他如何用心地把《罗马法》与《法国法典》的条文译为俄文，于是他替自己觉得惭愧了。然后他历历如见地想起保古恰罗佛、他在乡间的事务，以及他到锐阿桑的旅行；想起他的农奴、村长德隆；并且他在内心把《私权篇》——他把它分成几节——在他们身上应用了之后，他觉得诧异，他竟能在这么无用的工作上花了这么多的时间。[①]

19

翌日，安德来公爵拜访了几家他还没有去过的人家，其中有罗斯托夫家，他和他们在最近的跳舞会中恢复了交谊。按照礼节他应该去拜访罗斯托夫家，此外安德来公爵想要在那里看见那个特别的、活泼的姑娘，她留给了他一个那么愉快的印象。

娜塔莎是最先迎接他的人。她穿了家常的深蓝色衣服，安德来公爵觉得她穿这个比穿舞服更加美丽。她和全家都简单地诚恳地接待安德来公爵，像接待老朋友一样。从前被安德来公爵那么严厉地批评过的全家，现在，在他看来都是极好的、淳朴的、善良的人。老伯爵在彼得堡的显得特别亲切而惊人的好客与厚意，是那么真诚，以致安德来公爵不能拒绝吃饭。"是的，他们是善良的极好的人，"安德来·保尔康斯基想，"不用说，他们一点也不知道娜塔莎是多么宝贵；但他们是善良的人，他们是最好的背景，衬托出这个特别有诗意的、活泼愉快的、美妙的姑娘！"

安德来公爵觉得，娜塔莎有一种对于他是完全陌生的、特殊的世界，它充满着他所不知道的欢乐，这个陌生的世界在那时候，在奥特拉德诺的路上，在月夜的窗前，曾使他觉得那样的迷惑。现在他对这个世

① 毛注：人民是农奴，这妨碍开明的司法制度的采用。这是拒绝在政府服务的理由。托尔斯泰借安德来表示他自己的意见，认为此种政治改革是无用的。

界觉得不迷惑了，也觉得不再是陌生的了；他已经踏入了这个世界，并在这个世界里发现了新的快乐。

饭后，由于安德来公爵的请求，娜塔莎走到大钢琴前，开始唱歌。安德来公爵站在窗前，一面和妇女们谈着话，一面听她唱歌。在她唱歌时，安德来公爵沉默着，突然觉得有泪水涌进他的眼眶，他不知道他自己是会流泪的。他望了望正在唱歌的娜塔莎，他心里面产生了新的快乐的情绪。他快乐，同时他又悲哀。他确实没有什么要哭的事情，但他还是要哭。这是为了什么？为了过去的爱吗？为了矮小的公爵夫人吗？为了自己的幻灭吗？……为了自己的对于将来的希望吗？……是的，又不是的。他想要哭的主要原因，是他忽然强烈地感觉到一种可怕的对照，一方面是他心中某种无穷伟大的、无限的东西，一方面是那有限的、肉体的，就是他自己，甚至是她本人的东西。这种对照在她唱歌时又使他苦恼，又使他高兴。

娜塔莎一唱完，就走到他面前去了，问他欢喜不欢喜她的声音。她问了这话，并且在她说了这话之后，就知道了这是不该问的，她发窘了。他望着她微笑了一下，说他喜欢她的歌声，正如同他喜欢她所做的一切。

安德来公爵晚间很迟的时候离开了罗斯托夫家。他按照睡 觉的习惯上床睡觉，但他马上便知道他睡不着。他时而点着蜡烛，坐在床上，时而起身，时而又躺下来，毫不因为睡不着觉而觉得苦恼。他心里面觉得是那么高兴、那么清新，好像刚从气闷的房间里走进上帝的新鲜的空气中一样。他还没有想到，他爱上了娜塔莎；他没有想到她；他只是在内心想象着她，因此他的全部生活对他有了新的意义。“我为什么在奋斗呢？当生活、全部生活和它所有的喜悦在我面前展开的时候，我为什么还在这个狭窄的封闭的范围中忙忙碌碌呢？”他自语着。于是他开始为将来作幸福的计划，而这是他好久以来的头一回。他决定了，他一定要关心他儿子的教育，替儿子找一个教师，把儿子交托给他；然后他一定要去休假，到国外去，游览英国、瑞士、意大利。“在我觉得我还年富力强的时候，我必须享受我的自由。”他自语着，“彼挨尔说，人要幸福，就一定要相信幸福的可能，他是对的，我现在相信这话了。我们让死人去埋死人吧；在活着的时候，就一定要生活，并且要生活得幸福。”他想。

20

一天早晨，阿道尔夫·别尔格上校穿了崭新的军服，头发搽了油，向前梳，好像亚力山大·巴夫诺维支皇帝的样子，来看彼挨尔，彼挨尔认识他，因为彼挨尔认识莫斯科和彼得堡所有的人。

“我刚才去看了您的太太伯爵夫人，不幸，她没有答应我的请求；我希望，在伯爵这里，我能更幸运一点。”他微笑着说。

“上校，您有何见教？我一定遵命。”

“伯爵，我现在完全在新房子里安居下来了，”别尔格说，显然知道，他听了这话不会不高兴的，“因此我想要邀请我自己的和妻子的朋友们举行一个小小的晚会（他更愉快地微笑了一下），我想要请伯爵夫人和您赏光驾临舍下喝杯茶……吃夜饭。”

只有叶仑娜·发西莉叶芙娜伯爵夫人，认为和别尔格之流的人来往是降低自己身份，才会一口拒绝这种邀请。别尔格那么明白地说出，为什么他希望在自己家里召集少数的、要好的朋友们，为什么他乐意如此，并且为什么不肯在赌牌和其他坏事上花钱，但为了好朋友们他却愿意花钱，使得彼挨尔不能拒绝并且答应了赴会。

“可是不要迟到，伯爵，假使我可以冒昧请求的话，那么在八点欠十分到，我冒昧请求。我们要凑成一个牌局，我们的将军要来的。他对我很好。我们要吃一顿夜饭，伯爵。那么，一定赏光了。”

和他迟到的习惯相反，彼挨尔这天不是在八点欠十分，而是在八点欠一刻来到别尔格的家里。

别尔格家办妥了晚会所必需的东西，已经准备招待客人了。

别尔格夫妇坐在崭新的，清洁的，明亮的，陈设了许多小半身像、小画片和新家具的书房里。别尔格穿了新的扣紧的军服，坐在妻子旁边，向她说，人总是能够并且应该结交比自己地位更高的人，因为只有这样才有结交的乐趣。

“你可以学到一点什么，你可以要求一点什么。现在你看，我当下级军官时是怎么生活的（别尔格不以年龄而以升官计算他的生活）。我的同事们现在还是没有成就，但我却快要做团长了，我有福气做你的丈夫。（他站起来吻了韦娅的手，但在向她面前走去时，压平了卷起的地毯的角。）我怎么获得了这一切的呢？主要的——是善于选择我的朋友。不用说的，一个人必须 有美德、有条理。”

别尔格怀着对性格软弱的妻子的优越感，微笑了一下，然后沉默着，他想，这个可爱的妻子毕竟是一个软弱的女子，她不能够了解那组成男性尊严的一切——ein Mann zu sein.〔做一个堂堂男子。〕同时韦娅也怀着她对善良的有美德的丈夫的优越感，微笑了一下，但照韦娅的意思，他毕竟和所有的男子一样，把生活理解错了。别尔格凭自己的妻子作出判断，认为所有的女子都是软弱的、愚蠢的。韦娅只凭自己的丈夫作出判断，并且扩大了她的看法，以为所有的男子都只认为自己是聪明的，而同时却什么也不懂，并且是骄傲的、自私的。

别尔格站起来，为了免得弄皱了他付了很大代价的绣花肩巾，小心地搂抱了他的妻子，在嘴唇的正中吻了她一下。

“唯一的事情，就是我们不要很快有小孩子。”他按照他不自觉的思想线索说。

“是的，”韦娅回答，“我一点不希望这样。我们应当为社会而活。”

“尤苏波发公爵夫人身上披的完全和这个一样。”别尔格带着快乐的善意的笑容指着肩巾说。

这时候有人通报别素号夫伯爵来到了。夫妇两人带着自满的笑容互相看了一眼，各人都认为这个客人的来访是自己的光荣。

“这就是善于结交的结果，”别尔格想，“这就是善于处世的结果！”

“可是在我招待客人的时候，”韦娅说，“请你不要打搅我，因为我知道怎样去招待每个人，知道在什么人面前说什么话。”

别尔格也微笑了一下。

“这是没有办法的：有时候男人们一定要有男人们的谈话。”他说。

彼挨尔在簇新的客厅里受到接待，在这里，要在任何地方坐下来而不破坏它的对称、清洁和秩序，是不可能的，因此，别尔格大度地提议因为贵宾可以不必保持靠背椅或沙发的对称，并且显然发觉他自己对于这件事感觉到痛苦的犹豫，让客人来解决这个选择的问题，这是极易理解、并不为奇的。彼挨尔为自己拉近了一张椅子，破坏了对称，于是别尔格和韦娅立刻开始了他们的晚会，互相打断话头，招待客人。

韦娅在自己心中决定了，应该用关于法国使馆的谈话来招待彼挨尔，便立刻开始了这个谈话。别尔格决定了，必须要有男人们的谈话，便打断了妻子的谈话，提到对奥战争的问题，不觉地从一般的谈话，转到了他个人对于那些要他参与奥国战争的提议的意见，以及他没有接受这些提议的理由。虽然谈话是很无条理的，并且韦娅因为插进了男人的谈话而生气，但夫妇俩却满意地觉得，虽然只到了一个客人，晚会却开始得很好，并且这个晚会和任何其他的晚会是一模一样的，有谈话，有茶，有点着的蜡烛。

保理斯不久便到了，他是别尔格的老同事。他带着几分垂爱与赏光的意味，对待别尔格和韦娅。在保理斯之后来了一个太太和一位上校，然后是那位将军，然后是罗斯托夫家的人，于是这个晚会无疑地和所有的晚会完全一样了。别尔格和韦娅，看到客厅中的动作，听到不连贯的谈话声、衣服声和行礼声，不能够克制他们的高兴，笑了。一切都正是每人一向所做的那样，特别是将军，他夸赞了房屋，拍了别尔格的肩膀，并且带着长辈的权威口气，吩咐了布置波斯顿牌桌。将军坐在伊利亚·安德来伊支伯爵旁边，把他当作仅次于他自己的贵宾。年老的和年老的在一起，年幼的和年幼的在一起，主妇在茶桌前，桌上有同样的点心放在银篮子里，和巴宁家晚会里的一样。一切都和别人家的完全一样。

21

彼挨尔是贵宾之一，应当坐下来和伊利亚·安德来伊支、将军及上校玩波斯顿牌。彼挨尔在波斯顿牌桌上碰巧坐在娜塔莎的对面，她在跳舞会那天之后所发生的奇怪的改变使他吃惊了。娜塔莎沉默着，她不但没有那天在跳舞会里那么漂亮，而且假使她没有那样文雅的、对一切表示淡漠的神情，便显得很丑了。

“她有了什么事情？”彼挨尔望了望她，一边在想。她在茶桌前坐在姐姐的旁边，并且没有望他，勉强地向坐在身旁的保理斯回答了什么。彼挨尔出完了全副的牌，并且令同伙满意地拿到了五回牌，在他检牌时，他听到了问候的声音和进房来的脚步声，他又向她瞥了一瞥。

“她发生了什么事情呢？”他更加诧异地问自己。

安德来公爵带着关心的亲切的表情站在她面前，和她在说什么。她抬着头，脸发红，望着他，显然极力想要压制她的急促的呼吸。她内心的先前熄灭了的某种火焰的明亮光辉，又在她心中闪起了。她完全改变了。她又从丑陋的姑娘变得像在跳舞会里那样漂亮了。

安德来公爵走到彼挨尔的跟前，彼挨尔在朋友的脸上看出了新的、年轻的表情。

彼挨尔在玩牌的时候换了几次座位，有时是背对着有时是脸对着娜塔莎，在打六圈牌的时间里，一直注意着她和他的朋友。

“他们当中发生了很重要的事情，”彼挨尔想，一种又是欢喜又是苦恼的情绪使他兴奋，使他忘记了玩牌。

在打完六圈之后，将军站起来了，说这么玩是不行的，于是彼挨尔获得了自由。娜塔莎在一边和索尼亚和保理斯在谈话，韦婉带着狡猾的微笑和安德来公爵在说什么。彼挨尔走到他的朋友面前，问了他们谈的是不是秘密，在他们旁边坐下了。韦婉看到安德来公爵对娜塔莎的注意，觉得在晚会上，在真正的晚会上，对于感情的巧妙的暗示是绝对必需的，于是趁安德来公爵独自一个人的时候，开始和他说到一般的感情，说到她的妹妹。她觉得，对于这么聪明的（她认为安德来公爵是这样的人）客人，她必须运用她的外交才干。

当彼挨尔走到他们面前时，他注意到，韦婉对她的自满的谈话感到津津有味，安德来公爵显得发窘（这是他所少有的）。

“您以为怎样呢？”韦婉带着乖巧的微笑说，“公爵，您是那么有眼光，立刻便能看出人的性格。您觉得娜塔莎怎样？在感情上能够专一吗？她能够和别的女子一样（韦婉意思是指她自己），一旦爱了一个人，便永远对他忠实吗？我认为这才是真正的爱情。您觉得怎样呢，公爵？”

“我对于您的妹妹认识得太浅了，”安德来公爵带着嘲讽的笑容回答，他想要用这个笑容掩饰他的窘迫，“还不能够解答这样难答的问题；况且，我注意到，女子愈不动人愈有恒心。”他补充说，望了望正走到他们面前的彼挨尔。

“是的，这是真的，公爵；在我们这个时代，”韦婉继续说（她提到我们这个时代，因为一般智力有限的人都欢喜这么说，以为他们找到了而且重视我们这个时代的特点，以为人的特性是随着时代而改变的），“在我们这个时代，一个姑娘有这么多的自由，以致le plaisir d’être courtisée〔被人追求的乐趣〕反而压倒了她的真正的情感。Et Natalie, il faut l’avouer, y est très sensible.〔应当承认，娜塔莎在这方面是很敏感的。〕”

又说到娜塔莎，这又使安德来公爵不高兴地皱了皱眉；他想要站起来，可是韦婉带着更乖巧的笑容继续说：

“我以为，没有人像她那样courtisée〔被人追求过〕，”韦婉说，“但是直到最近，她还没有认真地喜欢过哪个人。您知道，伯爵，”她向着彼挨尔说，“甚至我们可爱的表兄保理斯，entre nous,〔说句机密的话，〕他是dans le pays du tendre〔在柔情的国土里〕陷得很深很深了……”她用当时很流行的一种描写爱情的话说。

安德来公爵皱了皱眉头，沉默着。

“但您同保理斯是朋友吗？”韦婉对他说。

“是的，我认识他……”

“他当然向您说过他对娜塔莎的童年的爱情了。”

“啊，有过童年的爱情吗？”安德来公爵问，忽然意外地脸红了。

“是的。Vous savez, entre cousin et cousine cette intimité mène quelquefois à l’amour：le cousinage est un dangereux voisinage .N’est ce pas？〔你知道，在表兄妹之间，这种亲密有时候会产生爱情：表亲是一种危险的关系。是不是？〕”

“噢，无疑的。”安德来公爵说，他忽然不自然地活跃起来，开始和彼挨尔说笑话，说他对待他的在莫斯科的五十岁的表姐们应当小心，在说笑话的当中他站起来，抓住彼挨尔的手，拉他走开了。

“什么事？”彼挨尔说，诧异地望着他朋友那奇怪的活跃的样子，并且注意到他站起时投向娜塔莎的目光。

“我需要，我需要和你谈一谈，”安德来公爵说，“你知道我们的女式手套（他说到共济会里给新会友们赠送他所喜爱的女式手套）。我……可是，不，我以后再同你谈吧……”于是安德来公爵眼睛里露出奇怪的光芒，局促不安地走到娜塔莎面前，坐在她旁边。彼挨尔看见安德来公爵向她问着什么，她正红着脸回答他。

但是，这时别尔格走到彼挨尔跟前，坚持要求他加入将军与上校之间关于西班牙事件的争论。

别尔格感到满意和幸福。高兴的笑容一直浮现在他的脸上。晚会是很成功的，和他所看见的别的晚会完全一样。一切都完全相同。妇女们细声的谈话、牌戏、玩牌时，提高了声音的将军、茶炊、点心都一样；但还缺少一件事情，就是他在别的晚会上常常看见而他很想模仿的事情：缺少了男人之间的大声的谈话以及关于什么重要而理智的问题的争论。将军开始了这个谈话，别尔格就领彼挨尔到他那里去。

22

第二天，安德来公爵应伊利亚·安德来伊支伯爵的邀请，到罗斯托夫家去吃饭，并在他们家里待了一整天。

家里所有的人都知道安德来公爵是为谁而来的，他也不隐瞒，整天极力要和娜塔莎待在一起。不仅在惊惶的、然而幸福的、狂喜的娜塔莎的心中，而且全家的人都感觉到对于某种重要的一定要发生的事情的恐惧。当安德来公爵和娜塔莎说话时，伯爵夫人的忧愁的、严肃的、厉色的眼睛望着他，当他回头看她时，她又羞怯地作假地开始某种无关重要的谈话。索尼亚怕离开娜塔莎，并且当她和他们在一起时，她又怕碍事。娜塔莎和他单独在一起时，因为对于期望的恐惧而面色发白。安德来公爵的羞怯令她诧异。她觉得，他要向她说什么，但他又没有决心这么做。

在晚间当安德来公爵离去时，伯爵夫人走到娜塔莎面前低声说：

“怎么样？”

“妈妈，看上帝的情面，现在不要问我吧。这是无法说清楚的。”娜塔莎说。

虽然这么说，但是这天晚上娜塔莎却瞪着眼睛在母亲的床上躺了很久，时而兴奋，时而恐惧。她时而向母亲说，他怎样称赞了她，时而说，他说他要到国外去，时而说，他问到他们这个夏天要住在什么地方，时而说，他向她问到保理斯。

“但这样的，这样的……我从来没有过！”她说，“可是我和他在一起时觉得害怕，我和他在一起时总是觉得害怕，这是什么意思？这意思是说，这是真的事情，是吗？妈妈，您睡了吗？”

“没有，我心爱的，我自己也觉得害怕，”母亲说，“去睡吧。”

“反正我是睡不着了。睡觉是多么愚蠢的事啊！妈妈，妈妈，这样的事我从来没有遇到过！”她因为自己心中所感觉到的那种情绪而惊异，恐惧地说，“我们能够想得到吗！……”

娜塔莎似乎觉得，当她初次在奥特拉德诺看见安德来公爵时，她已经爱上了他。她似乎是怕这种奇怪的意料不到的幸福，就是说，她在那时候所选择的人（她坚决地相信这一点），这个人现在她又遇见了，并且似乎对于她并不是漠不关心的。

“这是注定了的，当我们在这里的时候，他也特地来到了彼得堡。这是注定了的，我们要在这个跳舞会里见面。这全是命运。造成这个局面的，显然是注定的命运。甚至在那时候，当我一看见他的时候，我就觉得有什么特别的地方。”

“他还向你说了什么呢？这是什么诗？你读……”母亲沉思地说，问到安德来公爵在娜塔莎的手册上所题的诗。

“妈妈，他是断弦的，这不羞耻吗？”

“不要说了，娜塔莎。祷告上帝吧。Les mariages se font dans les cieux.〔婚姻是天上定的。〕”

“亲爱的，妈妈，我多么爱您，我多么高兴啊！”娜塔莎大声说，流着快乐和兴奋的泪，搂抱着母亲。

正在这时，安德来公爵坐在彼挨尔家，向他说到自己对娜塔莎的爱，以及一定要娶她的决心。

这天叶仑娜·发西莉叶芙娜伯爵夫人家里有盛大的宴会。到会的有法国大使，有一个新近常到伯爵夫人家来的外国的亲王，有许多显赫的男女。彼挨尔在楼下，在各厅堂间走动着，他的聚思凝神的、心不在焉的、愁闷的面容，使所有的客人都诧异了。

彼挨尔自从那个跳舞会以后，便感觉到忧郁症将发作，并且下了极大的决心要努力克制它。自从某一外国亲王和他的妻子接近以后，彼挨尔意外地被任命为高级侍从，从那时候起，他开始在大交际场中觉得难堪与羞耻，而从前的关于一切人世虚荣的暗淡的思想，又愈益频繁地来到他的心中。同时，他在他的被保护人娜塔莎与安德来公爵之间所注意到的情感，由于他的处境和他朋友的处境的对比，更加重了这种忧闷的心情。他同样地极力避免想到他的妻子，避免想到娜塔莎与安德来公爵。他又觉得，和永恒比较起来，一切都是无关重要的；又出现了这个问题："为什么？"于是他日夜强使自己做共济会的工作，希望赶走恶劣心情的侵袭。彼挨尔在将近十二点钟的时候，走出伯爵夫人的居室，在楼上弥漫着烟草气味的狭小的房间里，穿着破旧的宽服，坐在桌前，誊抄原本的苏格兰共济全的规章，这时候有人走进房来。这人是安德来公爵。

"啊，是您，"彼挨尔带着心不在焉的、不满意的面色说，"哦，我正在工作。"他说，带着不幸的人们看自己的工作时所有的那种逃避生活苦难的神情指指稿本。

安德来公爵带着喜气洋洋的、兴奋激动的、恢复了生气的面孔，站在彼挨尔面前，没有注意他的愁闷的面孔，并且带着幸福的自私心，向他微笑了一下。

"哦，我亲爱的，"他说，"我昨天就想要向你说，今天就是为这件事来的。我从来没有经历过这样的事情。我在恋爱了，我亲爱的。"

彼挨尔忽然深深地叹了口气，让他沉重的身躯跌坐在沙发上，坐在安德来公爵的身边。

"同娜塔莎·罗斯托娃，是吗？"他说。

"是的，是的，还会有谁呢？我本是决不相信这个，但这种情绪比我更有力量。昨天我苦恼，我痛苦，但我决不为世界上的任何东西放弃这个苦恼。从前我没有生活过。我直到现在才生活，但是我没有她是不能生活的。但她会爱我吗？……我太老了，不能和她……你为什么不说话呢……”

“我？我？我向您说什么呢？”彼挨尔忽然地说，站起来在房中来回走着，“我总是想到这个……这个姑娘是那么宝贝，那么……她是少有的姑娘。……我亲爱的，我请求您，您不要太思虑了，不要怀疑，您结婚，结婚，结婚！……我相信，没有人比您更幸福了！”

“但她呢？”

“她爱您。”

“不要说废话了……”安德来公爵说，微笑着望着彼挨尔的眼睛。

“她爱您，我知道。”彼挨尔愤然地大声说。

“不，我说，”安德来公爵说，拉住他的手臂，“你知道我是什么样的心境吗？我一定要向什么人说出一切。”

“好，好，说吧，我很高兴。”彼挨尔说，果真他的脸色变了，皱纹消失了，他高兴地听安德来公爵说。安德来公爵好像是并且真是完全不同的新的人了。他的忧愁，他对生活的轻视，他的幻灭到哪里去了呢？彼挨尔是他能够决然地向他吐露心事的唯一的人；因此，他向他说出了自己心里的一切。忽而他轻易地勇敢地对长远的将来作出计划，说他不能够为了父亲的怪癖而牺牲自己的幸福，说他要使他的父亲同意这件婚事并且爱她，或者不经他的同意就结婚；忽而他诧异那种支配着他的情绪，好像是诧异一种奇怪的、陌生的、与他无关的东西一样。

“若是有谁向我说，我会这样地恋爱，我决不会相信他的，”安德来公爵说，“这完全不是我从前有过的那种情绪。全世界在我看来分为两半；一半有她，那里一切是希望、幸福、光明；另一半是别的，那里没有她，那里一切是消沉、黑暗……”

“黑暗和阴郁，”彼挨尔重复地说，“是的，我懂得这个。”

“我不能不爱光明，这不是我的错。并且我很幸福。你明白我吗？我知道，你为我高兴。”

“是的，是的。”彼挨尔承认，他的受感动的忧悒的眼睛望着他的朋友。安德来公爵的命运在他看来愈光明，他自己的命运便显得愈暗淡。

23

结婚需得父亲的同意；为了取得同意，安德来公爵第二天便动身看他父亲去了。

父亲外表镇静地但内心愤怒地听了儿子的报告。他不能够明白，在他觉得生活快要完结时，怎么别人还想要改变生活，在生活中加进什么新的东西。“但愿他们让我如我所愿地过完这一生，然后就让他们如他们所愿地去做。”老人自语着。但是对于儿子，他采用了在要紧关头所采用的那种外交手腕。他采用了镇静的语气，讨论了整个的问题。

第一，从门第上、财产上、地位上看，这个婚姻不是美满的。第二，安德来公爵不是年轻力壮的人，并且身体不好（老人特别着重这一点），而她是很年轻的。第三，他有了儿子，要把他交托给一个小姑娘是很可怜的。“第四，最后，”父亲说，嘲讽地望着儿子，“我要求你把这事延迟一年，你到国外去，把身体养好，正如你所希望的，替小尼考拉公爵找一个德国教师，然后假使你的爱情、情欲、固执——随便你怎么说都行——还是那么强，那时候你就结婚。”

“这是我最后的话，注意，最后的……”老公爵用那样的声音结束，这声音表示没有任何东西会使他改变他的决定。

安德来公爵知道得很清楚，老人所希望的是他的情感，或者他的未婚妻的情感，受不住一年的考验，或者他自己，老公爵，在这个期限之前死去，于是他决定了遵从父亲的意志：求婚，而将婚期延迟一年。

和他在罗斯托夫家的最后一晚相隔三个星期以后，安德来公爵回到彼得堡来了。

娜塔莎在她和母亲谈话后的次日，整天期待着保尔康斯基，但是他没有来。第二天，第三天，还是没有来。彼挨尔也没有来，娜塔莎不知道安德来公爵去看父亲，不能够向她自己解释为什么他不来。

这样地过了三个星期。娜塔莎什么地方也不想去，并且好像影子一般，懒散而颓丧，在各个房间里走来走去，夜里避开大家偷偷地流泪，晚间也不到母亲面前去。她不断地脸红、发怒。她似乎觉得，大家都知道她的失望，都笑她、可怜她。她的内心苦恼虽然强烈，这种虚荣心的苦恼却增加了她的不幸。

有一天她来到伯爵夫人面前，想要向她说什么，却忽然流泪了。她的眼泪好像是一个自己也不知道为什么受了处罚的伤心的小孩的眼泪。

伯爵夫人开始安慰娜塔莎。她起初留心听着母亲说话，后来忽然打断她的话，说道：

“别说了吧，妈，我没有想，也不要想到这个！那，他来来，又不来了，不来了……”

她的声音发抖，几乎要哭了，但她恢复了常态，镇静地继续说：

“我根本不想出嫁了。我怕他；我现在完全平静了……”

在这个谈话的次日，娜塔莎穿上了那件旧衣裳，她特别清楚地知道，这件衣裳在平常的早晨能够使她心情愉快，她从这天早晨起，恢复了她在那次跳舞之后所放弃的从前的生活方式。她喝了茶，走进大厅，她特别爱好这个大厅的洪亮的回声，她开始唱声乐的练习曲。她唱完了第一个练习曲，站在大厅的当中，复习她所特别爱好的一个乐节。她高兴地倾听着自己的美妙的歌声（好像这是她意料不到的），歌声荡漾着，充满了整个空空的大厅，然后慢慢地渐归寂静，于是她忽然高兴起来。“为什么把这个想得太多呢？事情本是很好的。”她自语着，开始在大厅里来回走动，不但是在嵌木地板上沉重地踏着脚步，而且在每一脚步中把后跟踮起来（她穿了心爱的新鞋），好像听自己的歌声那样，高兴地倾听着不快不慢的脚跟落地声和脚尖擦地声。走过镜子时，她向镜子里看了看。“她就是我！”在看见她自己的时候，好像她脸上的表情这么说，“嗯，很好看。我不需要任何人。”

一个听差想要进来收拾大厅里的东西，但是她没有让他进来，她把门关了起来，继续走动着。这天早晨她又恢复了她所欢喜的那种心情：爱她自己，赞赏她自己。“那个娜塔莎多么妩媚啊！”她又用第三人称的、一般的、男人的话说到她自己，“好看，好声音，年轻，只要别人不打扰她，她决不妨碍任何人。”但无论别人怎么让她安宁，她已经不能够安宁了，并且她立刻就感觉到这个。

前厅的向外的门开了，有人问：“有人吗？”并且听到了那人的脚步声。娜塔莎照着镜子，但是没有看见她自己。她听着前厅里的声音。当她看见她自己时，她的脸色发白了。是他来了。虽然是隔着关闭的门听到他的声音，她却确实知道是他了。

娜塔莎脸色苍白，神色惊恐，跑进了客厅。

“妈妈，保尔康斯基来了！”她说，“妈妈，这是可怕的，这是难受的！……我不愿……受苦！我要怎么办呢？”

伯爵夫人还没有来得及回答她，安德来公爵已经带着激动的严肃的面孔走进了客厅。他一看见娜塔莎，他的脸色就明朗了。他吻了伯爵夫人的和娜塔莎的手，坐在沙发旁边。

“我好久没有……”伯爵夫人正要说，但是安德来公爵打断了她的话，回答她的问题，并且显然是急于要说出他要说的话。

“我这一阵没有到你们这里来，因为我看我父亲去了；我需要同他商量一件极重要的事，我昨天晚上才回来的。”他说，看了看娜塔莎。他在片刻的沉默后又补充说，“我要同您谈一谈，伯爵夫人。”

伯爵夫人深深地叹了口气，垂下眼睛。

“我一定遵命。”她说。

娜塔莎知道她应当离开，但她不能够这么做；有什么东西掐住她的喉咙，她不礼貌地、把睁得大大的眼睛对直地望着安德来公爵。

“立刻？现在？……不，这是不可能的！”她想。

他又看了看她，这个目光使她相信她没有错。是的，此刻，马上她的命运就要决定了。

“去吧，娜塔莎，我会叫你的。”伯爵夫人低声说。

娜塔莎用惊惶的恳求的目光瞥了瞥安德来公爵和母亲，走出去了。

“伯爵夫人，我来是向您的女儿求婚的。”安德来公爵说。

伯爵夫人的脸发红了，但她没有说什么。

“您的提议……”她镇静地说话了。他望着她的眼睛，沉默着。“您的提议……（她慌乱了），我们愿意，我……接受您的提议，我很高兴。我的丈夫……我希望……但这件事要由她自己做主……”

“得到您的同意，我就向她说……您同意吗？”安德来公爵说。

“是的。”伯爵夫人说，把手伸给他，当他低头吻她的手时，她带着疏远而又亲切的混合情绪，把嘴唇贴到他的额上。她愿爱他像爱儿子一样，但她觉得他是陌生的可怕的人。

“我相信我的丈夫会同意的，”伯爵夫人说，“但您的父亲……”

“我的父亲，我向他说过了我的计划，他同意了，并且提出了坚决条件，就是婚礼不能够在一年之内举行。我正想要向您说到这个。”安德来公爵说。

“确实，娜塔莎还年轻，但是那么长时间！”

“这是没有办法的。”安德来公爵叹了一口气说。

“我叫她到您这里来。”伯爵夫人说完，走出了房。

“主啊，可怜我们吧，”伯爵夫人寻找女儿时重复地说着。

索尼亚说娜塔莎在卧室里。娜塔莎坐在自己的床上，脸色发白，眼睛直勾勾地注视着圣像，迅速地画着十字，低语着什么。看见了母亲，她跳起来，向她面前冲去。

“怎么样，妈妈？……怎么样？”

“去吧，到他那里去吧。他要向你求婚。”伯爵夫人冷淡地说，娜塔莎觉得是这样的……“去……去。”伯爵夫人愁闷地谴责地跟在跑开的女儿后边说，深深地叹了口气。

娜塔莎记不得她怎样走进了客厅。进门看见他时，她站住了。“难道这个陌生的人现在要成为我的一切了吗？”她问自己，立刻回答说：“是的，一切：现在只有他对于我是比世界上的一切都宝贵了。”

安德来公爵垂下眼睛，走到她面前去了。

“自从那次我看见您的时候，我就爱上您了。我有希望吗？”

他看了看她，她脸上严肃的热情使他吃惊。她的脸似乎说：“为什么要问呢？为什么要怀疑你不会不知道的事呢？在不能够用语言表达你所感觉到的东西时，为什么要说呢？”

她靠近他，站住了。他拉了她的手吻了一下。

“您爱我吗？”

“是的，是的，”娜塔莎似乎懊恼地低声说，然后大声地叹了口气，又叹了一口气，并且呼吸越来越急促，啜泣起来了。

“为了什么？您有什么事？”

“啊，我是这么幸福。”她回答，带着眼泪微笑了一下，低着头更靠近他，思索了片刻，好像是问自己是不是可以这样，然后吻了他一下。

安德来公爵拉住她的手，望着她的眼睛，在自己的心中没有找到从前对她的爱。他心中的某种东西忽然改变了；失去了从前富有诗意的、神秘的愿望的魔力，却有了他对她的女性的幼稚的弱点的怜悯，对于她的忠实可靠的担心，以及那苦恼而又快乐的、使他和她永久结合的责任感。此刻的情绪，虽然不如从前那么光明而有诗意，却是更严肃、更强烈的。

“妈妈向您说过，不能在一年之内举行吗？”安德来公爵说，仍旧望着她的眼睛。

“难道我——那个小小的姑娘（大家都这么称呼我），”娜塔莎想，“难道我从现在这个时候起，便要做这个陌生的、可爱的、聪明的，甚至是我父亲所尊重的人的妻子和平等的人吗？这果然是真的吗？现在已经不能够把生活当儿戏，现在我已经是大人了，现在我已经负起了我的一言一行的责任，这是真的吗？啊，他问了我什么呢？”

“没有.”她回答，但她没有明白他所问的话。

“原谅我，”安德来公爵说，“您是这么年轻，我却已经有了这么多的生活经验。我替您担心。您还不了解您自己。”

娜塔莎集中注意地听着，力求了解他话里的意思，却没有了解。

“这一年耽搁了我的幸福，虽然使我痛苦，”安德来公爵说，“却可以让您在这个时期考查您自己。我请求您在一年之后使我幸福；但您是自由的：我们的婚约要保守秘密，假使您觉得您不爱我了，或者爱了……”安德来公爵带着不自然的笑容说。

“您为什么说这话呢？”娜塔莎打断他说，“您知道，自从您第一次到奥特拉德诺的那天起，我就爱您了。”她说，坚决地相信她说的是实话。

“在一年之内您就会了解您自己的……”

“整——整——一年！”娜塔莎忽然地说，直到此刻才明白了，婚期要延迟一年。“但为什么一年呢？为什么一年呢？……”

安德来公爵开始向她说明延迟的原因。她没有听他说。

“没有别的办法吗？”她问。

安德来公爵没有回答，但在他的脸上表示了，要改变这个决定是不可能的。

“这是可怕的！这是可怕的，可怕的！”娜塔莎忽然说，又哭泣了，“等一年，我要死的；这是不行的，这是可怕的。”她看了看爱人的脸，在他脸上看见了同情与困惑的神色。

“不，不，我什么事都做得到，”她忽然止住了眼泪说，“我是这么幸福！”

父母进了房，祝福了订婚的男女。从这天起，安德来公爵开 始以未婚夫的身份到罗斯托夫家来了。

24

不举行订婚礼，也不向任何人宣布保尔康斯基和娜塔莎的订婚：安德来公爵坚持要这样。他说，因为延迟的原因在他，所以他应该承担这事的全部责任。他说他要永远用自己的誓言约束他自己，但是他不想约束娜塔莎，并且让她有完全的自由。假使她在半年之后，觉得她不爱他，她还有权利拒绝他。当然，父母和娜塔莎都不愿听到这话；但是安德来公爵坚持要这样。安德来公爵每天到罗斯托夫家来，但不以未婚夫的身份对娜塔莎：他称她“您”，而且只吻她的手。安德来公爵和娜塔莎在订婚之后有了完全和从前不同的、亲密的、简单的关系。他们好像在这以前是彼此不相认识的。他和她都欢喜想起，他们说不上在什么时候对于彼此的看法；现在他们俩都觉得自己是完全不同的人了：那时他们作假，现在却率真而诚恳。起初，家里人和安德来公爵在一起觉得不自如；他似乎是从陌生世界里来的人，娜塔莎很久才使家里人看惯安德来公爵，并骄傲地使大家相信，他只是看来那么特别，而实际上他是和大家一样的，并且说她不怕他，谁也不应该怕他。几天以后，家里人对他习惯了，并且毫不拘束地在他面前过着寻常的生活，他也参与了这个生活。他能够和伯爵谈到农事，同伯爵夫人和娜塔莎谈到服装，同索尼亚谈到手册和刺绣。有时罗斯托夫家的人彼此之间，或者在安德来公爵的面前，表示他们奇怪这一切是怎么会发生的，奇怪这件事的许多征兆是那么明显：安德来公爵到奥特拉德诺去，他们到彼得堡来，老保姆在安德来公爵第一次到他们家时，所注意到的娜塔莎与安德来公爵之间的相似处，一八〇五年安德来与尼考拉之间的冲突，以及家里人所注意到的这件事的许多别的预兆。

家里笼罩着总是随着订婚男女在一起的那种诗意的沉闷与沉默的气氛。大家坐在一起时，常常沉默无言。有时别人站起来走开了，订婚的男女单独地留在一起，仍然是沉默无言。他们很少说到未来的生活。安德来公爵既怕说到也不好意思说到这个。娜塔莎也有着这种心情，正如同她也有他的一切的心情，她不断地猜测着他的心情。有一次娜塔莎问到他的儿子。安德来公爵脸红了，这是他现在所常有的，这也是娜塔莎特别欢喜的。他说，他的儿子将来不同他们住在一起。

"为什么？"娜塔莎惊愕地说。

"我不能从祖父身边把他带走，还有……"

"我会多么爱他的啊！"娜塔莎说，立刻猜透了他的意思，"但我知道，您想要避免闲话，免得您和我受人指责。"

老伯爵有时走到安德来公爵面前，吻他，问他对于彼恰的教育或者对于尼考拉的职务的意见。老伯爵夫人常常望着他们叹气。索尼亚总是怕碍事，在他们不愿意那样的时候，她也极力借故离开，留下他们俩在一起。在安德来公爵说话（他很会说故事）时，娜塔莎骄傲地听他说；当她说话时，她恐惧而又高兴地注意到，他正注意地审视地望着她。她困惑地问她自己："他在我身上寻找什么呢？他用目光在窥察什么东西呢？假若我没有他的目光所寻找的东西，怎么办呢？"有时她发生了她所特有的那种若狂的愉快的心情，这时候她特别欢喜听到并且看着安德来公爵发出笑声。他很少发笑，但是当他发笑时，便会纵情大笑，并且每次在这种笑声之后，她觉得自己和他更亲近了。要不是一想到迫在眼前的别离就使她感到恐惧，她便是十分幸福了，正如同他一想到这个，便面色发白，身上发冷。

在他离开彼得堡的前夜，安德来公爵把彼挨尔带来了，他自从那次跳舞会以后就没有到罗斯托夫家来过。彼挨尔似乎是茫然若失、忸怩不安的。他和伯爵夫人交谈着。娜塔莎和索尼亚坐在棋桌前，邀安德来公爵到她面前去。他走到她们那里去了。

“您早就认识别素号夫吗？”他问，“您喜欢他吗？”

“是的，他是个很好的人，但是很可笑的。

于是她，和一向说到彼挨尔时一样，开始说到他在心不在焉的时候的逸事，有些逸事甚至是别人替他捏造出来的。

“您要知道，我把我们的秘密告诉他了，”安德来公爵说，“我从小便认识他。他有金子般的好心肠。我请求您，娜塔莎，”他忽然严肃地说，“我要走了，上帝知道，会发生什么事情。您可以不爱……啊，我知道，我不该说这话。只有一点，当我不在这里的时候，假使您发生什么事情……”

“发生什么呢？”

“无论有什么烦恼，”安德来公爵继续说，“我请求您，索斐小姐，无论发生什么事情，您只去找他一个人，征求他的意见，求得他的帮助。他是一个最漫不经心的人，最可笑的人，但是他有金子般的好心肠。”

父亲、母亲、索尼亚，甚至安德来公爵自己，都不能预见未婚夫的离别对于娜塔莎会有什么影响。她脸红、兴奋，眼睛里没有泪，整天在家里走动着，忙着最不重要的事情，好像她不明白等着她的事情。她甚至在他告别，最后一次吻她的手的时候，也没有流泪。

“不要走！”她只用那样的声音向他说了这话，那声音使他 考虑到，他是否果真应该留下来，而他很久以后还记得这个声音。在他走后，她也没有哭；但她在自己的房间里坐了几天，没有哭，对任何事情都不感兴趣，只有时说道：“唉，他为什么走了呢？”

但是在他走后两星期，使得身边的人都觉得奇怪的，是她的精神上的疾病复元了，她和从前一样了，但是她的精神面貌改变了，就像孩子们在久病之后带着改变的面貌起床一样。

25

尼考拉·安德来维支·保尔康斯基公爵的身体和性格，在儿子走后的这一年之内，变得很坏了。他的脾气比以前更大了，他的无故的怒火大部分是出在玛丽亚公爵小姐的身上。他似乎是存心挑剔她所有的弱点，以便在精神上尽量残忍地折磨她。玛丽亚公爵小姐有两种爱好，因此有两种乐趣——一是侄儿尼考卢施卡，一是宗教，而两者都是公爵所欢喜的攻击与嘲笑的对象。无论他们谈到什么，他总把谈话兜转到老处女们的迷信，或小孩们的溺爱与姑息上去。“你要使他（尼考林卡）变成和你自己一样的老处女，白费精神的，安德来公爵要的是一个儿子，不是一个老处女。”他说。或者在玛丽亚公爵小姐面前，他面向着部锐昂小姐，问到她是否欢喜神甫、圣像，并且加以嘲笑……

他不断地使玛丽亚公爵小姐伤心难过，但女儿却很乐意地宽恕他。难道他会对不起她吗？难道她的父亲，她仍然知道他爱她，他会不公平吗？什么是公平呢？公爵小姐从来没有想到过这个骄傲的字眼：“公平。”人类一切复杂的法则，在她看来，组成了一个简单而明白的法则——爱与自我牺牲的法则，这是他教给我们的，他为了爱而为人类受苦，而他自己就是上帝。别人的公平不公平与她何干呢？她自己应该受苦，爱，并且她是这么做了。

安德来公爵冬天来到童山，他愉快、和气、亲切，玛丽亚公爵小姐好久没有看见过他这样。她预感到他发生了什么事情，但他丝毫没有向玛丽亚公爵小姐提到自己爱情的事。在离家之前，安德来公爵和父亲作了一次长谈，并且玛丽亚公爵小姐注意到，在他离家之前两人彼此都不满意。

在安德来公爵走后不久，玛丽亚公爵小姐从童山写信给她的在彼得堡的朋友尤丽·卡拉基娜。正如同姑娘们都爱梦想，玛丽亚公爵小姐梦想她嫁给了自己的哥哥，而她这时候正为她的在土耳其被打死的哥哥服丧。

悲哀似乎是我们共同的命运，亲爱温柔的朋友尤丽。

您的丧痛是那么可怕，我只能向自己解释，这是上帝的特恩，他爱您，想要试验您和您的高贵的母亲。

啊，我的好友，宗教，只有宗教能够安慰我们，把我们从绝望里拯救出来。只有宗教能够向我们说明，没有宗教的帮助人便不能了解东西：为了什么，因为什么缘故，那些善良的、高尚的、能够在生活中寻得幸福的、不但不妨害任何人，而且是别人的幸福所必需的人被召回到上帝那里，却留下了那些邪恶的、无用的、有害的，或者是拖累自己和别人的人活在世上。我所看见的永远不会忘记的第一个人的死——我可爱的嫂嫂的死——给了我这样的印象。正如同您问命运，为什么您的极好的哥哥要死，同样地我也问，为什么天使莉萨要死，她不但没有对人做过任何坏事，而且在她心中从来没有过不好的思想。哦，您可知道，我的好友，自从那时以后，五年过去了，我，凭我的浅薄的理解力，已经开始明白地懂得，为了什么她一定要死，并且她的死何以仅仅是造物者无限恩惠的表现，它的一切行为，虽然大部分是我们不了解的，却只是它对于它的创造物的无穷之爱的表现。我常常想，也许她就像天使一般的太纯洁了，因而她不能担负母亲的一切责任。做年轻的妻室，她是无可指责的；也许做了母亲，她便不能够是这样的了。现在不但她对我们，特别是对安德来公爵，留下了最纯洁的惋惜与回忆，而且也许她要在那里获得我不敢为自己所希望的地位。但是不要单单说到她，这个可怕的早死，虽然有那一切的悲伤，对于我和哥哥却有最幸福的影响。那时候，在我们丧失她的时候，这种想法我是没有的；那时，我要恐怖地赶走这种想法，但现在它是那么明显无疑了。我的好友，我把这一切写给您看，只是为了要您相信那成了我的生活的原则《福音书》的真理：没有上帝的意志，连一根毛发也不会从人的头上落下来。而支配它的意志的，只是一种对于我们的无限的仁爱，因此无论我们发生了什么，都是为了我们的幸福。

您问，我们是否要在莫斯科过这个冬天。虽然我很希望看见您，但是我想不至于去的，我也不希望去。您要听到，保拿巴特是这事的原因，会觉得奇怪的。原因在此：我父亲的健康显著地变坏了：他不能够忍受反对的意见，并且变得很暴躁。这种暴躁，您知道，大都是对于政治问题的。他不能忍受这种想法，就是：保拿巴特和全欧洲的君主们，尤其是我们的皇上，伟大的叶卡切锐娜女皇的孙子，在平等地位上办交涉！您知道，我对于政治全然漠不关心，但从我父亲的言语里和他同米哈伊·依发诺维支的谈话中，我知道世界上所发生的一切，特别是给予保拿巴 特的一切光荣，似乎全世界上只有童山方面不承认他是伟人，更不把他当作法国皇帝了。我父亲不能忍受这种事情。我似乎觉得，我的父亲，不愿意说起到莫斯科去，主要是因为他的政治见解，并且他预见到，他对别人毫不客气地表示意见的做法，会引起冲突。他在治疗上所获得的一切，将由于不可避免的关于保拿巴特的争论而丧失的。无论如何去与不去，很快就可以决定了。

我们的家庭生活还是照常那样，只是哥哥安德来不在家。我已经给您写信说过，他近来变得很多了。在他的不幸之后，他直到现在，在今年才完全恢复了他的精神。他又变得像我在小时候所知道的那个样子了，善良、亲切、有金子般的心，像他这样的心，我还没有见过。我似乎觉得，他明白了他的生活并没有完结。但随同这种精神的改变，他在体力上却变得很弱了。他比从前更瘦、更神经质了。我为他担心，并且高兴他作这次的国外旅行，这是医生早就向他说过的。我希望这可以治好他的身体。您向我说，在彼得堡大家说他是一个最积极、最有教养、最聪明的青年。恕我这种亲属的自负，我从来没有怀疑过这一点。他在这里对大家——从自己的农奴直到贵族——所做的好事是数不尽的。到了彼得堡，他只得到了应得的待遇。我总是诧异，这些谣言怎样会从彼得堡传到莫斯科来的，特别是那种不确实的，像您在信里向我所写的——关于我哥哥和小罗斯托娃臆测的订婚的谣言。我并不以为安德来会娶任何女子的，特别是她。原因在此，第一，我知道他虽然很少提到亡妻，但这个丧偶的悲哀，在他心中是太根深蒂固了，他决不会找续弦的人，为我们的小天使找继母。第二，因为，就我所知道的，这个姑娘不是那种能够使安德来公爵觉得满意的女子。我不以为安德来公爵会选她做妻子，并且我坦白地说：我不希望这样。但我说得太多，写完第二页了。再会，我亲爱的朋友；愿上帝保佑您在他的神圣万能的庇护之下。我亲爱的朋友，部锐昂小姐吻您。

玛丽亚

26

在夏季的当中，玛丽亚公爵小姐接到安德来公爵从瑞士寄来的一封意外的信，他在信中向她说了一个奇怪的、意外的消息。安德来公爵向她说到他自己和罗斯托娃的婚约。他在整封信里流露出他对未婚妻的狂热爱情、他对妹妹的深切的情感与信任。他写着，他从来没有像他现在这样地爱过，他直到现在才懂得并认识了什么是生活。他请妹妹原谅他，因为在他上次到童山时，虽然他同父亲说过，却没有向她说到这个决定。他没有向她说到这个，因为玛丽亚公爵小姐会请求父亲同意，而这若是达不到目的，反而会触怒父亲，引起父亲对她的大不满意。况且，他在信上说，那时候这事情还没有像现在这样确实决定。“那时候父亲向我指定了期限，一年，现在指定的期限已经过了六个月——一半了，我的决心比从前更坚定了，假使不是医生们留我在这里，在温泉，我便回俄国了，但现在我不得不把我的归期延迟三个月。你知道我以及我同父亲的关系。我不需要他的任何东西。我过去是并且要永远是自立的，但是，他和我们在一起也许不会久了，这时候，我若违反他的意志去做，引起他的怒火，便要破坏我一半的幸福。我现在写信给他说到同样的事，请你选择适宜的时间，把信交给他，并且告诉我，他对于这整个事情的看法，以及是否可以希望他同意把期限缩短三个月。”

在长时间的犹豫、怀疑、祈祷之后，玛丽亚公爵小姐把信交 给了父亲。第二天，老公爵镇静地向她说：

“写信向您哥哥说，要他等到我死了……不会久了——我马上就要让他自由了……”

公爵小姐想要回话，但父亲不许她说，并且声音越说越高了。

“结婚，结婚，好孩子……好亲戚！……聪明人，啊？有钱的，啊？是的。尼考卢施卡要有很好的继母了！你写信告诉他，让他明天就结婚。她要做尼考卢施卡的继母，我要娶小部锐昂了！……哈，哈，哈，他不能没有继母！只有一点，我的家里不再需要妇女了；让他结婚，住在他自己的家里。也许你也要到那里去住吧！”他对着玛丽亚公爵小姐说，“上帝保佑你，到天冷了去，到天冷了去……天冷了去！……”

在这场怒火之后，公爵没有再说到这件事情。但他的克制的、对于儿子的胆小而有的恼怒，表现在父亲对女儿的态度上。在原先的嘲笑话题之外又加上了新的——关于继母的和对部锐昂小姐爱情的话。

“我为什么不娶她呢？”他向女儿说，“她要成为出色的公爵夫人！”

近来，令她迷惑而惊异的是玛丽亚公爵小姐开始注意到，她的父亲果然开始对那法国女子越来越接近了。玛丽亚公爵小姐写信给安德来公爵，说到她父亲接到他信时的态度；但她安慰了哥哥，说她父亲有接受那个意见的希望。

尼考卢施卡和他的教育，安德来和宗教，是玛丽亚公爵小姐的安慰与乐事；但此外，因为每个人必须有个人的希望，玛丽亚公爵小姐在她的内心的最深奥处，有一个潜隐的梦想和希望，这是她生活中的主要安慰。这种安慰的梦想和希望是“上帝的人”给她的——他们是傻先知和巡拜者，瞒着公爵来看她的。玛丽亚公爵小姐生活愈久，她对生活的经验和观察愈多，她愈是奇怪那些在这里，在尘世上，寻求享受与幸福的人，那些为了获得那种不可能的、虚幻的、罪恶的幸福而忙碌、痛苦、争闹、互相作恶的人的目光短浅。“安德来公爵爱过他的妻子，她死了，他觉得这还不够，他想要把自己的幸福和另一个女子结合在一起。父亲不愿意这样，因为他希望安德来选择更有门第、更有钱的配偶。为了得到过眼云烟的幸福，他们都争斗、受苦、烦恼，并且损害他们的心灵，永久的心灵。不但我们自己知道这个，而且基督，上帝的儿子，来到地上，向我们说，这个生命是一瞬间的生命，是一场试验；然而我们还是抓牢着它，想在它里面寻找幸福。怎么会没有人了解这个？”玛丽亚公爵小姐想，“没有人，除了这些被轻视的‘上帝的人’，他们肩上扛着布袋从后门来看我，怕被公爵碰见，这不是为了避免受他折磨，而是为了不引他犯罪。丢开家庭、亲属，以及对人世幸福的关怀，为了不依恋任何东西，穿破麻布衣服，用假的名字，从这里走到那里，不对人做坏事，却为他们祈祷，为那些赶走别人的人祈祷，也为那些保护别人的人祈祷：除这个真理与生命之外，便没有真理与生命了！”

有一个女巡拜者，费道修施卡，是一个五十岁的、矮小、沉静、麻脸的女人，曾经赤脚戴链子漫游过三十多年。玛丽亚公爵小姐特别欢喜她。有一天在黑暗的房间里，在孤灯的亮光下，当费道修施卡说她的生活时，玛丽亚公爵小姐突然那么明确地想到，只有费道修施卡一个人找到了生活的正确道路，以致她下了决心要自己去巡拜圣地。当费道修施卡已经去睡觉时，玛丽亚公爵小姐把这个问题想了很久，终于决定了，虽然这很奇怪——她一定要去巡拜圣地。她只把自己的计划告诉了一个人，忏悔僧阿金非神甫，这个神甫赞同了她的计划。在给女巡拜者们的礼物的掩饰之下，玛丽亚公爵小姐为自己预备了全套的女巡拜者的服装：衬衣、草鞋、粗布衣和黑布巾。玛丽亚公爵小姐常常走到了放秘密东西的抽斗柜前站着，不能够决定，她执行计划的时候是不是已经到了。

她听着巡拜者们的故事时，常常那样地被她们的简单的、对于她们是机械的、而对于她却是充满深奥意义的言语所激动，以致有好几次她准备抛弃一切，从家里跑出去。在她的想象中，她已经看见了自己是和费道修施卡在一起，穿着粗布衬衣，带着拐杖，背着行囊，在灰尘的道路上走着，没有妒忌，没有人世的爱，没有欲望，从这个圣地走到那个圣地去作巡拜，最后，到了没有悲哀、没有叹息，却有永久的欢乐与幸福的地方。

“我要走到一个地方去，在那里祈祷；对这个地方还没习惯并且还没喜欢它，我又要向前走。走到我的两腿无力的时候，我要躺下来死在什么地方，我要终于走到那个永恒的安静的地域，那里没有悲哀，没有叹息！……”玛丽亚公爵小姐想。

但后来，看见了父亲，特别是幼小的考考，她的决心又没有了，她偷偷地流泪，并且觉得她是一个女罪人：她爱她的父亲和侄儿超过了爱上帝。

第四部

1

《圣经》的传说告诉我们，不做工作——闲逸——是世界上的人在他堕落之前的第一个幸福的条件。堕落的人的心里还是欢喜闲逸；但是诅咒仍然落在人的身上，不但因为我们必须脸上流着汗去寻找我们的面包，而且因为在我们道德的本质上，我们不能够既闲逸而又心安。一种内在的声音说，我们闲逸，便是罪过。假使人能够找到一种情形，他在这种情形中，虽然闲逸，却觉得自己有用并且在尽自己的责任，这样，他便会找到原始幸福的一方面。这样一种强制的、不可指责的闲逸，有一整个的阶级——军人阶级——在享受。军役的主要吸引力，就是并且将来也是这种强制的不可指责的闲逸。

尼考拉·罗斯托夫在一八〇七年之后，继续在巴夫洛格拉德团里服役，他已经指挥他所接管的皆尼索夫的那个骑兵连了，他充分体验了这种幸福。

罗斯托夫变成了一个直率的善良的人，他被莫斯科的朋友当作mauvais genre〔模样很坏〕的人，但他得到同僚、下属、长官的欢喜和尊敬，并且他满意自己的生活。近来，在一八〇九年，他常常在家信中发觉到母亲的怨诉，说家务的情形是越来越坏了，并且这正是他回家承欢并安慰他年老双亲的时候了。

看这些信时，尼考拉觉得恐惧：他们要使他脱离那种环境，在这种环境里，他使自己避开了一切人事纠纷，生活过得那么平静而安宁。他觉得，他迟早又要回到那种生活的旋涡里去：那里有事务的混乱和整顿，有管家的账目，有争吵、阴谋，有亲戚，有社交，有索尼亚的爱和对她的诺言。这一切是极其困难复杂的，于是他用冷淡的古典格式写信回答母亲的信，开头：Ma chère maman,〔我亲爱的妈妈，〕结尾：votre obéissant fils,〔你的顺从的儿子，〕却不提起他要什么时候回家。一八一〇年他接到父母的信，他们在信中告诉他娜塔莎和保尔康斯基已经订婚，说婚礼要在一年之后举行，因为老公爵没有同意。这封信使尼考拉感到苦恼和屈辱。第一，他可惜的是家里要失去娜塔莎，他爱她超过他爱全家的人；第二，从他的骠骑兵观点看来，他可惜的是他没有亲自在场，因为他会向这个保尔康斯基表示，和他结亲一点也不是什么大的荣幸，并且假使他爱娜塔莎，他可以无须得到疯父亲的同意。他迟疑了一下，是否要告假去看结婚前的娜塔莎，但那时正要举行军事演习，又想到了索尼亚和事务纠纷，于是尼考拉又延期了。但那年春天他接到母亲一封信，这是瞒了伯爵写的，这封信说服了他回家。她在信上说，假使尼考拉不来家，不管理家务，则全部田产都要拍卖，大家都要讨饭了。伯爵是那么软弱，那样信任米清卡，并且那么厚道，因而大家都欺骗他，而家境是一天不如一天了。“我请求你，看在上帝的分上，立刻来家，假使你不愿使我和全家不幸。”伯爵夫人这么写着。

这封信感动了尼考拉。他有那种普通人的常识，它向他指示了他应该做的事。

现在应该是，即使不退伍，也要告假回家了。为什么应该回家，他不知道；但饭后睡觉醒来时，他吩咐把他的好久未骑的、非常性野的灰色的马战神套上鞍子，并且当他骑着汗湿的马回来时，他向拉夫如施卡（皆尼索夫留给罗斯托夫的侍从兵）和晚上来到的同事们说明了，他要请假回家。虽然他想到，他没有从司令部里听到消息（这是他特别关心的），他是否要升为上尉，或者是否要因为最近的演习而获得圣·安娜勋章，便要走开，觉得困难而奇怪；虽然想到，他没有把波兰的伯爵已同他作了谈判，而他打了赌要把两千卢布的三匹栗色的马卖给波兰的高卢号夫斯基伯爵，便要走开，觉得奇怪；虽然骠骑兵们没有了他，还能够为波兰的卜莎斯皆兹卡小姐举行跳舞会，和那些为波兰的保绕索夫斯卡小姐举行跳舞会的矛枪骑兵争风，似乎是不可解的——但他知道，他必须离开这个明亮的美好的世界，而到那一切是无聊和混乱的地方去。一星期后，他的准假令来了。不仅是全团的而且是全旅的同事们都为罗斯托夫饯别，每人的份金是十五个卢布——有了两个音乐队奏乐，两个唱歌团唱歌；罗斯托夫和巴索夫少校跳了“特来巴克”舞；酩酊大醉的军官们抛起、拥抱、又放下罗斯托夫；第三连的士兵们又抛起他一次，并大呼“乌拉”，然后他们把罗斯托夫放上雪橇，一直把他护送到第一个驿站。

这是一向如此的，在旅途的前半程里，从克来明秋格到基辅，罗斯托夫所有的思想还在后边——在连里。但颠簸了一半的路程之后，他已经开始忘记三匹栗色马，他的上士道饶伊维伊考，并且开始不安地向自己问到，奥特拉德诺的情形如何，他将要在那里看到什么。他离家愈近，他愈是强烈地、极强烈地想到自己的家（好像精神上的情绪也服从那种吸引力与距离平方成反比的定律）；在奥特拉德诺之前的最后一站，他给了车夫三卢布酒钱，在到达时，他像小孩子一样，喘息着跑到家里的台阶上。

有了会面时的狂喜，有了期望未能满足的那种奇怪情绪——“一切依然如旧，为什么我那么急切呢？”——然后，尼考拉开始在旧有的家庭环境中住下来了。父母依然如旧，只是老了一点。他们之间的新有的事情，是某种不安和偶然的意见不合，而这是过去从来没有过的，并且尼考拉立刻便晓得了，这是由于家境的不好。

索尼亚已经快满二十岁了。她不会长得再美了，她不能有更多的长处了；但这样也够了。自从尼考拉回家以后，她便流露着幸福和爱情，这个女子的可靠的、不可动摇的爱情使他心里觉得高兴。彼恰和娜塔莎最使尼考拉惊异。彼恰已是高大的、十三岁的、漂亮的、快乐的、聪明的、顽皮的孩子，他的嗓音已经在变了。尼考拉对娜塔莎诧异了好久，并且望着她发笑。

“你完全不像从前那样了。”他说。

“怎么样，丑了吗？”

“相反，是多么威风啊。公爵夫人？”他低声向她说。

“是的，是的，是的。”娜塔莎高兴地说。

娜塔莎向他说到她自己和安德来公爵的整个的恋爱，以及他到奥特拉德诺的访问，并且给他看了最近的信。

“怎么样？你高兴吗？”娜塔莎问，“我现在是这么宁静、幸福。”

“我很高兴，”尼考拉回答，“他是很好的人。那么，你很爱他吗？”

“怎么向你说呢？”娜塔莎回答，“我爱过保理斯、我的教师和皆尼索夫；但这次完全不同了。我觉得宁静、坚决。我知道，没有比他更好的人了。我现在是这么宁静、舒服。完全不像从前……”

尼考拉向娜塔莎表示，他不赞成婚期延迟一年；但是娜塔莎猛烈地攻击哥哥，向他证明这是没有办法的事，说违反父亲的意志而去成家，这样是不好的，说她自己愿意这样。

“你完全，完全不了解。”她说。

尼考拉沉默着，同意她的说法。

哥哥常常望着她，觉得奇怪。她完全不像一个离开未婚夫的、钟情的未婚妻。她心平气和、宁静，完全像从前一样地愉快。这使尼考拉诧异，甚至使他怀疑保尔康斯基的订婚。他不相信，她的命运已经决定，尤其是因为，他没有看见过她和安德来公爵在一起。他总觉得，在这个要举行的婚事中有点不妥的地方。

“为什么要延迟呢？为什么没有举行订婚礼？”他想。

有一次同母亲谈到妹妹，他诧异地并且有一点儿满意地发现，母亲在她的内心里也有时怀疑这件婚事。

“这是他写的，”她说，她怀着母亲对女儿的未来的婚姻幸福一向所有的那种潜隐的嫉妒，给儿子看安德来公爵的信，“他信上说，他不会在十二月以前回来的。有什么事情会留住他？大概是，疾病！身体很坏。你不要告诉娜塔莎。你不要以为她高兴：她就要度过了少女的最后的时期，但我知道，每次当她接到他的信时，她是什么样子。”

“可是，但愿上帝让一切结果美满吧，”她每次都是这么结束自己的话，“他是极好的人。”

2

尼考拉到家以后，起初是严肃的，甚至是兴致索然的。使他苦恼的，是必须过问这些繁杂的家务，就是为了这个，他母亲才要他回家的。他为了赶快卸下这个负担，在回到家的第三天，当别 人问他到哪里去的时候，他没有回答，便愤怒地皱着眉，走到厢房去看米清卡，向他要全部细账。这全部细账是什么，尼考拉比那感到恐惧和困惑的米清卡知道得更少。和米清卡谈话、算账的时间不是很长。村长、农民代表和村书记，在厢屋的门廊里等待着，觉得又恐惧又满意，起初听到年轻伯爵的似乎越来越高的声音在吼叫、在震响，然后又听到连续不断的咒骂和可怕的话。

“强盗！忘恩负义的畜生！……我要杀死这条狗……我不和爸爸……抢我们……”云云。

然后这些人，同样又满意又恐惧地看见年轻的伯爵，满脸通红，眼睛充血，抓住米清卡的领子，把他拖出来，在说话的时候，或者用腿，或者用膝盖很敏捷地踢他的屁股，大叫着：“滚开！恶棍，不准你的魂留在这里！”

米清卡从六级台阶上直冲下来，跑到树丛中去了。（这个树丛是奥特拉德诺犯人们有名的避难处。米清卡自己喝醉了酒从城里回来时，常常藏在这个树丛里，并且奥特拉德诺的许多人在这里逃避米清卡时，知道了这个树丛的保护作用。）

米清卡的妻子和姨子们，从房间的门里伸出惊惶的面孔，向门廊里望着，房里面正在煮一个清洁的茶炊，有管家的一张高床，上面铺了一床缝絮的十锦被。

年轻的伯爵，没有注意她们，喘着气，踏着坚决的脚步从她们的身边走过去，走进屋里去了。

伯爵夫人立刻便听女仆说了厢屋里所发生的事，一方面觉得心安，就是他们的家境一定要好转了，另一方面又觉得不安，不知道这件事对于他的儿子会有什么样的影响。她几次踮着脚走到他的门口，听见他一筒一筒地吸烟。

第二天，老伯爵把儿子叫到一边，带着畏怯的笑容向他说："你知道，我亲爱的，你白白地发火了。米清卡把一切都向我说了。"

"我知道了，"尼考拉想，"我在这里，在这个愚蠢的世界里简直是什么也弄不明白的。"

"你发火，因为他没有把那七百个卢布登账。可是他写在后面的一页上，你没有看那一页。

"爸爸，他是恶棍，是贼，我知道。过去的事，已经过去了。但假使您不愿意，我便不再向他说什么了。"

"不是，我亲爱的（伯爵也发窘了。他觉得，他没有好好管理妻子的田庄，并且对不起子女们，但他不知道怎样加以纠正），不是，我请你管事情，我老了，我……"

"不，爸爸，假使我对您做了什么不愉快的事，请您原谅我；我知道的比您少。"

"这些该死的农奴、金钱和转页记账，"他想，"牌账里的'折角'和六倍赌注，我是会算的，但对于转页记账——我一点也不懂。"他向自己说，并且从那时起不再过问家事了。但是有一天伯爵夫人把儿子叫到面前，向他说，她有安娜·米哈洛芙娜两千卢布的期票，并且问尼考拉，他想要怎么处置这笔钱。

“就这么办吧，”尼考拉回答，“您向我说过的，这件事由我决定；我不欢喜安娜·米哈洛芙娜，我也不喜欢保理斯，但他们是我们的朋友，而且穷困。那么，就这么办吧！”于是他撕掉这张期票，这行为使老伯爵夫人流出了欢喜的眼泪。此后，年轻的罗斯托夫不再过问任何事情，专心热烈地忙于那件对他说来是新鲜的事——打猎，老伯爵家的打猎是大规模地进行的。

3

已有冬意了，早晨的寒气把浸透秋雨的土地冻结起来了。冬麦已经成簇了，它的鲜明的绿色显然地衬托出一片片棕色的被牛踏倒的冬麦，淡黄的、夏麦的空田和红色的荞麦的田。高地和树林，在八月末还是黑色的冬麦田与休耕田之间的绿岛，现在成了鲜明绿色的冬麦田间的金色的、鲜明红色的岛了。兔子已经换了一半夏毛，小狐狸开始出走了，小狼已比狗大了。那是最好的打猎时季。热心的年轻的猎人罗斯托夫的猎犬，不但跟随猎人打过猎了，而且那么疲倦，因此猎人们在会议中决定了给猎犬休息三天，在九月十六日出发打猎，从橡树林中开始，那里有未被猎取过的小狼。①

九月十四日的情形是如此。

这一整天猎队都在家里；天寒地冻，刺人肌骨，但傍晚的时候，天色阴暗并且化冻了。九月十五日的早晨，当年轻的罗斯托夫穿着宽服向

① 毛注：这里所描写的猎犬是嗅觉灵敏但跑路不快的。它们凭嗅觉追赶猎物，另有捷速的狼犬追捕。唯狼犬嗅觉欠敏，须看见猎物才能追捕。猎物有时装死，狼犬极易受骗。

窗外张望时，他看见了那是一个对于打猎再好不过的早晨：好像天在融化，并且没有风吹，便向地面沉落。空气中唯一的运动，是从上向下飘落的微小水点或雾点的轻微运动。在花园的秃枝上挂着透明的水珠，滴在新落的叶子上。菜园的土地好像罂粟一样地潮湿、发亮、发黑，并且在不远的地方，和溟濛的潮湿的雾幕相混合了。尼考拉出去走到潮湿的泥泞的台阶上，闻到枯叶和猎犬的气味。黑花的、宽臀的雌狗米尔卡，有一双突出的又大又黑的眼睛，看见了主人，便站起来，伸出后腿，像兔子一样地躺下来，然后忽然跃起来，舐它的鼻子和胡须。另一只狼狗，在花园的路上看见了主人，便拱起脊背，直奔到台阶上，竖起尾巴，在尼考拉腿上摩擦着。

“啊——嘘！”这时传来了那种不可仿效的猎人的呼唤声，这声音，混合了最深沉的低音和最尖锐的次中音。从角落上走出了管狗的猎人大尼洛，他的头发照乌克兰式四边剪短，是一个白发的脸上打皱的猎人，手里拿着一根弯曲的鞭子，带着只有猎人才有的那种独立自主与轻视世间一切的表情。他在主人面前取下契尔克斯式的帽子，并轻视地望了望他。这种轻视并不使主人生气：尼考拉知道，这个轻视一切、自视高过一切的大尼洛仍然是他的家奴和猎人。

“大尼洛！”尼考拉说，他羞怯地觉得，看到这种打猎的天气、这些猎犬和猎人，他便被那种不可抵抗的打猎情绪所支配，这种情绪会使人好像一个爱人在他的情妇面前那样地忘记他从前的一切计划。

“吩咐什么，大人？”他用教堂辅祭长般的、因为呼唤而沙哑的低音问他，皱着眉，两只黑色的明亮眼睛看了看沉默的主人。这两只眼睛好像是说：“怎么，忍不住了吗？”

“好天气啊？骑马，打猎，啊？”尼考拉说，搔着米尔卡的耳朵后边。

大尼洛没有回答，眏了眏眼睛。

“天亮的时候，我派了乌发尔卡去听，”在片刻的沉默后，他用低音说，“他说，它把它们转移到奥热拉德诺围地里去了，它们在那里咆哮（意思是他们俩所知道的一只母狼，带着小狼，转移到奥特拉德诺的森林里去了，这个地方离家有两俚路，是一个小猎地）。”

“是不是应该去呢？”尼考拉说，“把乌发尔卡带到我这里来。”

“遵命！”

“那么现在不要喂它们了。”

“就是。”

五分钟后，大尼洛和乌发尔卡都站在尼考拉的大房间里了。虽然大尼洛身材不高，但是在房间里看他，却令人产生那样的印象，就好像是一匹马或一只熊，站在家具和人类生活环境当中，站在地板上一样。大尼洛自己感觉到这一点，照例正好站在门口，极力要低声说话，动也不动，免得破坏主人房间里的东西，并且极力要赶快地说出一切，再从天花板底下走出去，走到天空底下的空地上去。

问完了话，得知了大尼洛的意见，就是猎犬都可以使用（大尼洛自己也想要出去），尼考拉便吩咐上马鞍子。但是在大尼洛正要走出去时，娜塔莎还没有梳头，没有穿好衣服，用保姆的大披肩裹着身体，快步地进房来了。彼恰和她一同跑进来了。

“你去吗？”娜塔莎说，“我晓得你要去！索尼亚说你不去。我知道，今天这样的天气，你不能不去的。”

“我们要去，”尼考拉勉强地回答，因为他今天打算认真地去打猎，不愿带娜塔莎和彼恰一道去，“我们去，但只是打狼；你会觉得没有趣味的。”

“你知道，这是我最大的乐趣，”娜塔莎说，“这是不对的——你自己去，叫人上了马鞍，一句话也不告诉我们。”

“‘对俄国人的阻碍全无用’，我们去！”彼恰大叫。

“但是你不能去，妈妈说的，你不能去。”尼考拉向娜塔莎说。

“不行，我要去，一定要去，”娜塔莎坚决地说，“大尼洛，叫人替我们上马鞍，叫米哈益洛把我的狗带来。”她向猎人说。

大尼洛似乎觉得，他在房间里是不合适的、难受的，但是要他替小姐办什么事情——那在他看来是不可能的。他垂下眼睛，好像这事与他无关，他极力不要无意地使小姐难受，赶快地走出去了。

4

老伯爵一向维持着大规模的猎队，现在这一切都交给儿子管理了，这天，九月十五日，他很高兴，自己也准备出猎。

一小时后，整个猎队都站在台阶上了。尼考拉带着严厉的庄重的神情，表示现在无暇过问不相干的事，走过了向他说话的娜塔莎和彼恰面前。他检查了猎队的各部分，派了一群猎犬和几个猎人先去找猎物，他骑上栗色马，向他的群犬呼唤着，穿过打谷场，走到通达奥特拉德诺围地的田地上。老伯爵的马，栗色的阉马，叫做维夫良卡，由伯爵的马夫牵着；他自己要坐车一直坐到留给他的野兽惯行的路线上。

全部带出的猎犬是五十四条，由六个猎人和管狗的人率领着。除主人之外，有八个管狼犬的人，在他们后面有四十多条狼犬奔跑着，所以连同主人的狗，共有大约一百三十条，二十个骑马的猎人。

每只狗都认识它的主人，都知道自己的名字。每个猎人知道自己的任务、地点和指定的工作。刚刚走出了围垣，大家便不再发出杂声和谈话，不快不慢地安静地分散在通达奥特拉德诺森林的道路和田地上。

马匹走在田地上好像踩在厚毯子上一样，在过路的时候偶尔踏在水洼里。雾气沉沉的天继续不觉地不快不慢地向地面坠落；空中寂静、和暖、没有风声。只是偶尔听到猎人的呼唤声、马喷鼻声、抽鞭声或走错地方的猎犬的叫声。

在他们走了一俚路时，从雾里又出现了五个骑马的人和群犬，迎接罗斯托夫家的猎队。骑马走在前面的是一个气色旺盛的、英俊的、有大白胡须的老人。

“你好，伯伯。”尼考拉在老人走到他面前时说。

“好极了，走呀！……我知道的，”伯伯说（他是罗斯托夫家的一个远亲，不富裕的邻人），“我知道的，你忍耐不住了，很好，你出来了。好极了，走呀（这句话是伯伯最爱说的口头禅）！马上就到围地里去吧，我的给尔其克向我说，依拉根家的人带了猎犬在科尔尼基：他们就要在你面前打小兽。好极了，走呀！”

“我正要到那里去。怎么样，把狗合在一起吧？”尼考拉问，“合在一起……”

猎犬合成了一群，伯伯和尼考拉并排地向前走。娜塔莎裹着围巾，在围巾下面露出活泼的面孔和明亮的眼睛，她带着跟在她身边的彼恰、猎人米哈益洛和一个奉命照顾她的马夫，一道急驰到他们面前。彼恰笑着，鞭打了一下他的马，然后勒紧缰绳。娜塔莎灵巧地、稳稳地骑在黑马阿拉不其克的背上，毫不费力地很有把握地勒住了马。

伯伯不赞同地回头看了一下彼恰和娜塔莎。他不欢喜把儿戏和郑重的打猎的事混在一起。

“伯伯，您好，我们也去！”彼恰大叫着。

“您好，您好，可是不要把狗挤坏了。”伯伯严厉地说。

“尼考林卡，特路尼拉是条多好的狗啊！它认识我，”娜塔莎说到她的心爱的猎犬。

“第一，特路尼拉不是狗，是猎犬。”尼考拉想，并且严厉地看了看妹妹，力求使她感觉到这时候他们之间的距离。娜塔莎明白了这个。

“伯伯，您不要以为我会妨碍什么人，”娜塔莎说，“我们会停在自己的地方不动的。”

“好极了，伯爵小姐，”伯伯说，“当心不要从马上跌下来呀，”他补充说，“不然就没有马骑了。好极了，走呀！”

奥特拉德诺的围地的林子在几百沙绳以外了，管狗的已经走到那里了。罗斯托夫和伯伯最后决定了从什么地方放狗，便向娜塔莎指定了她站立的地方，这里决不能有什么东西跑出来，他自己从山谷上边到山谷后边去了。

“哎，侄儿，你拦住母狼，”伯伯说，“当心不要让它溜掉了。”

“说不定的，”罗斯托夫回答，“卡拉伊，过来！”他喊叫，用这个喊声回答伯伯的话。卡拉伊是一只丑的、颚下垂的老猎犬，它因为单独攻击母狼而出名。他们都布置好了。

老伯爵知道儿子对打猎的热心，他急忙起来，唯恐迟到。管狗的还没有到达地点，愉快的、面色红润的、腮部打颤的伊利亚·安德来伊支伯爵已经乘了黑马所拉的车，从冬麦田上赶到了留下给他的地点，理好了皮袄，挂上了猎刀和号角，骑上了光滑、肥胖、安静、善良的、和他一样在变白毛的维夫良卡马。马和车子打发回去了。伊利亚·安德来伊支伯爵虽然不是热心的猎人，但很知道打猎的规则，他走进树林的边际，他就是要站在这里的，他理好了缰绳，在鞍上坐稳，并且觉得自己准备好了，微笑着回顾了一下。

在他旁边站立着他的随从塞明·切克马尔，他是一个年老的举动不灵活的老骑手。切克马尔牵着三只凶猛的却是与主人和马一样肥胖的狼犬。两只伶俐的老狗躺卧着，没有上皮带。在一百步外，在树林的边际，站立着伯爵的另一个马夫米戚卡，他是一个大胆的骑手和热心的猎人。伯爵按照老习惯，在打猎之前饮了一银杯加香料的白兰地酒，吃了点食物，饮了半瓶他心爱的红葡萄酒。

伊利亚·安德来伊支伯爵因为饮了酒、骑了马，有点脸红；他的一双湿润的眼睛特别明亮，他裹着皮袄，坐在鞍子上，好像小孩子要被人带去散步的样子。

瘦瘦的、瘪腮的切克马尔，做完了自己的事情，时时望着主人，他和主人情投意合地过了三十年，并且知道他的心情愉快，等候着愉快的谈话。还有第三个人小心地（显然他受到了警告）从树林里边骑马走出来，停在伯爵的背后。这人是一个白胡须的老人，穿了女人的衣服，戴了高顶帽。他是小丑娜斯他斯亚·依发诺夫那。[①]

“哎，娜斯他斯亚·依发诺夫那，”伯爵向他睒着眼说，“你要是把野兽骇走了，大尼洛要骂你的！”

“我自己……有胡子了。”娜斯他斯亚·依发诺夫那说。

“嘘嘘嘘！”伯爵发出嘘嘘声，然后转向塞明。

“你看见娜塔丽·依利尼施娜吗？”他问塞明，“她在哪里？”

“她和彼得·依利支[②]站在若罗夫的蒿草后边，”塞明微笑着回答。“她虽然是小姐，却很欢喜打猎。”

“啊，塞明，你对她骑马觉得奇怪……吗？”伯爵说，“就像男子们一样！”

“怎能不奇怪呢？勇敢，灵巧！”

“尼考拉沙在哪里？骑着马在利亚道夫冈子上，是吗？”伯爵仍然低声问。

“正是。他晓得他要站在什么地方。他那样会骑马，我和大尼洛有时候很惊讶。”塞明说，知道怎样讨好他的主人。

“骑得好吗？他在马上怎么样呢？”

“就同图画一样！那天他在萨发尔牛斯基的草丛里赶出了一只狐狸。他跳过一条水沟，从林地里跑出来，好看极了——马要值一千卢布，骑马的人是无价的。这样的人是不容易找的。”

“要找……”伯爵重复说，显然可惜塞明的话结束得太早了。“要找。”他说，打开皮袄的襟，掏出鼻烟壶。

“有一天，他穿了全副军装，做了‘弥撒’出来，米哈伊·谢道锐支……”塞明没有说完，清晰地听到了寂静空气中传来的犬跑声和两三只犬吠声。他低下头，谛听着，沉默地向主人伸手指作警告。“他们找

① 毛注：在乡间田庄上养小丑的风习，直到奴隶制度废弃后方革除。

② 即彼恰。

到小兽了……”他低声说，“对直地到利亚道夫冈子上去了。”

伯爵忘记了敛去脸上的笑容，顺着林间的小径一直向前面望着，手拿着鼻烟壶，却没有嗅。在犬吠声之后，听到了大尼洛的低音的号角发出来的唤狼的声音。一群猎犬和最前面的三只猎犬合在一起，猎犬发出大叫声，带着那种特别的、提高的嘶声，这嘶声是它们在追狼的表示。管狗的人不再唤猎犬了，却在叫“呜溜溜溜”，时而低沉时而尖锐的大尼洛的声音比所有声音都高。大尼洛的声音好像是响彻了整个的树林，越出了树林，远远地传到田野上。

伯爵和他的马夫，沉默地注听了一会儿，都相信猎犬分成了两群：大的一群，吠声特别猛烈，渐渐地远去了，另一群顺着森林从伯爵面前冲过去，在这一小群中听到了大尼洛的呜溜溜声。这两群猎犬混合在一起了，又分开了，又都走远了。塞明叹了口气，弯下腰去解开被小狗弄乱的皮带；伯爵也叹了口气，注意到手里的鼻烟壶，把它打开，捏取了一撮。

“回来！”塞明向走出树林之外的一只狼犬喊叫。伯爵抖了一下，掉下了鼻烟壶。娜斯他斯亚·依发诺夫那下了马，开始拾起鼻烟壶。

伯爵和塞明望着他。忽然——这样的事是常有的——追逐的声音立刻临近了，好像猎犬的狂吠声和大尼洛的呜溜溜声正在他们的前面。

伯爵回顾了一下，在右边看见了米威卡，他瞪眼望着伯爵，并且举起帽子，向他指指前面的另一边。

“当心！”他用那样的声音喊叫，显然他早就急于说出这话。于是他放了狼犬，向伯爵面前急驰而去。

伯爵和塞明从树林中骑马奔出，在左边看见了一只狼，这只狼柔软地摇摆着，轻轻地跳跃着，进了左边他们所站过的树丛。愤怒的狼犬嘶叫着，挣脱了皮带，从马蹄下边向狼追去。

狼停止了奔跑，笨拙得好像一个害喉管炎的人一样，向群犬掉转了宽额的头，照旧柔软地摇摆着，跳了两跳，摇了摇尾巴，躲到树林中去了。就在这个时候，从对面的树丛中，慌张地跑出来了一只、两只、三只猎犬，带着嚎哭般的吠声；全体的猎犬跑过田野，向着狼所跑过的地方跑去。在群犬的后边，矮胡桃树分出了一条道，大尼洛的棕色的因为淌汗而发黑的马跑出来了。大尼洛骑在它的长脊背上，向前躬着腰，没有戴帽子，散乱的白发披在红润的淌汗的脸上。

“呜溜溜溜，呜溜溜溜！……”他叫着。当他看见伯爵时，他的眼睛闪了一道光。

“哼……”他叫了一声，用举起的鞭子威吓着伯爵。

“让……狼跑了！……好猎人！”然后似乎不愿再向发窘的、惊惶的伯爵多说话，他带着他对伯爵而发的全部的怒气，鞭打了棕马的汗湿下坠的肚子，追赶猎犬去了。伯爵好像一个被处罚的人，站在那里回顾着，力求用笑容引起塞明同情他的处境。但塞明已经不在了：他已经绕过树丛，追狼去了。在两边也有许多狼犬同样地跑着。但狼进了树丛，没有一个猎人截住了它。

5

尼考拉·罗斯托夫这时候站在他自己的地方，等候野兽。听到忽近忽远的追逐声，听到他所熟悉的许多猎犬的吠声，听到管狗的人忽近忽远的脚步声和叫喊声，他便感觉到树林中所发生的事情。他知道，这个树林中有狼崽子和母狼；他知道，猎犬分成了两群，有一处在追狼了，并且有什么事情弄糟了。他在自己的这边一直不断地等候着野兽。他作了无数的各种各样的假定，野兽要怎样地并且从哪边跑来，他要怎样去追逐。希望变成了失望。他几次向上帝祷告，要狼跑到他这里来；他怀着人们由于琐屑的原因而非常兴奋时，做祷告的那种热情的、惭愧的心情做祷告。“啊，”他向上帝说，“为我做一做这件事，在你算什么呢？我知道，你伟大，向你求这个，是罪过；但为了你自己的情面，你把母狼引到我这边来，让卡拉伊当着在那边向这里望着的伯伯的面，死死地咬住它的喉管吧。”在这半小时内，罗斯托夫把他的固执的、紧张的、不安的目光，向那白杨树上方有两棵稀疏的橡树的树林边际，向那被水冲光了边沿的山沟，以及右边矮树那里刚刚露出来的伯伯的帽子，看了上千次。

“不，这种幸运不会再有了，”罗斯托夫想，“然而那费他什么事啊！不会再有了！我总是在牌上、在战争上、在一切的事上倒霉。”奥斯特理兹和道洛号夫，都明确地但迅速变换地在他的想象中一闪而过。“只要一生当中有一次打得一只母狼，我便什么也不希望了！”他想，努力地注视倾听，向左回顾着，又向右回顾着，并且注听着猎犬叫声的细微的差别。他又看了看右方，看见空旷的田地上有什么东西向他迎面跑来。“不，这是不可能的！”罗斯托夫想，深深地叹了一口气，好像一个人在他期待多时的事情实现了的时候那样叹了一口气。最大的幸运来到了——它是那么简单，没有声音，没有光色，没有记号。罗斯托夫不相信自己的眼睛，这个怀疑经过一秒多钟。狼向前跑，困难地跳过路上的沟。

这是一只老狼，灰脊背，饱满的红肚子。它不急不忙地跑着，显然相信没有人看见它。罗斯托夫屏声息气地回头看了看狼犬。狼犬有的躺着，有的站着，没有看见狼，什么都不知道。老卡拉伊转过头来，龇出黄牙齿，用牙齿咬后腿，愤怒地寻找狗蚤。

“呜溜溜溜！”罗斯托夫噘起嘴唇，低声地唤着。狼犬摇动了铁环，耸起耳朵，跳起来。卡拉伊搔过它的臀部，然后耸起耳朵，站起来，轻轻地摇了摇挂着一些毛团的尾巴。

“放呢？不放呢？”尼考拉自语着，这时，狼已离开树林，走到他面前来了。忽然狼的嘴脸全部改变了；看到了大概是它从未看见过的、向它注视着的人的眼睛，它颤抖了一下，向猎人微微地侧着头，站住了。“退还是进？唉，反正一样，进！……”狼似乎自语着，没有环顾，做着轻轻的、迟缓的、随便的但坚决的跳跃，前进了。

“呜溜溜！……”尼考拉用不像是他自己的声音叫唤着，他的良马自动地一直向山下冲去，跳过水沟，横截狼的去路，狼犬追上了马，跑得更快了。

尼考拉没有听到自己的叫声，也没有觉得他是骑马在跑，也没有看到狗和他所跑过的地方；他只看见狼，狼加快了步子，没有改变方向，朝山坳里奔去。在野兽的附近最先出现的是黑色宽臀的米尔卡，它渐渐靠近野兽了。越来越近了……它就要赶上它了。但是狼向它侧目地看了看；米尔卡不像从前那样加快速度，却忽然竖起尾巴，它的前腿站定不动了。

“呜溜溜溜！”罗斯托夫喊叫。

红毛的刘比姆，从米尔卡的后面跳上前，向狼猛扑，咬住了它的后腿，但立刻又恐怖地跳到另一边去了。狼蹲伏了一下，龇出了牙齿，又站起来，向前跑，隔着一阿尔申的距离，被所有的没有赶上它的狼犬追随着。

“它要逃脱了！不行，这不可能呀！”尼考拉想，继续用沙哑的声音叫喊着。

“卡拉伊！呜溜溜！”他喊叫着，寻找着老狼犬，这是他的唯一的希望。

卡拉伊使尽了它的全力，尽可能伸直腰身，它望着狼，费力地跑在狼的旁边，横截它。但由于狼跑得快，狼犬跑得慢，可以看得出，卡拉伊的打算错了。尼考拉已经看到在他面前不远的那个树林，狼若跑到那里，便一定会逃脱了。但猎犬和猎人在前面出现了，几乎是向狼迎面直奔的。还有希望。尼考拉不认识的、别的犬群中的、一只黄色的年幼的长长的猎犬，在前面向狼猛扑，几乎把它撞倒了。狼出乎意外地迅速地跳起来，向黄毛的小猎犬冲去，咬了它一口，于是流血的、身上受伤的猎犬，尖叫了一声，头撞在地上了。

“卡拉尤施卡！老朋友！……”尼考拉哭了。

后腿上挂着毛团的老猎犬，由于这一延迟，能够横挡着狼的去路，离狼只有五步了。狼好像感觉到危险，向卡拉伊侧视了一下，把尾巴在腿当中更加向里夹住，并且加快了速度。但那时——尼考拉只看见卡拉伊所发生的事——它立刻扑到狼身上，和狼一同滚到它们面前的水沟里去了。

那时候，当尼考拉看见了在水沟里和狼厮斗的群犬，群犬下面狼的白毛，伸直的后腿，紧贴的耳朵，以及惊惶的、喘息的头（卡拉伊咬住了它的颈子），当尼考拉看见了这情形的时候，是他平生最快乐的时候。他已经抓住鞍桥，要下马斩狼了，但忽然狼的头在群犬之间伸上来了，然后它的前爪站在水沟边上了。狼磨了磨牙（卡拉伊没有咬住它的颈子），用后腿跳出水沟，夹着尾巴，又离开了群犬，向前移动。卡拉伊竖起了身上的毛，大概是受损害或受伤了，困难地从水沟里爬出来。

“我的上帝！为什么呢？……”尼考拉失望地喊叫。

伯伯的猎人从另一边骑马奔来，横截狼的去路，他的猎犬又阻止了野兽。狼又被围了。

尼考拉和他的仆人，伯伯和他的猎人，围攻着野兽，纵着猎犬，喊叫着，每次在狼向后蹲伏时，便准备下马，每次在狼振作起来，向可以救它的树林里移动时，便又向前跑。

在这次追赶的开始，大尼洛听到呜溜溜溜，便已经从树林的边际冲出来了。他看见了卡拉伊咬住了狼，于是止住了马，以为这件事已结束了。但在猎人们没有下马，而狼振作起来又逃跑时，大尼洛策动了他的棕马，却不是向狼跑去，而是对直向树林跑去，和卡拉伊一样横截野兽。由于朝着这个方向跑，正在伯伯的群犬第二次截住狼时，他跑到了狼那里。

大尼洛沉默地奔驰着，左手拿着短刀，好像用连枷一样地用鞭子打棕马的扣紧的肋部。

尼考拉直到大声喘息的棕马从他身边走过时，才看见和听到大尼洛，他听到了身体落地的声音，看见了大尼洛在群犬的当中伏在狼的背上，极力要抓住狼的耳朵。显然对于猎犬、对于猎人、对于狼来说，现在一切事情都完了。野兽惊惶地贴紧耳朵，极力想要起来，但是群犬咬住了它不放。大尼洛欠起身来，跄了一步，好像是要躺下来休息一样，抓着狼的耳朵，把全身压在狼身上。尼考拉想要斩狼，但大尼洛低声说："不要，我们来绑它。"于是换了姿势，把脚踏在狼颈子上。他们在狼嘴里放进了一根棍棒，好像是用皮条上辔头一样地把它绑紧，又捆绑了它的四腿，然后大尼洛把狼向两边转动了两下。

他们带着快乐的、疲乏的面色，把活的母狼驮在惊骇的、嘶鸣的马的背上，然后带着向狼吠着的群犬，把狼带到大家应当会合的地方。猎犬捕获了两只小狼，狼犬捕获了三只。猎人们带了捕获物，一面叙谈着，聚到一起来了，大家都来看母狼，它垂着宽额的头，口里衔着木棍，把滞钝的大眼睛望着这一群围绕着它的犬和人。当他们触动它时，它挣动着被捆缚的腿，凶野而又单纯地望着大家。伊利亚·安德来伊支伯爵也来摸狼了。

"噢，多大的母狼啊，"他说，"母狼吗？"他问站在旁边的大尼洛。

"是母狼，大人。"大尼洛回答，赶快地脱帽子。

伯爵想起了他所放走的狼和他同大尼洛的冲突。

"但老兄，你是有火气的，"伯爵说。

大尼洛没有说话，只羞怯地露出了孩子般温顺的可爱的笑容。

6

老伯爵回家去了。娜塔莎和彼恰答应了立刻回家。因为时候还早，猎队又到前面去了。在中午，他们把猎犬放进了长着密密的小树林的山谷里。尼考拉站在一块空田上，看见了他的全部的猎人。

在尼考拉的对面是冬麦田，他的一个猎人单独地站在那里，在一丛胡桃树的后边的洼地里。刚刚放了那些猎犬，尼考拉便听到他所认识的一只猎犬弗托尔恩的间断的声音；别的许多猎犬和这只猎犬合到一起，时而沉默，时而狂吠。片刻之后，从山坳里传来了追赶狐狸的声音，于是所有的猎犬合到一起，在空地上向着尼考拉对面的冬麦田地上追赶。

他看见了一些戴红帽子的、在有树的山谷边上奔驰的管狗的人，甚至看见了猎犬，并且时时期待着，在那边，在冬麦田上，出现了一只狐狸。

站在洼地里的猎人移动了，放了他的狼犬，尼考拉看见了一只红毛的、矮矮的、奇怪的狐狸，它拖着尾巴，急忙地在冬麦田上奔跑。群犬追赶着它。现在它们快要赶上狐狸了，现在狐狸在它们当中兜圈子，圈子越兜越快，拖着毛茸茸的尾巴一同打旋；现在一只白狼犬向它飞奔而来，在它后边是一只黑犬，于是一切混乱了，群犬微微摆动着，头聚在一起，后部向外分开着，好像一颗星的形状。有两个猎人跑到群犬那里，一个戴红帽子，另一个陌生人，穿着绿衣服。

“这是怎么回事？”尼考拉想，“那个猎人是从哪里来的？他不是伯伯的人。”

猎人们打到了狐狸，站立了好久，没有把狐狸放到鞍子上去。驮着凸出的鞍子的、上了辔头的群马站在他们旁边，猎犬都躺着。猎人们挥着手臂，对狐狸在做什么。从那里发出了号角声——这是议定的打架的信号。

“这是依拉根的猎人和我们的依凡争吵起来了。”尼考拉的仆人说。

尼考拉派了仆人去叫他的妹妹和彼恰来，骑马慢步地向管狗人收集猎犬的地方走去。有几个猎人跑到了在打架的地方。

尼考拉下了马，和骑马来到的娜塔莎及彼恰站在群犬的旁边，等候着关于解决这件事情的消息。打架的猎人在鞍带上带着狐狸从矮树后边走出来，走到年轻的主人面前。他远远地脱下了帽子，力求恭敬地说话；但是他脸色发白，喘着气，脸上有怒容。他的一只眼睛被打伤了，但是他大概还不知道。

“您那里出了什么事？”尼考拉问。

“啊，他要抢我们猎犬追到的狐狸！我的灰鼠色的猎犬抓住的。去打官司吧……他抢我们的狐狸！我用狐狸打了他一下子。它在这里，在鞍带上。你要这个吗？……”猎人指着猎刀说，大概以为他还在和他的对手说话。

尼考拉没有同猎人说话，要妹妹和彼恰等着他，骑马到对手那里，到依拉根的猎队所在的地方去了。

那个胜利的猎人骑马加入了猎人的团体，在那里，被同情的好奇的人们围绕着，在说他的功绩。

事情是这样的，就是依拉根和罗斯托夫家有了争端并且在诉讼，他打猎的地方，按照习惯是属于罗斯托夫家的，现在似乎他有意派人来到罗斯托夫家在打猎的林地，容许了他的猎人抢夺别人家猎犬所追到的东西。

尼考拉从来没有看见过依拉根，但是因为他的判断和情绪总是容易趋向极端，他听到这个地主的强暴和专横，便从心里憎恨他，认为他是他的最大的敌人。他现在愤怒地激动地骑马向他面前走去，手里紧握着鞭子，下了充分的决心，要对他的敌人作出最断然的危险的行动。

他还没有绕过树林的角落，已经看见一个肥硕的绅士，戴着獭皮帽，骑着俊美的黑马，随带着两个仆人，向他迎面走来。

尼考拉发现依拉根不是敌人，却是一个庄严的有礼貌的绅士，他特别愿意结识年轻的伯爵。依拉根走到罗斯托夫面前，举起獭皮帽，说他很抱憾所发生的这件事情；说他要处罚那个竟敢夺取别家猎犬所追到的狐狸的人，要求伯爵和他做朋友，并且请他到他自己的猎地上去打猎。

娜塔莎怕她的哥哥做出什么可怕的事情，激动地骑马跟在他后边。看到那些对手友好地行礼，她骑马到他们面前去了。依拉根在娜塔莎面前把獭皮帽举得更高，愉快地微笑了一下，说，在她对于打猎的热情上，在他所久已闻名的她的美丽上，伯爵小姐像是一个蒂阿娜[①]。

依拉根为了弥补他的猎人的罪过，坚持地要求罗斯托夫到一俚之外他的山冈上去，这是他留给他自己用的，并且据他说，这里有很多兔子。尼考拉同意了，于是人数增加了一倍的猎队，向前出发了。

要到依拉根的山冈上去，必须走过田地上。猎人们并排走着。绅士们走在一起。伯伯、罗斯托夫、依拉根都偷看别人的猎犬，又力求不要被别人看到，并且不安地在这些猎犬里寻找自己猎犬的对手。

在依拉根的群犬中，一只小纯种的、瘦瘦的、有钢般的肌肉、纤细的鼻子和突出的黑眼的红花狗的模样，特别引起罗斯托夫的惊异。他听说过依拉根的猎犬跑得快，他看到这只美丽的雌犬是他的米尔卡的对手。

依拉根老成持重地谈到今年的收成，他正谈着的时候，尼考拉向他指着他的红花狗插言了。

“您的这只狗很好！”他用漫不经心的语气说，“跑得快吗？”

“那只吗？是的，是一只很好的狗，会捉东西。”依拉根用淡漠的声音说到他的红花的叶尔萨，这是他在一年前用三家奴隶的代价向邻人换来的。“那么，您不夸口收成了吗，伯爵？”他继续着已经开始的谈话。依拉根认为应当向年轻的伯爵说点同样的话，看了看他的狗，选择了米尔卡，它的宽阔的腰身引起了他注意。

“您的那只黑花狗很好——很好看！”他说。

“是的，它很好，跑得很快，”尼考拉回答，他想，“但愿有一只母兔子跑到田上来，我要让你看看，它是多么好的一只猎犬！”并且转过身来向猎仆说，谁若发现了躺着的兔子，他便赏谁一个卢布。

“我不明白，”依拉根继续说，“怎么别的猎人会嫉妒野兽和狗。我要向您说到我自己，伯爵。您知道，我喜欢骑马，和这样的人在一起

① 蒂阿娜是狩猎女神。

骑马……还能有更好的事了吗？（他又对娜塔莎脱了脱獭皮帽子。）但是，关于计算兽皮，以及获得多少，我全不在意！”

“哦，是的。”

“我也不因为别人的狗捕获了，我的狗没有便不高兴——我只是爱看打猎，是不是，伯爵？因为我认为……”

“来捉它——啊！”这时传来了一个停下来的管狗人的冗长的叫声。他站在空旷的冈子上，举起鞭子，又重复了一次冗长的声音：“来捉它——啊（这个声音和举起的鞭子，表示他看见前面有一只躺着的兔子）！”

“好像他发现了，”依拉根不经心地说，“好，我们去捉，伯爵！”

“是的，应当去……但——怎么，我们一起去吗？”尼考拉回答，注意着叶尔萨和伯伯的红毛如加伊，这两个对手，他还不曾有过机会把他的狗和它们比较过。“它们马上胜过我的米尔卡，怎么好呢！”他想，和伯伯、依拉根并排着向兔子那里走去。

“母兔吗？”依拉根问，走到发现兔子的猎人那里，不无兴奋地环顾着，并且唤着叶尔萨……

“您，米哈伊·尼卡诺锐支吗？”他向伯伯说。

伯伯皱了皱眉向前走。

“我能参与什么呢？您的——好极了，走呀！——您用一个村庄买一只狗。您的狗值好几千。你们试一试你们的狗，我来看！”

“如加伊，嘿，嘿，”他喊叫，“如加尤施卡。”他加上一句，不觉地用这亲切的称呼表示出他的感情和他对于这红毛狗的希望。娜塔莎看见并且感觉到这两个老人和哥哥的掩饰着的兴奋，她自己也兴奋了。

猎人举着鞭子站在冈子上，绅士们慢步地骑马向他那里走去。在地平线上走动的猎犬都离开了兔子；除了绅士之外，猎人们都走开了。大家都迟缓地庄严地走着。

“向哪边跑的？”尼考拉问，他骑马走了一百步，走到发现兔子的猎人那里。

但是猎人还没有来得及回答，兔子已经感到大难就要临头了，它没有躺下，却跳了起来。一群系着皮带的猎犬，吠着向山下追赶；没有系皮带的狼犬从四面八方向猎犬和兔子冲去。所有动作迟缓的管猎犬的人都叫喊着："停住！"要猎犬停下。管狼犬的人叫着："捉——啊！"放狼犬追兔子，他们都在田地上奔跑着。镇静的依拉根、尼考拉、娜塔莎和伯伯都飞奔着，他们不知道怎么跑，向哪里跑，只看见狼犬和兔子，只怕有一刹那工夫看不到这场追逐。被追赶的兔子是一只敏捷的母兔。它跳起后，并不立刻逃跑，却竖起耳朵，注意听着四面八方忽然发出的叫声与蹄声。它慢慢地跳了十来下，狼犬又逼近它，最后选定了方向，明白了危险，贴紧了耳朵，竭尽全力逃跑。它伏在空田上，但前面是冬麦田，那里土地泥泞。发现了兔子的猎人的两只狼犬最靠近它，最先看见并追赶兔子；但它们还没有跑多远，便已经从它们后边蹿出了依拉根的红花狗叶尔萨，和兔子相隔一狗的距离，极其迅速地对准兔子尾巴扑上去，以为抓住了它，打了个滚。兔子拱起背脊，跑得更快。宽臀的黑花的米尔卡从叶尔萨的后面抢上前，迅速地追赶兔子。

"米卢施卡！亲爱的！"尼考拉发出了得意的叫声。似乎米尔卡马上就要扑上去抓住兔子了，但它追上它，跑到它前面去了。兔子蹲了一下。美丽的叶尔萨又追上来了，正接近兔子的尾巴时，停了一下，好像在瞄准，不要再抓错了，定要抓住它的后腿。

"叶尔生卡，亲爱的！"依拉根发出伤心的不像是自己的那种嗓音。叶尔萨没有注意他的要求。在它好像正要抓住兔子的时候，兔子动了，在冬麦田与空田之间的界沟里向前跑。叶尔萨和米尔卡又好像一对拖车的马一样并排跑着追赶兔子；兔子在界沟里跑起来容易，狼犬不能迅速地逼近它。

"如加伊！如加尤施卡！好极了，走呀！"这时候另外一个人的声音叫起来了，于是如加伊，伯伯那只红毛驼背的狼犬，拱着背，竭力赶上了前面的两只狼犬，从它们后面追上去，拼命地直扑兔子，把它从地边撞到冬麦田里去了，在泥泞的冬麦田里更加凶猛地追扑了一次，在泥潭中陷到了膝盖，于是只看见它滚了一下，背上沾上了污泥，和兔子滚在一起了。一群狼犬围绕着它。不一会儿，所有的人都站在拥挤的猎犬旁边了。只有快乐的伯伯下了马，割了兔脚，抖着兔子，把血放掉，他不安地回顾着，眼睛迅速地转动着，他的手脚不知所措。他说话，但是不知道要同谁说话，要说些什么。“好极了，走呀！……这才是狗……打败了所有的狗，值一千的和值一个卢布的狗——好极了，走呀！”他喘着气说，并且愤怒地回顾着，好像是在骂谁，好像都是他的敌人，都冤枉了他，直到现在他终于证明了自己是对的。“这就是你们的值一千卢布的狗——好极了，走呀！”

“如加伊，脚爪儿！”他边说边扔下割下的沾上泥的兔脚，“这是你应得的——好极了，走呀！”

“它急速追赶，独自追赶了三次。”尼考拉说，他也没有听任何人说话，也没有注意他的话是否有人听。

“但是为什么要那样横截呢？”依拉根的仆人说。

“它没有抓到，可是把它赶出来了，这样任何看门的狗都能抓住它。”依拉根同时说，他脸发红，因为奔跑与兴奋而费力地喘息着。

这时娜塔莎没有歇气，便高兴地狂喜地尖声叫喊着，震动了大家的耳朵。它用这个喊叫表现了别的猎人们在同时的说话中所表现的一切。这个叫声是那么奇怪，假若这是在别的时候，她便要自己为这个粗野的喊叫觉得难为情，并且大家都要诧异这个喊叫了。伯伯自己系了兔子，伶俐地敏捷地把它搭在马背上，好像是用这一搭来责备大家，并且露出他不愿同任何人说话的神情，骑上他的棕毛的马走开了。除了他，大家都愁闷地、难受地骑马走着，直到很久以后才能够恢复了先前做作的淡漠。他们又许久地望着红毛的如加伊，它驼起沾上污泥的背，皮带上的铁环发出响声，带着胜利者镇静的态度，在伯伯的马蹄后边走着。

“当然，在没有追赶的时候我和别的狗都一样。嗬，追赶时，就跑得好了！”尼考拉觉得这狗的神情在这么说。

好久以后，当伯伯骑马走来和尼考拉说话时，尼考拉因为伯伯在这件事以后还肯和他说话，觉得荣幸了。

7

在傍晚依拉根和尼考拉告别时，尼考拉觉得自己离家那么远，因而他接受了伯伯的邀请，让猎队在伯伯的小村庄米哈洛夫卡过夜。

“假使您到我家里去，那更好了——好极了，走呀！”伯伯说，“您知道，天气潮湿，”伯伯说，“您可以休息一下，伯爵小姐可以用马车接回去。”伯伯的提议被接受了，派了猎人到奥特拉德诺去叫马车，尼考拉、娜塔莎和彼恰便到伯伯家去了。

大小五个男家奴跑到前门的台阶上迎接主人。几十个女家奴，年老的、年轻的和小孩子们，从后边的台阶上伸出头看到家的猎人们。娜塔莎——一个女子，一个骑马的小姐——的出现，引起了伯伯的家奴们那么大的好奇心，许多人都在她的面前不感到拘束，走到她面前，注视着她的眼睛，在她面前谈论她，把她当作一个被陈列的怪物，不把她当作一个人，一个能听到、能懂得他们所说的关于她的话的人。

“阿任卡，看呀，她侧身坐着呢。她坐着，衣裳边摆动着……你看她的小号角！”

“哎哟，她还有刀呢！……”

“像个鞑靼姑娘！”

“你怎么会不栽筋斗的呢？”最有胆量的女奴直接向娜塔莎说。

伯伯在草木丛生的花园内小木屋的台阶前下了马，看了看家里的人，威严地大声叫着，要闲人都走开，要他们去作一次必要的准备，好招待打猎的客人。

家奴们都散了。伯伯扶娜塔莎下了马，并且拉着她的手，领她走上摇晃的、木板的台阶。屋里是未涂刷的木板墙，不很干净，看不出来居住的人有保持清洁的意思，但是也看不出有什么疏忽。门廊里发出新鲜的苹果味，墙上挂着狼皮和狐皮。

伯伯把客人们从前房领进了有一张折桌和几把红椅的小厅，然后领进了有一张桦木圆桌和一个沙发的客厅，最后领进了书房，这里有一张破沙发，一个脱线的毛毯，苏佛罗夫的、主人父母的和他自己穿戎装的几幅画像。书房里有强烈的烟草气味和狗的气味。伯伯请他们在书房里坐下，要像在家里一样地随便，然后他自己走出去了。如加伊背上的泥泞还未刷掉，走进书房，躺在沙发上，用舌头和牙齿清理着它自己的身子。书房通走廊，走廊上放着一个遮布已经破碎的屏风。在屏风的那边发出了妇女的笑声和低语声。娜塔莎、尼考拉和彼恰脱了外衣，坐在沙发上。彼恰凭着手臂，立刻就睡着了；娜塔莎和尼考拉默默地坐着。他们的脸发热，他们很饿，并且很开心。他们互相地看看（在打猎之后，在房间里，尼考拉认为无须对他的妹妹表示他男性的优越了），娜塔莎向哥哥眨了眨眼，两人忍了不久，还没有来得及想出发笑的借口，便大声地笑起来了。

不久之后，伯伯穿了哥萨克衣、蓝裤、小靴，走进来了。娜塔莎觉得，她在奥特拉德诺曾经惊异地嘲笑地看见伯伯穿过的这套服装，是很合适的服装，没有任何地方不如大礼服和常礼服。伯伯也开心；他不但不讨厌兄妹的笑声（他不会想到他们会嘲笑他的生活），而且自己也跟他们一样，无故地笑了。

“对了，年轻的伯爵小姐——好极了，走呀！——像她这样的人我还没有见过！”他说，递给罗斯托夫一根长烟管，把另一根削短的烟管以习惯的姿势放在三个手指之间。

“整天骑马，就和男子一样，她好像没有那回事儿一样！”

在伯伯走进来之后不久，门开了——从脚步声听来，显然是一个赤脚的女孩子打开的，于是一个肥胖的、面色红润的、双下颏的、丰满的红嘴唇的、美丽的、四十岁光景的女人，手拿着盛东西的大盘子，走进来了。她在目光里和每一个动作里流露出好客的尊严与魅力，看了看客人，带着亲切的笑容，恭敬地向他们鞠躬。虽然异常的肥胖，使她向前挺起胸脯和肚子，向后昂着头，这个女人（伯伯的女管家）行动却极轻快。她走到桌前，放下盘子，用她的又白又肥的手，灵活地拿下酒瓶、小食、莱肴，放在桌上。做完了这事，她走开了，面带着笑容，站到门口。"瞧，管家就是我！现在你了解伯伯吗？"她的表情向罗斯托夫这么说。怎么会不了解呢？不但尼考拉，而且娜塔莎也了解伯伯，了解在阿尼茜亚·费道罗芙娜进房时他的皱眉，以及使他微微噘起嘴唇的那快乐自满的笑容的意义。盘上有一瓶香草酒，各种果汁酒，菌子，黑麦面乳酪饼，鲜蜂蜜，煮熟的和起沫的蜜酒，苹果，生的和烤熟的胡桃和蜜饯胡桃。然后阿尼茜亚·费道罗芙娜送来蜜饯、糖饯、火腿和刚烤好的鸡。

这一切都是阿尼茜亚·费道罗芙娜经管、收集、做成的。这一切发出的香气和美味，都带着她自己的风味。一切都显出了多汁、清洁、素白和愉快的笑容。

"尝一点，伯爵小姐。"她说，并不时给娜塔莎添食物。

娜塔莎吃了一切，她觉得这样的酪饼，这样香美的饯食，蜜饯的胡桃和这样的鸡，是她从来没有见过、也没有吃过的。阿尼茜亚·费道罗芙娜走出去了。罗斯托夫和伯伯在饭后喝樱桃酒，谈到过去的和未来的狩猎，谈到如加伊和依拉根的狗。娜塔莎睁着明亮的眼睛，笔直地坐在沙发上听他们说。她几次试图唤醒彼恰，要他吃点东西，但他说了一些不可理解的话，显然没有醒。娜塔莎心里是那么愉快，在这个新环境里觉得那么舒服，使得她只怕马车来接她回去了。在偶然有的沉默之后——这几乎是在自己家里第一次招待朋友的人们一向所有的情形——伯伯说话，回答客人心中的想法：

"我就是要这样地过完我的一生……人要死的——好极了，走呀！——什么也不留。为什么要犯罪呢！”

当他说这话时，伯伯的脸色是很庄重的，甚至是美丽的。罗斯托夫听到这话，不觉地想起了他听父亲和邻人所说的伯伯的一切好处。伯伯在全省之内负有最正派、最公平的怪人的声望。大家邀请他解决家庭纠纷，请他做遗嘱执行人，把秘密告诉他，选他做裁判人，并尽别的义务，但他总是固执地拒绝担任公职，春秋两季他骑着栗色的马在田间走动，冬天他待在家里，夏天他躺在树木丛生的花园里。

“为什么您不供职呢，伯伯？”

“我做过事，但是我放弃了。我不适宜做，好极了，走吧！我弄不清那些事情。这是您的事情，我没有这种脑筋。打猎又是一回事了。好极了，走吧！开门，”他大声说，“怎么，门关着！”走廊（伯伯叫做走梁）上的门通猎人房；打猎仆人住的房间叫做猎人房。有一双光脚迅速地、啪嗒啪嗒地走着，一只看不见的手打开了猎人房的门。走廊上清晰地传来三弦琴声，显然有一个能手在弹奏。娜塔莎已经听了很久，此刻走到走廊上，以便听得更清楚些。

“这是我的车夫米戚卡……我替他买了一把好三弦琴，我喜欢听。”伯伯说。伯伯有一个习惯，就是当他打猎回来时，米戚卡便在猎人的房里弹三弦琴。伯伯爱听这种音乐。

“多好听呀！确实好听极了。”尼考拉露出几分不由自主的轻视口气说，好像不好意思承认他很喜欢这种乐声。

“怎么好听极了？”娜塔莎责备地说，感觉到他哥哥说话的口气，“不是好听极了，简直是美妙极了！”正如同她觉得伯伯的菌子、蜜和果汁酒是世界上最好的东西，她也觉得这乐声在此时是最美妙的音乐。

“再弹，弹下去，”琴声刚刚停止时，娜塔莎在门口说。米戚卡调了音，又用一只手拨动，一只手按着弦，弹起了《夫人曲》。伯伯坐着听，把头向一边歪着，流露着几乎察觉不出的笑容。《夫人曲》的旋律重复了一百次。三弦琴调了几次音，又弹起了同样的乐曲，但听的人并不厌烦，只希望一再听这个曲子。阿尼茜亚·费道罗芙娜走进来，把肥胖的身体靠在门边上。

“您请听，”她微笑着向娜塔莎说，这笑容很像伯伯的笑容，“他是我们这里弹得很好的人。”她说。

“这里的一节他弹得不对，”伯伯忽然做出有劲的手势说，“这里应弹出很快的颤音——好极了，来呀！应弹出很快的颤音。”

“您也会弹吗？”娜塔莎问。

伯伯没有回答，微笑了一下。

“你去看看，阿尼茜尤施卡，六弦琴上的琴弦是不是好好的？我的手早已不摸了——好极了，来呀！我已经不弹了。”

阿尼茜亚·费道罗芙娜乐意地踏着轻快的脚步去执行主人的命令，把六弦琴带来了。

伯伯望也不望别人，便吹去灰尘，用骨瘦如柴的手指在六弦琴的琴匣上敲了一下，调了音，在扶手椅上坐定。他拿着六弦琴的上部（左肘向外弯着，有几分舞台姿势），向阿尼茜亚·费道罗芙娜眨了眨眼，没有弹《夫人曲》，却弹出一个响亮的、清脆的和音，于是有节奏地、镇静地然而坚决地弹起极慢的拍子，开始弹起名曲《大街行》。准确的合拍的曲调，表现着一种宁静的愉快（就是阿尼茜亚·费道罗芙娜全身所表现的那种愉快），开始使尼考拉和娜塔莎的心感到激动。阿尼茜亚·费道罗芙娜脸红了，用手帕蒙住脸，笑着走出房间。伯伯继续娴熟地、用心地、起劲地、坚决地弹着曲子，他那变色的激动的目光，望着阿尼茜亚·费道罗芙娜离开的地方。在他的脸上灰白色的唇髭下，渐渐发出了笑声，当曲子弹得越久，拍子越快，在手指拨动琴弦发出一种撕裂声时，他的笑声也就越高。

“妙极了，妙极了，伯伯！再弹！再弹！”他刚刚弹完，娜塔莎便大声说。她从位子上跳起来抱住伯伯，吻了他。“尼考林卡，尼考林卡！”她说，看着哥哥，好像问他，“这是怎么回事啊？！”

尼考拉也很欢喜伯伯的弹奏。伯伯把这曲子又弹了一次。阿尼茜亚·费道罗芙娜的笑脸又在门口出现了，在她后边还有别的面孔……

“为汲冷泉水，呼女且暂待……”伯伯弹着，手指又巧妙地弹了一下，便停止了，动了动肩膀。

“再弹吧，亲爱的，伯伯。”娜塔莎用那种恳求的声音说着，好像她的生命就寄托在这上面了。

伯伯站起来了，好像他是两个人——一个严肃地笑那一个愉快的人，而那一个愉快的人做了跳舞前简单的、精细的准备。

“喂，侄女儿！”伯伯大叫了一声，向娜塔莎挥了挥那只刚才弹了一个和音的手。

娜塔莎抛掉了她身上的披肩，跑到伯伯的前面，把双手叉在腰上，把肩头动了一下，站起来了。

这个由侨外的法国女子所教育的伯爵小姐，是在什么地方，在什么时候，是怎样从她所呼吸的俄国空气中，吸取了这种精神？她从哪里获得了pas de châle〔披肩舞〕[①]所早已去除的动作的呢？但这种精神和这些动作正是不可模仿的、不可教会的、俄国式的，正是伯伯所期待于她的。她刚刚站起来，得意地、骄傲地、狡猾地、愉快地微笑了一下，尼考拉和别人最初所感到的恐惧心情——怕她跳不起来——已经没有了，他们已经在欣赏她了。

她跳得真对，并且那么正确，那么十分正确地跳起来，因而阿尼茜亚·费道罗芙娜立刻递给了她在这个跳舞中所必需的手巾，在笑声中含着泪，望着那个纤细的、秀丽的、那么与她不同的、在丝绸与天鹅绒中长大的伯爵小姐，她能了解阿尼茜亚的和阿尼茜亚的父亲的、母亲的、姑母的和每个俄国人心中的一切。

“哦，伯爵小姐儿——好极了，来呀！”伯伯弹完了跳舞曲，高兴

① 毛注：这是一种法国舞，她的姿势与俄国民间舞正相反。

地笑着说，“啊，好一个侄女儿！一定要替你选一个好小伙子做女婿了——好极了，来呀！”

“已经选了。”尼考拉微笑着说。

“噢？”伯伯惊异地说，疑问地望着娜塔莎。娜塔莎带着幸福的笑容肯定地点了点头。

“并且是那样好！”她说。但她刚刚说了这话，另外一系列新的想法和情绪在她心中发生了。“尼考拉说‘已经选了’时，他的笑容是什么意思呢？他高兴呢，还是不高兴呢？他似乎以为，我的保尔康斯基不赞同、不了解我们的这种欢乐。不，他会了解这一切的。现在他在哪里呢？”娜塔莎想，她的脸忽然变严肃了。但是这只经过了一秒钟。“不要想，不许想到这个。”她自语着，微笑着，又坐到伯伯的身边，要求他再弹点什么。

伯伯又弹了一个歌曲和华尔兹舞曲；然后伯伯沉默了一下，清了清喉咙，唱了他的心爱的猎歌。

夜来初雪落，
纷纷何轻盈……

伯伯唱得和农民们一样，抱着充分的单纯的信念，以为歌中一切的意义是在歌词里，腔调是天生的，单独的腔调是没有的；而腔调——只是为了合歌词的拍子的。因此伯伯的这个不自觉的腔调，好像鸟雀的腔调一样，是异常美好的。娜塔莎因为伯伯的唱歌而狂喜。她决定了不再学竖琴，只学六弦琴了。她向伯伯要了六弦琴，立刻弹起了歌调。

十点钟之前，来了一辆宽坐车、一辆小车和三个派出来寻找他们的骑马的人，迎接娜塔莎和彼恰。据派来的人说，伯爵和伯爵夫人不知道他们在哪里，很是挂心。

彼恰好像死尸一样被抬进了宽坐车里，娜塔莎和尼考拉坐在小车上。伯伯把娜塔莎的外衣裹好，带着一种全新的亲切的态度和她道别。他步行送他们到了走不过去的桥上，因为要绕过这座桥从浅滩过河，他吩咐了猎人们带灯笼在前面走。

“再见，亲爱的侄女！”他的声音在黑暗中喊叫，这不是娜塔莎从前所知道的声音，而是那唱“夜来初雪落”的声音。

在他们所经过的村庄里有红光，还有愉快的烟气。

“这个伯伯是多么可爱啊！”娜塔莎说，这时他们已经上了大路。

“是的，”尼考拉说，“你不冷吗？”

“不，我很好，很好。我这么舒服。”娜塔莎甚至迷惑地说。

他们沉默了很久。

夜黑暗而潮湿。看不见马，只听到它们在看不见的泥泞中践踏着。

在这个幼稚的、易感的、那么热切地注意并且吸取各种各样的生活印象的心灵中，发生了什么呢？这一切是怎么到她心中去的呢？但她是很幸福的。快到家时，她忽然唱起“夜来初雪落”的曲调，这曲调她一路上唱着，终于唱会了。

“唱会了吗？”尼考拉问。

“你现在想着什么呢，尼考林卡？”娜塔莎问。

他们喜欢互相问这个问题。

“我吗？”尼考拉说，回想着，“你可知道，我起先想到如加伊，那只红毛狗像伯伯，假使它是人，它总是一定会把伯伯留在它身边，假如不是因为他的骑马，那么因为他的态度也能留住他。伯伯，他是多么好的人啊！是不是呢？——哦，你呢？”

“我吗？等一下，等一下。我起初想到，我们在坐车，并且以为我们是向家里走，但上帝知道我们在这个黑暗里到哪里去，忽然我们要到了，并且发现我们不在奥特拉德诺，却是在仙境里。然后我又想到……没有，没有别的了。”

“我知道，你大概想到他了，”尼考拉微笑着说，因为娜塔莎听声音知道他在微笑。

“不是，”娜塔莎回答，虽然她确实想到安德来公爵，想到他会喜欢伯伯，“我还是在重复地说，一路上重复地说：阿尼茜尤施卡的举动多么好啊，多么好啊……”娜塔莎说。于是尼考拉听到她的响亮的、无故的、幸福的笑声。

“你知道，”她忽然说，“我知道，我决不会再能像现在这样地幸福安宁了。”

“胡说，蠢话，废话，”尼考拉说，并且想，“我的这个娜塔莎是多么妩媚啊！别的像她这样的朋友，我没有，并且将来也不会有。为什么她要出嫁呢？永远和她这样驾车吧！”

“这个尼考拉是多么可爱啊！”娜塔莎想。

“啊！客厅里还有火光呢。”她指着屋子的窗子说，窗子在夜晚的潮湿的、天鹅绒般的黑暗中射出美丽的亮光。

8

伊利亚·安德来伊支伯爵辞去了贵族代表的职务，因为这个职务要他花费的钱太多了。但他的境况并未改善。娜塔莎和尼考拉常常看见父母秘密地、不安地谈话，听见他们谈到出卖罗斯托夫家富丽的祖宅和莫斯科郊外的田庄。不做贵族代表，不需要那么大量招待客人了，并且奥特拉德诺的生活比前几年安静了；但大房子和厢屋里仍然住满了人，每天饭桌上仍然要坐二十人以上。这都是他们自己的、在家里住惯了的人，几乎是和家里人一样的人；或者是似乎一定要住在伯爵家的人。这些人是狄姆勒——音乐家夫妇[①]，福盖尔——跳舞教师和他的家庭，同住的老处女别洛娃，还有许多别人：彼恰的教师们，小姐们从前的女教

① 毛注：托氏对于他所描写的时代极为熟悉，这个人是当时莫斯科的实在的音乐教师。

师，以及其他的只是觉得住在伯爵家里比住在自己家里更好、更有益的人。从前那么多的客人没有了，但生活习惯依然如旧，若不是这样，伯爵和伯爵夫人便不认为是生活了。尼考拉所扩大的猎队依然如旧；五十匹马和十五个马夫依然如旧；命名日的贵重礼物，邀请全县的隆重宴会依然如旧；伯爵玩维斯特牌和波士顿牌依然如旧，玩牌时他展开他的牌让所有的人看见他的牌，让邻人们每天赢他几百卢布，他们认为和伊利亚·安德来伊支伯爵在一起玩牌是一种最好的赚钱的机会。

伯爵纠缠在他的家务中，好像陷入了一个大网中一样，他极力不相信他是陷在混乱中，却一步一步地愈益陷入混乱中，并且觉得自己既无力撕破那缠住他的网，又不能小心地耐心地去解除它们。伯爵夫人以她的钟爱的心情感觉到：她的子女们都贫穷了，伯爵是无罪的，他不能够，不是他那样的一个人，他自己也因为感觉到自己和子女的贫穷而痛苦（虽然是隐瞒着），于是她寻找着各种方法来改善这种情况。从她的妇女观点上看来，唯一的方法就是尼考拉娶一个富家女子。她觉得，这是最后的希望，她觉得，假使尼考拉拒绝她为他寻找的配偶，则永远没有改善家境的可能了。这个配偶是尤丽·卡拉基娜，是极好的有德行的父母的女儿，从小就和罗斯托夫家相识，现在因为最后一个哥哥死了成了富有的闺女。

伯爵夫人直接写信给莫斯科的卡拉基娜，向她提到她的女儿和自己儿子的婚事，并且获得了她的满意的答复。卡拉基娜回答说，她自己那方面是同意的，说一切都要看她女儿的意向如何。卡拉基娜邀尼考拉到莫斯科去。

有好几次，伯爵夫人含着眼泪向儿子说，现在她的两个女儿都安排好了，她唯一的希望是看见他结婚。她说，假使这件事情做成了，她睡在棺材里也安心了。然后她说她心目中有一个美女，试探他对结婚的意见。

在别的谈话里，她称赞尤丽，并且劝尼考拉在假日到莫斯科去消遣。尼考拉猜透了他母亲的谈话是什么目的，有一次在这样的谈话中使她说得十分坦白。她向他说，改善家境的唯一希望，现在就在他娶尤丽·卡拉基娜了。

“那么，假使我爱了一个没有陪嫁的女子，您当真要求我，妈妈，要我为了陪嫁牺牲我的情感和荣誉吗？”他问他的母亲，不明白这个问题的尖锐，只是希望表现自己的高贵。

“不是，你没有明白我的意思，”母亲说，不知道怎样为她自己辩护，“你没有了解我，尼考林卡。我愿你得到幸福。”她补充说，并且觉得她在说假话，她慌乱了。她哭起来了。

“妈妈，不要哭，只要您向我说，您想要这样，您知道，我要以自己的整个生命，以自己的一切使您安心的，”尼考拉说，“我要为您牺牲一切，甚至我的情感。”

但是伯爵夫人不愿这样提出问题：她不愿儿子为她作出牺牲，她自己却想要为儿子作出牺牲。

“不是，你没有了解我，我们不要说了吧。”她拭着泪说。

“是的，也许我是爱无钱的女子，”尼考拉自语着，“怎么，我要为了陪嫁而牺牲我的情感和荣誉吗？我奇怪，妈妈怎么能够向我说这话。因为索尼亚贫穷，所以我不能爱她，”他想，“我不能报答她的忠实专一的爱情。确实我同她在一起，是比同任何囫囵般的尤丽在一起更幸福的。为了我家庭的幸福而牺牲我的情感，我总是能够做到的，”他自语着，“但我不能够压制我的情感。假使我爱索尼亚，那么，我的情感在我看来是胜于一切、高于一切的。”

尼考拉没有到莫斯科去，伯爵夫人没有再同他谈到婚事，却愁闷地、有时气愤地看见儿子和无陪嫁的索尼亚之间愈益亲密的各种迹象。她虽然常常为这事责备自己，但不能不埋怨和挑剔索尼亚，常常无故地叫她站住，称她“您”和“我亲爱的”。仁慈的伯爵夫人对索尼亚生气，最主要的原因，是这个无钱的、黑眼睛的甥女是那么温顺、那么善良、那么诚恳地感激她的恩人，并且那么忠实地、不变地、自我牺牲地爱着尼考拉，以致没有地方可以责备她。

尼考拉要在家里度完假期。安德来公爵从罗马寄来的第四封信到了，他在信里说，假使不是因为在温暖的气候中他的伤口突然裂开，他早已首途回返俄国了，这使他不得不把归期延迟到来年的年初。娜塔莎仍然爱她的未婚夫，仍然由于这爱情而感到安慰，仍然容易感受一切的人生欢乐；但在同他分别后的第四个月末，她开始有了愁闷的时候，而这是她不能控制的。她惋惜她自己，惋惜她白白地、不为任何人损失了这全部的时间，在这个时间里，她觉得自己是那样地能够去爱、并被爱的。

罗斯托夫家不快活了。

9

圣诞节到了，除了大弥撒，除了邻人与家奴的隆重而无聊的庆贺，除了大家所穿的新衣，没有任何特别的事情来庆祝圣诞节了，但是在无风的列氏二十度[①]严寒中，在日间明亮炫目的太阳光下，在夜间有星光的蓝天之下，令人觉得这时候需要一种庆祝。

在圣诞节的第三天的午饭后，全家的人都回到各自的房间里去了。这是日间最无聊的时候。尼考拉早晨出去拜访过邻居，睡在沙发上。老伯爵在自己的书房里休息。索尼亚坐在客厅的圆桌前描绣花图案。伯爵夫人在玩排心思牌。小丑娜斯他斯亚·依发诺芙娜，面色愁闷地和两个老妇人坐在窗前。娜塔莎进了房，走到索尼亚面前，看了看她在做什么，然后走到母亲面前，沉默地站住。

“为什么你像个无家可归的人那样走来走去？”母亲说，“你需要什么？”

“我需要他……马上，就是此刻我需要他。”娜塔莎说，眼睛闪闪

① 毛注：等于华氏零下十三度。

发亮，没有笑容。

伯爵夫人抬起头，注意地望着女儿。

“不要望我，妈妈，不要望我，我马上就要哭了。”

“坐下来，和我坐一会。”伯爵夫人说。

“妈妈，我需要他。为什么我要这样虚度光阴，妈妈？……”她的声音中断了，泪水从眼里流出来了，她为了掩饰她的流泪，迅速地转过身，走出了房间。她走进起居室，站了一会，思索了一会，然后走进了女仆的房间。那里有一个年纪较大的女仆在埋怨一个喘息着的小女孩，她是从家奴的住房那里带着外边的冷空气刚刚跑进房来的。

“你玩够了，”老妇人说，“什么事都有个时候。”

“让她去吧，康德拉切芙娜，”娜塔莎说，“去吧，马富路莎，去吧。”

放走了马富路莎，娜塔莎穿过大厅走到前厅。一个老人和两个年轻的听差在玩牌。他们在小姐进来时，歇了牌，站起来了。“我要他们做什么呢？”娜塔莎想。

“是的，尼基他，请你去……我派他到哪里去呢？……是的，到院子里去，请你拿只公鸡来；还有你，米沙，拿点燕麦来。”[①]

“只拿一点燕麦吗？”米沙愉快乐意地说。

“去，赶快去。”老人催促地说。

“费道尔，你去替我拿点粉笔来。”

走过餐具房时，她吩咐预备茶炊，虽然这并不是喝茶的时候。

司膳福卡是全家最会发脾气的人。娜塔莎欢喜向他试验自己的权力。他不相信她，并且去问了是否真的需要。

“多么好的一位小姐！”福卡说，虚伪地向娜塔莎皱眉。

家里没有人像娜塔莎这样地差遣这许多人，要他们做这许多工作。

① 毛注：在地上放置谷物，听家禽啄食，为圣诞节时卜吉凶的一种风俗。

她不能够漠不关心地看见仆人们，总要派他们去做点什么。她似乎要试验，他们当中是否有谁对她发脾气或对她讨厌，但仆人们执行任何人的命令都没有像执行娜塔莎的命令那么乐意。“我要做什么呢？我该到哪里去？”娜塔莎想，慢慢地在走廊上走着。

“娜斯他斯亚·依发诺芙娜，我会生个什么呢？”她问小丑，他穿着女上衣迎面走来。

“你生蚤子、蜻蜓、蚱蜢。”小丑回答。

“我的上帝，我的上帝，总是一样的。啊！我到哪里去好呢？我要做什么才好呢？”

于是她笃笃地迅速跑上楼，去看住在顶层的福盖尔夫妇。在福盖尔的房间里坐着两个女教师，桌上摆着几盘葡萄、胡桃、杏仁。女教师们谈到哪一处生活费用较省，在莫斯科还是在奥德萨。娜塔莎坐下来，带着严肃、沉思的脸色听他们说，然后又站起来。

“马达加斯加岛，”她说，“马——达——加斯——加。”她清晰地重复着每一个音节，邵斯夫人问她在说什么，她没有回答，就走出了房间。

她的弟弟彼恰也在楼上，他同他的保傅在准备夜间要放的烟火。

“彼恰！彼其卡！”她向他说，“背我下楼。”

彼恰跑到她面前，把背对着她。她趴在他的背上，用双手搂住他的颈子，然后他背着她跳着跑开去。

“不，不该……马达加斯加岛。”她说，从他背上跳下来，下楼去了。

好像她巡视过自己的国土，试验过自己的权力，相信大家都顺从她，但仍然觉得乏味，于是娜塔莎走进大厅，拿起六弦琴，坐到小橱柜后边黑暗角落里，拨动琴弦弹起低音，弹起她同安德来公爵，在彼得堡听过的一个歌剧中，她所记住的一个乐节。

在别人听来，她在六弦琴上所奏出的声音没有任何意义，但在她的想象中，这些声音唤起了一系列的回忆。她坐在小橱柜的后边，注视着餐具房的门里透进来一道光线，听着她自己并且回忆着。她处在回忆的心情中。

索尼亚拿着一个杯子经过大厅走进餐具房。娜塔莎从餐具房的门缝里瞥了瞥她，她觉得，她记得从前有一次，光线从餐具房的门缝里射进来，索尼亚拿着杯子走过。“是的，这完全是，完全是一样的。”娜塔莎想。

“索尼亚，这是什么？”娜塔莎大声说，手指弹着粗弦。

“啊，你在这里！”索尼亚说，惊了一下，走来听着，“我不知道。是暴风吗？”她羞怯地说，恐怕有错。

“啊，在从前发生这事的时候，她完全一样地惊了一下，她完全一样地走来，并且羞怯地微笑了一下，”娜塔莎想，“完全一样……我觉得，她缺少什么。”

“不是，这是《汲水人》[①]里的合唱，你听。”于是娜塔莎唱出了合唱的调子，让索尼亚了解。

“你是到哪里去？”娜塔莎问。

“换杯子里的水。我马上就要画完图案了。”

“你总是忙，我却不能够，”娜塔莎说，“尼考林卡在哪里？”

“好像是睡了。”

“索尼亚，你去叫醒他。”娜塔莎说，“你说，我叫他来唱歌。”

她坐了一会，想着过去所发生的这一切意味着什么。她没有解答这个问题，也不因此而有一点儿惋惜。她又在想象中回忆着，她和他在一起以及他钟情地望着她的那个时候。

“啊，他快些来吧！我那么怕，怕这不会再有的！主要的：我老了，原来如此！我现在所有的将来就会没有了。啊，也许，他今天来，马上来。也许他来了，坐在那里，在客厅里。也许，他昨天已经来了，

① 毛注：这是Cherubini一八〇四年歌剧杰作，又名《Les doux Journées》（《两日》）。

我忘记了。”她站起来，放下六弦琴，走进客厅。

全家的人，男教师们、女教师们和客人们，已经坐在茶桌旁了。仆人们站在桌子四周。但是安德来公爵不在那里，他的生活仍然与从前一样。

“啊，她来了，”伊利亚·安德来伊支说，看见了进房的娜塔莎，“哦，坐到我这里来。”

但是娜塔莎站在母亲旁边，环顾着四周，好像她在寻找什么。

“妈妈！”她说，“把他给我，给我，妈妈，赶快，赶快。”她又竭力克制着她的啜泣。

她坐到桌前，听老人们和尼考拉谈话，他也来到桌前了。“我的上帝，我的上帝，同样的面孔，同样的谈话，爸爸同样地拿着茶杯，同样地吹着！”娜塔莎想，恐怖地感觉到她心中所生的对于全家的厌恶，因为他们总是一样的。

茶后，尼考拉、索尼亚和娜塔莎，走进起居室里他们心爱的角落里，他们总是在这里开始他们最知心的谈话。

10

“你有过吗？”当他们在起居室坐定时，娜塔莎向哥哥说，“你有过吗？就是你觉得将来什么也没有——什么也没有；一切好的都是过去的，并且觉得不是无聊而是悲哀，你有过吗？”

“当然有过！”他说，“我有过这样的事，在一切都好、大家都愉快的时候，我觉得一切都讨厌，我们都应该死掉。有一次在团里，我没有去玩耍；那里有音乐……我忽然觉得无聊……”

“嗬，这个我知道。我知道，我知道，”娜塔莎接上去说，“我还很小的时候，常有这样的情形。你记得，我有一次因为梅子受处罚吗？你们都跳舞，我坐在课堂里哭；我决不会忘记的，我觉得悲哀，我可怜一切的人，可怜我自己，可怜一切的——一切的人。主要的是我没有过错，”娜塔莎说，“你记得吗？”

“我记得，”尼考拉说，“我记得，后来我走到你面前，我想要安慰你，你知道，我觉得难为情。我们是非常可笑的。我那时还有一个木偶，我想给你。你记得吗？”

“你记得，”娜塔莎流露出沉思的笑容说，“有一次，很久很久以前，我们还完全是小孩的时候，伯伯叫我们进了书房，是在老屋子里，并且是很黑暗——我们进去了，忽然那里站着……”

“一个黑人，”尼考拉高兴地微笑着说完，“怎么会不记得呢？我到现在还不知道，是不是真有一个黑人，或者是我们梦里看见的，或者是他们向我们说的。”

“他是灰的，你记得，有白牙齿——站着看我们……”

“您记得吗？索尼亚。”尼考拉问。

“是的，是的，我也记得一点。”索尼亚羞怯地回答……

“你知道，我向爸爸和妈妈问到过这个黑人，”娜塔莎说，“他们说，并没有什么黑人。但是，你知道，你却记得这个黑人！”

“当然，我记得他的牙齿，就同现在看见了一样。”

“这是多么奇怪呀！好像是做梦一样。我欢喜这个。”

“你记得，我们在大厅里滚鸡蛋，忽然来了两个老女人，并且在地毯上打旋。这事情有过没有过？这是多么有趣啊，你记得吗？”

“是的。你记得，爸爸有一次穿了蓝皮袄在台阶上放枪。”

他们欢乐地微笑着，作着往事的回忆——不是悲哀的老年的回忆，而是诗意的童年的回忆，最遥远的过去的印象，在这里面，梦境和真实混合在一起。他们低声地笑着，为什么事高兴着。

索尼亚总是跟不上他们，虽然他们的回忆是共同的。

在他们所回忆的事情当中，索尼亚记得很少。而她所记得的，并不在她心中引起像他们所有的那种诗的情绪。她只是为他们的高兴而高兴，极力显得高兴而已。

直到他们回忆索尼亚的初到时的情景，她才插言。索尼亚说她是多么怕尼考拉，因为他的衣服上有扁绦，她的保姆说，他们要把她的衣服也缝上扁绦。

“我记得他们向我说，你是在卷心菜底下生的，”娜塔莎说，“我记得，我那时不敢不相信，但知道这是不确实的，并且觉得那么不舒服。”

在这个谈话的时候，从起居室后边的门里伸进来一个女仆的头。

“小姐，公鸡拿来了。”女仆低声说。

“不要了，波利亚，叫他们带走。”娜塔莎说。

在起居室里这些谈话的当中，狄姆勒走进房来，走到房角落里的竖琴前。他卸下了布套，然后在竖琴上弹出了不合调的音。

“爱杜阿尔·卡尔累支，请您弹弹我所欢喜的费尔德[1]先生的《夜曲》吧，”老伯爵夫人在客厅里说。

狄姆勒弹了一个和音，转向娜塔莎、尼考拉和索尼亚说：

“年轻人，坐得多么安静呀！”

“是的，我们在谈哲学。”娜塔莎说，回头看了一下，又继续谈话。现在谈的是关于做梦。

狄姆勒开始弹奏。娜塔莎无声地踮着脚走到桌前，拿了蜡烛，把它送走，又回来，轻轻地坐到自己位子上。房间里，尤其是他们所坐的沙发上是黑乎乎的，但是圆月的银光照进了大窗子，洒在地上。

“你知道，我想，”娜塔莎低声说，挨近着尼考拉和索尼亚。这时狄姆勒已经弹完，却仍然坐着，轻轻地拨动琴弦，显然是犹豫不定，停止呢还是开始弹新的，“当我们那样地回忆，回忆，回忆一切想得到的东西的时候，就会想起我们入世以前的事情……”

“这是轮回，”索尼亚说，她读书总是很好，记得一切，“埃及人相

---

① 毛注：John Field，生于柏林，为作曲家。一八〇四年，居住俄国，有“俄国的费尔德”之称。

信，我们的灵魂是在动物的身上生存过的，将来还要回到动物身上去。”

“不，你知道，我不相信我们是在动物身上生存过的，”娜塔莎仍旧低声地说，虽然音乐已经停止了，“我确实知道，我们是什么地方的天使；并且到这里来过，因此我们记得一切……”

“我可以和你们一起吗？”轻轻走来的狄姆勒说，在他们身边坐下来了。

“假使我们从前是天使，那么为什么我们会落下来呢？”尼考拉说，“不是，这是不可能的！”

“不是落下来了，谁向您说落下来了？——为什么我知道我从前是什么？”娜塔莎确信地反驳，“要晓得灵魂是不死的……所以，假使我要永远地活下去，那么我从前也活过，我在整个的永恒中活过。”

“是的，但我们难以设想永恒。”狄姆勒说，他是带着微微的轻视的笑容来到年轻人这里的，但现在也同他们一样低声地严肃地说话了。

“为什么难以设想永恒呢？”娜塔莎说，“有今天，有明天，有永恒，并且有过昨天，有过前天……”

“娜塔莎！现在轮到你。给我唱点什么吧，”伯爵夫人说，“为什么你们坐在那里就像阴谋家一样？”

“妈妈！我一点也不想唱。”娜塔莎说，但是她站起来了。

他们所有的人，甚至年纪不轻的狄姆勒都不愿打断谈话，从起居室的角落里走出来，但娜塔莎站起来了，尼考拉在大钢琴前坐下了。像平常一样，站在大厅的当中，选择了音响最好的地方，娜塔莎开始唱她母亲最心爱的歌。

她说她不想唱，但是她很久以前和很久以后，都没有像这天晚上这样地唱歌。伊利亚·安德来伊支伯爵在他和米清卡谈话的房间里听她唱歌，他好像一个小学生在结束功课时急着要去玩，向管家发命令时说错了话，最后沉默了，于是米清卡也听着唱歌，沉默地微笑着，在伯爵面前站着。尼考拉目不转睛地瞧着妹妹，和她同时呼吸着。索尼亚一面听着，一面想到她和她的朋友之间的差别是多么大，并且要她即使有几分像她表妹那样地迷人，也是多么不可能。老伯爵夫人带着幸福而又悲哀的笑容坐着，眼中含着泪，偶尔摇摇头。她想到娜塔莎，也想到她自己的青春，想到在娜塔莎与安德来公爵的当前的婚事中，有了什么不自然的、可怕的地方。

狄姆勒坐在伯爵夫人身边，闭上了眼睛，听着。

“不，伯爵夫人，”他终于说，“这是欧洲的天才，她无须再学了，那样的轻软、温柔、有力……”

“唉，我多么为她担心啊，我多么担心啊！”伯爵夫人说，不晓得她是在同谁说话。母亲的本能向她说，娜塔莎的某种东西太多了，她将因此不幸。

娜塔莎还没有唱完，十四岁的彼恰已高高兴兴地跑进房间，报告说化装的人来了。

娜塔莎忽然停下了。

“傻瓜！”她向弟弟大叫着，跑到椅子跟前跌坐下去，哭泣起来，好久不能止住。

“没有什么，妈妈，真的没有什么，不过是彼恰吓了我一下。”她说，想极力装出笑容，但是眼泪还在流，呜咽使她透不过气来。

化了装的家奴们：化装成熊、土耳其人、旅店主人，太太，又可怕又可笑，带来了外面的冷气和快活的气氛，起初羞怯地拥挤在前厅，然后互相躲藏着，挤进了大厅，起初都很拘束，后来愈益快活地、齐心一致地唱歌、跳舞、合唱、做圣诞节游戏了。伯爵夫人认出了人，对他们的化装觉得发笑，走进客厅去了。伊利亚·安德来伊支伯爵笑容可掬地坐在大厅里，称赞着玩耍的人。年轻人溜到别处去了。

半小时后，在大厅里其他化装的人中间，又出现了一个穿撑箍大裙的老太婆——这是尼考拉。一个土耳其女子是彼恰。一个小丑——这是狄姆勒。一个骠骑兵——娜塔莎。一个契尔克斯人——索尼亚，她用软木炭画了须眉。

在未化装的人们表现出适度的惊讶、识不出和称赞的神情之后，年轻人认为他们的服装是那么漂亮，还应当到别人那里去表演一下。

尼考拉鉴于路上好走，想要带所有的人坐上他的三马雪橇，并带十来个化了装的家奴到伯伯家去。

“不行，你们为什么要去打扰老人呢？”伯爵夫人说，“他那里没有转身的地方。要去，就到灭留考娃家去。”

灭留考娃是一个寡妇，有几个大大小小的子女，也有男女教师，她家离罗斯托夫家有四俚路。

“亲爱的，好主意，”提起精神的老伯爵说，“让我立刻化装，同你们一道去。我要叫巴晒特提提精神。”

但是伯爵夫人不赞成伯爵去：他这几天腿有毛病。于是大家决定不让伊利亚·安德来伊支伯爵去，但是假使路易萨·依发诺芙娜（邵斯夫人）去的话，那小姐们也可以到灭留考娃家去。索尼亚一向害羞胆小，但劝路易萨·依发诺芙娜不要拒绝他们却比任何人还迫切。

索尼亚的化装比大家都好看。她的须眉画得非常合适。大家都说她化装得好看，因此她的心情极好，那种活泼有劲的样子是平时所没有的。有一个内在的声音向她说，她的命运要么现在决定，要么永远无法决定了。她穿上了男装，完全像另一个人。路易萨·依发诺芙娜同意了，半小时后四辆有大小铃铛的三马雪橇来到台阶前，滑木在冻结的雪地上嘎吱嘎吱响着。

娜塔莎最先显出了节日的愉快气氛，这愉快的气氛从这个人传到那个人，渐渐加强，当他们都走到严寒中，交谈着、互相呼唤着、谈笑着、喊叫着坐上雪橇时，这种气氛达到了最高点。

两辆三马雪橇是家常用的，第三辆是老伯爵的，有一匹奥尔洛夫的纯种快马做辕马；第四辆是尼考拉自己的，有一匹矮小的黑色的毛蓬蓬的辕马；尼考拉穿了老妇人服装，外面披着一件有腰带的骠骑兵的外衣，他执着缰绳，站在雪橇当中。

天空是那么明亮，他看见月下发出反光的车上金属板和马眼，马惊惶地回头看了看在黑暗的门楼下喧嚷着的乘车的人。

坐在尼考拉雪橇上的有娜塔莎、索尼亚、邵斯夫人和两个女仆。在老伯爵雪橇上的有狄姆勒夫妇和彼恰，其余的雪橇上都坐着化了装的家奴们。

“你上前，萨哈尔！”尼考拉向父亲的车夫说，以便找机会在路上追过他。

老伯爵的三马雪橇——上面坐着狄姆勒和别的化装的人——向前移动了，它的滑木嘎吱响着，好像和雪冻在一起了，它的低音的铃铛叮当响着。外挽马紧贴着辕马的车杠，陷在雪地里，踢起坚硬的明亮的像糖一样的雪。

尼考拉随着第一辆雪橇出发了，其余的雪橇在后面发出响声和吱吱嘎嘎的滑木声。起初他们在狭窄的路上缓驰着。当他们经过花园时，秃枝的影子常常横映在道路上，遮住了明亮的月光，但是一过了围墙，像宝石那样闪耀的、有蓝色反光的雪地，便完全沐浴在月光中，宁静地向四方展开了。嘎吱，前面的雪橇在坑洼处颠簸了一下，后面的雪橇也同样颠簸了一下，于是雪橇前后相连地跑着，大胆地打破着冰封的寂静。

“兔子的脚印，许多脚印！”娜塔莎的声音在冻结了的空气中响了起来。

“多么明亮啊，尼考拉。”索尼亚的声音说。

尼考拉回头看了看索尼亚，俯下身子，靠近地看她的脸。在月光下，一张全新的、可爱的、须眉画得乌黑的脸，若近若远地在貂皮衣领里向外注视着。

“索尼亚一向是这样的。”尼考拉想。他靠近地看了看她，微笑了一下。

“您有什么事，尼考拉！”

“没什么。”他说，又转过身对着马。

上了走惯的、被滑木磨光的、在月光下可以看见马蹄印的大路，马匹开始自动拉紧绳套，而且加快了步子。左边的挽马，弯着头，用缓驰的步子拉紧绳套。辕马摇摆着，摇摇耳朵，好像是问：“开始追，还是太早呢？”在前面洁白的雪地上，可以清楚地看见萨哈尔的黑色雪橇，它已经走了很远，发出渐渐远去的、低沉的铃声。可以听到他的雪橇上化了装的人们的叫声、笑声和谈话声。

“你们真有劲，好乖乖！”尼考拉大叫，从一边拉着缰绳，挥动鞭子。只凭着越来越大的、好像是迎面吹来的风，凭着紧张的、加快了步子的挽马的颤动，便可以知道，雪橇飞跑得那么快。尼考拉回头向后看了一下。他看到别的雪橇也发出嘎吱嘎吱的响声，赶车的扬着鞭子，催促辕马更快地奔驰。辕马驾着辕稳定地摆动着，没有想到放慢步子，并且准备在必要时跑得更快。

尼考拉追上第一辆雪橇。他们下了山，走上了河旁草场上一条宽阔的走惯的大道。

“我们到了什么地方？”尼考拉想，“应该是在科索伊草场上。但是，不是的，这是一个新的地方，我从来没有看见过。这不是科索伊草场，也不是焦姆吉那山，天晓得这是什么地方！这是新的妖魔的地方。唉，不管它是什么地方！”于是他向马吆喝了一声，开始超越第一辆雪橇。

萨哈尔勒住马，转过他的眉毛上结着白霜的脸。

尼考拉纵马快跑；萨哈尔向前伸出手去，吧嗒着嘴，也放开他的马快跑。

“哎，当心，老爷。”他说。雪橇并排着跑得更快了，马匹奔腾的蹄子跑得更快了。尼考拉开始领先了。萨哈尔一直保持着伸出的那只手的姿势，举起那只握紧缰绳的手。

“不行的，老爷。”他向尼考拉说。

尼考拉放了所有的马奔腾，越过了萨哈尔。马溅起小块的干雪沾在车上人的脸上，急速的铃声在他们旁边响着，迅速跑动的马蹄和被越过的雪橇的影子混乱在一起。滑木在雪地上嘎吱响着，女子的叫声在各方面响起来。

尼考拉又勒住了马，向四周环顾了一下。四周仍然是那沐浴着月光的迷人的平地，上面有稀疏的星星。

"萨哈尔喊我向左转，但为什么向左呢？"尼考拉想，"我们是到灭留考娃家去吗？这里果真是灭留考夫卡吗？上帝知道我们到哪里去，上帝知道我们要发生什么事——我们所要发生的事是很奇怪、很好的。"他回头看了看车子。

"看呀，他的胡须和眼睫毛全白了。"坐在车里的一个奇怪的、美丽的、陌生的、有细细的须眉的人说。

"好像娜塔莎一向是这样的，"尼考拉想，"那是邵斯夫人，但也许不是的，这个有胡须的切尔开斯人，我不知道是谁，但是我爱她。"

"你们不冷吗？"他问。

他们没有回答，笑起来了。狄姆勒在后边的雪橇里喊叫着什么，也许叫的是什么可笑的事，但是他们听不清他叫了什么。

"是的，是的。"许多声笑着回答。

但是现在有了一个妖魔的树林，有交错的黑影和钻石的光辉，有一段大理石的阶层，有妖魔房屋的银顶，有某种野兽的尖叫声。"假使这就是灭留考夫卡，那就更奇怪了：上帝知道我们是到哪里去的，却到了灭留考夫卡家。"尼考拉想。

确实这是灭留考夫卡，女仆们和听差们带着蜡烛和快乐的面孔跑到门口来了。

"是谁？"门口的人问。

"伯爵家里化装的人，我凭着马看出来的。"许多声音回答。

11

撇拉盖亚·大尼洛芙娜·灭留考娃，是一个身体宽阔的、精力旺盛的女人，戴着眼镜，穿了宽松的便服，坐在客厅里，被女儿们环绕着，她极力要使她们不感到无聊。她们静静地在水里滴蜡油，看着蜡油在水面上的形状，这时前厅里传来了来人的脚步声和说话声。

骠骑兵们、小姐们、觋巫们、小丑们和熊们——在前厅里清着喉咙，拭着脸上的白霜，走进大厅，这里有人连忙地点着了蜡烛。小丑狄姆勒和老妇尼考拉开了舞。被大声喊叫着的孩子们围绕着的化了装的人，蒙着脸，改变着声音，在女主人面前鞠躬之后，便散开在大厅里站着。

“啊，认不出来了！啊，娜塔莎！您看，她像谁！当真的，她像什么人。爱杜阿尔·卡尔累支多么好看啊！我认不出来。他跳得多好啊！啊呀！有一个切尔开斯人呢！当真的，这对索纽施卡是多么合适呀！这又是谁呢？我，你们使我高兴了！把桌子搬走，尼基他，发尼亚。我们坐着多么安静呀！”

“哈——哈——哈！……骠骑兵，骠骑兵啊！完全像小孩子，还有腿呢！……我无法看见……”许多声音说。

娜塔莎——灭留考娃家小辈的好友——和他们一同消失到后边的房间里去了，那里需要焦木炭和各种宽服和男装。这些都由女子的光手臂，在半开的门里，从听差的手里接了进去。十分钟后，灭留考娃家所有的小辈都参加在化装的人群中了。

撇拉盖亚·大尼洛芙娜吩咐了替客人们收拾房间，招待主仆们，她没有取下眼镜，克制着笑容，在化装的人当中走着，靠近地看看他们的脸，却认不出任何人。她不但不认识罗斯托夫家的人和狄姆勒，而且也认不出自己的女儿们，认不出她们身上所穿的她的亡夫的宽服和军服。

“这是谁？”她向她的女教师说，望着化装为卡桑的鞑靼人的女儿。“好像是罗斯托夫家的什么人。啊，您骠骑兵先生，在哪一团服役呢？”她问娜塔莎。“土耳其人啊，给土耳其人一点儿果泥糕吧，”她向分送食品的司膳说，“这是他的法律所允许的。”

有时，看着跳舞的人们所作的奇怪的然而可笑的跳步，撇拉盖亚·大尼洛芙娜便用手帕蒙了脸，她整个肥大的身体，因为忍不住的、善意的、老年的笑声而颤动着，跳舞的人始终认为自己既是化了装的，便没有人认识他们，因此都不觉得拘束。

“我的萨舍涅特，萨舍涅特！”她说。

在俄国舞与合唱舞之后，撇拉盖亚·大尼洛芙娜集合了全体的主仆们在一起，围成了一大圈；他们取来了一个环，一根绳，一个银卢布，做共同的游戏。

一小时后，所有的衣服都压皱了、凌乱了。焦炭画的须眉在出汗的、发热的、快活的脸上化开了。撇拉盖亚·大尼洛芙娜开始认出了化装的人，称赞他们的服装是多么好，这些服装是多么特别适合小姐们，并且感谢了他们全体，因为他们那样使她愉快。客人们被邀在客厅里吃夜饭，家奴们在大厅里受招待。

“嗬，在洗澡房里面算命，这是可怕的！”住在灭留考娃家的一个老处女在吃饭时说。

“为什么？”灭留考娃家的大女儿问。

“但是您不要去，那是要胆量的……”

“我要去。”索尼亚说。

“您说，这位小姐遇到了什么？”灭留考娃家的二女儿说。

“是这样的，有一位小姐走来了，”老处女说，“拿了一只公鸡，两套食具——都很合适，她坐下了。坐了一会，她忽然听到有人来了，一个有车铃有马铃的雪橇来了。他完全像人一样地进来了，好像是一个军官，走上前，和她坐在食具的旁边。”

“啊！啊！……”娜塔莎恐怖地瞪着眼睛叫起来了。

“还有什么呢，他说话了吗？”

“是的，像人一样，一切都很合适，于是他开始，开始说服她；她应该和他谈话一直到鸡叫；但是她胆小——只是胆小，用手蒙了脸。他抓住了她。幸好，那时候女仆们跑进来了……”

“哎，为什么要吓她们！”撇拉盖亚·大尼洛芙娜说。

“妈妈，您自己也算过命吧……”女儿说。

“他们怎么在仓里算命呢？”索尼亚问。

“就是在现在这时候，他们到仓里去听。听到：敲棰，轻叩——这是不好，而搬谷子——这是好；这也是常有的……”

“妈妈，您说，您在仓里遇见了什么？”

撇拉盖亚·大尼洛芙娜微笑了一下。

“但是我已经忘记了……”她说，“你们没有人去吗？”

“不，我要去；撇拉盖亚·大尼洛芙娜，让我去，我要去。”索尼亚说。

“嗯，当然可以，只要你不怕。”

“路易萨·依发洛芙娜，我能去吗？”索尼亚问。

无论他们是玩环、玩绳，或者玩卢布，或者像现在这样讲话，尼考拉都没有离开索尼亚，用自己的全新的眼光望着她。他似乎觉得，直到今天，由于焦炭的胡须，他才第一次充分认识了她。确实索尼亚这天晚上是愉快、活泼、美丽，尼考拉从来没有看见过她这样。

“她就是这样的，我是个多大的傻瓜啊！”他想，望着她的发亮的眼睛和幸福的、狂喜的、使胡须下边的腮上显出酒窝的笑容，这是他从前没有看见过的。

“我什么都不怕，”索尼亚说，“我马上可以去吗？”她站起来了。

他们告诉了索尼亚，仓在哪里，她要怎样沉默地站着细听，并且给了她一件皮外套。她将它披在自己的头上，瞥了瞥尼考拉。

“这个姑娘多么可爱啊！”他想，“直到现在我想了些什么呢！”

索尼亚走上走廊，到仓里去。尼考拉说他觉得热，赶快地走到前面的台阶上。确实屋里面因为拥挤的人群显得气闷。

院子里依然是那么寂静、寒冷，依然是那样的月亮，只是更加明亮了。月光是那么强，雪上的星光是那么多，使人不想瞻望天空，而真正的星是看不见的。天空黑暗而惨淡，地上却是愉快的。

“我是傻瓜，傻瓜！直到现在，我在等待什么呢？”尼考拉想，于是跑下台阶，他顺着通后面台阶的小径绕过屋角。他知道索尼亚要经过这里。在路当中有一堆木柴，柴上面有雪，并且在地上投下影子；在这个柴堆的那边，在它的一边，有老菩提树秃枝的交错的影子，映在雪上和路上。这条小路通仓屋。仓屋的木头的墙和盖雪的顶，好像是由宝石刻成的，在月光中闪耀着。园中的一棵树上响起了断裂声，然后一切又完全寂静了。似乎他的胸部不是吸入空气，而是吸入了某种永久年轻的力量与欢喜。

在女仆住房的台阶上，有脚步在踏级上响着，在堆了雪的最后的一级上，传来了响亮的吱吱声。老女仆的声音说：

“对直，对直，顺这条路，小姐。可是不要回头望！”

“我不怕。”索尼亚的声音回答，于是索尼亚的穿着薄皮鞋的脚咯吱咯吱地响着，顺着小路对着尼考拉走来。

索尼亚裹了皮外套走着。她看见他时，只相隔两步了；她也觉得，他不像她从前所知道的、她一向有点儿怕的尼考拉。他穿了女人衣服，头发凌乱，流露着幸福的、在索尼亚看来是可掬的笑容。索尼亚迅速地跑到他面前去了。

“完全不同，而又完全一样。”尼考拉想，一边望着她的被月光完全照亮的脸。他把手伸进她的盖着头的皮外套下边，搂抱她，把她紧紧地抱着，吻了她的嘴唇，嘴上的唇髭，并且发出焦木炭的气味。索尼亚也在嘴唇的当中吻他，并且伸出了一双小手，从两边搂着他的脸庞。

“索尼亚……”“尼考拉……”他们只互相说了这两句。他们跑到仓屋那里，然后各人走自己的台阶回到屋里去了。

12

当大家都从撇拉盖亚・大尼洛芙娜家回去时，娜塔莎，她总是看出并且注意一切，她布置了一番，使座位有了变动，就是路易萨・依发诺芙娜、她和狄姆勒同坐一辆雪橇，索尼亚、尼考拉和女仆们同坐一辆。

尼考拉不追赶了，在归途上平稳地赶着车，仍旧在这个奇怪的月光中注视着索尼亚，在这变换不定的光线中，从须眉下边寻找他的那个从前的和现在的索尼亚，他决定了同她永不分离。他注视着，当他认出了那个旧的和新的索尼亚，想起了那个和接吻的感觉混合在一起的焦木炭气味的时候，他深深地吸了一口冰冷的空气，然后望着奔驰的地和发亮的天，他又觉得自己仿佛置身在仙境中了。

"索尼亚，你舒服吗？"他时时问着。

"是的，"索尼亚回答，"你呢？"

在中途，尼考拉让车夫驾驭着马，自己跑到娜塔莎的雪橇上，在车旁站了一会儿。

"娜塔莎，"他低声用法语向她说，"你知道，我对于索尼亚下了决心了吗？"

"你向她说了吗？"娜塔莎忽然满脸喜色地问。

"啊，你有这些须眉是多么奇怪。娜塔莎！你高兴吗？"

"我很高兴，很高兴！我已经对你生气了。我没有向你说过，但你对待她是不好的。她的心肠是那么好啊，尼考拉。我多么高兴！我有时是令人讨厌的，但是假若我自己幸福，索尼亚不幸福，我要觉得难为情的，"娜塔莎继续说，"现在我是那么高兴，好了，快跑到她那里去吧。"

"不，等一下，啊，你多么可笑！"尼考拉说，仍旧注视着她，在妹妹身上他也发现了那种新的、异常迷人的、亲切的地方，这是他从前没有看见过的。"娜塔莎，这多么诱人啊？"

“是的，”她回答，“你做得好极了！”

“假使我从前看见她像现在这样，”尼考拉想，“我便早已问过她，要做什么，并且做了她所吩咐的一切，而一切都好了。”

“所以你高兴，可是我做得对吗？”

“嗯，很对！我不久之前还同妈妈为这事吵了一下。妈妈说她在钓你。怎么能说这话！我同妈妈几乎大吵起来。我决不让任何人对于她说到、想到任何不好的事情，因为她只有好的地方。”

“那么这是对的吗？”尼考拉说，又一次注视着妹妹脸上的表情，要看出这是不是真的，于是他从雪橇旁跳下，靴子在雪地上擦响着，跑回自己的雪橇上去了。那个幸福的、微笑的、有胡须的、有明亮的眼睛在貂皮帽下边望人的切尔开斯人，仍旧坐在那里，这个切尔开斯人是索尼亚，这个索尼亚一定是他的未来的、幸福的、恩爱的夫人。

到了家，向母亲说了他们在灭留考娃家度过夜晚的情形，小姐们便回到自己的房里去了。她们脱了衣服，却没有拭去抹焦炭的胡子，坐了很久，谈到她们的幸福。她们谈到结婚后要如何生活，她们的丈夫会是朋友，她们将要多么幸福。在娜塔莎的桌上，还有杜妮亚莎在晚间所准备的两面镜子。

“可是要到什么时候才有这一切呢？我怕，永不……这是太好了！”娜塔莎说，站起来走到镜子前面去了。

“坐下，娜塔莎，也许你会看见他。”索尼亚说。

娜塔莎在每面镜子旁边点了一支蜡烛，坐下来了。

“我看见一个有胡子的人。”娜塔莎看着自己的脸说。

“不能笑的，小姐。”杜妮亚莎说。

娜塔莎靠索尼亚与女仆的帮助，使两面镜子的位置放合适了；她脸上显出严肃的表情，她沉默着。她坐了很久，看着两面镜子中所映照出的一串渐渐远去的蜡烛，意料着（根据她所听的故事）她会在那最后的混合的模糊的方形中，看见一口棺材，又会看见他，安德来公爵。无论她多么有意要把极微小的点子当作人或者棺材的形状，她却什么也没有看见。她开始频频地眨眼，并且离开了镜子。

“为什么别人看得见，我却什么也看不见呢？”她说，“你坐下来，索尼亚；今天晚上你务必一定，”她说，“只是替我看……我今天觉得那么害怕！”

索尼亚坐到镜子前面，摆好了位置，开始观看。

“现在索斐亚·亚力山德罗芙娜一定会看见，”杜妮亚莎低声说，“您总是发笑。”

索尼亚听到了这话，又听到娜塔莎低声说：

“我知道她会看见的，她去年也看见的。”

大家沉默了三分钟。“一定是看见了！”娜塔莎低声说，没有说完……忽然索尼亚推开她手里的镜子，用手蒙了脸。

“啊，娜塔莎！”她说。

“看见了吗？看见了吗？看见了什么？”娜塔莎扶着镜子大声说。

索尼亚并没有看见东西，当她听到娜塔莎的声音说“一定是看见了”时，她正想要眨眨眼，站起来。她不愿欺骗杜妮亚莎和娜塔莎，但坐着是难受的。她自己不知道，当她用手蒙眼时，她怎样并且为什么发出了叫声。

“看见他了吗？”娜塔莎抓着她的手问。

“是的。等一下……我……看见了他。”索尼亚不觉地说，还不知道娜塔莎所说的**他**是指谁而言；**他**是尼考拉，或者**他**是安德来？

“但为什么我不说我看见了东西呢？别人都看见！谁能发觉我是看见，还是没有看见呢？”这想法在索尼亚的心中闪过。

“是的，我看见了他。”她说。

“怎样的？怎样的？坐着还是躺着？”

“不，我看见……先是没有东西，忽然我看见了，他躺着。”

“安德来躺着吗？他病了吗？”娜塔莎问，用她的不动的眼睛惊惶地望着她的朋友。

“不是，相反——相反，脸是愉快的，他向我转过来，”在她说这话时，她似乎觉得，她看见了她所说的东西。

“哦，还有呢？索尼亚？……”

“后来我看不清了，什么蓝的和红的东西……”

“索尼亚！他什么时候回来呢？我什么时候看见他呢？我的上帝啊！我多么为他、为我自己害怕啊，我为一切害怕……”娜塔莎说，对于索尼亚的安慰她没有回答一句，她在床上躺着，在蜡烛熄灭很久之后还睁着眼睛，不动地躺在床上，透过结冰的窗子望着寒冷的月光。

13

在圣诞节后不久，尼考拉向母亲说明了他对索尼亚的爱情和他要娶她的毅然的决心。伯爵夫人早已注意到索尼亚与尼考拉之间所发生的事情，她期望着这个说明，沉默地听了他的话，并且向儿子说，他想要娶谁就可以娶谁；但她和父亲都不会祝福他这件婚事。尼考拉第一次感觉到他的母亲不满意他。虽然她对他慈爱，她却不对他让步。她没有望着儿子，冷淡地派了人去请丈夫；当他来到时，伯爵夫人想要简略地冷静地当尼考拉的面向他说明是怎么回事，但她克制不住了；她流出了苦恼的眼泪，走出了房。老伯爵开始犹疑不定地规劝尼考拉，要求他放弃他的计划。尼考拉回答说，他不能否认他的话，于是父亲叹了口气，显然是困惑了，立刻中断了自己的话，走到伯爵夫人那里去了。在他和儿子的一切冲突中，伯爵总是因为家境的不振，觉得自己对不起儿子，因此他不能因为儿子拒绝娶富家女子，却选择无陪嫁的索尼亚便对儿子发火——在这种场合，他只是更痛心地想起，假如家道不是这样衰落，尼考拉便无须要娶比索尼亚更有钱的妻子了；家境衰落的责任只在他和他的米清卡，以及他的不可克服的习惯。

父母没有再和儿子谈到这件事；但几天以后，伯爵夫人把索尼亚叫到自己面前，用了彼此都料想不到的尖锐的语言，责备甥女引诱她的儿子，责备她忘恩负义。索尼亚无言地垂着眼睛，听了伯爵夫人的尖锐的话，不明白对她要求的是什么。她准备为她的恩人牺牲一切。自我牺牲的思想是她所喜爱的思想；但在这件事情上，她不能明白，她应该牺牲什么，并且为谁作出牺牲。她不能不爱伯爵夫人和罗斯托夫全家，也不能不爱尼考拉，不能不知道他的幸福就靠着这个爱情。她沉默悲哀，没有回答。尼考拉似乎觉得他不能再忍受这种情形，于是他去向母亲说明。尼考拉时而请求母亲饶恕他和索尼亚，并且同意他们的婚事，时而威胁母亲，说假使索尼亚要受到迫害，他便立刻和她秘密结婚。

伯爵夫人带着儿子从未见过的冷淡的样子回答儿子说，他已经成年了，说安德来公爵不得到父亲的同意就要结婚，说他也可以这么做，但她绝不承认这个女阴谋家是她的媳妇。

尼考拉被女阴谋家这个名词惹恼了，提高了声音向母亲说，他从来没有料想到，她要强迫他出卖自己的情感；并且假使是如此，那么他最后一次说……但他没有来得及说出这句关键性的话，这句由于他脸上的表情他母亲恐怖地等候着的话，这句也许要在他们之间永远留下心酸的回忆的话。他没有来得及说完，因为娜塔莎面孔发白而严肃地从门外进了房，她在门外窃听到现在。

“尼考林卡，你说废话，不要说，不要说！我告诉你，不要说！……”为了压下他的声音，她几乎是叫起来了。

“妈妈，亲爱的，这完全不是因为……我心爱的，可怜的。”她向母亲说，母亲觉得自己是在决裂的边际，恐怖地望着儿子，但是由于坚决的争执与兴奋，她不愿并且也不能让步。

“尼考林卡，我要向你说明的，你去吧——您听，亲爱的妈妈。”她向着母亲说。

她的话是无意义的，但这些话得到了她所企望的结果。

伯爵夫人沉痛地啜泣着，把脸藏在女儿的怀中，尼考拉站起来，抓着头，走出房去了。

娜塔莎负责进行和解，并且得到了这样的结果，就是尼考拉获得了母亲的保证，索尼亚不会受虐待，他自己也作了保证，他决不瞒着父母做任何事情。

尼考拉和父母有了意见，又愁闷又严肃，但他觉得，他是在热恋中，他毅然地决定了，在团里料理了自己的事情之后，就辞职回家，娶索尼亚，他在一月初到团里去了。

在尼考拉走后，罗斯托夫家里比从前更惨淡了。伯爵夫人因为心绪恶劣而生病了。

索尼亚因为尼考拉的离别，更因为伯爵夫人不能对她没有那种敌意的态度，是很悲哀的。伯爵为了那必须采取断然措施的、恶劣的家境而空前地烦恼。莫斯科的房子和莫斯科郊外的房产都不得不出卖了，为了出卖房屋，他必须到莫斯科去。但伯爵夫人的健康使行期一天一天的延迟。

娜塔莎轻易地甚至愉快地忍受了和未婚夫离别的初期，现在却一天一天变得更激动、更不耐烦了。她想到，她的最好的时光，应当用在对他的爱情上，却不为任何人而白白地浪费了，这个想法使她不断地感到痛苦。他的信大都使她发火。她愤慨地想到，她是在对他的一心思念中过生活，而他却过着真正的生活，他看见了许多在他看来是有趣味的新地方和新人。他的信愈有趣味，她愈觉得烦恼。她写给他的信，不但不使她感到安慰，而且使她觉得是无聊的虚伪的义务。她不会写，因为她认为，她不能在信中真实地表现千分之一她所惯于用声音、笑容与目光所表现的东西。她写给他一些徒具形式的、单调的、冷淡的信，这些信都曾由伯爵夫人在底稿上改正了她的拼写的错误，她自己差不认为这些信有丝毫的意义。

伯爵夫人的健康仍然没有见好，但延期到莫斯科去是不可能了。必须预备娜塔莎的陪嫁，必须出卖房子，此外安德来公爵要先到莫斯科（这个冬季尼考拉·安德来维支老公爵住在这里），娜塔莎相信他已经到了。

伯爵夫人留在乡间，伯爵带了索尼亚和娜塔莎，在一月末到莫斯科去了。

第五部

1

彼挨尔在安德来公爵和娜塔莎订婚之后，没有任何显见的理由忽然间觉得，他不能够继续过从前的生活了。无论他多么坚决地相信他的恩人展示给他的真理，无论在他那么热心从事的自我内心改造工作的初期，他多么高兴，但是在安德来公爵和娜塔莎订婚以后，在奥西卜·阿列克塞维支死后——这个消息他几乎是同时接到的——他觉得，以前那种生活的全部魅力忽然消失了。只剩下了一个生活的架子：他的房子，他的出色的正在享受一个要人的恩泽的妻子，他和全彼得堡的人士的交游，他的官职和一些无聊的仪式。以前的这种生活，忽然使彼挨尔感到意外的憎恶。他停止写日记了，避免和会友往来，又开始到俱乐部去，开始饮很多的酒，又和单身的朋友接近，并且开始过那样的生活，以致叶仑娜·发西莉叶芙娜伯爵夫人认为必须对他作严厉的责问。彼挨尔觉得她是对的，为了不连累他的妻子，他到莫斯科去了。

在莫斯科，他一进了他的大屋子，看见了憔悴的和在渐渐憔悴的公爵小姐们，很多的仆人，在他驱车过城时，一看见了依比利亚教堂和金龛前无数的烛光，一看见了克里姆林广场和未被碾踏的雪、雪橇车夫和谢夫采夫·夫拉饶克[①]的棚子，一看见了不希望任何东西、不忙着到任何地方去、却悠闲地安度余年的莫斯科老绅士们，一看见了老太太们、

① 毛注：莫斯科的贫民窟。

莫斯科的小姐们、莫斯科的跳舞会和莫斯科的英国俱乐部——他便觉得自己好像在安静的休息所里一样地舒适自在。他在莫斯科觉得安静、温暖、习惯、脏污，好像是穿着旧宽服一样。

莫斯科的交际界，从老太婆到小孩，接待彼挨尔都好像接待期待多时的客人一样——他的座位总是准备着空在那儿。对于莫斯科的交际界，彼挨尔是最可爱、最仁慈、最聪明、最愉快、最宽宏的怪人，是漫不经心的、诚恳的、俄国旧式的绅士。他的钱袋总是空的，因为它对一切的人都是打开的。

募捐游艺会，恶劣的图画，雕像，慈善团体，茨冈人歌队，学校，醵资的宴会，酒会，共济会员，教堂，书籍——没有任何人、任何事遭他的拒绝，假若不是他的两个朋友借去他很多的钱，并且把他放在他们的监护之下，他便会散掉他的一切。在俱乐部里，没有一次宴会、没有一个晚会里没有他。在他吃了两瓶马告酒之后，刚刚坐到沙发上他的位子的时候，他便被人围住，于是谈话、争论、诙谐开始了。有争吵的时候，他只用他的善良的笑容和随口说出的笑话，使人和解。共济会的聚餐，假如他不在场，便显得无趣、毫不精彩了。

有一次在单身汉的夜饭之后，他带着善良的亲切的笑容，听从了快活的朋友们的请求，上了车，和他们一同到某个地方去，在年轻人之间，发出了喜悦的、胜利的叫声。在跳舞会上，假使缺少男舞伴，他便跳舞。年轻的小姐太太们欢喜他，因为他不专向某一个人献殷勤，他是对所有的人同样地亲切，特别是在夜饭之后。“Il est charmant, il n'a pas de sexe.〔他是可爱的，他是没有性别的。〕”他们这么说他。

彼挨尔是那种退职的、在莫斯科安度余年的高级侍从，这种人有几百个。

假使七年前，当他刚从国外回来时，有谁向他说，他无须寻找什么、计划什么，他的路线早已确定了，永久地注定了，说他虽然挣扎，他却还是要像所有的处在他的地位上的人那个样子，他听了这话，觉得多么可怕啊。他不会相信这话的！他不是一心一意地希望过：在俄国建立共和国，他自己做拿破仑，做哲学家，做战略家，做打败拿破仑的征服者吗？他不是看见了那种可能性，并且曾经热烈地希望改造堕落的人类，使自己达到最高度的至善之境吗？他不是设立了学校和病院，解放了他的农奴吗？

可是代替这一切的，他现在是一个不忠实的妻子的有钱的丈夫，退职的高级侍从，爱吃爱喝，敞开了衣服微微责备政府，是莫斯科英国俱乐部的会员，莫斯科交际界中大家所欢喜的人。他有好久的时候，想到他正是七年前他所极为轻视的那种退职的莫斯科的高级侍从，便心里不安。

有时他用这种思想安慰自己，就是，他只是暂时过这种生活；但后来，别的思想又使他恐惧，就是，许多像他这样的人，长着全部的牙齿和头发，暂时走进这种生活和俱乐部，直到没有一颗牙齿和一根头发的时候才走出来。

当他想到自己的境况而感到骄傲的时候，似乎觉得他和他从前所轻视的其他退职的高级侍从们是截然不同的，他们是庸俗的、愚蠢的、知足的人，并且满意他们的境况，“而我现在还是不满足，还希望为人类做点事情。”在骄傲时他向自己这么说。“也许我所有的同事，正和我一样地曾经奋斗过，曾经寻找过一种新的、他们自己的生活道路，并且正和我一样，被环境、社会、种族的力量，人类不能反对的不可抗的力量，逼到了我所处的这种境地。”在谦逊时他向自己这么说。在莫斯科住了一些时候以后，他已经不轻视他的命运相同的同事们，并且像对他自己一样地开始爱他们、尊敬他们、可怜他们。

彼挨尔已经不像从前那样对于生活有失望、忧闷、憎恶的时候；但是从前剧烈发作的那种病态，被赶到他内心里去了，并且始终在他身上。“有什么目的？为什么？世界上所发生的是些什么？”他每天几次迷惑地问他自己，不觉地开始思索生命现象的意义；但是凭经验他知道，对于这些问题是没有答案的，他便赶快地力求避开这些问题，拿了书看，或者赶到俱乐部去，或者到阿波隆·尼考拉维支那里去谈城市的琐闻。

“叶仑娜·发西莉叶芙娜除了自己的身体，从来不爱惜任何东西，她是世界上的一个最愚蠢的女人，”彼挨尔想，“她在人们面前成了智慧与风雅的峰巅，他们都崇拜她。拿破仑·保拿巴特在成为伟人之前，一直被人轻视，而在他成了可怜的小丑以后，法兰西斯皇帝要把自己女儿和他缔结不合法的婚姻。西班牙人借天主教教士向上帝祈祷，为了他们在六月十四日打败了法国人而感恩，但法国人借同样的天主教教士做祈祷，为了他们在六月十四日打败了西班牙人。我的共济会会友们用血宣誓，说他们准备为别人牺牲一切，但他们每个人却一个卢布的济贫捐款也不付，并且他们策动阿斯特利阿反对甘露寻求派[1]，并且为真正的苏格兰地毯[2]发生纷扰，为一个法规发生纷扰，这法规的意义连编纂的人也不知道，而且没有人需要这个法规。我们都宣传基督教的宽恕罪过和爱别人的教律，为了这个教律，我们在莫斯科建立了一千六百个教堂，但昨天他们还鞭打了一个逃兵，而这个爱与恕的教律的同一的宣扬者，神甫，在行刑之前让兵士吻十字架。”彼挨尔这么想，那个整个的、普遍的、大家承认的欺骗，虽然是他所习惯的，却每次都好像是什么新的东西一样使他惊异。“我明白了这个欺骗和混乱，”他想，“但是我要怎样告诉他们我所明白的一切呢？我试验过，并且总是发现他们在内心深处也明白我所明白的东西，却只是极力不要了解它。所以应该是那样的！但是我要怎么办呢？”彼挨尔想。

他具有许多人的、特别是俄国人的那种不幸的能力——就是能够知道并且相信善良与真理是有的，把生活的丑恶与虚伪看得太清楚，以致

① 毛注：彼得堡的两个共济会支会。

② 毛注：有象征图案的地毯为每一会所的重要设备。各会所竞相取得本会古老组织的地毯和会章。

不能够在生活中从事认真的活动。任何方面的工作，在他的心目中，都是和丑恶与欺骗相结合的。无论他想要做什么样的人，无论他做什么事——丑恶与虚伪都拒绝他，并且阻挡他一切活动的路径。然而他必须生活，必须有点事做。处在这些不可解决的人生问题的压迫之下，是太可怕了，于是为了忘记它们，他可以醉心于任何的嗜好。他到各种各样的社交场所里去，喝很多的酒，购买图画，建筑房屋，而主要的是读书。

他读书，读一切随手碰到的书，并且是那样读书，当他到了家、仆人还在替他脱衣服的时候，他已经拿着书在看了——读了书便睡觉，睡了觉便在客厅和俱乐部里谈天，谈了天便是酒宴和女色，酒宴之后又谈天、读书、饮酒。饮酒对于他，愈益成为生理上的同时又是精神上的需要。虽然医生们常向他说，由于他的肥胖，酒对于他是危险的，他仍然喝很多的酒。只有在他不知不觉地向自己的大嘴巴里灌进了几杯酒，身体上感觉到愉快的温暖，对身边所有的人感到亲切，心里面对于任何思想实质不深入了解而准备作肤浅的反应的时候，他才觉得十分舒适。直到他喝了一两瓶酒之后，才模糊地感觉到，从前使他觉得恐惧的、那个混乱的、可怕的生活纠纷，并不如他所想的那么可怕。他头脑里嗡嗡直响，一面谈着一面听着，或者在午饭和夜餐之后看书时，他都不断地感觉到这个纠纷，它的某个方面。但是在酒力之下他向自己说：“这算不了什么。我要把它弄清楚——我的解释已经准备好了。但现在没有工夫——我以后再思索这一切吧！”但这个“以后”从来没有来到过。

早晨空着肚子时，所有的从前的问题都显得是那么不能解决而可怕，于是彼挨尔急忙地拿起一本书，并且有人来看他时，他便高兴。

有时彼挨尔想起他所听过的传说，在战争中，兵士们在壕沟里躲避敌人的炮火，当他们无事可做时，便尽力地为自己找事情做，以便更轻松地忍受危险。于是彼挨尔觉得，所有的人都是这种逃避生活的兵士们：有人在野心上，有人在打牌上，有人在法律的写作上，有人在女色上，有人在玩具上，有人在马匹上，有人在政治上，有人在狩猎上，有人在饮酒上，有人在政事上。“没有不重要的事，也没有重要的事，反正一样：只要尽我所能地去逃避它！”彼挨尔想，“只要不看见生活，那可怕的生活。”

2

冬初，尼考拉·安德来维支·保尔康斯基公爵和女儿来到莫斯科。由于他的过去，由于他的智慧与独特，特别是由于当时对亚力山大皇帝的统治的热情的低落，以及由于莫斯科当时的普遍的反法情绪及爱国情绪，尼考拉·安德来维支公爵立即成为莫斯科人士特别尊敬的对象和莫斯科反政府派的中心人物。

这一年公爵很衰老了。在他身上出现了显著的衰老的迹象：突然的打盹、最近事件的遗忘、旧事的回忆，以及幼稚的虚荣，他就是因此担任了莫斯科反对派的首领的角色。虽然如此，当老人穿着皮袄、戴了敷粉的假发出来吃茶时，特别是在晚间，由于别人的激动，开始谈些关于过去的支离破碎的故事，或者对现在作些更加支离破碎的苛刻的批评时，他便在所有客人的心中引起同样的肃然的敬意。这全部的老屋子和大镜子，革命前的家具，敷粉的听差们，属于过去时代的严厉的聪明的老人自己，他的温顺的女儿和美丽的法国女子（她们俩都敬畏他），这一切在客人们看来，都是庄严而愉快的景象。但客人们没有想到，除他们看见主人的这两三小时之外，在一昼夜中还有二十二小时，在这个时候他们过着家庭内部的私生活。

近来在莫斯科，这种内部的生活，对于玛丽亚公爵小姐是很难过的。在莫斯科她失去了在童山使她精神爽快的、那些最大的乐趣——和上帝的人的谈话和孤独。而且她没有任何都市生活的好处和乐趣。她不到交际场中去；大家都知道，她父亲不许她到他不在场的地方去，但他由于身体不好不能出去，因此没有人请她去赴宴会或晚会。结婚的希望，玛丽亚公爵小姐完全放弃了。她看到尼考拉·安德来维支公爵接待和遣走那些有时来到她家的、可能是求婚者的年轻人的时候那种冷淡和愤怒的表情。玛丽亚公爵小姐没有朋友：她这次来到莫斯科，对她的两个最亲密的朋友都失望了。她以前不能够对部锐昂小姐十分坦白，现在更觉得她可嫌了，并且由于各种原因，她开始对她疏远了。尤丽在莫斯科，玛丽亚公爵小姐和她连续通过五年信，当玛丽亚公爵小姐和她重新会面时，她变得和她完全格格不入了。尤丽这时候，由于哥哥们的死，成为莫斯科最富的闺女之一，为了社交乐趣而十分忙碌。她被青年们包围着，她觉得，他们都忽然赏识了她的美德。尤丽到了成年的社交小姐的那种年纪，她觉得出嫁的最后机会已经来到了，她的命运现在就要决定或者永不决定了。玛丽亚公爵小姐，在每个星期四，带着忧悒的笑容，想起她现在不能写信给谁了，因为尤丽在这里，并且每周和她见面，而她在这里并不能给她任何乐趣。好像一个年老的侨民拒绝娶一个妇女，而他就在这个妇女的家里度过多年来的夜晚——她惋惜尤丽在这里，她无人可以通信。玛丽亚公爵小姐在莫斯科没有人可以谈心，不能向人倾诉自己的苦恼，而这时候她新增加了很多的苦恼。安德来公爵的归期和他的婚期都临近了，他委托她为这事疏通他的父亲，这委托不但没有办到，而且相反，这事情似乎完全弄糟了，并且一提到罗斯托娃伯爵小姐就要引起老公爵发脾气，而他大部分的时间是脾气不好的。玛丽亚公爵小姐近来新添的苦恼，是她教六岁侄儿的各项功课。在她对尼考卢施卡的态度上，她恐怖地发觉了她自己具有父亲的暴躁的脾气。无论她对自己解说过多少次，她不应该在教侄儿的时候让自己发脾气，却几乎每次，当她拿着教鞭坐下来教法文字母表时，她是那么想要尽快地、轻易地把自己的知识灌输给孩子，而孩子已经怕姑母就要发怒，因此她在孩子有丝毫不注意时，她便发抖、着急、生气、提高声音，有时拉着他的手臂，罚他去站在房间角落里。罚他站在角落里之后，她自己便开始为了自己的暴躁恶劣的性格而流泪，后来尼考卢施卡跟着她哭，不得允许就从角落里走出来，走到她身边，把她的湿手从脸上拿开，并且安慰她。但是最使玛丽亚公爵小姐苦恼的，是她父亲的暴躁脾气，这总是对女儿发作的，并且近来达到了无法忍受的程度。假使他要她整夜跪拜在地上，假使他打她，派她打柴汲水，她决不会想到她的处境困难，但是这位亲爱的残暴者，因为他爱她而更残酷，并且因此而折磨他自己和她，他不但知道怎么故意地损伤她、侮辱她，而且要她明白，什么都怪她，总是怪她。近来他表现了一个新的特征，最使玛丽亚公爵小姐觉得痛苦，这就是他和部锐昂小姐的更加亲密。他听说了儿子的心意，在最初的时候，他有了一种开玩笑的想法，就是假使安德来公爵结婚，则他自己也娶部锐昂小姐，这个想法显然是他所满意的，并且他近来只是为了凌辱她而固执地向部锐昂小姐表示特别的亲爱（在玛丽亚公爵小姐看来是如此的），并且借他对部锐昂小姐表示爱情而表示他对女儿的不满。

有一天在莫斯科，老公爵当玛丽亚公爵小姐的面（她觉得，父亲有意在她面前做这件事），吻了部锐昂小姐的手，并且把她拉到自己的面前，亲热地搂抱她。玛丽亚公爵小姐脸红了，跑出房去了。几分钟后，部锐昂小姐来到玛丽亚公爵小姐的房里，微笑着，用她的可喜的声音开心地说着。玛丽亚公爵小姐连忙拭去了眼泪，迈着坚决的步子走到部锐昂面前，显然她自己并不觉得，她愤怒地急忙地用爆炸的声音，开始向法国女子咆哮地说。

“利用弱点……是恶劣的、卑鄙的、不人道的……”她没有说完，“从我房里滚出去。”她大叫，并且呜咽了。

第二天，公爵没有向女儿说一句话；但她注意到，在吃饭的时候，他吩咐先给部锐昂小姐上菜。在吃饭完毕时，当司膳按照习惯，先给公爵小姐上咖啡时，公爵忽然大发雷霆了，把手杖向菲利普抛去，并且立刻吩咐了送他去当兵。

“他不听话……说了两次……他不听！……她是这个屋里的第一要人；她是我最好的朋友，”公爵大叫着说，“假使你再敢大胆，”他头一次对着玛丽亚公爵小姐这么愤怒地大叫着说，“你再敢像昨天那样……在她面前忘形，我就要给你看看，谁是家里的主人。去！我不要看见你，去向她赔礼！”

玛丽亚公爵小姐为了自己，为了央她求情的司膳菲利普，向阿玛利亚·叶芙盖涅芙娜和父亲请求饶恕。

在这种时候，玛丽亚公爵小姐心中的情绪，类似为牺牲而有的骄傲。在这种时候，她所批评的这位父亲，会忽然在她面前寻找着眼镜，手在眼镜旁边摸着，却没有看见，或者忘记了刚才所发生的事情，或者用软弱的腿迈着不稳的步子，并且回头望望，是否有谁看见了他的软弱，也许最不好的是，在吃饭时，没有客人激动他，他便忽然打盹，落下餐巾，把摇摆的头垂到碟子上。在这种时候，她带着自我厌恶的心情这么想着：“他老了，衰弱了，我敢批评他了！”

3

一八一一年，在莫斯科有一个很快地走了时运的法国医生，一个身材高大的美男子，正像法国人那样地殷勤，并且如全莫斯科的人所说的，一个有异常才干的医生，他就是美提弗耶。上层社会的人家接待他，并不把他当作医生，却当作一个地位平等的人。

尼考拉·安德来维支公爵一向嘲笑医术，近来由于部锐昂小姐的劝告，准许了这个医生来看他，并且对他习惯了。美提弗耶通常一星期来看公爵两次。

在尼考拉日，公爵的命名日，全莫斯科的知交都来到他家的门口，但他吩咐了不接待任何人；只吩咐邀请少数的人来吃饭，他把他们的名单交给了玛丽亚公爵小姐。

美提弗耶早晨来道贺，以医生的身份觉得应该de forcer la consigne〔硬闯进去〕，如同他对玛丽亚公爵小姐所说的，于是他进去看公爵。

碰巧在命名日的早晨，老公爵的心情最坏。他整个早晨在家里走来走去，向所有的人挑毛病，并且做出那种样子，好像他不明白别人向他所说的话，别人也不了解他。玛丽亚公爵小姐很知道这种平静的、心神不安的埋怨的心情，这种心情的结果通常是大发雷霆。她整个早晨走来走去，好像是在实弹的、按下扳机的步枪之前，等候着不可避免的射击。在医生来到之前，这个早晨过得很好。让医生进去之后，玛丽亚公爵小姐拿着书坐在客厅的门旁，在这里她可以听到书房里所发生的一切。

起初她只听到美提弗耶的声音，然后是父亲的声音，然后两种话声响了一阵，门猛然打开了，在门口出现了美提弗耶的惊恐的英俊的身材和他的黑发簇，还出现了穿宽服的、戴睡帽的、面孔因为愤怒而难看的、眼眸下垂的公爵的身材。

"你不明白吗？"公爵咆哮，"但我明白！法国的侦探，保拿巴特的奴隶、侦探，从我家滚出去——出去，我说的！"于是他砰然一声关上了门。

美提弗耶耸着肩，走到部锐昂小姐面前，她是听到声音从隔壁房间里跑出来的。

"公爵是不很好，la bile et le transport au cerveau. Tranquillisez-vous, je repasserai demain.〔有恶脾气和脑充血。你放心，我明天再来。〕"美提弗耶说，把手指放在唇上，匆忙走出去了。

从门那边传来了穿趿鞋的脚步声和叫声："侦探，奸细，处处是奸细！我家里没有一分钟安静！"

在美提弗耶走后，老公爵把女儿叫到他面前去了，于是他全部的怒火都对她发泄了。她的过错是让这个侦探来看他。他不是说过，向她说过，要她写一个名单，那些不在名单上的都不让进来吗？为什么让这流氓进来呢？她是这一切的原因。他说，同她在一起，他不能有一分钟的安静，不能安静地死去。

"不，姑娘，我们要分离的，要分离的，您要知道这个，您要知道！我现在再也受不了了。”他说过，走出房去了。好像是怕她会获得安慰，他回到她面前，极力做出安静的样子，补充说，“不要以为我是在发怒的时候向您说这话的，但是，我是镇静的，我思索过的；这就会来的——我们要分离的；为您自己去找个地方吧！……”但他不能克制他自己，他带着只有爱人的人才会有的那种怒气，他显然是自己痛苦着、挥着拳头向她大声说：

“但愿有个傻瓜娶了她！”他砰然一声关上了门，派了人去叫部锐昂小姐，于是在书房里安静下来了。

两点钟时，六个选定的人都来吃饭了。客人们是著名的拉斯托卜卿伯爵[①]，洛普亨公爵和他的侄儿，公爵的老战友恰特罗夫将军，年轻的有彼挨尔和保理斯·德路别兹考，他们在客厅里等候他。

保理斯新近休假来到莫斯科，希望见到尼考拉·安德来维支公爵，并且能够那样地讨得了他的好感，以致公爵在他所不接待的一切单身年轻人之中，对他做了一件例外的事。

公爵的家不是所谓交际界，是那么小的一个团体，这个小团体虽然在城里没有听到说过，但在这里受到接待是最荣幸的。这是保理斯在一周之前便晓得的，那天，拉斯托卜卿当他面向那请他在尼考拉日吃饭的总司令说，他不能到：

“在这天我总是到尼考拉·安德来维支公爵的神骨前去致敬。”

“啊，是，是，”总司令回答，“他怎样？……”

这个小团体在吃饭之前聚集在旧式的、高大的、摆着旧式家具的客厅里，好像一个在开会的严肃的法庭会议。大家都沉默着，即使说话，话声也很低。尼考拉·安德来维支公爵出来了，显得严肃而又沉默。玛丽亚公爵小姐比平时显得更沉静、更羞怯。客人们勉强地和她说话，因为他们看到，她没有心思和他们谈话。只有拉斯托卜卿一个人谈着不

① 毛注：他（1763—1828）在一八一二年是莫斯科总督，是政治家，著作家。

停，时而谈到最近的城市新闻，时而谈到最近的政治新闻。

洛普亨和老将军偶尔参加谈话。尼考拉·安德来维支公爵听着，好像审判长在听他们的报告，只偶尔用沉默或简单的话表示他在注意他们向他报告的东西。谈话的语调是那样的，它使人明白，没有人赞同政界里所发生的事情。他们所谈的那些事件显然证明一切越来越糟；但是在说任何故事或作任何批评时，奇怪的是，每次在批评到了可能涉及皇帝陛下本人时，谈话的人便中止了谈话，或者是被阻止了。

在吃饭时，谈的是关于最近的政治新闻，关于拿破仑夺取奥尔顿堡公爵的领土，关于俄国送给欧洲各国朝廷的反对拿破仑的牒文。

"保拿巴特对待欧洲，就像海盗对待劫夺的船一样，"拉斯托卜卿伯爵说，重复他已经说过许多次的话，"我们只是诧异君王们的容忍或盲目。现在轮到教皇了。保拿巴特已经毫不顾忌地要罢免天主教的首领了，大家还不说话！只有我们的皇帝抗议他夺取奥尔顿堡公爵的领土。甚至……"拉斯托卜卿伯爵沉默了，觉得他已经说到了不能批评的界限。

"有人提议用别的领土替换奥尔顿堡的公国，"尼考拉·安德来维支公爵说，"好像我把农奴们从童山移居到保古恰罗佛和锐阿桑田庄一样，他也这样地调动公爵们。"

"Le duc d'Oldenbourg supporte son malheur avec une force de caractère et une resignation admirable.〔奥尔顿堡公爵用惊人的意志和听天由命的态度，忍受了他的不幸。〕"保理斯恭敬地插言。他说这话，因为他从彼得堡来时，曾有荣幸见过公爵。尼考拉·安德来维支公爵那样地望了望这个年轻人，好像他想要向他说点什么，但是他改变了他的主意，认为他太年轻了，不能向他说什么。

"我看过了我们关于奥尔顿堡事件的抗议，我诧异这个通牒的恶劣的字句，"拉斯托卜卿伯爵用漫不经心的语气说，好像一个人判断他很熟悉的事一样。

彼挨尔单纯地吃惊地看了看拉斯托卜卿，不明白为什么这个牒文的恶劣字句令他不高兴。

“伯爵，这个牒文假使内容是有力量的，”他说，“那么措辞无论怎样也不是一样吗？”

“Mon cher, avec nos 500 mille hommes de troupes, il serait facile d’avoir un beau style.〔我亲爱的，有我们的五十万军队，要有优美的文体应该是很容易的。〕”拉斯托卜卿伯爵说。

彼挨尔明白了为什么牒文的措辞使拉斯托卜卿伯爵不高兴。

“似乎书写的人大量地出现了。”老公爵说，“在彼得堡大家都在那里写，不但写牒文，而且都在写新的法律。我的安德柔沙在那里为俄罗斯写了整卷的法律。现在大家都在写！”他不自然地笑起来了。

谈话停了一会，老将军清着嗓子要人向他注意。

“请问您听到过最近在彼得堡的检阅时的事情吗？法国的新大使成个什么体统！”

“什么？是的，我听到一点；他向陛下说了不得体的话。”

“陛下要他注意掷弹兵师和分列进行式，”将军继续说，“似乎大使并没有注意，并且似乎大胆地说，我们在法国并不注意这种琐事。陛下一句话不说。在下一次的检阅中，据说，皇帝一次也没有向他说话。”

大家沉默着：对于这个有关皇帝本人的事情，不能够表示任何意见。

“无耻之徒！”公爵说，“您认识美提弗耶吗？我今天把他从我家里赶走了。他到这里来过，虽然我不让任何人来看我，他们却放他进来了，”公爵说，愤怒地瞥了瞥女儿。于是他说了他和法国医生的全部谈话和他之所以相信美提弗耶是侦探的理由。虽然这些理由很不充足而且不明确，却没有任何人反对。

在烤肉之后，斟了香槟酒。客人们从位子上站起来庆祝老公爵。玛丽亚公爵小姐也走到他面前去了。

他用冷淡的凶狠的目光看了看她，把打皱的刮过胡子的腮伸给她吻。他脸上全部的表情向她说，他没有忘记他们早晨的谈话，他的决心仍然像先前那样的坚定，只是由于客人在场，他现在不向她说这个。

在他们进客厅饮咖啡时，老人们坐在一起。

尼考拉·安德来维支公爵更加兴奋了，说出他对于迫近的战争的意见。他说，在我们觅取和德国人的联盟，干预欧洲事件的时候，我们和保拿巴特的战争是不幸的——提尔西特和会把我们牵入了欧洲事件中。我们既不该为奥地利也不该对奥地利作战。我们的政治权益是在东方，对于保拿巴特，我们唯一的事，就是边境上的武备和坚定的政策，他绝不敢越入俄国的边境，像一八〇七年那样的。

“公爵，我们怎能够和法国打仗呢！”拉斯托卜卿伯爵说，“我们能够武装起来反对我们的教师和上帝吗？看看我们的年轻人，看看我们的小姐们吧！我们的上帝就是法国人，我们的天国就是巴黎。”

他说的声音更高了，显然是为了要使大家都听见。

“法国的服装，法国的思想，法国的情感！您在这里抓着美提弗耶的颈子把他赶走了，因为他是法国人，是无赖，但我们的小姐们却匍匐着向他面前爬。昨天我在一个晚会上，在五个小姐当中有三个是天主教徒，得到教皇的允许，在星期日做针线。她们差不多是光着身子坐着，好像洗澡堂的广告牌一样，恕我这么说。哎，你看了我们的年轻人，公爵，你便要从古物展览室里拿出彼得大帝的棍杖照俄国的方式敲打他们，把他们的所有的愚蠢都敲出来。”

大家沉默着。老公爵面带笑容望着拉斯托卜卿，并且赞同地点头。

“哦，再见，大人，保重保重。”拉斯托卜卿说，以他所特有的迅速动作站起来，向公爵伸手。

“再见，我亲爱的——金玉之音，我是百听不厌的！”老公爵说，握住他的手，把腮伸给他吻。

别人也跟随拉斯托卜卿站起来了。

4

玛丽亚公爵小姐坐在客厅里，听着老人们的这些谈话和评论，却一点也不了解她所听到的东西；她只想到，所有的客人是否注意到她父亲对她的敌视态度。她甚至没有注意到，第三次到他们家来的德路别兹考，在整个吃饭时间对她所表示的特别注意与亲切。

玛丽亚公爵小姐用心神涣散的、疑问的目光望着彼挨尔，他是客人中最后走的一个人，他手拿帽子，面带笑容，在公爵走出去之后，走到她面前，于是只剩他们俩在客厅里了。

“可以再坐一会吗？”他说，他的肥胖的身躯落在玛丽亚公爵小姐旁边的椅子上。

“嗯，可以，”她说，“您没有注意到什么吗？”她的目光说。

彼挨尔是在饭后的愉快的心情中。他望着前面，悄悄地笑着。

“您认识这个年轻人很久了吗，公爵小姐？”他说。

“哪一个？”

“德路别兹考。”

“不，不久……”

“那么他令您满意吗？”

“是的，他是一个投合人意的年轻人……为什么您问我这话？”玛丽亚公爵小姐说，仍旧想着早晨她和父亲的谈话。

“因为我注意到，年轻人休假从彼得堡到莫斯科来，通常只是为了要娶有钱的闺女。”

“您注意到这个吗？”玛丽亚公爵小姐说。

“是的，”彼挨尔继续微笑着说，“这个年轻人现在的行为是这样的，就是哪里有富家闺女，哪里也有他。我看他，就像看一本书一样。他现在还不能决定，他要进攻谁：是您还是尤丽·卡拉基娜小姐。Il est très assidu auprès d'elle.〔他对她很殷勤。〕”

“他去看她们吗？”

“是的，常常去。您知道求爱的新方法吗？”彼挨尔带着愉快的笑容说，显然是在那种善意诙谐的愉快心情中，他在日记里常常地为了这个责备他自己。

“不知道。”玛丽亚公爵小姐说。

“现在要讨好莫斯科的姑娘们，il faut être mélancolique. Et il est très mélancolique auprès d M-lle卡拉基娜。〔就必须忧悒，他对于卡拉基娜小姐是很忧悒的。〕”彼挨尔说。

“Vraiment?〔真的吗？〕”玛丽亚公爵小姐说，望着彼挨尔善良的脸，并且不断地想着她自己的苦恼事。“假使，”她想，“我敢把我所感觉的一切告诉什么人，我便觉得轻松了。我正想要向彼挨尔说出一切。他那么善良、那么高尚。我会觉得轻松的。他会替我出主意的！”

“您会嫁给他吗？”彼挨尔问。

“啊，我的上帝，伯爵！有的时候，我会嫁给任何人！”玛丽亚公爵小姐忽然出乎自己意外地在声音里带着眼泪说，“啊，爱着一个亲人，并且觉得（她继续用颤抖的声音说），除了使他苦恼，却不能对他做出任何事情，并且知道不能改变这个情形，这时候是多么痛苦啊。在这种时候唯一的办法，就是走开，但是我走到哪里去呢？……”

“您怎么啦，您怎么啦，公爵小姐？”

但公爵小姐没有把话说完，已经哭起来了。

“我不知道我今天是怎么了。不要听了，忘掉我向您所说的话吧。”

彼挨尔所有的愉快都消失了。他焦急地问公爵小姐，求她说出一切，把她的苦恼告诉他；但她只重复地求他忘掉她所说的话，说她不记得她说了什么，说她没有苦恼，只除了那个，他所知道的那个苦恼，就是为了安德来公爵的婚事会惹起父子的争吵。

“您听到罗斯托夫家的消息吗？”她问，为了改变话题，“我听说，他们就要来了。我也天天在盼望安德来。我希望他们在这里会面。”

“他现在对于这件事的态度是怎么样了？”彼挨尔说，“他”是指老公爵而言。

玛丽亚公爵小姐摇摇头。

“但是有什么办法呢？一年的期限只剩下几个月了。这样是不行的。我但愿在开头的时候能够帮我哥哥忙。我希望他们赶快来。我希望和她往来……您早就认识他们，”玛丽亚公爵小姐说，“您老老实实告诉我全部的真实的情形，她是什么样子的一个姑娘，您觉得她怎样？但说的要全部是事实；因为您明白，安德来冒那么多危险，违背父亲意志做这件事，所以我希望知道……”

一种不明确的本能向彼挨尔说，在这些谈话中，在重复地要他说出全部事实的请求中，表现了玛丽亚公爵小姐对于她未来的嫂嫂的恶意，以及她想要彼挨尔不赞同安德来公爵的择配；但是彼挨尔说了他的感觉，而不是他的思想。

“我不知道怎么回答您的问题，”他说，脸红了，自己不知道是为什么，“我确实不知道她是什么样的一个姑娘，我一点也不能分析她。她是迷人的。但为什么是这样，我不知道；这就是我关于她所能说的一切。”

玛丽亚公爵小姐叹了口气，她脸上的表情说：“是的，这是我所期望的、我所害怕的。”

“她聪明吗？”玛丽亚公爵小姐问。

彼挨尔想了一下。

“我想不，”他说，“然而又是的。她不愿显得聪明……哦，不，她是迷人的，没有别的了。”

玛丽亚公爵小姐又不赞同地摇摇头。

“啊，我是那么愿意爱她！假使您在我之先看见她，您把这话告诉她。”

“我听说，他们日内就要来了。”彼挨尔说。

玛丽亚公爵小姐向彼挨尔说了她自己的计划。在罗斯托夫家的人一到时，她便要和未来的嫂嫂接近，并且要极力使老公爵看得惯她。

5

保理斯要在彼得堡娶富家闺女的事没有成功，于是他带着这个目的来到莫斯科。在莫斯科，保理斯在两个最富的闺女之间——在尤丽和玛丽亚公爵小姐之间——不知道选择哪一个是好。虽然玛丽亚公爵小姐不美，但在他看来却比尤丽更加动人，却又不知什么缘故，他觉得向保尔康斯卡雅求爱是难为情的。在他最近一次和她的会面中，在老公爵的命名日，对于他的要和她倾吐心事的一切尝试，她只随口地答着，并且显然没有听他说话。

尤丽相反，虽然是用她独有的、特别的方式，却乐意地接受了他的殷勤。

尤丽二十七岁。在她哥哥死后，她变得很富。她现在完全不好看了；但她觉得，她不但还是那么好看，而且远比从前动人了。使她相信这种错误的是，第一，她成了很富有的闺女，第二，她愈老对于男子们是愈无危险，男子和她往来是愈自由，并无须负有任何义务，便可享受她的夜餐、晚会、参与聚集在她家里的热闹的团体。在十年前为了不连累她、不束缚自己却怕每天来到十七岁姑娘的家里的男子，现在大胆地每天来看她了，并且对待她不像对待一个要出阁的闺女，却像对待一个没有性别的朋友一样。

卡拉基娜家在这个冬季是莫斯科最如人意的、最好客的人家。在正式邀请的晚会与宴会之外，每天在卡拉基娜家里都有一个庞大的团体，主要的是男子们，他们夜间十二时吃饭，并且要一直坐到三点钟。没有一个跳舞会和游园会里，没有一次观剧没有尤丽。她的服装总是最时样的。虽然如此，尤丽却似乎对一切都失望了，她向每个人说，她既不相信友谊，也不相信爱情，也不相信任何人生乐趣，她只等待着“那里”的安宁。她采取了一个感到非常失望的姑娘的那种态度，好像这个姑娘失去了她所爱的人，或者受了他残酷的欺骗。虽然她并没有发生过类似的事情，大家却是这样地看她，她自己甚至也相信她在生活中受了很多的折磨。这种忧悒，既不妨碍她自己取乐，又不妨碍在她家的年轻人愉快地消磨时间。到她家里来的每个客人，都对女主人的忧悒的心情先表示关切，然后即开始社交的谈话、跳舞、智慧的游戏和卡拉基娜家流行的韵诗比赛。只有极少数的年轻人，保理斯也在内，较为深入地研究尤丽的忧悒心情，她和这些年轻人都有过较长时间的单独的谈话，谈到尘世一切的空虚，她向他们打开自己的手册，里面画了悲哀的图画，写了警句和诗句。

尤丽对于保理斯是特别亲善：惋惜他对于人生的过早地失望，尽她所能给他友好的安慰，她自己也在生活中受了那么多痛苦；她还向他打开自己的手册。保理斯在手册上画了两棵树，并且写了："Arbres rustiques, vos sombres rameaux secouent sur moi les ténèbres et la mélancolie.〔乡村的树，你们的暗淡的枝柯在我身上洒下了阴暗与忧悒。〕"

在另一页上他画了一个坟，并且写了：

"La mort est secourable et la mort est tranquille.

Ah！contre les douleurs il n'y a pas d'autre asile.

〔死是安慰的，死是安静的。

啊！对于悲哀是无处逃避的。〕"

尤丽说，这妙极了。

"Il y a quelque chose de si ravissant dans le sourire de la mélancolie,〔在忧悒的笑中有那么销魂的东西，〕"她逐字逐句地向保理斯说了从书中抄出的这一段，"C'est un rayon de lumière dans l'ombre, une nuance entre la douleur et le désespoir, qui montre la consolation possible.〔这是阴影中的一道光线，是悲哀与失望之间的间色，它表示安慰是可能的。〕"

为酬答这个，保理斯为她写了这些诗句：

"Aliment de poison d'une âme trop sensible,

Toi, Sans qui le bonheur me serait impossible,

Tendre mélancohlie, ah, viens me consoler,

Viens calmer les tourments de ma sombre retraite,

Et mêle une douceur secrète

A ces pleurs, qui je sens couler.

〔啊，过敏的心灵的有毒食品，

我没有你呀，幸福就不可能。

温柔的忧悒，啊，来安慰我吧，

来安慰我阴郁的幽居的苦恼，

并且放进一点秘密的欢欣

在我的潸潸而流的眼泪里吧。〕”

尤丽在竖琴上弹了最悲哀的小夜曲给保理斯听。保理斯诵读《可怜的莉萨》[①]给她听，并且因为兴奋得透不过气来而一再地中断。在大团体中会面时，尤丽和保理斯互相地望着，好像是望着世界上漠不相关的人群中唯一的彼此了解的人一样。

安娜·米哈洛芙娜常到卡拉基娜家来，和尤丽的母亲玩牌时，探问真实的消息，她给尤丽的陪嫁是什么（陪嫁是平萨省的两个田庄和尼慈高罗德省的森林），安娜·米哈洛芙娜顺从天意地、感动地望着那把她的儿子和富有的尤丽联系在一起的美妙的悲哀。

“Toujours charmante et mélancolique, cette chère Julie,〔你总是迷人的、忧悒的，亲爱的尤丽，〕”她向卡拉基娜家的女儿说，“保理斯说，他在您家得到心灵的安宁。他忍受了那么多的失望，并且是那么敏感。”她向卡拉基娜家的母亲说。

---

① 毛注：这是Karamzin在一七九二年问世的著名哀情小说，描写一农家女爱一贵族，因被遗弃而投水自尽。

“啊，我亲爱的，近来我多么欢喜尤丽啊，”她向自己儿子说，“我不能向你细说！但是谁能够不爱她呢？她不是地上的人物！啊，保理斯！保理斯！”她停了一会儿，“我多么可怜她的妈妈啊，”她继续说，“今天她给我看了平萨省寄来的账目和信（他们有很大的田庄在那里），并且她是可怜的孤独的人，他们那样欺骗她！”

保理斯察觉不出地微笑着听母亲说。他温顺地笑她的天真的巧计，却注听着，有时注意地向她问到平萨省和尼惹高罗德省的田庄。

尤丽早就等待着她的忧悒的崇拜者向她求婚，并且准备接受；但是保理斯对于她本人、对于她热烈的结婚愿望、对于她的装模作样的某种秘密的厌恶情绪，以及对于否认真正爱情的恐惧情绪，还使得他迟疑不决。他的假期快满了。许多整日，并且每天他都在卡拉基娜家，并且每天批评自己时，都向自己下决心，他明天就要求婚。但是在尤丽的面前，看到她的红脸和几乎是一向敷粉的下颏，看到她的湿润的眼睛和面部表情——它们表示时时刻刻准备从忧悒，立刻变为对结婚幸福的做作的狂喜——保理斯便不能说出什么决定性的话了；虽然他早已在自己的想象中认为自己是平萨省和尼惹高罗德省田庄的主人，并且预先算计了它们收入的用途。尤丽看出了保理斯的迟疑不决，有时她想到他不满意她，但是女性的自欺立刻给了她安慰，于是她认为他只是因为爱情而不好意思。但是她的忧悒开始变为暴躁，并且在保理斯行期之前不久，她采取了决定性的计划。正在保理斯的假期快满时，在莫斯科，并且不用说，也在卡拉基娜家客厅中，出现了阿那托尔·库拉根，于是尤丽突然不再忧悒了，对库拉根显得很愉快、很注意。

“Mon cher,〔我亲爱的，〕”安娜·米哈洛芙娜向儿子说，“je sais de bonne source que le Prince Basile envoie son fils à Moscou pour lui faire épouser Julie.〔我根据可靠的消息知道了发西利公爵派他的儿子到莫斯科来了，为了要他娶尤丽。〕我那么爱尤丽，我很为她惋惜。你觉得怎样，我亲爱的？”安娜·米哈洛芙娜说。

想到自己受了愚弄，白白地损失了一个整月对尤丽的辛苦忧悒的服务，看到他在想象中已经分配了作适当用途的平萨省田庄的一切收入要落到别人手里，特别是愚笨的阿那托尔手里，保理斯觉得痛心了。他带了坚决的求婚计划去到卡拉基娜家。尤丽带着愉快的、无忧无虑的神情迎接他，随意地说到她在昨天的跳舞会上是多么快乐，并且问他什么时候走。虽然保理斯的来意是要表白他的爱情，并且因此要显得温柔，但是他却开始暴躁地说到女性的无恒，说到妇女们会轻易地由悲愁而变为喜悦，说到她们的心情只决定于谁向她们献殷勤。尤丽生气了，并且说，这是真的，说妇女需要多样的变化，这总是会使任何人厌烦的。

"因此我要劝告您……"保理斯开始说，打算向她说出恶毒的话；但是同时他有了一个痛心的想法，就是，他也许会达不到目的，白费了劳力（这是他从来没有过的事情），离开莫斯科。他在这句话的当中停止了，垂下眼睛，免得看见她的不悦的、愤怒的、犹豫的脸，并且说："我到这里来，完全不是为了要和您吵嘴，相反……"他看了看她，以便确定一下他能不能向下说。她的所有的怒气顿然消失了，并且不安的、恳求的眼睛急切地期待地注视着他。

"我总是能够安排得让自己很少看见她，"保理斯想，"但事情一不做，二不休！"他脸色发红，向她抬起眼睛，并且说，"您知道我对您的情感！"不需要再多说了：尤丽的脸上显出了胜利和自满；但是她使保理斯向她说了一切在这种时候所要说的话，说他爱她，说从来没有像爱她这样地爱过任何别的女子。她知道，为了平萨省的田庄和尼惹高罗德省的森林，她能够有这样的要求，并且她获得了她所要求的东西。

未婚夫妇，不再提起那投给他们阴暗和忧悒的树林，却计划了将来在彼得堡布置辉煌灿烂的住宅，拜访了许多人家，并且为豪华的婚礼准备了一切。

6

伊利亚·安德来伊支伯爵在一月底带娜塔莎和索尼亚来到莫斯科。伯爵夫人还没有复元，不能上路，但是又不能够等待她复元：莫斯科方面每天期待着安德来公爵来到；此外，还须购买妆奁，还须出卖莫斯科近郊的田庄，并且还要利用老公爵在莫斯科的机会，把未来的媳妇介绍给他。罗斯托夫家在莫斯科的房子没有生火；加之，他们到这里来是短时期的，伯爵夫人没有和他们一道来，因此伊利亚·安德来伊支决定了在莫斯科住在玛丽亚·德米特锐叶芙娜·阿郝罗谢摩娃家，她早已向伯爵提出了招待的意思。

晚间很迟的时候，罗斯托夫家的四辆轿车，进了旧马棚街的玛丽亚·德米特锐叶芙娜的院子。玛丽亚·德米特锐叶芙娜是独居的。她已经把她女儿嫁出去了。她的儿子们都在服役。

她的身腰还是那么笔直的，她还是那样坦率地、高声地、坚决地向大家说她的意见，她的整个的态度好像是责备别人的一切弱点、热情、嗜好，她不承认人会有这些东西。一清早，她穿着宽服，料理家事，然后，若在节日，她便出门去做弥撒，弥撒之后到监狱和囚牢去，她在那里有事，[①]她从来没有向人说过；若在平常的日子，她穿衣之后，便在家里接见各种阶层里的每天来找她的请求者，然后吃饭；在丰富鲜美的饭桌上总有三四个客人，饭后她玩波士顿牌；夜晚，她要人读报纸和新书给她听，她自己打毛线。她很少例外地出门，即使出门，也只是到城里的最重要的人家去。

当罗斯托夫家的人来到时，她还没有上床，前厅的门在滑轮上擦响着，让罗斯托夫家的人和仆人们从冷空气中走进来。玛丽亚·德米特锐叶芙娜，把眼镜挂在鼻子上，把头向后仰着，站在大厅的门口，带着严

① 毛注：俄国囚人的生活极苦。救济他们是公认的基督徒的义务。

厉的生气的样子望着进来的人。假若不是她同时向仆人发出细心的命令，要怎样安顿客人们和他们的东西，别人便会以为，她是对客人发怒并且要立刻把他们赶走了。

“伯爵的吗？放这里来，”她指着箱子说，没有同任何人问好，“小姐们的，从这里向左。哎，你们怎么不动！”她向女仆们叫着。“去烧茶炊！你胖了，漂亮了。”她说，拉着头巾把冻得发红的娜塔莎拉到自己面前。“哎，你冷！赶快脱衣服吧。”她向着伯爵大声说，他想要来吻她的手。“受冻了，一定的。茶里要放甜酒！索纽施卡，bonjour.〔你好。〕”她向索尼亚说，用法语向她问候，衬托出她对索尼亚的微微轻视的、然而是亲热的态度。

当他们都脱了外衣，换了旅途的服装来喝茶时，玛丽亚·德米特锐叶芙娜按次序吻了所有的人。

“我心里高兴，你们来了，并且住在我家里，”她说，“早就该来了，”她说，富有含意地看了看娜塔莎……“老头子在这里，他们每天巴望着儿子的来到。应该，应该和他认识。嗯，这个我以后再说。”她加上一句，看了看索尼亚，表示她不愿在她面前说到这个。“现在你听，”她向伯爵说，“明天你要做什么？你要找谁？沈升吗？”她弯了一根手指，“好哭宝安娜·米哈洛芙娜吗？——两个。她和儿子在这里。儿子要结婚了！还有别素号夫吧？他和他的妻子在这里。他从她面前跑开，她却跟他后边钉来了。星期三他在我家吃饭的。噢，她们，”她指着姑娘们，“我明天要带她们先到依比利亚圣母教堂去，然后我们到奥柏·涉尔美[①]那里去。我看，你们全要做新的吧？不要拿我做样子，现在的袖子，就是这样的！那天年轻的依锐娜·发西莉叶芙娜公爵小姐到我这里来：看起来多可怕啊，就好像手臂上套了两只桶一样。现在你知道，每天一个新样子。你自己有什么事情？”她严厉地向伯爵说。

① 毛注：此处是双关的文字游戏，是衣服铺老板，有“大流氓”之意。

“千头万绪忽然涌来了，”伯爵回答，“要买地毯，这里还有一个要买莫斯科郊外田庄和房子的人。假使您肯赏光，我就定一个时候，到玛丽英斯考去一天，我把姑娘们留在您这里。”

“好，好，她们在我这里是没有问题的。在我这里就像在监护院[①]里一样。我要带她们到应当去的地方，我要骂的，也要疼的。”玛丽亚·德米特锐叶芙娜说，用大手摸着她的心爱的教女娜塔莎的腮。

第二天早晨，玛丽亚·德米特锐叶芙娜带了姑娘们到依比利亚教堂去，到奥柏·涉尔美夫人那里去，她是那样怕玛丽亚·德米特锐叶芙娜，她总是亏本地把衣服卖给她，只是为了赶快打发她走。玛丽亚·德米特锐叶芙娜几乎定了全部的妆奁。回家后，她把所有的人赶出了房，除了娜塔莎，并且把她心爱的人叫到自己的扶手椅前。

“好，现在我们来谈谈。祝贺你有了好女婿。你钓到了一个好汉子。我替你高兴；从他这样的年纪我就认识他（她举着手离地一阿尔申高，娜塔莎高兴地脸红了），我欢喜他和他全家。现在你听。你当然知道，尼考拉老公爵很不愿意儿子结婚。古怪的老头子！那不用说，安德来公爵不是小孩子，没有他也得过，但是违反父亲的意志到他家去，是不好的。一定要和气、亲切。你是聪明的姑娘，你知道应该怎么对付。你要好好地聪明地去对付。这样一切都好。”

娜塔莎沉默着，玛丽亚·德米特锐叶芙娜以为她是由于害羞，但事实上娜塔莎不乐意别人过问她对安德来公爵的爱情的事，她觉得这是和一切的人事那么不同，在她看来，这是没有人能够了解的。她只爱、只知道一个安德来公爵，他爱她，并且日内就要来把她带走。她再也不需要别的了。

“你知道，我早就认识他，我也爱玛盛卡，你的姑子。小姑是母老虎，但她连一个苍蝇也不伤害。她求我让你和她见面。你明天和父亲去

---

① 帝俄时代监护寡妇、孤儿、非婚生子女的机关。

看她，要好好地表示亲善：你比她年轻。在你的人回来时，你已经同他妹妹和父亲认识，他们已经欢喜你了。是不是呢，这不顶好吗？”

“顶好。”娜塔莎勉强地回答。

7

第二天，由于玛丽亚·德米特锐叶芙娜的劝告，伊利亚·安德来伊支伯爵带了娜塔莎，去看尼考拉·安德来维支公爵。伯爵带着不愉快的心情去作这次访问的：他心里觉得可怕。伯爵还记得，他和公爵最后一次的会面是在征集民团的时候，那一次，伯爵请他吃饭，而得到的回答是伯爵听了他的一番因为人数不够而发火的话。娜塔莎正相反，她穿了她的最好的衣服，她怀着最愉快的心情。“他们要不欢喜我是不可能的，”她想，“大家总是欢喜我。我是那么愿意为他们去做他们所希望的一切，我那么愿意欢喜他——因为他是他的父亲，并且欢喜她——因为她是他的妹妹，他们没有理由不欢喜我！”

他们坐车来到夫司德维任卡街阴暗的老屋子，进了门廊。

“啊，上帝保佑。”伯爵半开玩笑半认真地说；但娜塔莎注意到，她的父亲进前厅时显得仓皇，并且羞怯地低声地问公爵和公爵小姐是否在家。在通报了他们的来访之后，公爵的仆人们当中发生了一阵慌乱。一个跑着去通报的听差，被另一个听差在大厅中拦住了，他们低声说了什么。一个女仆跑进了客厅，匆忙地说了什么，还提到公爵小姐。最后一个年老的、怒气冲冲的听差，走出来向罗斯托夫家的人说，公爵不能见客，但公爵小姐请他们进去。部锐昂小姐最先出来迎接客人们。她特别客气地接待他们父女俩，陪伴他们去看公爵小姐。公爵小姐带着兴奋的、惊惶的、布满红云的面孔，步伐沉重地跑出来迎接客人们，她力求显得自如、诚恳，却不能够。娜塔莎在初见时候没有使玛丽亚公爵小姐满意。她觉得娜塔莎穿得太华丽，轻浮快活，爱好虚荣。玛丽亚公爵小姐不知道，在她没有看见未来的嫂嫂之前，由于她不觉地嫉妒她的美丽、年轻和幸福，由于她嫉妒哥哥的爱情，她就已经对她没有好感了。在对她的这种不可压制的反感之外，玛丽亚公爵小姐这时还激动了一下，就是在通报罗斯托夫家的人来访时，公爵大声地说，他不愿意见他们，还说假使玛丽亚公爵小姐愿意，她就去接见，但是不要让他们来见他。玛丽亚公爵小姐决定了接见罗斯托夫父女俩，但时时刻刻怕公爵发脾气，因为他似乎由于罗斯托夫家的人的来访而很激动。

“哎，您瞧，亲爱的公爵小姐，我把我的女歌手给带来了。”伯爵说，他两脚并齐鞠了一躬，并且不安地环顾着，好像他怕老公爵走进来。“我多么高兴，你们互相认识了……可惜，可惜公爵身体不好。”又说了几句普通的话，他站起来了。“假使准许，公爵小姐，我把娜塔莎留在您这里一刻钟，我就去走一趟，离这里两步路远，到狗场街去看安娜·塞妙诺芙娜，我再回来接她。”

伊利亚·安德来伊支想出这个外交计谋，是为了要让未来姑子有时间和未来嫂嫂有谈话的机会（他后来向女儿这么说），还为了要避免遇见他所怕的公爵。他没有向女儿说到这个，但是娜塔莎明白她父亲的这种恐惧和不安，并且觉得自己受了屈辱。她为她父亲脸红，为了自己脸红而更加生气，并且用大胆的、不逊的目光看了看公爵小姐，好像是说，她是谁也不怕的。公爵小姐向伯爵说，她很高兴，并且要求他在安娜·塞妙诺芙娜家多坐一会，于是伊利亚·安德来伊支离开了。

部锐昂小姐不管玛丽亚公爵小姐向她注视的不安的目光——公爵小姐想和娜塔莎面对面地谈话，没有走出房间，坚持地谈到莫斯科的娱乐和戏院。娜塔莎因为前厅里刚才的迟疑、父亲的不安和公爵小姐的不自然的语气，觉得受了屈辱，她觉得公爵小姐接见她是对他们的赏光。于是她觉得一切都是不愉快的。她不满意玛丽亚公爵小姐。她觉得她很丑，对人又虚伪，又冷淡。娜塔莎忽然精神上退缩起来，不觉地采取了那种漫不经心的态度，这更使玛丽亚公爵小姐和她生疏了。在五分钟无聊的虚伪的谈话之后，她们听到了走来的、迅速的、穿靸鞋的脚步声。玛丽亚公爵小姐的脸上显得恐怖了。房门打开了，公爵穿着宽服，戴着白睡帽走进来了。

“啊，小姐，”他说，“小姐，伯爵小姐……罗斯托娃伯爵小姐，假使我没有弄错……请原谅，原谅……我不知道，小姐。上帝作证，我不知道您光临舍下，我是穿了这样的衣服来看我的女儿的。请原谅……上帝作证，我不知道。”他强调着“上帝”，那么不自然地不愉快地说，因而玛丽亚公爵小姐站立起来，垂下眼睛，不敢看她父亲，也不敢看娜塔莎。娜塔莎站起来行了屈膝礼，也不知道她要怎么办。只有部锐昂小姐可喜地微笑着。

“请原谅，请原谅！上帝作证，我不知道。”老人低语着，把娜塔莎从头到脚看了一下，走出去了。

部锐昂小姐在他走了以后最先恢复了镇静，谈到公爵的不舒适。娜塔莎和玛丽亚公爵小姐无言地互相看着，她们无言地互相看得愈久，不说出她们所要说的话，她们彼此的反感愈大。

当伯爵回来时，娜塔莎无礼地对他表示高兴，并且急着要走：这时候她几乎仇恨那个年长的、冷淡的公爵小姐，她竟会使她处在这样狼狈的状况中，同她过了半小时，一点儿也没有提到安德来公爵。“要知道，在这个法国女人面前，我不能够先开口说到他。”娜塔莎想。玛丽亚公爵小姐同时也为了这个而感到苦恼。她知道她应该向娜塔莎说什么话，但她不能够这么做，因为部锐昂小姐妨碍着她，又因为她自己不知道为什么她觉得开口说到这个婚事是很困难的。当伯爵已经走出房间时，玛丽亚公爵小姐快步地走到娜塔莎面前，抓住她的手臂，深深地叹了口气，说：“等一下，我要……”娜塔莎嘲笑地望着玛丽亚公爵小姐，自己也不知道为了什么。

“亲爱的娜塔丽，”玛丽亚公爵小姐说，“您要知道，我高兴，哥哥找到了幸福……”她停住了，觉得她在说假话。

娜塔莎注意到这个停顿，并且猜中了它的原因。

“我想，公爵小姐，现在不便说到这个。”娜塔莎外表尊严地冷淡地说，却觉得她的喉咙里有泪。

“我说了什么，我做了什么！”她刚走出房便这么想。

这天他们等娜塔莎吃饭等了好久。她坐在自己房里哭着，擤着鼻涕，呜咽着好像小孩一样。索尼亚站在她面前，吻她的头发。

“娜塔莎，你为什么？”她说，“他们与你何干呢？一切都要过去的，娜塔莎。”

“不，你若知道这是多么气人……好像我……”

“不要说了，娜塔莎，这本不是你的错，这与你何干呢？吻我吧。”索尼亚说。

娜塔莎抬起了头，用嘴唇吻了她的朋友，把自己的泪脸贴着她。

“我不能够告诉你，我不知道。谁都没有错，”娜塔莎说，“我的错。但是这是非常痛心的。唉，为什么他不来！……”

她红着眼睛出去吃饭。玛丽亚·德米特锐叶芙娜知道公爵怎么接待了罗斯托夫父女，她做出没有注意娜塔莎的不安的面孔的样子，并且坚决地、大声地在桌上和伯爵同别的客人们说笑话。

8

这天晚上罗斯托夫家的人去看歌剧，玛丽亚·德米特锐叶芙娜定了一个包厢。

娜塔莎不想去，但不能够辜负玛丽亚·德米特锐叶芙娜的善意，这完全是为她的。她穿了衣裳，进了大厅，等着父亲，她照大镜子，看见了自己好看，很好看，这时候她觉得更悲伤了，但这悲伤是甜蜜的、亲切的。

“我的上帝，假使他在这里，我就不像从前那样，露出笨拙的羞怯之态，却要按照新的方式，仅仅是搂抱他，贴紧着他，要使他用他常常望我时的那种讨好的、好奇的眼睛望我，然后我要使他笑得像他一向所笑的那样，他的眼睛——我要怎样地看那双眼睛呢！”娜塔莎想，“他的父亲和妹妹和我有什么关系呢：我只爱他，爱他，爱那张脸、那双眼睛和他的男子气而又孩子气的笑容……不，最好不想到他，不想到他，忘记他，在这时候完全忘记他。我不能忍受这个等待，我马上就要哭了。”于是她离开镜子，克制着自己不哭。“索尼亚怎么能够那么平静地、安心地爱尼考林卡，并且那么长久而且耐心地等着呢！”她想，望着进门的、也穿好了衣服的、手拿扇子的索尼亚。“不，她是完全不同的。我不能够！”

娜塔莎这时候觉得自己是那么温柔多情，她觉得，她爱并且知道她被爱。但这是不够的：她需要现在、需要立刻搂抱她所爱的人，向他说情话，也听他说情话。她心中装满了情话。当她在车子里和父亲并坐着，沉思地望着在结冰的窗子上闪过的街灯的火光的时候，她觉得自己是更多情、更悲伤，并且忘记了她是同谁在乘车并且是到什么地方去。罗斯托夫家的车子进了车辆的行列，轮子在雪地上迟缓地咯吱地响着，车子驶到了剧院前面。娜塔莎和索尼亚提着衣服急忙地跳下车子；伯爵由听差们扶下车子，在进院的男女和卖戏报的人之间，他们三个人走到头排包厢的走廊。隔着关闭的门已经听到音乐声了。

“Nathalie, vos cheveux〔娜塔丽，你的头发〕……”索尼亚低声说。包厢茶房恭敬地急忙地跳到小姐们的前面，打开包厢的门。在门口可以更清楚地听到音乐声，看见灯火明亮的、有坐着袒肩露臂的女人的包厢，人声嘈杂、军装光彩熠熠的正厅。一个走进邻近的包厢里的妇人用女性的、嫉妒的目光看了看娜塔莎。幕还没有拉开，正在奏序乐。娜塔莎理着衣服，和索尼亚一同走进去坐下，环顾着灯火明亮的在对面的成列的包厢。几百只眼睛望着她的光手臂和颈项，这种久未经历的感觉忽然愉悦地又不愉悦地支配着她，唤起一连串的和这感觉有关的回忆、愿望和热情。

两个非常好看的姑娘，娜塔莎和索尼亚，好久不在莫斯科露面的伊利亚·安德来伊支伯爵，引起了大家的注意。此外，大家都隐隐约约地知道娜塔莎和安德来公爵的婚约，知道罗斯托夫家从那时起便住在乡下，并且都好奇地望着俄罗斯最好姻缘中的女方。

娜塔莎在乡下长漂亮了，大家都向她这么说，这天晚上，由于她的兴奋的心情，她显得特别好看。她令人惊异的，是她的充沛的生命力和美丽，以及对四周一切的漠不关心。她的黑眼睛望着人群，却不寻找任何人，她的纤细的、赤裸到肘上的手臂搭在天鹅绒的凭栏上，并且显然是无意识地按着序乐的拍子握紧又放松戏报，把戏报都揉皱了。

“你看，阿列妮娜在这里，”索尼亚说，“好像是同她母亲一道！”

“哎哟！米哈伊·基锐累支又胖了。”老伯爵说。

“你看！我们的安娜·米哈洛芙娜戴那样的帽子！”

“卡拉基娜家的人，尤丽，保理斯和他们在一起。我们立刻便看得出来，他们是一对订了婚的男女。”

“德路别兹考求过婚了！”

“是的，今天听到的。”走进了罗斯托夫家包厢的沈升说。

娜塔莎望着父亲所望的那个方向，看见了尤丽，她的又胖又红的颈子上戴着一串珍珠（娜塔莎知道，她颈子上搽了粉），她带着幸福的样子，和母亲并排坐着。

在他们后边，可以看到面带笑容的、把耳朵靠近尤丽嘴边的、头发梳光的保理斯的漂亮的头。他皱着眉望罗斯托夫家的人，微笑着向他的未婚妻说着什么。

“他们说到我们，说到我和他！”娜塔莎想，“他一定是在慰释他的未婚妻对我的嫉妒，他们用不着焦心的！但愿他们知道，我对于他们当中任何人是毫不关心的。”

安娜·米哈洛芙娜露出服从上帝意志的、幸福的、喜庆的面容，戴着绿帽子，坐在后边。他们的包厢里弥漫着那种订婚男女的气氛，这是娜塔莎很知道、很欢喜的。她转过身来，忽然想起了早晨拜访中一切屈辱的事情。

“他有什么权利不愿意接纳我到他的家庭里去？唉，最好不要想到这个，在他回来之前，不要想到这个！”她自语着，开始环顾着大厅里相识的和不相识的面孔。在大厅的前面，在最当中，道洛号夫穿着波斯服装，大簇的鬈发向上梳着，背靠着音乐队的栅栏站立着。他站在戏院里大家都看见的地方，知道他引起了全厅的注意，却又那么自如，好像是站在自己的房间里一样。在他的旁边麇集着莫斯科最显赫的青年们，显然他是他们当中的首领。

伊利亚·安德来伊支伯爵笑着，用臂肘碰了一下脸色发红的索尼亚，向她指指她的从前的崇拜者。

“你认识他吗？”他问，“他从哪里出来的？”伯爵转向沈升说，“他不是隐匿到什么地方去了吗？”

“是的，”沈升回答，“他是在高加索，他又从那里跑走了，据说，在波斯的一个执政的公爵那里做大臣，在那里杀了波斯王的兄弟，莫斯科的姑娘们都为他发疯了！Dolochoff le Persan,〔波斯人道洛号夫，〕这就够了。我们现在没有一句话不是说到道洛号夫：他们凭他发誓，邀人去看他，好像是邀人吃鳣鱼一样，”沈升说，“道洛号夫和阿那托尔·库拉根把我们所有的小姐都弄得神魂颠倒了。”

邻近的包厢里走进了一个高大、美丽的妇人，她有粗大的发辫，袒露着的、又白又胖的肩膀和颈子，颈子上有两串大珍珠，她的沉重的绸衣服发出响声，好久好久才坐下来了。

娜塔莎不觉地注视着这个颈子、肩膀、珍珠、发装，并且赞赏肩膀和珍珠的美。在娜塔莎第二次看她时，这个妇人回顾了一下，遇见了伊利亚·安德来伊支的目光，向他点头微笑了一下。这是别素号娃伯爵夫人，彼埃尔的妻子。伊利亚·安德来伊支认识交际场上所有的人，他向她侧着身子，和她交谈。

“您来了很久吗，伯爵夫人？”他说，“我要来奉看，要来奉看，吻您的手。我来这里有事情，我把姑娘们也带来了。据说，塞妙诺娃的表演好得无比，[①]”伊利亚·安德来伊支说，“彼得·基锐洛维支伯爵从来不忘记我们。他在这里吗？”

“是的，他想要来的。”爱仑说，注意地望了望娜塔莎。

伊利亚·安德来伊支伯爵又坐回自己的位子上去了。

“她漂亮吗？”他低声向娜塔莎说。

“美极了！”娜塔莎说，“一见了她就会爱上她的！”

这时响起了序乐的最后的和音，指挥者的指挥棒轻敲了一下。大厅里迟到的男子们走到座位旁边坐了下来，幕开了。

幕刚刚开，在包厢和大厅里的人都肃静了，所有年老的、年少的、穿军服和礼服的男子们，所有裸露处戴宝石的妇女们，都热切好奇地把注意力集中在舞台上。娜塔莎也开始观看。

9

舞台上有一些平的地板在正中，两边有代表树木的彩色纸板，后边有布幕垂到地板上。舞台的正中坐着几个穿红胸衣白裙子的姑娘。一个很胖的、穿白绸裙的姑娘，单独坐在一个矮凳上，凳子后边粘了一块绿色纸板。她们都唱着什么。当她们唱歌完毕时，穿白衣的姑娘走到提词人的小棚子那里，一个胖腿上穿了紧绸裤的男子，拿着一根羽毛和一把剑走到她面前，开始唱歌并且摇摆手臂。

穿紧裤子的男子单独先唱，然后她唱。然后两人沉默着，音乐队演

① 毛注：塞妙诺娃于一八〇九年登台，她是歌剧名角，表演也极好。作者密切注意他所写的时代。

奏着，于是男子开始用手指摸白衣姑娘的手，显然是等着拍子，和她一起合唱。他们唱了一个合唱，戏院里所有的人开始拍手喝彩，舞台上表演一对情人的男女开始微笑着伸开手臂鞠躬。

娜塔莎在乡间生活之后，在她所处的严肃心情中，觉得这一切是粗野的惊人的。她无心听歌剧，甚至也没有听到音乐；她只看见彩色纸板和奇装艳服的男女，在明亮光线中奇怪地做着动作，说话，唱歌；她知道，这一切所要表现的是什么，但是这一切是那么虚伪做作而不自然，以致她时而为这些演员觉得难为情，时而又觉得他们可笑。她环顾着四周观众们的脸，在他们脸上寻找着她所有的同样的嘲笑和迷惑的神情；但所有的脸都注意着舞台上所发生的事情，并且表现了在娜塔莎看来是虚伪的欢喜。“这是应该像这样的！”娜塔莎想。她轮流地时而看看大厅中一排排的搽油的头，时而看看包厢里光臂的妇女，特别是她的邻座的爱仑，她完全未穿衣服，带着安静沉着的笑容，目不转睛望着舞台。娜塔莎感觉到照满全厅的明亮光线，和被人群烘热了的温暖空气，开始渐渐进入了她久未体验过的沉醉心情。她不明白她是什么人，她在什么地方，她眼前发生了什么。她看着、想着，于是最奇怪的思想，意外地没有连接地在她心中闪过。时而她想到跳到台边上，唱那女角所唱的歌，时而她想用扇子碰碰那坐在她附近的一个老头子，时而想对爱仑探过身子去搔搔痒。

有一次，当舞台上的一切寂静，等候唱歌开始时，在罗斯托夫家包厢那边的、通大厅的门响了一下，于是传来了一个迟到的男子的脚步声。“这就是库拉根！”沈升低声说。别素号娃伯爵夫人微笑着，向进来的人转过头去。娜塔莎向别素号娃伯爵夫人眼睛的方向望去，看见了一个异常英俊的副官，带着自信而又恭敬的神情，走到他们的包厢那里。这人就是阿那托尔·库拉根，她在彼得堡的跳舞中早已看见过并且注意过他。他现在穿着副官制服，有一个肩章和肩饰。他踏着约制的雄壮的步子走着，假若他不是那么美，假若不是在美丽的脸上有那种善良的满足和愉快的表情，这种步态便显得可笑了。虽然表演正在进行，他却不急不忙，轻轻碰响马刺和佩刀，高抬着他的洒过香水的、漂亮的头，从容地在过道的地毯上走过。他看了看娜塔莎，走到姐姐面前，把戴着贴紧的手套的手，放在她的包厢的边上，向她点头，并且弯着腰，指着娜塔莎问了什么。

“Mais charmante！〔真迷人啊！〕”他说，显然是说娜塔莎，她与其说是听到，毋宁说是从他嘴唇的动作上懂得的。然后他走到第一排，坐在道洛号夫旁边，用肘端亲善地、随便地碰了碰就是别人那么巴结的那个道洛号夫。他快乐地向他眨了眨眼，向他微笑了一下，把脚抵在音乐池的挡板上。

“弟弟多么像姐姐啊！”伯爵说，“两个人多么好看呀！”

沈升开始低声地向伯爵说到库拉根在莫斯科的偷情事件，娜塔莎注听着，正是因为他说她charmante〔迷人〕。

第一幕结束了。大厅里的人都站起来，散乱了，有的走动着，有的走出去。

保理斯来到罗斯托夫家的包厢里，很简单地接受了庆贺，然后抬起眉毛，带着漫不经心的笑容，向娜塔莎和索尼亚转达了他的未婚妻邀请她们参加婚礼的意思，就走开了。娜塔莎带着愉快的、媚人的笑容和他说话，并且祝贺了她从前恋爱过的那个保理斯的婚事。她处在那种沉醉的心情中，觉得一切都是简单而自然的。

赤裸的爱仑坐在她旁边，向每个人同样地微笑着；娜塔莎也正是那样地向着保理斯微笑了一下。

爱仑的包厢里站满了人，并且靠正厅的那边围绕着最有名的最聪明的男子们，他们似乎向大家争先恐后地表示他们和她相识。

在这整个的幕间休息时间，库拉根和道洛号夫站在音乐队栅栏的前面，望着罗斯托夫家的包厢。娜塔莎知道他在说她，这使她感到满意。她甚至这样地转过头来，让她的侧面是在她认为最美的姿势中被他看到。在第二幕开始之前，在大厅里出现了彼挨尔，罗斯托夫家的人到这里以后还没有看见过他。他的脸色是愁闷的，在娜塔莎上次看见他之后，他更胖了。他没有注意任何人，走到最前面的几排。阿那托尔走到他面前，一面开始向他说着什么，一面望着并且指着罗斯托夫家的包厢。彼挨尔看见了娜塔莎，便活泼起来，并且赶快地从大厅的各排之间，走到他们的包厢那里。他走到了他们的面前，凭着手臂，微笑着和娜塔莎谈了好久。在她和彼挨尔谈话时，娜塔莎听到了别素号娃伯爵夫人包厢里的男子的声音，并且因为什么缘故她知道这是库拉根。她回头看了一下，和他的目光交遇了。他几乎是微笑着，用那种赞赏的、亲切的目光对直地望着她的眼睛，以致她觉得奇怪的是，她离他那么近，那样地望他，她那么相信他欢喜她，却和他不相识。

在第二幕中有代表墓碑的布景，在布幕上有一个代表月亮的圆洞，脚灯上都罩了灯罩，号角和低音弦琴开始奏出低音，左右两边走出了许多穿黑衣的人。这些人开始挥动手臂，他们的手里拿着短刀之类的东西；然后又跑来几个人，开始拖走那个先前穿白裙、现在穿蓝裙的姑娘。他们没有一下把她拖走，却同她唱了很久，但是后来又拖她，在布景的后边敲了三下金属的东西，于是全体跪下来唱祷文。这些表演被观众热烈的叫声打断了几次。

在这一幕当中，娜塔莎每次注视大厅时，便看见阿那托尔·库拉根把手臂搭在椅背上向她望着。她看到他被她迷惑了，觉得愉快，并且她没有想到这件事有什么不对的地方。

在第二幕结束时，别素号娃伯爵夫人站起来，转向罗斯托夫家的包厢（她的胸口完全袒露着），用戴手套的手指把老伯爵招到她面前，并且没有注意走进她包厢里的人，开始亲切地微笑着同他说话。

“让我认识认识您的迷人的女儿们吧，”她说，“全城都在称赞她们，但是我还不认识她们。”

娜塔莎站起来，向华丽的伯爵夫人行了屈膝礼。娜塔莎那么乐意受到这华丽的美人的称赞，因而她竟满意得脸红了。

“我现在也想成为莫斯科人了，”爱仑说，“您把这样的珠宝藏在乡村里，怎么不觉得惭愧！”

别素号娃伯爵夫人果然是一个名不虚传的迷人的美女。她能够十分简单而自然地说出她不假思索的话，特别是阿谀的话。

“哎，亲爱的伯爵，您让我照顾您的女儿们吧。不过我这一次在这里待不久。您也不会太久。但我要极力使她们开心。我在彼得堡已经听到很多关于您的话。我早想认识您了，”她带着她的老是一样的美丽的笑容向娜塔莎说，“我听我的侍僮——德路别兹考说到您。您知道，德路别兹考就要结婚了吗？我还听我丈夫的朋友——保尔康斯基，安德来·保尔康斯基公爵说到您。”她特别加重语气说，借此表示她知道他和娜塔莎的关系。为了更加熟识，她要求准许姑娘当中的一个在其余的表演时间坐在她的包厢里，于是娜塔莎坐到她那边去了。

在第三幕里，舞台上的布景是宫殿，宫殿里点了许多蜡烛，并且挂了许多有胡子的武士画像。在当中站着的大概是皇帝和皇后。皇帝挥动右手，并且显然胆小地难听地唱着什么，然后坐到赭色宝座上。那个最初穿白裙、后来穿蓝裙的姑娘，现在只穿一件衬衫，披着头发，站在宝座旁边。她悲伤地对着皇后唱着什么；但是皇帝严厉地挥了挥手，于是从两边走出光腿的男女们，开始在一起跳舞。然后提琴很尖锐、愉快地奏着，一个姑娘，带着光光的肥腿和细细的手臂，离开别的人，走到布景的后边，理好了胸衣，回到舞台当中，开始跳跃，并且迅速地用一只脚踢另一只脚。大厅里所有的人都拍手叫好。然后一个男子站到舞台角上。音乐队的铙钹和喇叭奏得更响了，这个单独的光腿的男子跳得很高，并且迅速地踏着小步子（这人是迪波尔，他凭这种技艺每年收入六万卢布）。所有在正厅、在包厢、在楼座的人都开始尽力地拍手喝彩，于是这个男子站住了，开始微笑着向各方面鞠躬。然后又有别的光腿的男女跳舞。然后皇帝又随着音乐声喊着，全体开始唱歌了。但忽然起了狂飙，在音乐队里发出了半音阶与降低的七和音，所有的人都跑走了，并且又拖着一个演员到台里边，于是幕落下了。在观众之中又发出了可怕的叫声和话声，所有的人都带着狂喜的脸色开始呼喊：

“迪波尔！迪波尔！迪波尔！”

娜塔莎已经不觉得这个奇怪。她满意地、高兴地微笑着，看着她的四周。

“N'est-ce pas qu'il est admirable——Duport?〔迪波尔是绝妙的，是不是？〕”爱仑向她说。

“Oh, oui.〔噢，是的。〕”娜塔莎回答。

10

幕间休息时，爱仑的包厢里吹进了一阵冷气，门开了，于是阿那托尔走了进来，他弯着腰，极力不要碰到任何人。

“让我向您介绍我的弟弟。”爱仑说，眼睛不安地从娜塔莎身上移到阿那托尔身上。

娜塔莎把她的美丽的小脑袋从光肩膀上向着美男子转过去，并且微笑了一下。阿那托尔在近处是和在远处同样漂亮，他坐到她旁边，并且说，从那锐施金家的跳舞会以后，他早已想有这种荣幸，在那个跳舞会上，他有荣幸看见过她，他没有忘记这件事。库拉根和妇女们在一起，比和男子们在一起的时候聪明得多，也自然得多。他大胆地自然地说话，娜塔莎觉得奇怪而又愉快的是，不但这个被别人说过那么多闲话的人，没有什么可怕的地方，而且相反，他的笑容是最单纯、最愉快、最善良的。

库拉根问到她对于表演的意见，向她说到，在上一次表演中，塞妙诺娃在做戏时跌倒了。

“噢，您知道，伯爵小姐，”他忽然对她说，好像是对早已相识的老友说话一样，“我们要举行一个化装游艺会，您应该参加，那是很有趣的。大家都在卡拉基娜家聚会。请您去，当真，行吗？”他说。

说这话时，他那微笑的眼睛一直盯着娜塔莎的脸、颈子和光手臂。娜塔莎无疑地知道，他倾慕她。这使她乐意，但是不知什么缘故，她在他面前觉得拘束、难受。当她没有望着他的时候，她觉得他正望着她的肩膀，于是她不觉地捉住了他的目光，让他更清楚地看她的眼睛。但是，望着他的眼睛时，她恐惧地感觉到，在他与她之间，完全没有了她一向所感觉到的在她自己与别的男子之间那种羞耻心的障碍。她自己也不知道是怎么的，过了五分钟，便觉得自己和这个人是极其接近了。当她转过身时，她怕他从后边抓住她的光手臂，吻她的颈子。他们谈到最平常的事情，她觉得他们很接近，她从来没有同男子这么接近过。娜塔莎回头看爱仑和她的父亲，好像是问他们，这是怎么回事；但是爱仑在跟一个将军谈话，没有回答她的目光，而父亲的目光也没有向她说什么，只有它一向所说的：“快活吗？我也高兴。”

娜塔莎在一次不舒服的沉默中——在这种时候阿那托尔总是把凸出的眼睛镇静地牢牢地盯着她——为了打破这种沉默，问他欢喜不欢喜莫斯科。娜塔莎问了，并且脸红了。她不断地似乎觉得，她同他说话，是在做什么不应当的事。阿那托尔微笑了一下，好像是鼓励她。

“起初我不很欢喜，因为，使城市可爱的，ce sont les jolies femmes,〔是美丽的妇女，〕是不是？啊，现在我很欢喜了，”他说，富有含意地望着她，“你去玩旋转木马吗，伯爵小姐？请去吧，”他说，把手伸到她的花球前，压低着声音，说，“Vous serez la plus jolie. Venez, chère comtesse, et comme gage donnez moi cette fleur.〔你是最美的。去吧，亲爱的伯爵小姐，把这枝花给我做保证吧。〕”

娜塔莎正和他自己一样，不明白他所说的话，但她觉得，在他的不可理解的话里含有猥亵的意思。她不知道要说什么，于是转过身，好像她没有听到他所说的话。但她刚转过身，她便觉得他在她背后，离她那么近。

“他现在怎么样了？他发窘了吗？生气了吗？应当补救吗？”她问自己。她不能够克制她自己不回头看。她对直地看了看他的眼睛，于是他的接近、自信和善良亲切的笑容把她征服了。她完全像他那样地微笑了一下，对直地望着他的眼睛。她又恐惧地感觉到，在他与她之间没有任何障碍。

幕又开了。阿那托尔走出包厢，又镇静又愉快。娜塔莎回到父亲的包厢，已经完全顺从了她所处的那个环境。在她面前所发生的一切，在她看来已经是十分自然的了；但是另一方面，她一次也没有想到从前的一切，关于她的未婚夫、关于玛丽亚公爵小姐、关于乡村生活的思想，好像这一切是很久很久以前的事了。

在第四幕中有一个魔鬼，他唱歌，挥着手臂，直到他脚下的板抽开，他跌下去了才停止。娜塔莎只看见第四幕中的这一场；有什么东西使她兴奋，使她苦恼，而这个兴奋的原因是库拉根，她的眼睛不觉地向他注视着。当他们出戏院时，阿那托尔走到他们面前，唤来他们的车子，扶他们上车。扶娜塔莎上车时，他捏她胳膊的上边。娜塔莎兴奋脸红，向他回顾了一下。他目光闪耀地望着她，并且向她温柔地微笑着。

直到回家之后，娜塔莎才能清晰地考虑她所发生的一切，于是忽然想起了安德来公爵，她恐怖起来了，并且在看戏之后大家都坐下来喝茶时，她当众大声喊叫了一声，并且红着脸跑出房间。“我的上帝！我毁灭了！”她自语着，“我怎么会让他这样的？”她想。她用双手蒙着发红的脸，坐了很久，极力想要明确地知道她发生了什么，但是她既不明白她发生了什么，也不明白她感觉到什么。她觉得一切是黑暗的、模糊的、可怕的。在那里，在那个巨大的灯火辉煌的戏院里，穿金线短袄的迪波尔用光腿随着音乐在湿板上跳跃着，并且少女们、老人们袒胸露体的，镇静地骄傲地微笑着的爱仑热烈地叫好——在那里，在接近这个爱仑的时候，在那里，这一切都是明白而简单的；但现在，剩下她一个人，独自一个人的时候，这是不可理解的。“这是怎么一回事？我对他所感觉的恐怖是什么？我现在所感觉的良心责备是什么？”她想。

娜塔莎只能夜间在床上向老伯爵夫人一个人说出她所感到的一切。她知道，索尼亚的看法是严厉而又单纯的，或者是什么都不了解，或者会害怕她的自白。娜塔莎力求独自解决那个使她苦恼的问题。

“是不是由于安德来公爵的爱情我已经毁灭了？”她问自己，并且安慰地嘲笑地回答自己：“我问这话是多么傻啊！我发生了什么呢？没有什么。我什么也没有做，我没有用任何的东西引诱他。没有任何人会知道，并且我决不再见他了，”她向自己说，“明明是，什么也没有发生，没有任何事情要忏悔，安德来公爵还能够爱我这样的人。但是我这样的人是什么样的人呢？上帝啊，我的上帝！为什么他不在这里哟？”娜塔莎安静了片刻，但后来又有一种本能向她说，虽然这一切是真的，虽然没有发生任何事情——这个本能向她说，她从前对安德来公爵的爱情纯洁却毁灭了。于是她又在自己的想象中重温了她和库拉根的全部谈话，并且想起了这个英俊的大胆的男子捏她手臂时的面孔、姿态和温柔的笑容。

11

阿那托尔·库拉根住在莫斯科，因为他父亲把他送出了彼得堡，在那里他每年要花两万多现款，并且还有同样多的债务，这些债务有债主们向他父亲讨索。

父亲向儿子说，他最后一次替他偿还一半债务；但唯一的条件就是要他到莫斯科去做总督的副官——这是他替儿子谋到的，并且要他在莫斯科最后努力结一门好亲。他向儿子提出了玛丽亚公爵小姐和尤丽·卡拉基娜。

阿那托尔同意了，并且来到莫斯科住在彼挨尔家。彼挨尔起初是勉强地接待阿那托尔，但后来对他习惯了，有时还同他去赴酒会，并把钱借给他。

阿那托尔就像沈升所正确地说的那样来到莫斯科之后，便使所有的莫斯科姑娘对他发狂，特别是由于他轻视她们，并且公然地宁愿结交茨冈女人与法国女优们——她们当中为首的是Mademoiselle Georges〔绕枝小姐〕，据说，和他有亲密的关系。他从来没有放过一次大尼洛夫和其他莫斯科的快乐哥儿们的酒会，通宵地喝酒，喝得超过所有的人。他参加上流社会里所有的晚会和舞会。有人说到他和莫斯科女人的几次私通，在舞会上他向一些妇女调情。但他不接近姑娘们，特别是有钱人家的闺女们，她们大部分长得很丑。还有一个不去接近的原因，除了他最亲密的朋友，没有人知道阿那托尔在两年前结过婚了。两年前他的队伍驻扎在波兰时，一个不富裕的波兰地主强迫阿那托尔娶了他的女儿。

阿那托尔很快就遗弃了自己的妻子，并由于他说定寄给丈人一笔钱，才为自己保留了自称单身汉的权利。

阿那托尔对自己的境况、对他本人和别人总是感到满意。他本能地、彻底地相信，除了他所过的这种生活外，他不能过别的生活，而且他平生从未做过任何坏事。他不能够想到他的行为对别人会发生什么影响，他的种种行为会产生什么结果。他相信，正如同鸭子天生是这样，应当永远在水中生活，同样，他也是上帝创造的，应当每年花三万卢布，在社会上永远占有最高的地位。他对这一点是那么坚决地相信，以致别人看见他时，也这么相信，既不拒绝承认他在社会上的最高的地位，也不拒绝借钱给他，他向任何人借钱，并且显然总是有借无还的。

他不是赌徒，至少他从来不想赢钱。他不好虚荣。他也毫不在乎别人怎么看待他。他更不会被指责有野心。他几度破坏了自己的功名，触怒了他的父亲，他嘲笑一切荣誉。他不吝啬，没有拒绝过任何向他请求的人。他唯一的爱好是娱乐和女色，因为按照他的见解，这些嗜好没有任何不高尚的地方，他也没想到，满足了他的嗜好，对于别人会发生什么结果，所以他从内心认为自己是无可指责的人，从内心轻视恶徒和坏人，并且心地坦然，趾高气扬。

浪子们，这些男性的马格达林[①]，正如同女性的马格达林一样，都有一种秘密的无罪感，同时，由于犯罪又抱着一种获得饶恕的希望，“她的一切将被饶恕，因为她爱过很多人，他的一切将被饶恕，因为他过够了快活的日子”。

道洛号夫在被放逐和到波斯冒险之后，这年又回到了莫斯科，过着奢华、聚赌、荒唐的生活，和他的彼得堡老伙伴库拉根在一起，利用他来达到自己的目的。

阿那托尔真心地爱他，因为道洛号夫聪明又胆大。道洛号夫需要阿那托尔·库拉根的门第、地位和关系，为了要把富家青年们引诱到他的赌场里来，他利用库拉根，并且拿他开心，却不让他感觉到。除了需要利用阿那托尔获得好处之外，他还支配别人——这件事本身对于道洛号夫也是一种乐趣、习惯和需要。

娜塔莎给了库拉根深刻的印象。在看戏之后吃晚饭时，他带着鉴赏家的风度向道洛号夫叙述她的手臂、肩膀、腿部、头发的优点，说出他要勾引她的决心。这种勾引会产生什么结果——阿那托尔没想到，也无法知道，正如他从来不知道他的每一个行为会有什么结果一样。

“她漂亮极了，但是老兄，不是给我们的。”道洛号夫向他说。

“我要向姐姐说，要她请她吃饭，”阿那托尔说，“啊？”

“你最好等她结了婚……”

“你知道，”阿那托尔说，“j’adore les petites filles,〔我崇拜小姑娘们，〕她们会立刻失去主意的。”

“你已经有一次碰在Petite fille〔小姑娘〕手里了，”道洛号夫说，

---

① 马格达林是从良妓女的意思。

他知道阿那托尔的婚事，“当心！”

“不会有两次！啊？”阿那托尔说，善意地笑着。

12

看戏的次日，罗斯托夫家的人没有到任何地方去，也没有任何人来看他们。玛丽亚·德米特锐叶芙娜瞒着娜塔莎和她父亲谈话。娜塔莎猜到他们是说到老公爵并且在计划什么，这使她不安而且生气了。她时刻盼望安德来公爵，这天她两次派人到夫司德维任卡街去探听他到了没有。他没有到。她现在觉得比初到的那几天更加难受了。在她的不耐烦以及为他而有的愁闷之外，又添了关于她和玛丽亚公爵小姐同老公爵会面时的不愉快的回忆，以及一种她不知道缘由的恐怖与不安。她总是觉得，或者他永远不会来，或者在他来到之前，她会发生什么事情。她不能像从前那样镇静地、长时地、独自地想到他。她一开始想到他，关于他的回忆便和关于老公爵，关于玛丽亚公爵小姐，关于看戏，以及关于库拉根的回忆就联系在一起了。她又想起了这个问题，她是否有错，她是否已经对安德来公爵不忠实，她又发觉自己是在极其详细地回想着那个人的每一句话、每个姿态和面部表情的每个细微含意，那个人能够在她心中唤起了她所不了解的、可怕的情绪。在家里的人的目光中，娜塔莎似乎比寻常更活泼了，但她远不如从前那么镇静、那么幸福了。

在星期天的早晨，玛丽亚·德米特锐叶芙娜邀请了她的客人们，到墓地上她的教区教堂圣母升天堂去做弥撒。

“我不欢喜那些时髦的教堂，”她说，显然是夸耀她的自由思想，“各处的上帝都是一样的。我们的神甫是极好的人，他的祈祷很合适、很庄严，执事也是这样的。在唱歌班里有演奏会便是很神圣了吗？我不欢喜这样，那只是放纵！”

玛丽亚·德米特锐叶芙娜欢喜星期日，并且知道怎样过星期日。她的家里在星期六就全部洗刷干净了；仆人们和她都不工作，都穿着假日的衣服，都去做弥撒。主人吃饭时添几样菜，仆人们添加伏特加酒、烤鹅或小猪。但在全家之内，没有任何东西是像玛丽亚·德米特锐叶芙娜的宽阔的严厉的脸上那样地显出假日的气象，她的脸在这天显出不变的严肃的表情。

在做过弥撒、喝了咖啡之后，在家具去了布套的客厅里，玛丽亚.德米特锐叶芙娜听说车子准备好了，于是她带着严肃的神情，披着她在访问时所用的节日的肩巾，站起身来，说她要到尼考拉·保尔康斯基公爵家去，和他谈谈娜塔莎的事。

在玛丽亚·德米特锐叶芙娜走了以后，涉尔美夫人那里的女成衣匠来看罗斯托夫家的人，娜塔莎关了通向客厅的门，很满意这件散心的事，忙着试新衣。她穿上假缝的、还未上袖子的上装，偏着头看镜子，看背后合不合适，正在这个时候，她听见了客厅里她父亲的生动的话声和另一个女子的话声，这声音使她脸红了。这是爱仑的声音。娜塔莎还没有来得及脱下她试过身的上装，门已经打开了，别素号娃伯爵夫人面带善意的亲切的微笑，身穿深紫色高领子的天鹅绒衣服，走进房来了。

“Ah, ma dé licieuse！〔啊，迷人的姑娘！〕”她向红了脸的娜塔莎说，“Charmante！〔多迷人啊！〕哦，这太不像话了，我亲爱的伯爵，”她向跟她进来的伊利亚·安德来伊支说，“怎么能够待在莫斯科，却什么地方也不去呢？不，我一定不放过你们的。今天晚上绕枝小姐在我那里朗诵，并且有些人要到的；假使您不把您的比绕枝小姐还好看的美女带去，我就要同您绝交了。我丈夫不在这里，他到特维埃尔去了，或者我派他来邀你们。一定要来，一定，在九点钟以前。”她向她所认识的、对她恭敬地行礼的女成衣匠点了点头，美妙地理了理她的天鹅绒衣褶，坐到镜旁的椅子上。她善意地愉快地不停地谈着，不断地称赞娜塔莎的美丽。她细看她的衣服，称赞它们，并且称赞自己的一件新的en gaz métallique〔金气纱〕的衣服，这是她从巴黎买来的，她劝娜塔莎也买一件。

“但是，您穿什么都适合，我的美人。”她说。

娜塔莎的脸上一直显出满意的笑容。她觉得，她受到这个可爱的、从前在她看来是一个那么难以接近的、高贵的太太，而现在对她那么亲爱的别素号娃伯爵夫人的称赞，是幸福的、花般美好的。娜塔莎快活起来，她觉得自己几乎是爱上了这个如此美丽的、如此好心的妇人。爱仑在她那方面是诚意地赞赏娜塔莎，并且希望使她快活。阿那托尔请她给他和娜塔莎撮合，她就是因此来看罗斯托夫父女。给他弟弟和娜塔莎撮合，这个念头使她感到乐意。

虽然她从前怀恨娜塔莎，因为她在彼得堡夺去了她的保理斯，她现在却不想到这件事了，并且是诚意地，按照她的方法，对娜塔莎怀着好意了。离开罗斯托夫家的人的时候，她把她的protégée〔被保护人〕带到一旁去了。

“昨天我的弟弟在我家吃饭——我们笑得要死——他什么也不吃，只是为了您唉声叹气，我的迷人的姑娘。Il est fou, mais fou amoureux de vous, ma chère.〔他疯了，是因为爱您而发疯的，我亲爱的。〕”

娜塔莎听了这话，脸色发红了。

“脸红了，脸红了，ma délicieuse！〔我的迷人的姑娘！〕”爱仑说。“您一定要来。Si vous aimez quelqu'un, ma délicieuse, ce n'est pas une raison pour se cloîtrer. Si même vous êtes promise, je suis sûre que votre promis aurait désiré que vous alliez dans le monde en son absence plutôt que dépérir dennui.〔假使您爱什么人，我的迷人的姑娘，这不是您不和人往来的理由。即使您是订过婚，我相信，和您订婚的人也愿意您当他不在这里的时候到交际场去，不让您无聊得要死。〕”

“那么，她知道我是订婚的，那么，她和她的丈夫，和彼挨尔，和那个公正的彼挨尔，”娜塔莎想，“说到过并且笑过这件事了。那么这是没有什么关系的。”

于是她又在爱仑的影响下，觉得先前显得可怕的事情又似乎是简单而自然的了。“她是那么一个grande dame〔高贵的妇人〕，那么可爱，并且那么显然地一心一意地爱我，”娜塔莎想，“为什么自己不快活呢？”娜塔莎想，用她的惊讶的、睁得大大的眼睛望着爱仑。

玛丽亚·德米特锐叶芙娜回来吃饭了，又沉默，又严肃，显然是在老公爵那里遭受了失败。她因为所经过的冲突还太兴奋，还不能平静地说这件事情。对于伯爵的问题，她回答说，一切都好，她明天再向他说。知道了别素号娃伯爵夫人的访问和邀请赴晚会，玛丽亚·德米特锐叶芙娜说：

“我不欢喜和别素号娃来往，我也不劝你如此，但是假使你答应了，你就去，散散心思。”她向娜塔莎补充说。

13

伊利亚·安德来伊支伯爵带了姑娘们到别素号娃伯爵夫人家去了。晚会里有许多人，但几乎都是娜塔莎不认识的。伊利亚·安德来伊支伯爵不满意地注意到，这整个的团体几乎全是出名的行为不检的男女。绕枝小姐被青年们围绕着，站在客厅的角落上。有几个法国人，其中有美提弗耶，他自从爱仑到此之后，就成了她自己家里的人一般。伊利亚·安德来伊支伯爵决定不坐下来玩牌，不离开女儿，在绕枝的表演一结束时就走。

阿那托尔显然是在门口等候罗斯托夫家的人进来。他向伯爵问了好，立刻走到娜塔莎面前，跟随着她。娜塔莎一看见了他，在戏院里一样的那种感觉就支配了她，这感觉是由于他爱慕她而有的一种虚荣的自满，以及由于她和他之间没有道德阻碍而有的恐惧。

爱仑高兴地接待娜塔莎，并且大声称赞她的美丽和服装。他们到后不久，绕枝小姐就出房更衣去了。客厅里的人开始安置椅子，并且就座了。阿那托尔替娜塔莎拖了椅子，并且想要坐在她旁边，但是伯爵的眼睛一直盯着娜塔莎，坐在她旁边。阿那托尔坐到她后边去了。

绕枝小姐袒露着有小肉窝的胖臂膀，把红肩巾披在一边的肩上，走到椅子当中替她留着的地方，姿势很不自然地站住了。有了热烈的低语声。

绕枝小姐严厉地忧愁地瞥了瞥观众，开始用法文背诵诗句，辞意是说到她对儿子的有罪的爱情。她得意地抬着头，有些地方她提高声音，有些地方她低语，有些地方她停下来，清清喉咙，瞪着眼睛。

“Adorable, divin, délicieux!〔可佩，神圣，绝妙！〕”大家都这么说着。

娜塔莎望着肥胖的绕枝，却没有听见、没有看见，也没有了解她面前所发生的任何事情；她只觉得自己又完全不可挽回地处在那种奇怪的、无意义的世界中，这个世界和从前的世界相隔那么遥远，在这个世界中要知道什么是好，什么是坏，什么合理，什么不合理，是不可能的。阿那托尔坐在她后边，她感觉到他的接近，惶恐地期待着什么。

在第一个独白之后，所有的人都站起来，围绕着绕枝小姐，向她表示他们的欢欣。

“她多么漂亮！”娜塔莎向父亲说，他和别人一同站起来，在人群中向女伶走去。

“望着您的时候，我觉得是不然的了。”阿那托尔说，跟随着娜塔莎。他在只有她一个人能够听见的时候说了这话，“您是迷人的……自从我看见您以后，我不断地……”

“我们走吧，我们走吧，娜塔莎，”伯爵回身向女儿说，“她多么漂亮！”

娜塔莎没有说话，走到父亲面前。用疑问的惊异的眼睛望着他。

在几次的背诵之后，绕枝小姐便走了，别素号娃伯爵夫人请大家进了客厅。

伯爵要走，但是爱仑求他不要破坏她的临时跳舞会。罗斯托夫家的人留下来了。阿那托尔邀了娜塔莎跳华姿舞，在跳华姿舞时，他紧捏着她的腰和手，向她说，她是ravissante〔迷人的〕，他爱她。在苏格兰舞时，她又和库拉根跳，当他们单独在一处时，阿那托尔没有向她说话，只是望着她。娜塔莎怀疑，她是否在梦里梦见了他在跳华姿舞时向她所说的话。在第一个舞节的末尾，他又捏她的手。娜塔莎向他抬起惊惶的眼睛，但在他的亲切的目光和笑容中，有那样自信的温柔的表情，以致她望着他却不能够向他说出她应当向他说的话。她垂下了眼睛。

“不要向我说这种话，我订过婚了，我爱别的人。”她迅速地说……她看了看他。

阿那托尔没有因为她所说的话发窘或者难受。

“不要向我说到这个。这与我何干呢？”他说，“我说我疯狂地、疯狂地爱上了您。您是迷人的，难道这要怪我吗？……我们要开始了。”

娜塔莎兴奋、不安，用睁得大大的惊惶的眼睛环顾着四周，似乎比寻常更愉快了。她几乎一点也不了解这天晚上所发生的事。他们跳了苏格兰舞和祖父舞。父亲要她走，她要求留下来。无论她在哪里，无论她同谁说话，她都感觉到他的目光望着她。后来她记得，她请求父亲准许她到更衣室去整理衣服，爱仑跟着她，笑着向她说到她弟弟的爱情，并且她在小起居室里又遇见了阿那托尔，爱仑退避到什么地方去了，留下他们两个人在一起，阿那托尔抓住她的手，用温柔的声音说：

“我不能够去看您，难道我会永远看不见您了吗？我疯狂地爱您。难道永不？……”他拦住她的路，把他的脸凑近她的脸。

他的炯炯的男人的大眼睛和她的眼睛是那么近，除了这双眼睛，她什么也没有看见。

“娜塔丽？！”他的声音疑问地低语着，有谁把她的手捏得发痛。“娜塔丽？！”

“我什么也不明白，我没有话说。”她的目光说。

火热的嘴唇压上了她的嘴唇，就在这时候她觉得自己又自由了，在房间里又听见了爱仑的脚步声和衣服声。娜塔莎回头看了看爱仑，后来，她脸红着，颤抖着，惊惶地疑问地看了看他，向着门走去。

“Un mot, un seul, au nom de Dieu.〔一句话，只有一句，看上帝的情面。〕”阿那托尔说。

她停住了。她是那样地需要他说出这句话，这句话会向她说明所发生的事，并且她会回答他这句话的。

“Nathalie, un mot, un seul〔娜塔丽，一句话，只有一句〕……”他老是重复着，显然不知道要说什么，一直重复到爱仑走到他们面前的时候。

爱仑又同娜塔莎一道走进客厅。没有等吃夜饭，罗斯托夫家的人就走了。

回到家里，娜塔莎整夜没有睡：一个不可解决的问题使她苦恼，她爱谁呢，是阿那托尔还是安德来公爵？她爱过安德来公爵——她清楚地记得，她多么热烈地爱过他。但阿那托尔她也爱，这是无疑的。“不然，怎么会发生这一切呢？”她想，“假使我后来和他分别时，能够以笑容回答他的笑容，假使我能够让他这样，这意思就是我对他一见倾心。意思就是，他善良、高贵、漂亮，不能够不爱他的。在我又爱他又爱别人时，我应该怎么办呢？”她自语着，对于这些可怕的问题，却找不到回答。

14

早晨带着它的忧虑和喧嚣来到了。大家起身，活动，谈话；成衣匠又来了；玛丽亚·德米特锐叶芙娜又出来了；又来人叫喝茶了。娜塔莎用睁大着的眼睛不安地望着所有的人，好像她想要拦截每一道向她注视的目光。她力求显得她是像平常一样。

在早饭后（这是她最好的时间），玛丽亚·德米特锐叶芙娜坐在自己的圈椅上，把娜塔莎和老伯爵叫到她面前。

“哎，我的朋友们，现在我考虑了全部的问题，这就是我给你们的劝告，”她开始说，“你们知道，昨天我去看尼考拉公爵；哦，我和他谈了一下……他想咆哮。但他却没有把我吓唬住了！我全都向他说了！”

“那么他怎么样呢？”伯爵问。

“他怎么样吗？他疯了……他不要听。唉，还说什么呢，我们是这样地折磨这个可怜的姑娘，”玛丽亚·德米特锐叶芙娜说，“我给你们的劝告，就是把事情办完了就回家，回奥特拉德诺……在那里等候……”

“啊，不！”娜塔莎大声说。

“不行，回去，”玛丽亚·德米特锐叶芙娜说，“在那里等候。假使你的未婚夫现在来到这里——是免不了争吵的，但他要单独在这里和老头子谈了一切，再去看你们。”

伊利亚·安德来伊支赞同这个意见，立刻明白了这话有理。假使老人和缓下来，那么迟一迟到莫斯科或者到童山去看他，那是更好；假使不然，那么，违背他意志的结婚，只可以在奥特拉德诺举行的。

“这是确确实实的，”他说，“我懊悔我去看了他，并且带了她一道。”老伯爵说。

“不，懊悔什么呢？到了这里，不能够不表示敬意的。嗯，他不愿意，那是他的事。”玛丽亚·德米特锐叶芙娜说，在提袋中搜索什么。“妆奁也准备好了，你们还等什么呢？没有准备好的，我派人去通知你们。虽然我舍不得你们走，但是最好还是走吧，上帝保佑你们。”她在提袋中找到了她所要找的东西，把它递给了娜塔莎。这是玛丽亚公爵小姐的一封信。“她写给你的。她多么苦恼啊，可怜的！她怕你以为她不欢喜你。”

“但她是不欢喜我的。”娜塔莎说。

“废话，不要说。”玛丽亚·德米特锐叶芙娜大声说。

"我什么人也不相信，我知道她不欢喜我。"娜塔莎拿了信，大胆地说，她的脸上显出了冷淡的愤怒的坚决的表情，使玛丽亚·德米特锐叶芙娜更注意地望她并且皱眉。

"你，好姑娘，不要那样回答我，"她说，"我说的是真话。你写封回信。"

娜塔莎没有答话，到自己房里看玛丽亚公爵小姐的信去了。

玛丽亚公爵小姐信上说，她为了她们当中所发生的误会感到失望。无论她父亲的心情是怎样的，玛丽亚公爵小姐信上说，她请求娜塔莎相信，她不能不爱她，不能不把她当作她哥哥所选的人，为了她哥哥的幸福她准备牺牲一切。

"然而，"她写道，"不要以为我父亲对您没有好感。他是个有病的老人，应该原谅他；但他仁慈、宽宏，并且要爱那使他儿子有幸福的人。"玛丽亚公爵小姐还请求娜塔莎指定一个时间再和她见面。

看完了信，娜塔莎坐到写字台前写回信，她迅速地机械地写了："Chére princesse.〔亲爱的公爵小姐。〕"又停住了。在昨天所发生的一切之后，她还能再写什么呢？"是的，是的，这一切是过去的事，现在一切全然不同了，"她想，对着已经开头的信坐着，"应该和他破裂吗？当真应该吗？这是可怕的！"为了不想到这些可怕的念头，她去找了索尼亚，和她一同开始鉴别花样子。

饭后娜塔莎走到自己的房里，又拿起玛丽亚公爵小姐的来信。"难道一切都已经完了吗？"她想，"难道这一切发生得这么快，并且把从前的一切都毁灭了吗？"她想起了她从前对安德来公爵的十分热烈的爱情，同时她又觉得她爱库拉根。她真切地想象着自己是安德来公爵的妻子，回想着在她的想象中重复了许多次的、她和他在一起时的幸福情景，同时，她回想着她昨天和阿那托尔见面的详情，因为兴奋而脸上发烧。

"为什么不能够同时都有呢？"有时她在头脑昏昏沉沉时这么想，"只有在这样的时候我才是十分幸福的，但现在我必须选择，可是两个当中失去了一个我便不幸福。但是，”她想，“向安德来公爵说出所发生的事，或者隐瞒他——是同样地不可能的。但是对于那个人并没有损害任何东西。难道我要永远失去我所体验很久的安德来公爵的爱情的幸福吗？”

“小姐，”进房的女仆带着神秘的样子低声说，“一个人叫我送来的。”女仆给了她一封信。“可是为了基督的缘故……”女仆又说，这时娜塔莎不假思索，机械地启了封口，看阿那托尔的情书，信里的话她一句也不明白，只晓得，这封信是他、是她所爱的那个人写来的。是的，她爱他，不然，那件事怎么会发生的呢？她手里怎么会有他的情书呢？

娜塔莎用一双颤抖的手拿着这封热烈的情书，这是道洛号夫替阿那托尔起稿的，她看着这封信，在信里找到了她以为是她所感觉到的一切东西。

“从昨天晚上起，我的命运就决定了：被您爱或者死。我没有别的出路。”信这么开始。然后他在信上说，他知道她的父母不会同意她嫁给他——阿那托尔，说这里面有许多秘密的原因，这些原因他只可以向她一个人宣布，但是假使她爱他，则她只要说一个是字，便没有任何人力能够妨碍他们的幸福。爱情将战胜一切。他要诱拐她，带她到天涯海角去。

“是的，是的，我爱他！”娜塔莎想，第二十遍重读这封信，在信的每个字里寻找着什么特别深奥的意思。

这天晚上玛丽亚·德米特锐叶芙娜要到阿尔哈罗夫家去，并且提议了要姑娘们一道去。娜塔莎借口头痛，留在家里。

15

索尼亚晚间很迟回来时，来到娜塔莎的房里，令她惊异的是，她发现娜塔莎还没有脱衣服，睡在沙发上。在旁边的桌上放着一封打开的阿那托尔的信。索尼亚拿了信，开始看信。

她一面看信，一面注视睡着的娜塔莎，在她的脸上寻找她所看的这信的说明，却没有找到。她的脸是安静的、温顺的、幸福的。索尼亚抓着胸口，避免气闷，她脸色发白了，因为恐惧和兴奋而颤抖着，坐在圈椅上流泪。

“我怎么一点没有注意到？怎么这件事会弄到这种地步呢？难道她不爱安德来公爵了吗？她怎么会让库拉根这样？他是骗子，是恶徒，这是很明显的。尼考拉，亲爱的高贵的尼考拉，知道了这件事，他要怎么办呢？这就是前天、昨天、今天她兴奋的、坚决的、不自然的面色的含义，”索尼亚想，“她爱他，这是不可能的！也许她打开了这封信，不知道是谁寄来的。也许她生气了。她不会做出这种事的！”

索尼亚拭去眼泪，走到娜塔莎那里，又注视着她的脸。

“娜塔莎！”她说得几乎听不见。

娜塔莎醒来，看见了索尼亚。

“啊，回来了？”

然后她带着睡醒时所常有的那种坚决和温柔，抱着她的朋友，但是注意到索尼亚脸上的迷惑神情，娜塔莎的脸上表现了慌张和怀疑。

“索尼亚，你看了信吗？”她说。

“是的。”索尼亚低声说。

娜塔莎狂喜地微笑了一下。

“不，索尼亚，我不能够再这样下去了！”她说，“我不能够再瞒你了。你知道，我们彼此相爱！——索尼亚，亲爱的，他写信……索尼亚……”

索尼亚，好像不相信自己的耳朵，睁大了眼睛望着娜塔莎。

“但是保尔康斯基呢？”她说。

“啊，索尼亚，啊，只要你知道我是多么幸福就好了！”娜塔莎说，“你不知道，爱情是什么样的……”

“但是娜塔莎，难道那一切都完结了吗？”

娜塔莎瞪着大眼睛望着索尼亚，好像不明白她的问题。

“那么你要拒绝安德来公爵了吗？”索尼亚说。

“唉，你什么也不明白，你不要说蠢话，你听。”娜塔莎暂时恼怒地说。

“不，我不能相信这个，”索尼亚说，“我不明白。怎么你整年地爱着一个人，忽然……其实你只看见他三次。娜塔莎，我不相信你，你在说笑话。三天之内忘掉一切，那样……”

“三天，”娜塔莎说。“我觉得，我爱了他一百年了。我觉得在爱他之前，我从来没有爱过任何人。你不会懂得这个的，索尼亚，等一下，坐到这里来，”娜塔莎又抱她又吻她，“我听说过，这种事是常有的，你当然也听说过，但我直到现在才感觉到这种爱情。这不是从前那样的。我一看见他，我就觉得，他是我的主人，我是他的奴隶，并且我不能不爱他。是的，奴隶！他命令我做什么，我便做什么。你不懂得这个。我要怎么办呢？我要怎么办呢，索尼亚？”娜塔莎带着幸福的惊惶的面色说。

“但你要想想看，你在做什么，”索尼亚说，“这件事我不能够让它这样的。这些秘密的信……你怎能让他弄到这个地步？”她带着恐惧和难以掩饰的憎恶说。

“我向你说过，”娜塔莎回答，“我没有意志了，你怎么不懂得这个：我爱他！”

“这件事我决不让它这样的，我要说的。”索尼亚眼泪迸流，大声地说。

“你是什么意思？为了上帝的缘故，假使你要说，你就是我的敌人，”娜塔莎说，“你想要我不幸。你想要我们分裂……”

看到娜塔莎的这样的恐惧，索尼亚为她的朋友流下了羞耻和怜悯的泪。

"但是你们当中发生了什么？"她问，"他向你说了什么？为什么他不到家里来？"

娜塔莎没有回答她的问题。

"为了上帝的缘放，索尼亚，不要告诉任何人，不要折磨我，"娜塔莎请求，"你记着，人不能够干预这类事情的。我向你公开了……"

"但是为什么有这些秘密？为什么他不到家里来？"索尼亚说，"为什么他不直接来向你求婚呢？要知道安德来公爵给了你完全的自由，假使是如此；但我不相信这个。娜塔莎，你想过没有能有些什么样的秘密的原因吗？"

娜塔莎用惊讶的眼睛望着索尼亚。显然她是第一次遇到这个问题，她不知道怎么回答这个问题。

"是些什么样的原因，我不知道。但一定是有原因的。"

索尼亚叹了口气，不相信地摇摇头。

"假使是有原因……"她开始说。

但是娜塔莎猜中她的怀疑，惊恐地打断了她的话。

"索尼亚，不能够怀疑他的，不能够，不能够，你懂了吗？"她大声说。

"他爱你吗？"

"爱我吗？"娜塔莎对她的朋友的话缺乏了解，带着可怜的笑容重复说，"你看过了信，你看见过他。"

"但是假使他不是高尚的人，怎办？"

"他！……不是高尚的人？你要知道他是什么样的人，那就好了。"娜塔莎说。

"假使他是高尚的，那么或者他应当说明他的意思，或者不再和你见面；假使你不愿做这件事，我就要做，我写信给他，我告诉爸爸。"索尼亚坚决地说。

"但我没有他便不能生活！"娜塔莎大声说。

“娜塔莎，我不了解你。你在说什么！想想父亲和尼考拉吧。”

“除了他，我什么人也不需要，我什么人也不爱。你怎么敢说他不高尚？你难道不知道我爱他吗？”娜塔莎大声说，“索尼亚，你去吧，我不想和你争吵，你去吧，为了上帝的缘故，你去吧。你知道，我多么苦恼。”娜塔莎用克制的愤怒和失望的声音，生气地说。

索尼亚哭泣着跑出房去了。

娜塔莎走到桌前，没有片刻的思索，便给玛丽亚公爵小姐写了她整个早晨写不出来的回信。在这封信中她简短地向玛丽亚公爵小姐说，他们所有的误会都消释了，说安德来公爵出国时给了她完全的自由，说她要利用安德来公爵的宽宏大量，她请玛丽亚忘记一切，并且假使她有得罪她的地方，就请她饶恕她，但是她不能做她哥哥的妻子了。这时候，她觉得这一切是那么轻易、简单和明白。

罗斯托夫家的人要在星期五回乡下去，但是伯爵在星期三同买主到莫斯科郊外的田庄去了。

在伯爵出门的那一天，索尼亚和娜塔莎被邀请赴卡拉基娜家的大宴会，玛丽亚·德米特锐叶芙娜带她们去了。在这个宴会上娜塔莎又遇到阿那托尔，索尼亚注意到，娜塔莎和他说了什么，不愿被人听见，在整个宴会时间，她比从前更加兴奋了。当他们回到家里时，娜塔莎首先开口向索尼亚说了她的女友所期待的说明。

“唉，索尼亚，你说了许多关于他的蠢话，”娜塔莎用孩子们希望受人称赞时所有的那种温和的声音开始说，“我今天同他说明白了。”

“啊，是怎样的，怎样的？啊，他说了什么？娜塔莎，我多么高兴啊，你没有向我发脾气。你向我说出一切，全部的事实。他说了什么？”

娜塔莎想了一下。

“唉，索尼亚，但愿你能像我一样地认识他！他说……他问我，我怎么答应保尔康斯基的。他高兴，我有拒绝他的权利。”

索尼亚愁闷地叹了口气。

“但是你没有拒绝保尔康斯基吧？”她说。

“也许我已经拒绝过了。也许我同保尔康斯基的一切都完结了。为什么你对于我的想法是这么坏呢？”

“我什么也没有想，只是不明白这个……”

“索尼亚，等一等，你会明白一切的。你会知道他是什么样的人的。你不要对我对他有坏的想法。我对谁都没有坏的想法。我爱所有的人，我可怜所有的人。但是我有什么办法呢？”

索尼亚没有屈服于娜塔莎对她所施用的温柔的语气。娜塔莎脸上的表情愈柔和、愈讨好，索尼亚的脸上便愈认真、愈严厉。

“娜塔莎，”她说，“你求过我不要同你说，我没有说，但是现在你自己开口的。娜塔莎，我不相信他。为什么要有这个秘密？”

“又说了，又说了？”娜塔莎打断她的话。

“娜塔莎，我为你害怕。”

“怕什么呢？”

“我怕你毁了你自己。”索尼亚坚决地说，自己也对她所说的话感到恐怖了。

娜塔莎的脸上又显出了怒气。

“我要毁灭，毁灭，赶快毁灭我自己。这不是你的事。不好的不是你，是我。不要管我，不要管我，我恨你！”

“娜塔莎！”索尼亚惊恐地感叹着。

“我恨你，我恨你！你永远是我的敌人！”

娜塔莎跑出房去了。

娜塔莎不再同索尼亚说话了，并且躲避她。娜塔莎带着同样的兴奋的惊异和犯罪的表情，在各个房间里走来走去，时而做这件事，时而做那件事，但立刻又甩掉了它们。

虽然索尼亚觉得难受，她却目不转睛地看守着她的女友。

在伯爵应该回来的前一天，索尼亚注意到，娜塔莎整个早晨一直坐在客厅的窗前，好像期待着什么，并且她向一个乘车经过的军官做暗号，这人索尼亚认为是阿那托尔。

索尼亚开始更加注意地观察她的女友，注意到娜塔莎在整个的吃饭时间和晚间处在一种奇怪的、不自然的状态中（她胡乱地回答别人向她所提的问题，说一句话总是说不完，对一切的事都发笑）。

喝了茶之后，索尼亚看见了一个畏怯的女仆在娜塔莎的门口等着她过去。她让女仆进去了，就在门外偷听，知道又交了一封信。

忽然索尼亚明白了，娜塔莎这天晚上要有什么可怕的计划。索尼亚敲门要进去。娜塔莎不让她进去。

“她要同他逃跑！”索尼亚想，“她什么事都做得出。今天她脸上有某种特别可怜的坚决的神情。她和舅舅分别时哭了，”索尼亚想起来了，“是的，一定的，她要和他逃跑——但我有什么办法呢？”索尼亚想，现在想起了那些迹象，它们明确地证明，为什么娜塔莎有某种可怕的计划。“伯爵不在这里。我该怎么办呢？写信给库拉根，要求他说明吗？但谁能教他回答呢？写信给彼挨尔吗？因为安德来公爵向我请求过，遇有不幸时，便这么办……但，也许她已经真正拒绝了保尔康斯基（她昨天送了信给玛丽亚公爵小姐）。舅舅不在这里！”

玛丽亚·德米特锐叶芙娜是那么信任娜塔莎，索尼亚觉得要告诉她这件事，是可怕的。

“但是无论怎样，”索尼亚站在黑暗的走廊上想，“现在就该证明：我感谢他们家的恩惠，我爱尼考拉。不然就永远没有机会证明了。不，我即使三夜不睡觉，我也不离开这个走廊，我要强迫不让她走，不让他们的家丢脸。”她想。

16

阿那托尔最近搬到道洛号夫家去了。诱拐娜塔莎·罗斯托娃的计划，是道洛号夫在前几天想出来的，准备好的，这个计划，就要在索尼亚在门口窃听了娜塔莎的话、决心保护她的这一天付诸实施。娜塔莎答应了在晚间十点钟从后门去会库拉根。库拉根要把她放上预备好了的三马雪橇上，带到莫斯科六十俚外卡明卡村庄上，在那里有一个被剥夺教权的神甫准备好了为他们证婚。在卡明卡准备了备换的马，这里的马要把他们送到华沙大道，他们再从那里用驿马逃到国外去。

阿那托尔有了护照和驿马使用证，有姐姐借给他的一万卢布和道洛号夫替他借的一万卢布。

两个证婚人——一个是郝福斯其考夫，退职的小吏，道洛号夫赌钱时用到他的；一个是马卡闰，退职的骠骑兵，一个善良的软弱的人，对库拉根怀着无限的热情。两人坐在外房里喝茶。

道洛号夫的大房间的墙上，一直到天花板，都挂了波斯壁毯、熊皮和武器，道洛号夫在房中，穿着旅行长衣和大靴子，坐在打开的柜桌前，柜桌上有一个算盘和整捆的钞票。阿那托尔穿着未扣的军装，从证婚人坐着的房间里出来，穿过大房间，到他的法国听差和别的仆人们在收拾最后物品的后房，来往走动。道洛号夫在数钱并且记录着什么。

“哦，”他说，“应该给郝福斯其考夫两千。”

“嗯，给吧。”阿那托尔说。

“马卡尔卡（他们这么称呼马卡闰），他为你赴汤蹈火，奋不顾身。哦，现在账算完了，”道洛号夫说，把账目给他看，“对吗？”

“是的，没有问题，对的。”阿那托尔说，显然没有听道洛号夫说话，脸上一直带着笑容向前面看着。

道洛号夫砰然关了柜桌的盖，带着嘲讽的笑容对着阿那托尔。

“你知道的——放弃这一切吧：还来得及！”他说。

“傻瓜！”阿那托尔说，“不要说蠢话了。但愿你知道……鬼知道，这是什么！”

“真的，放弃吧，”道洛号夫说，“我向你说正经话。你干的事不是开玩笑吗？”

“啊，又在戏弄我吗？见鬼去！啊？……”阿那托尔皱了眉说，“确实没有工夫听你说愚蠢的笑话。”于是他走出去了。

阿那托尔出去时，道洛号夫轻蔑而宽容地微笑着。

“你等一下，”他在阿那托尔背后说，“我不是说笑话，我是说正经话，来，到这里来。”

阿那托尔又走进房，极力要集中他的注意力，他望着道洛号夫，显然是不觉地顺从着他。

“你听我说，我最后一次向你说。为什么我要同你说笑话？我阻挠过你吗？谁替你布置一切的，谁找神甫的，谁办护照的，谁筹钱的？都是我。”

“是的，谢谢你。你以为我对你忘恩负义吗？”阿那托尔叹了口气，然后搂抱道洛号夫。

“我帮助了你，但我仍然要向你说真话：事情是危险的，并且假使你想一想，这是愚蠢的。哦，你把她带走，好的。事情就会这样的吗？会发觉出来你结过婚的。要晓得，他们要把你带上刑事法庭的……”

“啊！废话，废话！”阿那托尔又皱了眉说，“我不是向你说过了吗？啊？”于是阿那托尔带着愚蠢的人们对于他们的智力所能获得的任何结论的那种特别偏爱，重复着他向道洛号夫说过一百次的议论。“你知道，我向你说过，我决定了：假使这个婚姻是无效的，”他说，弯着一个指头，“那么，我没有要负责的地方；但假使是有效的，也没有关系：在国外[①]没有人会知道的，哦，你看是吗？不要向我说，不要说，

① 毛注：他结婚的波兰那块地方，当时在他看来是“国外”，因为他在俄国。

不要说！”

“真的，算了吧！你只是自找麻烦……”

“见你的鬼。”阿那托尔说，抓着头发，走进别的房间，但立刻又回来了，盘腿坐在道洛号夫前面附近的圈椅上。“鬼知道这是怎么回事！啊？你看，怎样在跳！”他拉了道洛号夫的手放在自己的心上。

“Ah！quel pied, mon cher, quel regard！une déésse！A？〔啊！多么好的腿，我亲爱的，多么好的目光！一个女神！啊？〕”

道洛号夫冷淡地微笑着，闪烁着美丽的、傲慢的眼睛，望着他，显然还想拿他开心。

“唉，钱用完了，那时怎么办？”

“那时怎么办？啊？”阿那托尔重复说，想到将来确实感到迷惘。“那时怎么办？那时我不知道怎么办……唉，为什么说废话！”他看了看表，“时候到了！”

阿那托尔走进后边的房。

“哎，你们就要好了吗？你们还在磨蹭！”他向仆人们叫着。

道洛号夫把钱收去，叫来了一个仆人，命他预备一点上路之前吃的和喝的东西，他走进郝福斯其考夫和马卡闰坐着的房间里。

阿那托尔躺在房间里的沙发上，凭着胳膊，沉思地微笑着。用他的漂亮的嘴唇向自己温柔地低语着什么。

“来，吃点东西吧。来，喝一点！”道洛号夫在另一个房间里向他叫着。

“我不要。”阿那托尔回答，仍旧微笑着。

“来吧，巴拉加来了。”

阿那托尔站起来，走进餐室。巴拉加是有名的三马雪橇车夫，认识道洛号夫和阿那托尔有六年光景了，用他的三马雪橇替他们服务。当阿那托尔的团驻扎在特维埃尔时，他屡次把他在晚间载出特维埃尔，天亮时载到莫斯科，第二天夜里又把他载回去。他屡次载送道洛号夫逃出追赶。他屡次在城里载送他们、茨冈人，以及如巴拉加所说的花姑娘们。他屡次为了他们的事在莫斯科撞倒行人和车辆，每次他的绅士们——他这么称呼他们——总救出他。他为他们赶坏了不止一匹马。他屡次被他们打，他们屡次给他喝他所爱喝的香槟酒和马德拉酒，他知道他们每个人的恶作剧不止一件，这种事早就会把平常的人送到西伯利亚去了。他们常叫巴拉加去参加他们的酒会，让他喝酒并在茨冈人当中跳舞，他们的钱经过他的手的不止一千卢布。替他们服务时，他一年要有二十次拿自己的生命和皮肉去冒险。为了他们所损耗的马，超过了他们额外偿付的钱。但他欢喜他们，欢喜那种每小时十八俚的疯狂的驰骋，他欢喜在莫斯科撞翻车辆、碰倒行人，并且竭力飞奔地驰过莫斯科街道。他欢喜听背后那种醉酒的狂乱的喊叫："快赶！快赶！"可是已经不能够赶得再快了。他喜欢用鞭子痛打那半死不活地向边上让路的农民的颈子。"真正的绅士们！"他这么想。

阿那托尔和道洛号夫也欢喜巴拉加，因为他的赶车的技术好，因为他也欢喜他们所欢喜的东西。对于别人巴拉加要讲价，两小时的赶车要价二十五六个卢布，对于别人他自己很少赶车，通常是派他的小伙子去赶。但对于自己的绅士们——他这么称呼他们——他总是自己赶车，从来不为自己工作要求任何东西。他几个月只有一次，听他们的听差说他们有钱的时候，他在早晨，清醒地低低地躬着腰，来请求援救。绅士们总是要他坐下来。

"请您援救我一下，费道尔·依发内支先生，"或者"大人"，他说，"简直没有马了，随便借一点，让我上集市吧。"

阿那托尔和道洛号夫有钱时，便给他一两千卢布。

巴拉加是一个金发的、红脸的、胖颈项特别红的、矮胖的、塌鼻子的农民，大约二十七岁，有炯炯的小眼睛和小胡子。他穿着一件精致的蓝色的有绸里的长衣，里面还穿着一件羊皮袄。

他在前厅的角落里画了十字，走到道洛号夫面前，伸出一只黑黑的小手。

“向费道尔·依凡诺维支行礼！”他鞠躬着说。

“你好，老兄。哦，他来了。”

“你好，大人。”他向进房的阿那托尔说，也向他伸手。

“我向你说，巴拉加，”阿那托尔说，把手放在他的肩上，“你欢喜不欢喜我？啊？现在要你做件事……你用什么马来的？啊？”

“像送信的人所吩咐的，用你心爱的牲口。”巴拉加说。

“哎，你听着，巴拉加！赶死那三匹马，要在三个钟头内到达地点。啊？”

“赶死了，怎么走呢？”巴拉加眨着眼说。

“我要打扁你的脸，不许你说笑话！”阿那托尔忽然瞪着眼睛大叫。

“怎么是笑话，”车夫笑着说，“我会为了我的绅士们吝惜什么吗？马能跑多么快，我们就走多么快。”

“啊！”阿那托尔说，“好，坐下吧。”

“那么，坐下！”道洛号夫说。

“我站着，费道尔·依凡诺维支。”

“坐下吧，胡说，喝一点。”阿那托尔说，给他倒了一大杯马德拉酒。

车夫的眼睛看到酒就发亮了。为了礼节推辞了一下，然后把酒饮尽了，并且拿出帽子里边的红绸手帕拭嘴。

“那么，什么时候走呢，大人？”

“这个……（阿那托尔看了看表），马上就走。当心，巴拉加。啊？你赶得上时间吗？”

“要看上路的时候运气怎样了，不然为什么赶不上呢？”巴拉加说，“赶到特维埃尔，七个钟头就够了。你该记得，大人。”

“你知道吗，有一天在圣诞节我离开特维埃尔，”阿那托尔带着回忆的微笑向马卡闰说，马卡闰睁大着眼睛，动情地望着库拉根，“你相信吗，马卡尔卡，我们不能喘气，我们是在飞跑。我们碰上了长长一列雪橇，从两辆雪橇上跳过去。啊？”

“那才是马呢！”巴拉加继续说，“我那时把两匹小的外挽马和栗色辕马系在一起。”他转向道洛号夫说，“你相信吗，费道尔·依发内支，马奔驰了六十俚；我不能够控制了，手麻木了，极冷的天气。我抛了缰绳，我说，大人你自己抓吧，我那样地在雪橇里蜷缩着。它们用不着赶的，不到地方是制止不住的。三个钟头，鬼把我们带到了什么地方。只是左边的马断了气。”

17

阿那托尔从房间里走出来，几分钟后穿了系着银色腰带的皮袄走回来。貂皮帽得意扬扬地戴在一边，和他漂亮的脸很相称。他对镜子照了一下，用他在镜子前面的同样姿势站在道洛号夫面前，拿起一杯酒。

“哎，费佳，再会，谢谢你一切，再见，”阿那托尔说，“哎，同伴们，朋友们……”他想了一下，“我的年轻的朋友们……再见。”他向马卡闰和别人说。

虽然他们都同他一道走，阿那托尔却显然想在他对同伴们的说话中，做出一点动人的严肃的事情。他用缓缓的高大的声音说，并且挺起胸膛，摆动着一条腿。

“大家举杯，也有你，巴拉加。哦，同伴们，我的年轻的朋友们，我们开心过、生活过、痛饮过。啊？现在我们什么时候再见？我要到国外去了，我们生活过，再见了，弟兄们。祝大家健康！乌拉……”他说，喝干了自己的杯子，把它掼到地上去了。

“祝你健康！”巴拉加说，也喝干了自己的一杯，用手帕拭嘴。

马卡闰在眼中含着泪搂抱阿那托尔。

“哎，公爵，和你分别，我多么难过啊！”他说。

“走了，走了！”阿那托尔大叫。

巴拉加正要走出房间。

“不，等一下，”阿那托尔说，“关门，要坐下来。这就对了。”

关了门，大家都坐下了。[①]

“好，现在赶快走，弟兄们！”阿那托尔站起来说。

听差约瑟夫给了阿那托尔背囊和剑，大家都走到前房里去了。

“皮大衣在哪里？”道洛号夫说，“哎，依格那特卡！到马特饶娜·马特维叶芙娜那里去，要皮大衣，貂皮女大衣。我听到过，私奔是怎么样的，”道洛号夫眨了眨眼说，“女的不死不活地跳出来，穿着她在家里所穿的衣服；你要稍微耽搁一下，便是眼泪，‘好爸爸’、‘好妈妈’了，她立刻冻麻木了，又要回去了——但你立刻用皮大衣把她包起来，带上雪橇。”

听差取来了狐皮女大衣。

“傻瓜，我向你说貂皮的。哎，马特饶施卡，貂皮的！”他那么大声喊叫，以致隔几个房都听见他的声音。

一个美丽的、消瘦的、面色苍白的茨冈女子，有炯炯的黑眼睛和深蓝色鬈曲的头发，披着红肩巾，臂上搭着貂皮女大衣，跑出来了。

“来了，我不是舍不得，你拿去。”她说，显然怕她的主人，并且舍不得皮大衣。

道洛号夫没有回答她，拿了皮大衣披在马特饶莎身上，将她裹了起来。

“就是这样的，”道洛号夫说，“然后这样，”他说，把领子拉起来围住她的头，只把她的脸露出小小的一块，“然后这样，你明白了吗？”他使阿那托尔的头对着领子中间的空隙，从这里可见马特饶莎的动人的笑容。

“好，再见，马特饶莎，”阿那托尔说，吻着她，“啊，我在这里的快乐都完了！替我向斯乔施卡问好。好。再见，再见！马特饶莎，你

---

① 毛注：这是一种俄国的迷信，是在起程时应做的事情。

祝我幸运吧。”

“嗯，公爵，上帝给您大幸运啊！”马特饶莎用茨冈人的发音说。

台阶前面停了两辆三马雪橇，两个年轻的车夫牵着马。巴拉加坐到前一辆车上，高举着胳膊，从容地理着缰绳。阿那托尔和道洛号夫坐上他的车。马卡闰、郝福斯其考夫和听差坐上另一辆三马雪橇。

“预备好了吗？”巴拉加问。

“走！”他叫着，把缰绳绕在手上，于是三马雪橇在尼基兹基树荫大道上疾驰。

“特卜如！走开，哎！……特卜如。”只听到坐在驾驶台上的巴拉加和年轻人的叫声。在阿尔巴特广扬上，雪橇撞了一辆马车，有什么东西裂破了，听到了叫声，于是雪橇顺阿尔巴特街向前飞跑。

在波德诺文斯基街来回走了两趟，巴拉加开始勒住了马，然后又转回头，把马停在老马棚街的十字路口。

年轻的跳下来，牵住马勒，阿那托尔和道洛号夫顺着人行道走去。走到门口，道洛号夫打了一个唿哨，唿哨有了回答，接着有一个女仆跑出来了。

“到院子里来吧，不然会给人看见的，她马上就出来了。”她说。

道洛号夫站在门口，阿那托尔跟女仆进了院子，拐了弯，跑上台阶。

玛丽亚·德米特锐叶芙娜的高大的出门跟班加夫锐洛遇见了阿那托尔。

“请去见女主人。”听差挡住退路，用低音说。

“见什么女主人，你是谁？”阿那托尔喘息着低声问。

“请进吧，我奉命领路。”

“库拉根！回来！”道洛号夫大声说，“上当了！回来！”

道洛号夫站在小门边和守门的发生了争执，守门的想在阿那托尔进来后把门关住。道洛号夫用尽气力推开守门的，抓住跑出的阿那托尔的手，把他推出门外，和他跑回三马雪橇那里。

18

玛丽亚·德米特锐叶芙娜在走廊上看见了流泪的索尼亚，使她供出了一切。玛丽亚·德米特锐叶芙娜截夺了娜塔莎的信，把它看完，拿着信去看娜塔莎。

“下流的丫头！无耻的！”她向她说，“我什么也不要听！”她推开了用惊讶的发呆了的眼睛望她的娜塔莎，用钥匙把门锁了起来。她吩咐了守门的让今天晚上来的人进来，却不要放他们出去，又吩咐了听差带这些人来见她，她便坐在客厅里，等候着诱拐她的人的到来。

当加夫锐洛来向玛丽亚·德米特锐叶芙娜报告，说来人又跑走时，她皱了眉站起来，把手放在背后，在房中来回走了很久，考虑着她要怎么办。在夜间十二时，她在衣袋中摸了钥匙，向娜塔莎的房间走去。索尼亚哭泣着坐在走廊上。

“玛丽亚·德米特锐叶芙娜，为了上帝的缘故，让我去看她吧！”她说。

玛丽亚·德米特锐叶芙娜没有回答她，把门锁打开，走了进去。“可恨，可恶……在我家里……下流的丫头……我只可怜她父亲！”玛丽亚·德米特锐叶芙娜想，极力压制自己的怒火。“虽然困难，我却要吩咐大家不声张，我要瞒住伯爵。”她踏着坚决的步子走进房。娜塔莎躺在沙发上，用手蒙住头，动也不动。她躺的姿势还像玛丽亚·德米特锐叶芙娜离开她时那样。

“好姑娘，很好！”玛丽亚·德米特锐叶芙娜说，“在我家里约情人会面！用不着装假。我向你说话的时候，你要听。”玛丽亚·德米特锐叶芙娜摸了摸她的手臂。“我向你说话的时候，你要听。你丢了自己的脸，好像最下等的娼妓一样。我可以任意处置你的，但我可怜你的父亲。我要瞒住他。”

娜塔莎没有改变她的姿势，但是她的全身由于无声的、抽搐的、使她窒息的啜泣而颤抖着。玛丽亚·德米特锐叶芙娜回头看了看索尼亚，自己坐到娜塔莎旁边的沙发上。

“他侥幸从我手里跑走了，但我要找到他的！”她用粗暴的声音说，“你听见了我说的话吗？”她把自己的大手放在娜塔莎的脸下面，把脸转过来对着她自己。玛丽亚·德米特锐叶芙娜和索尼亚看见了娜塔莎的脸，都吃惊了。她的眼睛是发亮的、直勾勾的，嘴唇紧闭着，腮下凹着。

“不要管我……我不在乎……我要死了。”她说，恶意地用劲地挣脱了玛丽亚·德米特锐叶芙娜的手，照原先的姿势躺着。

“娜塔丽……”玛丽亚·德米特锐叶芙娜说，“我希望你好。你躺着，就这么躺着，我不动你，你听……我不会说，你有了多大的罪，你自己知道。但你父亲明天要来。我向他说什么呢？啊？”

娜塔莎的身体又因为哭泣而颤抖着。

“啊，他会知道的，啊，还有你的哥哥，你的未婚夫！”

“我没有未婚夫，我解约了。”娜塔莎大叫着。

“那反正一样，”玛丽亚·德米特锐叶芙娜继续说，“他们会晓得的，他们会不过问这件事吗？要晓得，你的父亲，我知道他……可是假使他要和他决斗，这样好吗？啊？”

“唉，不要管我了，为什么您什么都要干涉？为什么？为什么？谁求您的？”娜塔莎大叫，在沙发上坐起来，恶意地望着玛丽亚·德米特锐叶芙娜。

“但是你想要怎么办呢？”玛丽亚·德米特锐叶芙娜又发火地大叫，“为什么把你锁起来吗？谁妨碍他进屋的吗？为什么要把你像茨冈女子一样地拐走呢？……唉，他把你带走了，你以为他们找不到他了吗？你父亲，或者你哥哥，或者你的未婚夫呢？他是一个无赖、恶棍，这是真的！”

“他比你们都好，”娜塔莎坐起来大声说，“假使您不干涉……啊，我的上帝，这是怎么回事？这是怎么回事？索尼亚，为什么？去吧！……”她那么绝望地哭泣着，就像是人们觉得他们为自己造成了苦恼的时候哭的那样。

玛丽亚·德米特锐叶芙娜又要开始说话，但娜塔莎大叫：“你们走开，你们走开，你们都恨我、轻视我！”她又投坐到沙发上去了。

玛丽亚·德米特锐叶芙娜还继续向娜塔莎劝解了相当的时候，使她明白，这一切一定要瞒住伯爵的，没有人会知道一点儿事情的，只要娜塔莎自己忘记一切，不要向任何人显出发生这件事情的样子。娜塔莎没有回答她。她也不再哭泣了，但是她发冷、发抖。玛丽亚·德米特锐叶芙娜替她垫了一个枕头，盖上两床被子，亲自替她拿来菩提树花茶，但娜塔莎对她没有一点反应。

“唉，让她睡吧，”玛丽亚·德米特锐叶芙娜说，走出房，以为她睡了。

但是娜塔莎没有睡，她的白脸上不动的、睁开的眼睛直视着前方。那一整夜娜塔莎没有睡，也没有哭，索尼亚起来几次走去看她，她也没有同索尼亚说话。

第二天午餐之前，伊利亚·安德来伊支伯爵如他所预定的，从莫斯科乡下回来了。他很愉快：和买主的事情谈妥了，现在没有任何事情再使他逗留在莫斯科，再使他和他所渴念的伯爵夫人别离了。玛丽亚·德米特锐叶芙娜迎接他，向他说明娜塔莎昨天很不舒服，已经请过了医生，但现在她好些了。娜塔莎这天早晨未出自己的房门。她紧闭着焦干的嘴唇，直勾勾的眼睛动也不动，坐在窗前，不安地注视街上乘车来往的人，并且有人进房时，便连忙回头看。她显然是在期待关于他的消息，期待他自己来，或者写信给她。

当伯爵来看她时，她不安地对他的男子的脚步声回过头来，她的脸上显出了先前冷淡的甚至愤怒的表情。她甚至没有站起来迎接他。

“你怎样了，我的天使，病了吗？”他问。

娜塔莎沉默了片刻。

“是的，病了。”她回答。

伯爵不安地问到，为什么她这么愁闷，是否和未婚夫发生了什么事情。她听到这些问题，向他断言说，没有发生什么事情，并且请求他不要挂心。玛丽亚·德米特锐叶芙娜向伯爵证实了娜塔莎的断言，说没有发生什么事情。伯爵根据她的假病、女儿的悲伤，以及索尼亚和玛丽亚·德米特锐叶芙娜慌张的面孔，明确地看出，在他离开的时候，一定发生了什么事情；但是要他想到他的爱女发生了什么可耻的事情，那是太可怕了，他那么珍爱自己的愉快的宁静的心情，因而他避免探问，并且极力使自己相信并未发生任何特别的事情，他只是叹息：因为她不舒服，他们下乡的日期延迟了。

19

自从妻子来到莫斯科那天起，彼埃尔就准备到什么地方去，只是为了不和她在一起。在罗斯托夫家的人来到莫斯科之后不久，娜塔莎对他所发生的影响，使他忙着去实现他的计划。他到特维埃尔去看奥西卜·阿列克塞维支的寡妇，她早已答应过把亡夫的文件交给他。

当彼埃尔回到墓斯科时，他接到玛丽亚·德米特锐叶芙娜寄给他的信，要求他到她那里去谈一件极重要的、有关安德来·保尔康斯基和他的未婚妻的事。彼埃尔曾经躲避娜塔莎。他觉得，他对她的情感，超过了一个结过婚的男子对于朋友的未婚妻所应有的情感。某种命运不断地使他俩相遇。

“发生了什么事呢？这事与我何干呢？”他想，一边穿着衣服，准备到玛丽亚·德米特锐叶芙娜家去。“安德来公爵赶快回来娶她吧！”彼埃尔在赴阿郝罗谢摩娃家的途中想着。

在特维埃尔斯考林荫大道上有谁叫他的名字。

“彼挨尔！来了很久了吗？”一个熟悉的声音喊他。彼挨尔抬起头。阿那托尔和他的永远的伙伴马卡闰，在一辆两匹灰马的雪橇上疾驰而过，马踏起雪块溅在雪橇的前面。阿那托尔挺直地坐着，摆出军界花花公子的正统的姿势，把脸的下部藏在獭皮领子里，头微微地低着。他的脸色是红润的、鲜嫩的，白翎帽子戴在头角上，露出鬈曲的、擦油的、落了细雪的头发。

“确实，他是真正的圣贤！”彼挨尔想，“除目前的快乐之外，他看不见任何别的东西了；没有任何东西使他烦恼；因此他永远愉快、满足、安心。只要我能像他那样，我什么都愿牺牲！”彼挨尔羡慕地想。

在阿郝罗谢摩娃的前厅里，听差脱着彼挨尔的皮大衣，说玛丽亚·德米特锐叶芙娜请他到她的卧室里去见她。

推开大厅的门，彼挨尔看见娜塔莎带着一副消瘦、苍白、怨恨的面孔坐在窗前。她回头看了看他，皱了眉，带着冷淡的尊严的表情走出了房。

“发生了什么事情？”走进玛丽亚·德米特锐叶芙娜的房时，彼挨尔问。

“好事情，”玛丽亚·德米特锐叶芙娜回答，“我在世界上活了五十八年，没有看见过这样丢脸的事。”彼挨尔发誓不泄露他所知道的一切后，玛丽亚·德米特锐叶芙娜向他说，娜塔莎不通知父母便解除了她的婚约，说这次破裂原因是阿那托尔·库拉根，彼挨尔的妻子从中撮合他们，并且娜塔莎想趁她父亲不在这里的时候和他私奔，好秘密地和他结婚。

彼挨尔耸起肩膀，张开嘴，听着玛丽亚·德米特锐叶芙娜向他所说的话，不相信他自己的耳朵。安德来公爵的未婚妻，那么被热恋的、从前那么可爱的娜塔莎·罗斯托娃，要放弃保尔康斯基而娶那结过婚的（彼挨尔知道他结婚的秘密）傻瓜阿那托尔，并且那么爱他，竟同意和他私奔！——这是彼挨尔既不能理解，也不能想象的。

他从小所认识的那个娜塔莎的可爱的印象，在他心中，不能够和新近的关于她的卑鄙、愚笨和残忍的概念结合在一起的。他想起了自己的妻子。“她们全是一类的。”他自语着，觉得不只是他一个人不幸地和恶劣的女人结合在一起。但他仍然可怜安德来公爵，可怜他的自尊，以至快要流泪了。他愈是可怜他的朋友，便愈是轻视地甚至憎恶地想到那个娜塔莎，她刚才带着那种冷淡的尊严的表情，在大厅中从他身边走过。他不知道，娜塔莎的心中充满了失望、羞耻、屈辱，她的脸上偶然显出安静、尊严、严厉的神情，这不是她的错。

“怎么能结婚呢！”彼挨尔回答玛丽亚·德米特锐叶芙娜的话说，“他不能结婚的，他结过婚了。”

“这事更糟了，”玛丽亚·德米特锐叶芙娜说，“他真是个好小子！好一个浑蛋！她期待他，期待他两天了。一定要告诉她，至少她不要再期待他了。”

玛丽亚·德米特锐叶芙娜听彼挨尔说了阿那托尔结婚的详情，用咒骂的话对阿那托尔发泄了怒火，于是向他说了她为什么找他来。玛丽亚·德米特锐叶芙娜怕的是，伯爵或者随时会到的保尔康斯基，知道了她想要瞒住他们的这件事以后，要和库拉根决斗。因此她请他代表她，命令他的小舅子离开莫斯科，不许他再出现在她的眼前。彼挨尔答应了实现她的愿望，他直到现在才明白了那威胁着老伯爵、尼考拉和安德来公爵的危险。她向他简短地、确切地提出了她的要求之后，便让他进了客厅。

“当心，伯爵什么也不知道。你要做得好像什么都不知道的样子，”她向他说，“我去向她说，用不着期待他了！留在这里吃饭吧，假使你愿意。”玛丽亚·德米特锐叶芙娜向彼挨尔大声说。

彼挨尔遇见了老伯爵。他又惶惑又不安。这天早晨娜塔莎向他说过，她和保尔康斯基解约了。

“麻烦，麻烦，我亲爱的，”他向彼挨尔说，“母亲不在这里，带这些女孩多麻烦啊，我很懊悔我来了。我要向您坦白。您听到她没有同人商量就解除婚约了吗？我承认，对于这件婚事我从来没有很高兴过。我们承认，他是一个好男子，但是，违背父亲的意志是没有幸福的，而娜塔莎不会没有人向她求婚的。但毕竟是已经维持这么久了，并且她不告诉父母便采取了这个步骤！现在她病了，上帝知道是什么病！不行，伯爵，带着女孩们没有母亲在身边是不行的……”

彼挨尔看到伯爵心情是很乱的，极力要把谈话引到别的话题上去，但伯爵又回想起他的苦恼的事情。

索尼亚带着激动的脸色走进客厅。

“娜塔莎心情不好过，她在自己的房间里，希望看见您。玛丽亚·德米特锐叶芙娜在她那里，她也请您去一下。”

“是的，您是保尔康斯基很好的朋友，一定是她想要转达什么话，”伯爵说，“啊，我的上帝，我的上帝！从前一切是多么好啊！”搔着稀疏的白鬓发，伯爵走出房间去了。

玛丽亚·德米特锐叶芙娜向娜塔莎说，阿那托尔结过婚了。娜塔莎不肯相信，并且要求彼挨尔亲自证实这话。索尼亚在走廊上领彼挨尔到娜塔莎房间去的时候，向他说了这话。

娜塔莎面色苍白而严厉，坐在玛丽亚·德米特锐叶芙娜的旁边，她的火热的、明亮的、疑问的目光，在彼挨尔一进门的时候就望着他。她没有微笑，也没有向他点头，只是固执地望着他，她的目光只向他问到这个：对于阿那托尔，他是一个友人呢，还是像所有的别的人一样，是个仇人？彼挨尔自己显然在她看来是不存在的。

“他统统知道，”玛丽亚·德米特锐叶芙娜指着彼挨尔向娜塔莎说，“让他自己向你说，我说的是不是真的。”

娜塔莎好像一个受伤的、被追赶的野兽，望着临近的狗和猎人一样，时而望望这个人，时而望望那个人。

“娜塔丽·依利尼施娜，”彼挨尔说，垂下眼睛，对她觉得可怜，对他不得不施行的手术觉得憎恶，“这是真或者是假，这对于您应该是反正一样，因为……”

“那么他结过婚是假的吗？”

“不假，是真的。”

“他结婚很久吗？”她问，“能发誓吗？”

彼挨尔向她发了誓。

“他还在这里吗？”她迅速地问。

“是的，我刚才看见他的。”

她显然是不能够说话了，并且做了手势要他们离开她。

20

彼挨尔没有留下来吃饭，立刻离开房间就走了。他在城里四处寻找阿那托尔·库拉根，现在一想到他，彼挨尔的血就向心里涌，并且感到呼吸困难。在滑雪场，在茨冈人那里，在考摩柰诺那里——都没有他。彼挨尔到俱乐部去。俱乐部里的一切都是照常；来吃饭的客人们成群地坐着，向彼挨尔问好，谈论城市的新闻。一个茶房，知道他的朋友和习惯，向他问好后，对他说，他的位子还留在小客厅里，说米哈伊·萨哈锐支公爵在图书室里，巴弗尔·齐摩非伊支还没有来。在关于天气的谈话当中，彼挨尔的一个熟人插言问他，是否听到了库拉根诱拐罗斯托娃的事，城里都在说这件事，这是不是真的？彼挨尔笑了一下，说这是胡说，因为他刚从罗斯托夫家的人那里来的。他向所有的人问到阿那托尔，有的说他还没有来，有的说他晚上要来吃饭。彼挨尔看见这群镇静的、漠然的人们不知道他心灵中所发生的事，觉得奇怪。他在大厅里走着，一直等到所有的人都来了，他没有等到阿那托尔，也没有吃饭，便回家了。

他所寻找的阿那托尔，这天在道洛号夫家吃饭，和他商量怎样挽救那失败的事情。他似乎觉得一定要会见罗斯托娃。晚间他去看姐姐，同她商量布置这次会面的方法。当彼挨尔走遍全城没有结果回家时，听差向他报告说阿那托尔·发西利也维支公爵在伯爵夫人那里。伯爵夫人的客厅里满是客人。

彼挨尔回来以后还没有看见他的妻子（他现在比任何时候更加恨她），他没有向她问好，走进客厅，看见了阿那托尔，就走到他面前去了。

“啊，彼挨尔，”伯爵夫人走到丈夫面前说，“你不知道我们的阿那托尔现在是什么样的处境啊……”她站住了，在丈夫低垂的头上，在他炯炯的眼睛里，在他坚决的步态中，看见了那种可怕的愤怒与力量的表情，这表情是她自己在他与道洛号夫决斗之后所知道、所经验过的。

“您在哪里——哪里便有堕落和罪恶，”彼挨尔向妻子说，“阿那托尔，来，我要同您说话。”他用法语说。

阿那托尔回头看了看姐姐，顺从地站起来，准备跟彼挨尔走。

彼挨尔抓住他的手臂，把他拉近自己的身边，走出了房间。

“Si vous vous permettez dans mon salon,〔假使你竟敢在我的客厅里面，〕……”爱仑低声说，但彼挨尔没有回答她，走出了房间。

阿那托尔迈着寻常的、昂然的步伐跟他走。但是他的脸上露出了不安。

彼挨尔进了自己的房，关了门，向阿那托尔说话，却没有望着他。

“您答应了罗斯托娃伯爵小姐要娶她，想要和她私奔吗？”

“我亲爱的，”阿那托尔用法语回答（全部谈话都是用法语的），“我不认为我应该回答用这种态度向我提出的问题。”

彼挨尔原来发白的脸因为愤怒而变样了。他用他的大手抓住阿那托尔的军装领子，开始把他向两边摇晃，直到阿那托尔的脸上显得十分惊惶时为止。

“当我说我要同您说话的时候……”彼挨尔重复说。

“啊，什么，这是愚蠢的。啊？”阿那托尔说，摸着连布撕裂的一个领扣。

“您是一个流氓，一个恶棍，我不知道，是什么东西不让我痛快地用这个东西敲碎您的头。”彼挨尔说，他的话说得那么不自然，因为他说法语。他拿起一个沉重的镇纸，威胁地举起来，立刻又放回原处了。

"您答应了和她结婚吗？"

"我，我，我没有想过：我从来没有答应过，因为……"

彼挨尔打断了他的话。

"您有她的信吗？您有信吗？"彼挨尔重复着，走到阿那托尔面前。

阿那托尔看了看他，立刻把手伸入衣袋，掏出手册。

彼挨尔接过阿那托尔递给他的信，推开挡路的桌子，把身子躺在沙发上。

"Je ne serai pas violent, ne craignez rien.〔我不动武，不要怕。〕"彼挨尔说，回答阿那托尔的惊惶的姿势。"信——一，"彼挨尔说，好像是向自己复述功课。"二，"在暂时的沉默之后，他继续说，又站起来，开始走动着，"您明天一定要离开莫斯科。"

"但我怎能够……"

"三，"彼挨尔继续说，没有听他说，"永远不许您有一句话说到您和伯爵小姐之间的事情。这个，我知道，我不能阻止你，但假使你有一点良心……"彼挨尔沉默地在房中徘徊了几次。

阿那托尔坐在桌旁，皱了皱眉，咬着嘴唇。

"总之您不能不明白，除您的快乐之外，还有别人的幸福和安宁，并且为了您想要快活，您要毁坏您全部的生活。您同我老婆这一类的女人们在一起取乐——和她们在一起是您的权利，她们知道，您想要得到她们的是什么。她们有同样的堕落经验对付您，但是答应了一个姑娘要娶她……欺骗，诱拐……怎么您不明白，这正好像打一个老人或小孩一样的卑鄙！……"

彼挨尔沉默着，已经不是用愤怒的，而是用疑问的目光看了看阿那托尔。

"这个我不知道。啊？"阿那托尔说，因为彼挨尔压制了怒火而胆大起来。"这个我不知道，也不想要知道，"他说，没有望着彼挨尔，并且他的下颚微微打颤，"但您向我说了这样的话：下贱这一类的话，我comme un homme d'honnenr〔是一个有荣誉的人〕，我不许任何人说这样的话。”

彼挨尔惊异地望了望他，不了解他有什么要求。

“虽然这是两人单独谈话，”阿那托尔继续说，“但我不能……”

“那么您要赔礼吗？”彼挨尔嘲笑地说。

“至少您可以收回您的话。啊？假使您想要我照您的意思去做。啊？”

“我收回，收回，”彼挨尔说，“并且请您原谅我。”彼挨尔无意中看了看扯下的扣子。“还有钱，假使您在路上需要的话。”

阿那托尔微笑了一下。这种畏缩的、卑鄙的、他在妻子的脸上看惯了的笑容，触怒了彼挨尔。

“啊，卑鄙的、没有心肝的人！”他说，然后走出了房。

第二天，阿那托尔到彼得堡去了。

21

彼挨尔乘车去看玛丽亚·德米特锐叶芙娜，要告诉她，她的愿望已经实现了——把库拉根赶出莫斯科了。全家都恐惧不安。娜塔莎病得很重；玛丽亚·德米特锐叶芙娜秘密地向他说，在她听说阿那托尔已经结过婚这话的当夜，她服了砒，这是她偷偷地弄到的。吞了一点之后，她是那么恐怖，因而她叫醒了索尼亚，向她说明了她所做的事。及时地采用了必要的解毒的方法，现在她已经脱险了；但她还是那么软弱，因而他们不能够打算送她下乡，因此派了人去接伯爵夫人。彼挨尔看见了心乱的伯爵和流泪的索尼亚，但是不能够看见娜塔莎。

彼挨尔这天在俱乐部里吃饭，听到各方面的人谈到诱拐罗斯托娃的图谋。他坚决地否认这些谈话，向大家证明，只是他的小舅子向罗斯托娃求婚遭到拒绝，此外便没有别的了。彼挨尔觉得，隐瞒这全部事件和恢复罗斯托娃的名誉，是他的责任。

他恐惧地等待着安德来公爵回来，并且每天到老公爵那里去探听他的消息。

尼考拉·安德来维支公爵听部锐昂小姐说了城里流传的全部谣言，并且看了娜塔莎写给玛丽亚公爵小姐的解除婚约的通知。他似乎比平常更愉快、更不耐烦地等着儿子。

在阿那托尔走后好几天，彼挨尔接到安德来公爵的信，通知他说他已经到达，并且请彼挨尔去看他。

安德来公爵到了莫斯科，在他一到的时候，便从父亲手里接到了娜塔莎写给玛丽亚公爵小姐的解除婚约的通知（这个通知是部锐昂小姐从玛丽亚公爵小姐那里偷来给公爵的），并且从父亲嘴里听到娜塔莎私奔的事，以及一些补充的话。

安德来公爵头一天晚上到。彼挨尔在第二天早晨去看他。彼挨尔料想，他要看到的安德来公爵，大概处于娜塔莎同样的状态中，因此，当他走进客厅，听到安德来公爵在书房里大声地生动地谈到彼得堡的一个阴谋时，他感到吃惊了。老公爵和另一个人的声音不时地打断他的话。玛丽亚公爵小姐出来迎接彼挨尔。她叹了口气，用眼睛示意着那扇门，安德来公爵就在那里面，她显然想对他的不幸表示同情；但彼挨尔在玛丽亚公爵小姐的脸上看到，她既为发生的事，又为哥哥听到婚变消息时的态度感到高兴。

“他说他料到了这件事，”她说，“我知道，他的傲气不允许他表现出自己的情感，但他还是忍受了这个，比我所料想的好些，好得多。显然，是应该这样的……”

“但是难道一切都完全了结了吗？”彼挨尔说。

玛丽亚公爵小姐惊异地看了看他。她甚至不明白，他怎么会提出这样的问题。彼挨尔走进了书房。安德来公爵发生了很大变化，显然健康复元了，但在眉毛间有一条新的皱纹，他穿了便服，站在父亲和灭歇尔斯基公爵的对面，热烈地争论着，打着有力的手势。

谈的话是关于斯撇然斯基的，他的突然流放和被指控为叛变的消息刚刚传到莫斯科。

“一个月前所有佩服他的人和无法了解他的目的的人，现在都非难他、谴责他，”安德来公爵说，“批评一个失宠的人，把别人所有的过错都推到他身上去，这是很容易的。但我要说，假使在本朝做了什么好事情，那好事都是他做的——他一个人做的……”看见了彼埃尔，他停住了。他的脸发抖，并且立刻露出愤怒的表情，“后世的人要给他公评的。”他说完，立刻转向彼埃尔。

“啊，你怎么样？又胖了。”他兴奋地说，但新出现的皱纹在他的额上显得更深了。“是的，我很好。”他回答了彼埃尔的问题，笑了一声。彼埃尔明白，他的笑声是说：“我好，但我的健康是谁也不需要的。”

同彼埃尔谈了几句，说到波兰边境上可怕的道路，说到他在瑞士遇见了认识彼埃尔的人们，说到代撒勒先生，这是他从国外替儿子聘请来的教师，然后安德来公爵又热烈地参加了两个老人继续进行的关于斯撇然斯基的谈话。

“假使是有叛变，有他和拿破仑秘密关系的证据，那么就该把这些东西向大家宣布，”他热烈地急促地说，“我个人不欢喜也没有欢喜过斯撇然斯基，但我爱正义。”

彼埃尔现在看出了他的朋友心里的、他太熟悉的那种要求，就是，为了压制那十分痛苦的、内心的想法，他要使他自己兴奋起来，并且争论不相干的问题。

当灭歇尔斯基公爵离开时，安德来公爵抓住彼埃尔的手臂，请他进了他自己的房间。房间里设了一张床，有几只打开的衣箱和提箱。安德来公爵走到一只箱子前面，取出一个小盒子，从小盒子里取出一个纸包。他无言地很快地做了这一切。他又站起来，咳嗽了一声。他的脸皱蹙着，嘴唇紧抿着。

“原谅我，假使我麻烦你……”

彼挨尔知道，安德来公爵想要说到娜塔莎，他的宽大的脸上显出同情和怜悯。彼挨尔脸上的这种表情触怒了安德来公爵；他坚决地、大声地、不愉快地继续说：

“我接到了罗斯托娃伯爵小姐的拒绝的通知，我听说你的小舅子向她求婚，或者这类的事。这是真的吗？”

“又是真的，又不是真的。”彼挨尔开始说，但安德来公爵打断了他的话。

“这里是她的信和画像。”他说。他从桌子上拿了纸包交给彼挨尔。

“把这交给伯爵小姐……假使你见到她。”

“她的病很重。”彼挨尔说。

“那么她还在这里吗？”安德来公爵说，“库拉根公爵呢？”他迅速地说。

“他早已走了。她快要死了……”

“我很可怜她的病。”安德来公爵说。他冷淡地、恶意地、不愉快地、像他的父亲那样地笑了一声。

“那么库拉根先生没有向罗斯托娃伯爵小姐求婚吗？”安德来公爵说。他哼了几下鼻子。

“他不能够结婚，因为他已经结过婚了。”彼挨尔说。

安德来公爵令人不快地笑起来了，又像他的父亲那样。

“但是你的舅子，他现在在哪里，我可以知道吗？”他说。

“他到彼得堡去了……可是我不知道。”彼挨尔说。

“唉，这没有关系，”安德来公爵说，“转告罗斯托娃伯爵小姐，她过去是、现在也是完全自由的，我祝她一切如意。”

彼挨尔把纸包拿在手里。安德来公爵那瞪着不动的眼睛望着他，好像是在想，他是否还要向他说点什么，或者等候着彼挨尔要不要说点什么。

“听着，您记得我们在彼得堡的争论吗？”彼挨尔说，“记得吗？……”

“记得，”安德来公爵连忙回答，“我说过，应该原谅堕落的女子。但我没有说过我能饶恕人。我不能。”

“但是能够这样比较的吗？……”彼埃尔说。

安德来公爵打断他的话，并且尖声地叫起来：

“再向她求婚，要宽宏大量，和其他的事，是吗？……是的，这是很高尚的，但我不能够步sur brisées de monsieur〔那个绅士的后尘〕。假使你愿做我的朋友，就永远不要同我说到这个……这一切。好，再会。那么你转交给她……”

彼埃尔走出房去看老公爵和玛丽亚公爵小姐。

老公爵似乎比寻常更活泼。玛丽亚公爵小姐是同平素一样，但除她对哥哥的同情之外，彼埃尔看见她对哥哥解除了婚约感到高兴的样子。彼埃尔望着他们，明白了，他们都对于罗斯托夫家的人是多么轻视、愤怒，明白了，他甚至不能够在他们面前提起那个能够择配任何人，而放弃安德来公爵的女子的名字。

吃饭时，谈话是关于战争，战争的临近已经是很明显了。安德来公爵不断地说话，时而同父亲争论，时而同瑞士教师代撒勒争论，并且显得比平常更加活泼，这活泼的内在原因彼埃尔知道得很清楚。

22

当天晚上彼埃尔去看罗斯托夫家的人，以便执行他的使命。娜塔莎在床上，伯爵在俱乐部，彼埃尔把信交给了索尼亚，就去看玛丽亚·德米特锐叶芙娜，她很想知道安德来公爵听到这个消息时是什么样子。十分钟后，索尼亚来看玛丽亚·德米特锐叶芙娜。

“娜塔莎一定要见彼得·基锐洛维支伯爵。”她说。

“怎样见面呢？带他去见她吗？你们那里还没有收拾。”玛丽亚·德米特锐叶芙娜说。

“不，她穿了衣裳，到客厅里去了。”索尼亚说。

玛丽亚·德米特锐叶芙娜只耸着肩膀。

“伯爵夫人什么时候来呢。她把我害苦了。你当心，什么都不要向她说起，”她向彼挨尔说，“我没有心责备她，她那么可怜，那么可怜！”

娜塔莎消瘦了，面色苍白严厉，一点也不像彼挨尔所料想的那样羞耻，她站在客厅的当中。当彼挨尔在门口出现时，她慌张了一下，显然不能决定，是她走到他面前去呢，还是等他走来呢。

彼挨尔赶快向她面前走去。他想，她要像平常一样地向他伸手；但她走到他面前，站住了，困难地呼吸着，没有生气地垂着手臂，完全像她来到大厅当中要唱歌时的那种姿势，但是表情却完全不同。

“彼得·基锐累支，”她开始迅速地说，“保尔康斯基公爵过去是您的朋友，他现在仍是您的朋友，”她更正着（她觉得，过去的一切现在一定是不同的了），“他那时向我说过，要我找您……”

彼挨尔无言地吸着鼻孔，望着她。他直到现在还在心里责备她，并且极力轻视她；但现在他是那么可怜她，他心中没有责备她的想法了。

“他现在在这里，您告诉他……要他饶……饶恕我。”她站住了，呼吸更急促了，却没有流泪。

“是的！……我向他说，”彼挨尔说，“但……”他不知道要说什么。

娜塔莎显然是怕彼挨尔或许对她有什么意思。

“不，我知道，一切都完了，”她急忙地说，“不，这是绝不可能的。我只是因为我做了对不起他的事情觉得痛苦。您只向他说，我请他饶恕，饶恕，饶恕我一切……”她全身发抖，坐到椅子上去了。

一种从未体验过的怜悯情绪充满了彼挨尔的心。

“我要向他说，我要把一切再向他说一次，”彼挨尔说，“但……我要知道一件事情……”

“要知道什么？”娜塔莎的目光问。

“我要知道，您是否爱过……”彼挨尔不知道怎么称呼阿那托尔，并且想到他便脸红，“您是否爱过那个坏人？”

“不要叫他坏人，”娜塔莎说，“但我什么——什么也不知道……”她又流泪了。

怜悯、温柔与爱的情绪更强烈地支配了彼挨尔。他觉得泪在他的眼镜下边流，他希望没有人看见。

“我们不要再说了，我亲爱的。”彼挨尔说。

娜塔莎忽然觉得他的文雅的、温柔的、诚挚的声音是很奇怪的。

“我们不要说了，我亲爱的，我要统统向他说的；但我只请求您一件事：您把我当作您的朋友，并且假使您需要帮助、咨询，或者只是要向什么人倾吐自己的心事的时候，不是现在，而是当您心里明白的时候，您要想到我。”他握了她的手，吻了一下。“假若我能够……我就幸福了……”彼挨尔心乱了。

“不要和我这样说，我不配！”娜塔莎大声说，想要从房间里走出去，但是彼挨尔抓住了她的手。

他知道，他还有话要向她说。但是当他说出这话时，他对自己的话吃惊了。

“不要说了，不要说了，您的日子还长着呢！”他向她说。

“我的日子吗？不！我的一切都完了。”她羞耻地、自卑地说。

“一切都完了吗？”他重复说，“假使我不是我自己，而是世界上最美、最聪明、最好的人，假使我是自由的，我此刻就跪下来向您求婚求爱了。”

娜塔莎许多天来第一次流出了感激与伤感的眼泪，看了看彼挨尔，便从房间里走出去了。

彼挨尔跟在她后面几乎跑进了前厅，忍着喉咙里的伤感与幸福的泪，披上皮外套，手没有伸进袖筒，就坐上了雪橇。

“请问现在到哪里去？”车夫问。

“到哪里去？”彼挨尔问自己，“现在能到哪里去呢？还能到俱乐部去吗？还能去做客吗？”和他所体验到的那种伤感与爱的情感比较起来，和娜塔莎最后一次含着眼泪瞥他一眼时的那种动人的感激的目光比较起来，所有的人似乎都是那么可怜，那么可悯。

“回家。”彼挨尔说，虽然是十度[①]的严寒，他却把熊皮外套在他的宽阔的、高兴地呼吸着的胸脯前面敞开着。

天气寒冷，天色明亮。在污秽的、昏暗的街道上，在黑色的屋顶上，是幽暗的星空。彼挨尔只是瞧了瞧天空，不再感觉到：和他的心灵所达到的高度比较起来，一切尘世事物是多么屈辱而卑鄙。到达阿尔巴特广场时，广阔的、有星的、幽暗的天空展现在彼挨尔的眼前。几乎就在卜来其斯清斯卡林荫大道上的天空当中，闪烁着一颗灿烂的一八一二年的彗星，它的四周围绕着、散布着无数的星辰，它和别的星星不同，因为它接近地面，放射出白光，而且有一条长长的向上翘的尾巴，据说，这颗彗星预兆着一切恐怖的事件和世界末日的到来。但是这一颗带着发光的长尾巴的明亮的星，并没有在彼挨尔的心中引起任何恐怖的情绪。相反，彼挨尔泪湿的眼睛高兴地望着这颗明亮的星。这彗星，似乎以无可比拟的速度，顺着抛物线的轨道飞过无限的空间，忽然，好像一支射入地球的箭，插在黑暗天空中它所选定的地方，并且有力地翘起尾巴停住了，发着光，在其他无数的闪耀着光芒的星星之间放射出白光。彼挨尔觉得，这颗彗星是完全符合他那进入新生活的、受感动的、振奋的心灵变化的。

---

① 毛注：俄国通常用Reaumur表，十度约合华氏二十二度半。